HISTOIRE

DE
LAURENT MARCEL,

OU

L'OBSERVATEUR SANS PRÉJUGÉS.

SECONDE ÉDITION.

TOME PREMIER.

A LILLE.

Chez Le Houcq, Libraire.

M. DCC. LXXXI.

HISTOIRE

DE

LAURENT MARCEL.

CHAPITRE PREMIER.

Origine & éducation de Marcel.

 E vins au monde dans un vil‑
lage de la principauté de C.....
R....., l'une des contrées les
plus arides & les plus sauva‑
ges des Ardennes. Mon pere étoit un
bûcheron, & se nommoit Antoine Mar‑
cel; & ma mere, Poncette Haldeaux.
C'étoient de fort honnêtes gens; mais
leurs facultés ne leur permettant pas de
me donner une éducation fort distinguée,
j'aurois été réduit à travailler dans les bois

Tome I. A

le refte de mes jours, fi la mort ne
les eût pas enlevés dès mon enfance. Je
n'avois que huit ans lorfque je les perdis;
& comme il ne reftoit de la famille qu'un
coufin de mon pere, qui étoit à Paris,
& un parent de ma mere, curé dans les
environs, je rifquois de tomber dans la
derniere mifere, fi ce dernier n'eût pris
compaffion de ma foibleffe. Il fe chargea
de l'adminiftration du peu de bien dont
j'étois héritier, & me prit à fa charge,
d'autant plus volontiers, qu'il avoit toujours beaucoup aimé mes parents, & même leur avoit en plufieurs occafions rendu d'importants fervices. C'étoit un vieillard d'environ foixante & dix ans, plus
refpectable encore par fes qualités per-
fonnelles que par fon grand âge.

Les revenus de fon bénéfice étoient au
deffous du médiocre, & il ne fubfiftoit
la moitié du temps que du produit de
fon patrimoine, qui étoit affez confidérable; mais il avoit la confiance de fes
paroiffiens; il les édifioit par fes inftruc-
tions & fa conduite: il étoit, tout à la
fois, leur confeiller, leur pere & leur
ami: jamais on ne vit un fi bon eccléfiaftique.

Son premier foin fut de m'envoyer aux
écoles, & de m'exercer lui-même dans
fes temps de loifir. J'apprenois fort diffi-

cilement, foit que le maître fous qui j'é-
tois manquât de méthode, foit que mon
extrême étourderie rompît & déconcertât
toutes les mefures que l'on prenoit pour
mon avancement.

Le maître d'école, en effet, étoit un
grand imbécile, dont tous les talents fe
réduifoient à criailler, à menacer, & à
donner les étrivieres à ceux que fon air
pédantefque ne pouvoit contenir.

Il ne fe paffoit pas un jour qu'il ne fît
vingt exécutions, & je ne fus pas plus
épargné que mes camarades. Je me hafar-
dois quelquefois de m'en plaindre à la
gouvernante de mon oncle (car c'eft
ainfi que mon protecteur prétendoit que
je l'appellaffe) c'étoit une fille d'environ
cinquante ans, fort humaine, & avec qui
je n'avois jamais tort. Comme le magifter
étoit fa bête, elle étoit toujours prête à
le condamner, & à prévenir fon maître
contre lui : mais mon oncle avoit fes raifons, auffi-tôt que le pédagogue avoit
parlé, Simonette, (c'étoit le nom de cette
fille) étoit forcée de garder le filence,
& les verges alloient leur train.

Un jour, entre autres, que l'on m'avoit
placé à l'extrêmité de la table à écrire
un de mes compagnons s'avifa de me
montrer un morceau de bois qu'il avoit
façonné avec fon coûteau. Il ne faifoit

que le tremper dans l'encre, & l'appuyer
fur fon papier, & il en formoit des O fi
proprement tournés, qu'il n'éroit rien forti
de plus parfait de la preffe. Cet inftrument
me parut propre à l'exécution d'un
deffein que je formai fur le champ : ce
fut de m'en fervir, au lieu de plume,
pour dreffer mes exemplaires. Je lui propofai
de me le vendre, & le marché fut
auffi-tôt conclu, moyennant un étui de fix
liards. Il y avoit le même jour une image
de velin propofée par mon oncle à celui
des commençants qui préfenteroit la
plus belle page, toute en O. J'étois fûr
de mon fait, &, à l'aide du moûle, j'en
fis de fi extraordinairement reffemblants,
que je comptois n'avoir perfonne pour me
difputer le prix ; mais j'étois bien dans
l'erreur : car le maître d'école ayant examiné
mon papier, & trouvant un rapport
fi marqué entre chaque lettre : Eft - ce
vous, mon ami, me dit-il, qui avez fait
cet exemplaire ? Oui, Monfieur, lui répondis-je
avec une certaine affurance.
Hé bien, pourfuivit - il, puifque vous
avez la main fi bonne, apportez-moi votre
plume, & formez dans le blanc qui
eft au bas, deux ou trois O pareils à ceux
de la page. Il fallut obéir, & tout découragé
de cette propofition, je traçai
d'une main tremblante quelques figures

triangulaires ou quarrées , qui n'avoient
aucune reſſemblance avec des O. Le ſtratageme fut découvert , loin d'obtenir l'image promiſe , le morceau de bois fut jetté
dans le feu , & je fus incontinent corrigé
pour l'exemple , ce qui me fit pleurer le
reſte du jour.

Quelque temps après , il y eut une défenſe générale d'aller ſur la glace , à peine
de trente coups de verge. Je me ſouve-
nois encore du dernier châtiment ; mais
l'occaſion , les conſeils de mes camarades ,
le concours prodigieux de tous les poliſ-
ſons du village m'entraînèrent. C'étoit un
dimanche ; je ne me trouvai ni au caté-
chiſme , ni à vêpres ; je gliſſai juſqu'au ſoir ;
& ne rentrai chez mon oncle que pour
le ſouper. D'où venez-vous , Marcel , me
dit-il ? Je répondis ingénument que j'avois
été ſur la glace. Fort bien , ajouta mon
oncle , & il ne dit rien de plus.

Le lendemain , j'entrai à l'école vers
les huit heures : tous les écoliers étoient
arrivés , & il n'étoit encore queſtion d'aucun reproche ; ce qui me fit croire que le
maître ignoroit notre eſcapade de la veille ;
mais il fallut bientôt nous déſabuſer , quand
nous lui vîmes prendre un air ſérieux ,
touſſer trois ou quatre fois avec emphaſe ,
& nous adreſſer ainſi la parole : » Jeuneſſe imprudente , eſt-ce là la récompenſe

des foins que j'ai pris de vous ? libertins
que vous êtes, c'est de la forte que vous
respectez mes avis ? Mais, aujourd'hui,
vous ferez punis par le châtiment de votre effronterie ; cependant, vu le grand
nombre de ceux qui ont été fur la glace,
je veux bien diminuer les trente coups
dont je vous avois menacés, & le premier qui fera le plutôt prêt à entrer dans
la chambre noire n'en recevra que quatre
bien appliqués.

Le matois ne parloit de la forte que
pour fe mettre à l'abri d'une révolte : car,
avec toute fa force, que pouvoit-il contre
trente garçonnets, dont j'étois le plus
jeune, fi nous euffions fait mine de lui
réfifter ? mais nous n'étions pas affez fins
pour le deviner, & à peine eut-il prononcé les dernieres paroles que nous nous
hâtâmes de courir à notre fupplice.

La porte étoit fort étroite, &, à force
de nous jetter les uns fur les autres & de
nous ferrer de près, l'un de nous accrocha
fon habit au crampon d'une efpece de buf-
fet chargé de bouteilles & de poteries, &
le renverfa fur la place avec un fracas
épouvantable. Vous euffiez alors vu la maî-
treffe d'école pouffer des hurlements, accabler fon mari d'injures, fe jetter fur les
débris de fa vaiffelle, difant que tout étoit
perdu, & qu'ils étoient ruinés. D'un autre

côté, les plus petits qui gardoient leur place, & qui n'étoient point compris dans la punition, ne le cedoient pas à la maîtresse pour les cris : il en étoit peu qui ne se ressentissent de cet accident ; il y eut des saignements de nez, des dents cassées, des bras & des jambes foulées, des bosses à la tête ; cela devenoit à la fin très-sérieux. Aussi notre grand benais en fut-il frappé au point qu'il nous parut métamorphosé en un bloc de marbre. Il ne fut plus question de glace, ni de chambre noire, mais de prêter bien vîte la main à cette femme qui se désespéroit, & de devenir plus utiles que nous n'étions coupables.

Le proverbe qui dit : *A quelque chose malheur est bon*, est très-vrai ; car notre homme fut dans la suite plus traitable ; les corrections devinrent plus rares, & , à l'exception de quelques mauvais sujets que les bonnes façons ne pouvoient contenir, nous n'eûmes pas beaucoup à nous plaindre de sa sévérité. La conversation qu'il eut encore quelques jours après avec mon oncle acheva de le convertir. Je m'étois caché dans le fond d'une alcove pour l'entendre, & je n'en perdis pas une parole.

CHAPITRE II.

Conversation de l'oncle de Marcel avec son maître d'école.

C'était un jour de fête, après vêpres, & mon oncle prétextant qu'il avoit quelques avis à lui demander au sujet d'une plantation d'arbres qu'il projettoit de faire dans un clos qui lui appartenoit, il l'appella dans son cabinet, & lui tint à peu près ce langage :

» Maître, c'est assez discourir de greffes & de sauvageons ; un sujet plus important m'engage à vous prendre à part ; &, comme nous ne ferons cet après-diné que nous deux, je pourrai, à mon aise, vous donner des avis sur la conduite que vous avez à tenir, dans la suite, au sujet de vos écoliers. Je sais qu'ennemis de l'assujettissement, & ne cherchant que la dissipation, ils aiment à s'éloigner de tout ce qui leur paroît long & sérieux. Je sais encore que dans plusieurs il regne des penchants, des goûts si singuliers, que tous les avis, toutes les instructions deviennent inutiles, & qu'il n'est pour les combattre que la voie du châtiment ;

mais c'eſt ici où vous avez beſoin de prudence pour employer à propos la douceur
ou la ſévérité ; car, crier & frapper,
ou ſe taire & pardonner toujours, ſont
deux excès également pernicieux. La diſ-
ſipation, l'étourderie & les importunités
de Marcel m'ont fait penſer d'abord
qu'en recourant à la correction de temps
à autre, on parviendroit à le rendre plus
ſouple & plus docile ; & voilà pourquoi
j'ai juſqu'ici fermé les oreilles aux plaintes de ma gouvernante & de quelques
autres qui vous taxent d'une trop grande rigidité ; cependant, après y avoir réfléchi, j'ai trouvé que leurs repréſentations
n'étoient pas deſtituées de fondement ;
& voilà, d'après l'expérience de tous
ceux qui ſe chargent de l'éducation de
la jeuneſſe, le plan ſur lequel je vous
prie de vouloir bien vous modeler pour
la ſuite.

Faites accueil à vos écoliers, ſans
ceſſer de vous en faire reſpecter. Rete-
nez-les dans le devoir, ſans leur ôter
pour cela toute liberté. Ne les reprenez
point parce que vous êtes de mauvaiſe
humeur, mais parce qu'ils ſont coupables. Gardez-vous bien de recourir à
des puniſions capricieuſes, comme celle
qui a cauſé la perte d'une partie de votre vaiſſelle. Vos écoliers n'ont pas man-

qué d'en faire le rapport à leurs parents, dont les uns murmurent, & les autres vous tournent en ridicule. La correction bien entendue peut avoir un très-bon effet, mais, avant que de frapper, faites sentir aux enfants que ce sont leurs mensonges, leur paresse, leurs mutineries qui vous réduisent à cette triste mais indispensable nécessité. Alors si, par impossible, vos précautions & vos mesures deviennent inutiles, faites vos plaintes aux peres & meres, & reposez-vous sur eux de tout ce que vous n'avez pu conduire à bonne fin.

Monsieur, répondit le nigaud, j'ai fait tout ce que vous m'enjoignez, pour ce qui est du présent ; mais vous ne connoissez guere les gens de cette paroisse. Pour avoir, il y a un mois, donné deux ou trois coups de baguette à la petite fille de la veuve Colinet, j'ai cru que cette vilaine femme m'arracheroit les yeux en sortant de l'église. Et les deux garçons du gros Franquin, c'est encore cent fois pis ; car, à compter du jour que je les traitai de *mauvais garnements*, au diantre s'il m'a prié d'aller boire & manger chez lui, comme c'étoit l'usage, deux ou trois fois l'année. Voilà comme sont tous les gueux revêtus ; son grand-pere ne faisoit pas tant l'important lorsqu'il gardoit la bouverie du village.

Une fois pour toutes, interrompit mon oncle, point de ces vilains coups de langue, qui seroient plus propres à démasquer en vous un mauvais cœur & un homme porté sur sa bouche, qu'à justifier votre conduite. Attachez - vous au fond de mes conseils, & soyez sûr qu'en les observant par le pur motif du devoir, vous viendrez à bout de vous concilier l'estime de ceux mêmes dont vous croyez avoir le plus de sujet de vous plaindre.

Pour ce qui est de la méthode d'enseigner, je vous avoue sans détour que la vôtre est très-défectueuse. Le moyen de former de bons éleves est d'avoir soi-même des talents & des lumieres ; & c'est à quoi vous ne pensez pas assez.

Pardonnez-moi, Monsieur, dit le maître un peu confus de ce reproche, & j'en saurois vraiment bien davantage s'il étoit question de montrer dans une ville ; mais qu'est-ce qu'il peut m'en revenir de confier tous mes secrets à des charbonniers & à des pâtres ? & pourvu que je les mette au fait de leur signature & de leur pseautier, qu'ont-ils besoin d'en apprendre davantage ? Il ne faut pas être avocat ni intendant pour chasser les bœufs, & faire venir des pommes de terre.

Encore une fois, répondit mon oncle,

ne jugez pas fi avantageufement de vous-
même, & n'ayez pas fi mauvaife opinion
des autres. Voilà comme font prefque
tous ceux, qui, comme vous, fe con-
facrent à l'inftruction des enfants. A les
entendre, à peine en eft-il un feul qui
ne fe croie en état de faire la leçon
aux perfonnes les plus éclairées; & ce
feroit leur faire infulte que de rectifier
le plan fur lequel chacun d'eux veut fe
régler. Que leur importe la meilleure
méthode d'enfeigner, pourvu qu'on les
paie? Leur état eft proprement un métier
qu'ils n'exercent que pour de l'argent;
l'intérêt eft l'unique fondement des peines
qu'ils veulent bien fe donner, & vouloir
les faire changer de conduite, c'eft crier
à des fourds. Je ne vous crois pas affez
brufque pour en agir de la forte à mon
égard, & comme le bien de ma paroiffe eft le motif qui me fait parler, &
que depuis huit ans que vous y demeurez
j'ai appris affez à vous connoître; fufpen-
dez un inftant vos réflexions pour tâcher
de profiter des miennes.

Attachez-vous à lire très-correctement;
banniffez l'accent villageois; prononcez
bien, & que toutes vos fyllabes foient
rendues avec beaucoup de clarté. Réfor-
mez cette abondance de termes impro-
pres, qui ne conviennent qu'à des pé-

dants; parlez votre langue purement &
fans affectation ; quoique dans les cam-
pagñes on lui ait fubftitué un jargon
prefque inintelligible , néanmoins elle y
eft toujours bien entendue ; & il eft rare
qu'on y faffe répéter ceux qui s'expriment avec correction. Pour vous en faciliter l'ufage, aimez les livres , & con-
facrez à les parcourir le temps qui vous
refte après vos occupations journalieres.

Comme votre écriture eft maigre ,
mefquine & allongée, confultez des exemplaires qui foient de main de maître. L'accent , la ponctuation , l'ortographe font
néceffaires à un homme de votre état ;
vous auriez la plus belle main, fans que
pour cela vous vous fiffiez une certaine
réputation , quand ces talens viendront
à vous manquer. Prefque tout maître
d'école fe reftreint à favoir lire & écrire,
parce que la plupart n'ont que des campagnards, à former ; mais ces campagnards
deviendroient fouvent d'habiles gens , fi
ceux qui les inftruifent étoient inftruits ,
eux - mêmes. Qu'importe après tout , leur
état de bûcherons , laboureurs, charbonniers ; tout homme ignorant , parce qu'on
a négligé de l'inftruire , eft proprement
un membre qu'on a inhumainement retranché de la fociété ; fon idiotifme lui eft
extrêmement préjudiciable , & une pro-

vince n'eft fouvent fauvage que parce
que le peuple qui l'habite eft groffier,
borné, fans connoiffances & fans talents.
Mais peut-être que vos facultés ne vous
permettront pas de vous procurer toutes
les reffources que je pourrois vous indi-
quer à cet effet? ma bibliotheque y fup-
pléera, & j'en confacrerai volontiers
plufieurs volumes pour cet ufage.

Il ne me refte qu'à vous dire un mot
au fujet de quelques points relatifs au
fervice divin : ce feroit de deftiner chaque
jour une demi-heure au moins à montrer
le plain-chant, & apprendre à vos enfants
les répons de la meffe, cela les rend
refpectueux à l'églife ; leur voix fe forme,
& ils chantent avec plaifir, parce qu'ils
le font avec jufteffe. Je fuppofe que vous
vous acquitterez de ces devoirs, d'où
dépendent en partie les confolations que
les jeunes gens ne manquent guere de
donner dans la fuite à ceux qui les ont
formés de la forte. Dans toute cette
conduite il n'y a rien au deffus de vos
forces & de votre capacité ; & vous ferez
affez dédommagé de vos peines, en voyant
croître avec vos éleves la foumiffion, la
politeffe, la douceur & l'attachement aux
exercices de leur religion.

CHAPITRE III.

Marcel apprend le Latin.

QUOIQU'EN pût dire mon oncle, je trouvois que les avis étoient trop recherchés, & tel que, selon mon âge, j'avois appris à connoître son maître d'école, j'avois lieu de croire qu'il n'en avoit pas compris une partie, & qu'il étoit trop indolent pour mettre l'autre en pratique. Sa réponse fut, en effet, conforme à l'opinion que j'en avois conçue : Monsieur, dit-il, tout cela est bon pour les docteurs des villes ; mais si vos habitants savoient que j'y fisse tant de façon, ils me jetteroient la pierre, & reprendroient leurs enfants. Vous ne connoissez pas les gens de village : il faut avec eux aller à la bonne grosse mordienne, sans quoi, serviteur très-humble. Pour une seule fois que j'ai voulu montrer au garçon de Thierri Ponsel la regle de trois, ce méchant homme m'a dit, net & plat, que si je ne voulois pas finir toutes ces manigances, & remettre son fils aux heures de dix sous, je pouvois me pourvoir d'une autre condition pour la St. Jean , & qu'il auroit avec lui plus des deux tiers de la communauté.

Mon oncle ne prit pas la peine de réfuter une pareille imbécillité , & commençant à avoir de l'humeur , il se leva de sa place , & alla se promener dans le jardin. Deux jours après il me retira de l'école ; & ne voulut plus avoir de relation avec son indocile magister que pour le service de l'église. Il fit plus encore ; comme il avoit des vues sur moi , & que j'étois presque parvenu à ma treizieme année , il se chargea absolument de ma conduite , & devint lui-même mon précepteur.

Son premier soin fut de m'apprendre le Grec & le Latin ; non pas , comme il le disoit , que cela fût indispensable pour acquérir de la science , mais parce que ne sachant encore à quoi me destiner , l'usage de ces deux langues pouvoit , dans la suite , amener ma vocation. Lire , en effet , Homere & Virgile , entendre Démosthene & Cicéron dans leur langue originale , étoit quelque chose de plus satisfaisant que d'avoir recours à des traductions qui rendent mal le texte , & qui n'en ont ni la tournure , ni les graces , ni l'énergie.

La méthode de mon oncle ne fut pas celle des colleges , où la mémoire des enfants est fatiguée par des léçons rebutan-

tes, où on leur met en main des auteurs qu'ils ne devroient lire qu'à dix-huit
ans ; où chaque livre de principes est un
supplice. Il vouloit que ces langues me
devinssent familiéres par la voie de la
conversation, & que je les apprisse comme on apprend l'Italien, l'Allemand &
le François. Pour remplir un plan si singulier, il s'agissoit d'abord de donner à
toutes les choses leur véritable dénomination, puis d'en chercher les propriétés
& les attributs ; enfin, de lier le tout
aux sentiments que j'éprouvois en les appercevant. Les journées se passoient en
interrogations : je voulois connoître tout
ce qui frappoit mes sens par le nom qui
lui étoit propre ; j'apprenois à le prononcer comme il devoit l'être ; l'accent, l'in-
flexion, la mesure, la valeur des termes, tout cela me devint familier en moins
de deux ans.

Il y avoit encore aussi loin de là jusqu'à
la lecture des auteurs, comme il y a loin
des jolis propos d'un enfant jusqu'à l'âge
où il converse avec goût : les mots qui
expriment les besoins physiques sont toujours les premiers que l'on apprend, &
les perceptions morales & abstraites ne
se trouvent guere que dans la saison du
raisonnement. Mais comme un enfant pas-
se, sans s'en appercevoir, de l'alphabet

au catéchifme , & , du catéchifme, aux
livres claffiques , à peine pus-je diftinguer
les nuances qui fe rencontroient entre un
entretien familier , les Lettres de Pline
& la Théogonie d'Héfiode. Un trait d'hiftoire cité à propos , le fon de la voix ,
le gefte même étoit éloquent. J'avois
pour ces exercices un attrait & une facilité qui caufoient à mon oncle un plaifir mêlé d'étonnement. Auffi favoit-il fe
plier à mon goût de maniere à me rendre agréables les exercices les plus épi-
neux. Mon premier maître m'abrutiffoit
en me châtiant , & l'autre m'ouvroit l'efprit en me traitant avec une douceur & un
air de confiance qui m'enchantoient.

J'appris auffi la géographie, non pas
cette fcience des fots qui ne confifte qu'à
nommer des provinces , des villes & des
rivieres , mais cette géographie charmante qui lie les lieux à l'hiftoire , & l'hiftoire aux mœurs de toutes les nations
anciennes & modernes. La connoiffance
& la pratique de ma religion furent un
autre objet de mon éducation. J'appris à
connoître & à aimer Dieu par la confidération de fes ouvrages & de fes perfec-
tions, à m'attacher à lui par les motifs
de la foi , & à tout efpérer de fa miféricorde pour le temps où la violence des
paffions m'écarteroit peut-être de mon

devoir. Les exercices de piété auxquels j'étois assujetti, n'étoient ni trop longs ni trop sérieux ; ma mémoire étoit enrichie de traits édifiants tirés de l'écriture & de l'histoire de l'église. L'assiduité aux offices n'avoit rien pour moi de rebutant, parce que sachant assez de Latin pour comprendre tout ce qui s'y chantoit, j'avois de quoi nourrir mon attention, bien différent des autres paroissiens qui chantent pour chanter, &, ne comprenant pas un mot de la psalmodie, se livroient à la dissipation ou à l'ennui, quand le service étoit un peu long.

Le but de mon oncle étoit à peu près rempli, & son grand âge ne lui permettant pas de prolonger des exercices qui le fatiguoient beaucoup, il me fit un soir entrer dans sa chambre & me parla de la sorte : Marcel, vos parents que j'estimois & auxquels j'étois fort attaché, ne pouvoient vous donner une éducation conforme à mes desirs, & si le ciel ne vous les eût pas enlevés, vous seriez maintenant réduit à l'état de bûcheron, parce que n'ayant que vous pour leur donner du soulagement, ils n'auroient pu se déterminer à vous laisser dans la suite faire choix d'un autre état : mais la providence en avoit autrement disposé, & par la mort de ces honnêtes gens vous êtes absolument tombé à ma charge.

Je vous ai laiſſé paſſer le temps de l'enfance dans les exercices conformes à votre âge : vous avez beaucoup joué, couru & folatré : votre extrême étourderie me faiſoit ſouvent déſeſpérer de pouvoir un jour régler votre conduite : vos expiégleries qui auroient pu amuſer tout autre, me cauſoient d'autant plus de peine, qu'elles me ſembloient annoncer un caractere peu réflechi, & un fond d'humeurs qui devoient être les triſtes fruits de mes efforts & de mes attentions. Mais la chaleur du ſang, & plus encore les complaiſances blâmables de ma ſervante avoient produit cet effet, & je n'ai commencé à vous bien connoître qu'au moment où j'ai eſſayé de vous diriger moi-même. Enfin, vous avez heureuſement diſſipé mes appréhenſions ; & je ne vous diſſimule pas que, depuis deux ans, j'ai reconnu chez vous des diſpoſitions heureuſes, une docilité ſoutenue & un cœur bien placé. Je vous ai formé un bon corps, par une nourriture ſaine & bien réglée ; vous êtes fort diſpos & léger ; vous avez de la hardieſſe autant qu'il en faut pour ne pas paſſer pour un lâche. Les connoiſſances dont j'ai enrichi votre mémoire, ne ſuffiroient pas pour vous annoncer dans la ſociété ſur le ton d'un jeune homme ſpirituel & inſtruit : mais vous en ſavez

aſſez pour entrer dans un college. Ce n'eſt
pas que cela ſoit abſolument néceſſaire
pour acquérir un grand fond de lumiere
& de capacité, & tel s'eſt trouvé dans
la ſuite en état de figurer dans certaine
place, qui jamais n'a fréquenté les claſſes,
& n'a eu d'autres précepteurs que les livres & l'uſage du monde : mais cela donne
de l'émulation, & le grand nombre de
ceux qui travaillent dans la même carriere
nous procure un encouragement dont on
n'eſt guere ſuſceptible, lorſqu'on eſt abandonné à ſoi-même. Cinq ans ſe paſſeront
de la ſorte à rectifier vos idées, & vous
n'en ſortirez que pour faire librement le
choix d'un état de vie conforme à votre
fortune, à votre goût, & aux décrets de
la providence. Le plus grand des malheurs
qui pourroit vous arriver, ſeroit de vouloir vous mettre à la place de Dieu pour
régler votre deſtinée ; la voie par où il eſt
important que vous marchiez, doit toujours
être celle par laquelle le ciel ſe propoſe
de vous conduire.

J'embraſſois, pendant cet entretien, les
genoux de mon oncle, l'idée ſeule d'en
être ſéparé m'avoit tellement étonné, que
je ne pus prononcer une parole, & que
les larmes me tomberent des yeux avec
abondance. Mon oncle en fut attendri :
Ne pleurez pas ; mon enfant, me dit-il ;

vous allez me quitter, mais mon cœur
vous suivra par-tout où vous irez, & le
ciel sera toujours avec vous, pourvu que
vous sentiez que vous ne pouvez rien sans
lui. Il est temps que vous appreniez à marcher seul, & je ne vais me séparer de
vous que pour vous accoutumer à être
privé de cette douceur que vous avez
goûtée dans ma maison, & qui auroit pu
vous être préjudiciable ; à peu près comme on sèvre les enfants, à un certain
âge, pour leur donner des aliments plus
solides.

CHAPITRE IV.

Marcel entre au college. Il est admis
à la congrégation.

IL y avoit fort long-temps qu'un gentilhomme, avec qui mon oncle étoit en relation d'amitié, le sollicitoit de m'envoyer
dans une ville. Ce seroit bien dommage,
lui disoit-il, de négliger ce jeune homme ; disposé comme il est à mettre à profit tout ce qu'on lui enseigne, on parviendroit facilement dans la suite, à en former un très-bon sujet. Il est rare de trouver à son âge, tant d'ouverture & de pé-

nétration. Quelques années d'étude le trans-
formeront de manière à vous favoir, le
reste de vos jours, le meilleur gré d'avoir
fait cette dépense. J'entrai donc chez les
Jésuites, à quinze ans ; & , en vertu
d'une lettre de ce gentilhomme au pere
recteur, je fus mis en troisième fans autre
examen. Mon régent étoit un grand garçon
d'environ vingt ans, d'une figure avanta-
geufe ; mais le caractere ne répondoit
point à la figure : capricieux, fantafque,
brutal, tour-à-tour férieux & badin ; en
un mot, affectant des hauteurs & un mépris pour fes écoliers que nous ne tardâmes pas à lui rendre de tout notre
cœur.

Trois mois s'écoulerent à feuilleter des
méthodes, à compofer de méchants vers,
à traduire quelques pitoyables ouvrages de
la fociété. Point de cours d'hiftoire, point
de livres propres à former le goût ; point
d'autre exercice que celui de la latinité.
Je remarquai, fur-tout, dans notre homme un profond éloignement pour tout
ouvrage qui n'étoit point forti d'une plume jéfuitique. A l'entendre, Virgile n'a-
voit été bien traduit que par le P. Ca-
rou ; & Horace, par le P. Tarteron. Tite-
Live, Tacite, Quintilien, Ciceron, Sal-
lufte, Ovide, Quinté-Curce, Térence,
& tant d'illuftres anciens, fi fupérieure-

ment traduits par des académiciens, lui faisoient pitié. Tout grammairien soupçonné de janfénisme lui paroissoit un compositeur détestable ; & les chefs - d'œuvre de Port-Royal, des livres d'autant plus suspects, que leurs auteurs avoient la bulle en horreur. Quant au Grec, il n'en savoit pas deux mots, de telle sorte, que je tins pour mon compte tout ce que j'avois appris dans les Ardennes ; &, sans un goût dominant pour la lecture, goût qui ne m'a jamais quitté depuis mon adolescence, je risquois, sous un tel maître, de perdre, en une année, les belles connoissances que mon oncle m'avoit données pendant trois ans.

Mais si le système de Loyola ne permettoit pas à ses disciples d'étendre la sphere de leurs éleves au - delà d'une misérable langue, aujourd'hui presque inutile dans les différents états de la société ; il n'en étoit pas ainsi des exercices minutieux & des petites grimaces de piété qu'on nous faisoit envisager comme le fond de la religion même ; j'entends parler de ces attroupements hebdomadaires connus sous le nom de *Congrégation*.

Sur la peinture que nous en avoit faite notre jeune régent, j'allai bonnement me figurer un congréganiste comme un prédestiné, & tout écolier qui avoit acquis

cette

cette prérogative me parut un ange. Je
fus admis dans ce corps célebre, après
deux mois d'épreuve, & il y eut même
certain appareil dans la maniere dont je
fus introduit a la chapelle mystérieuse. Si
l'on peut comparer les petites choses aux
grandes, je me servirai des termes qui
désignent la plus auguste assemblée. Que
l'on se représente un président, deux
conseillers, quatre assistants, un biblio-
thécaire, un greffier, placés dans des
chaires plus ou moins élevées, & sur deux
lignes paralleles, six cents candidats rangés
à proportion de la ferveur & de la ponc-
tualité qu'il avoit plu au sénat de découvrir
en eux.

A la tête de tout ce cortege étoit un
homme noir, que tous devoient envisager
comme l'ame des délibérations & l'oracle
dont les jugements étoient irréfragables.
Ce fut là où j'appris d'abord que, pour
bien servir Dieu, il étoit nécessaire d'être
zélé serviteur de Marie, & qu'à l'exemple de St. Ignace, selon sa conduite & sa
doctrine, toutes les vertus d'un vrai chrétien devoient prendre leur fond dans un
attachement inviolable aux intérêts de la
mere de J. C. Mon catéchisme m'avoit apprit à honorer les saints & la reine des saints;
mais j'ignorois qu'il existât une milice spé-
cialement consacrée à chanter continuelle-

ment ses louanges, & à défendre ses prérogatives avec le feu du plus violent en-
thousiasme.

Je sus encore que, tout congréganiste
doit se confesser & communier au moins
une fois le mois, à peine de passer pour
un mauvais chrétien ; & quiconque n'auroit pas aimé les Jésuites, ou auroit condamné cet usage, n'étoit rien moins à leurs
yeux qu'un tison d'enfer. L'éloignement
qu'on nous inspiroit pour les paroisses,
me dégoûta bientôt des grandes-messes &
des prônes ; l'office de la Vierge récité
tous les dimanches d'un ton capucinal étoit
le bréviaire de notre ordre. A cet exercice succédoit une messe-basse : les vêpres & le sermon devoient être entendus
dans l'église de la société, & la quinzaine
de pâque étoit le seul temps où il nous fût
permis de recevoir la communion des mains
de notre pasteur.

Les conférences spirituelles du révéren-
dissime préfet captiverent toute mon attention. L'usage est que, tous les same-
dis après la classe, le corps des écoliers
s'assemble pour être prêché. J'avois entendu mon oncle & quelques religieux mendiants dans les stations du carême & d'a-
vent ; mais que leur moral me sembloit
monotone, au prix des déclamations véhé-
mentes de ce nouveau prédicateur. Des

apparitions, des revenants, des jugements terribles exercés contre les ennemis de Marie, des statues qui parlent, des démons qui sortent de l'enfer, des extases arrivées à de saints personnages, à qui tous les secrets de l'autre vie ont été révélés : les histoires du *Pré spirituel* de *Ribadéneira*, du *Pédagogue Chrétien*, mises en réalité ; vous jugez bien que des cerveaux susceptibles & des cœurs tendres, qui ne connoissoient point encore le crime, devoient être prodigieusement affectés de pareils discours. Ajoutez un grand nombre de tableaux lugubres dont étoit décoré notre oratoire. Ici c'étoit un mort, qui du fond de sa biere, se dressoit pour annoncer aux spectateurs qu'il avoit été cité, jugé, & condamné au jugement de Dieu ; & c'est, ce qui avoit, disoit-on, dégoûté saint Bruno du monde, & donné naissance à l'ordre des Chartreux. Là, une multitude d'esprits infernaux environnoient un anachorete, en s'efforçant de le faire succomber à la tentation ; & c'étoit l'histoire de St. Antoine au désert. Venoient ensuite les révélations faites à St. Odilon, abbé de Cluny, que l'on regardoit comme l'instituteur de la fête des trépassés ; puis la caverne de St. Patrice, le lutin de St. Dominique, les visions de Sainte Cathe-

rine de Sienne, & les révélations de Ste
Brigide. Tant de traits prodigieux, de
punitions éclatantes, tant d'apparitions
épouvantables avoient fait un tel effet fur
moi, que j'en perdis bientôt l'appétit, le
fommeil & la gaieté. Si j'avois le malheur
de me trouver dans une chambre fans
lumiere, j'entrois dans des accès de frayeur
que toute ma raifon ne pouvoit calmer.
On m'auroit promis une fortune que je
ne me ferois point hafardé de fortir de
ma penfion le foir. A - peine ofois - je
tourner la tête, dans la crainte d'appercevoir à mes côtés quelque efprit efpion
de ma conduite & même de mes penfées.

CHAPITRE V.

*Marcel eft chaffé du college & de la
congrégation.*

Qui le croiroit néanmoins que des impreffions fi étonnantes, une régularité fi
étroite, des exercices de dévotion fi multipliés puffent concorder avec des extravagances, des poliffonneries, des traits de
malice qui réuniffoient contre nous le public dont nous étions le fléau. Six mois

me suffirent pour oublier cette retenue qui donnoit à mon oncle de si belles espérances, & l'exemple me rendit en si peu de temps l'un des plus inconséquens & des plus étourdis de ma classe. On nous eût pris pour des saints sous la discipline de nos régens; mais nous étions des diables quand il s'agissoit de nous signaler par des traits que l'on a coutume d'appeller *tours d'écoliers*. Les congés surtout devenoient des jours remarquables par les cris importuns, les provocations, les défis, les insultes & les petites friponneries auxquelles je ne pouvois me refuser sans m'attirer à dos toute la cohorte latinisante. Comme je ne finirois point sur cette matiere, je me contenterai de citer quelques anecdotes pour l'encouragement de tous ceux à qui il prendra fantaisie de se faire enrôler dans la fameuse milice des colleges.

Un mardi que nous avions congé, & que nos professeurs étoient allés se divertir dans une maison de campagne à quelque distance de la ville, un de mes camarades me prit à part, & me demanda si j'avois déjeûné. » Non, lui répondis-je, » & l'affaire en sera bientôt faite, car je » n'ai que du pain. Oh bien, dit-il, viens » avec moi, je t'enseignerai prompte- » ment le moyen d'avoir de bonnes cho-

» fes, fans qu'il t'en coûte un denier :
» fais feulement ce que tu me verras faire
» à moi - même «. En difant ces mots,
le gaillard s'approche de la boutique d'un
pâtiffier, & la main fous l'habit, faifit fort
adroitement un gâteau de bonne mine,
& fe retire fans que perfonne s'apperçoive
du tour. Nous nous éloignâmes au plutôt,
crainte de recherche , & nous allâmes
dans un coin du rempart partager la prife
& contenter notre appétit ». C'eft à pré-
» fent ton tour, me dit-il, allons fur le
» marché : j'ai découvert des poires très-
» appétiffantes dans les paniers d'une frui-
» tiere ; voyons comme tu te tireras de
» ton coup d'effai «. Nous partîmes incontinent, & nous fîmes cinq ou fix tours fur
la place dans l'intention de diftraire les
marchandes , & d'affurer notre capture.
Alors voyant toutes ces femmes s'entretenir entre elles, nous profitâmes du quart-
d'heure pour dépouiller les paniers, toujours la main fous l'habit, & en moins de
deux minutes nos poches fe trouverent
pleines d'excellents fruits.

Mais, malheureufement, l'une de ces
Mégéres s'étant apperçue du ftratageme,
entra dans des convulfions de fureur, &,
faififfant mon camarade aux cheveux , elle
le renverfa dans un panier d'œuf, qui en
furent tout fracaffés, C'étoit un fpectacle

unique que le débat de ce pauvre gar-
-çon avec cette vilaine femme : foldats ,
laquis , porte-faix , fervantes , accoururent
en foule pour en rire & faire des huées
qui ne finiffoient pas. Les cris & les jure-
ments de la fruitiere , l'aboiement des
chiens , les moqueries de la canaille , la
vue de mon camarade dont le dos étoit
couvert de coques & de jaunes d'œufs ,
les paniers culbutés , le pavé farci de
pruneaux & de fromage , tout cela formoit à mes yeux une fcene également
comique & épouvantable.

Le coupable s'en tira comme il put ,
& n'en devint pas plus fage ; car, huit
jours après , la voiture publique ayant été
dételée fur la place , & tout le monde
en étant defcendu , nous l'environnâmes ,
& formâmes fur le champ le projet de
la mettre en mouvement. Auffi tôt tous
les écoliers fe mettent en befogne , les
uns fe portent aux roues , les autres au timon : la maffe s'ébranle , & comme le pavé alloit en pente , elle en fuivit la direction avec tant de vîteffe , qu'elle fut donner dans la boutique d'un cordonnier qui
traitoit ce jour-là fa famille & fes amis.
Repréfentez-vous leur furprife au bruit
des portes enfoncées & des vitres mifes
en pieces. Si le timon , qui néanmoins à
ces fortes de voitures eft fort long , avoit

eu deux pieds de plus, la table eût été renversée, & les convives fort mal à leur aise. Qui avoit fait le coup? personne, car en un clin-d'œil nous disparûmes, & n'en entendîmes plus parler.

Ces sortes d'équipées étoient trop attrayantes pour nous en dégoûter si-tôt, & quoique nous n'eussions pas tous les jours occasions de nous signaler, nous prenions grand soin d'en entretenir le goût par des menus exploits. Les entre-classes se passoient à insérer des chardons sous la queue de quelques baudets, qui, par des ruades réitérées, se déchargeoient de leurs fardeaux au milieu des boues. Une autre fois nous emplissions de poudre un vieux canon de-fer, & en mettant le feu à l'amorce, nous causions à de pauvres chevaux une telle frayeur, qu'ils emportoient & voiture & marchandises, & ne manquoient pas de culbuter le tout à trois cents pas de là. Il en arrivoit toujours quelque dommage & quelque fracture, ce qui faisoit gagner les ouvriers, & formoit une espece de consommation.

Nos fredaines ne pouvoient manquer, tôt ou tard, de nous attirer un grand nombre d'ennemis, & les plaintes éclaterent enfin de maniere que j'en fus la victime avec deux ou trois de mes compagnons. C'étoit sur la fin de ma seconde

année, & voici comme la chose se passa.
Un échevin de la ville fort âgé passa dans
le moment, & comme il étoit sujet à certains branlements de tête, tout notre badinage se tourna contre lui. Voulez-vous
des marrons, Monsieur l'échevin, disoit
l'un ? Bon ! répondoit l'autre, ne vois-tu
pas bien qu'au mouvement de sa caboche,
il semble dire oui. Là-dessus nous diri-
geâmes nos coups vers le personnage, &
fîmes pleuvoir sur sa perruque une grêle
de marrons.

Il fallut néanmoins nous soustraire à
son indignation ; mais nous avions été
reconnus, &, dès le lendemain, nous
vîmes entrer dans la classe le recteur accompagné du préfet de la congrégation,
tous les deux affectant un air de sévérité
si imposant que la plume nous en tomba
des mains. Ces graves personnages prome-
nèrent long-temps en silence leurs regards
sur l'assemblée, & le premier le rompant
à la fin, nous adressa la parole avec
emphase en ces termes : C'est pour la
première fois, jeunesse indocile, que je
me trouve forcé d'en venir à des voies
de rigueur, & de sévir contre des misérables pour qui l'âge & le rang n'ont
rien de sacré. Est-ce donc-là le fruit
de tant d'exhortations & de travaux,
auxquels se consacre une société entière

pour le bien des familles, la gloire de
la religion & l'intérêt de l'état ? Comment la postérité pourra-t-elle croire
que dans le sanctuaire de la piété, des
sciences & des lettres, il se soit trouvé des sujets assez pervertis pour tourner contre nous les murmures de la
magistrature & de l'épée ? Indignes disciples des meilleurs de tous les maîtres,
rougissez aujourd'hui de l'attentat commis
fur la personne la plus respectable & la
plus considérée de cette ville. Vous l'avez
injuriée, vous vous êtes efforcés de la
rendre méprisable aux yeux d'un public
qui ne peut revenir de votre hardiesse &
de son étonnement. Or, pour prévenir
les suites d'un attentat si scandaleux, de
l'avis des très-révérends pere préfet,
ministre & professeurs de cette maison,
il a été statué & ordonné, fur peine
de punition exemplaire, que toute cette
classe se rendra, dès à présent, dans l'appartement de Monsieur l'échevin, & que
là, le chapeau à la main & d'une maniere
suppliante, elle confessera sa faute avec
repentir & humilité, se remettant du reste
à sa discrétion pour la satisfaction qu'il
lui plaira d'en tirer : de laquelle réparation, il aura la bonté de nous faire part
pour notre tranquillité particuliere, &
l'honneur d'un college dont vous êtes devenus la tache & l'opprobre.

Deux ou trois poignées de marrons donnerent lieu à cette déclamation pompeufe, & tout ce que nous y pûmes comprendre fut qu'il falloit, fur le champ, courir chez le vieux échevin pour lui demander pardon d'une faute dont nous nous ferions derechef peut-être rendus coupables le lendemain. Nous nous mîmes en devoir d'obtempérer à fa révérence; mais à peine étions-nous dans la rue que trois de nos écoliers s'échapperent, & retournerent chez leurs parents; nous ne fûmes pas affez braves pour les imiter, & nous arrivâmes tumultueufement à la porte de l'échevin qui nous attendoit. Il s'agiffoit de décider qui porteroit la parole. Je ne fuis pas fi fou, difoit l'un; on ne m'y attrapera pas non plus, répondoit l'autre. Heureufement que dans ce quart-d'heure il me vint une idée qui bannit toutes mes craintes. J'entre avec affurance, & me préfentant devant fon excellence magiftrale : Monfieur, lui dis-je, je viens de la part du révérend pere recteur, vous amener une bande d'étourdis, très-repentants-de-vous avoir jetté hier des marrons. A ce début mes camarades fe prennent à murmurer; &, fans paroître y faire attention, quoique je fuffe le plus coupable, je revins trois ou quatre fois à mon début, les traitant

B 6

toujours d'étourdis & de mal avifés ; ce
qui fit penfer au vieillard que j'étois un
garçon mûr, dont on avoit fait choix
pour vuider cette affaire. M. l'échevin
s'y laiffa prendre, &, après leur avoir
fait une femonce à peu-près auffi élo-
quente que celle du recteur, il me chargea
de lui dire qu'il étoit fatisfait de lui &
de nos refpects. Je n'étois pas au bas de
l'efcalier que mes compagnons vouloient
m'affommer ; mais je me débarraffai adroitement d'eux, & rentrai le premier dans
la claffe. Les Jéfuites n'en étoient point
fortis, &, au moment que je voulus
me mettre en devoir de rendre compte
de ma délégation, mes furieux me ferme-
rent la bouche, & raconterent eux-mêmes
de quelle rufe je m'étois fervi pour me
tirer de ce mauvais pas. Tout autre qu'un
recteur auroit ri de l'expédient ; mais ces
peres ne pardonnent pas avec tant de
facilité. Il y avoit long-temps que mon
profeffeur de l'année précédente me haïf-
foit. La caufe de fon averfion ne m'étoit
pas inconnue. Comme le Latin m'étoit
devenu familier par la converfation, je
le parlois auffi facilement que ma langue
maternelle, & il n'étoit point d'ufage de
s'exprimer de la forte dans les claffes
fubalternes. A l'égard du Grec, je m'é-
tois annoncé comme le fachant, à peu

près, comme le Latin. Mon premier régent n'en connoissoit pas même les caracteres. J'avois très = souvent critiqué ses
leçons ; ses themes corrigés ne me paroif-
soient point sans défaut, ses versions
étoient mal rendues ; j'avois moi - même
tracé à la plume une mappemonde que
j'affectois de montrer, & qu'il lui prit
fantaisie de déchirer, parce qu'elle paroif-
soit lui reprocher le peu qu'il savoit de
géographie. Je scandois quelquefois assez
haut des vers de l'Iliade ; je présumois de
mes talents, & j'avois mauvaise idée des
siens ; il m'étoit échappé de donner aux
Géorgiques la préférence sur le *Prædium*
rusticum du P. Vaniere, d'avancer que
les regles de Jean Despautere n'étoient
qu'un galimatias digne de mépris ; j'avois
donné des ridicules à quelques cafards de
congréganistes, qui, sous l'enveloppe d'une
dévotion outrée, cachoient un fond d'af-
tuce & de noirceur dont j'avois risqué
d'être quelquefois la victime. En un mot,
quoique les histoires prodigieuses du pere
préfet eussent fait sur moi des impressions frappantes, j'avois paru avoir des
doutes, & je les avois fait connoître avec
trop peu de ménagement.

Tant de griefs présageoient évidem-
ment ma perte, &, à l'exception du pro-
fesseur de l'année actuelle, qui, en effet,

étoit un homme fort pacifique, & se trouvoit, malgré lui, témoin de cette scene,
j'eus contre moi le recteur, le préfet,
le pédant de l'année précédente & les
adulateurs. On n'osa pas tout-à-fait fronder les principes que j'avois reçus avant
d'entrer au college ; il eût été honteux
de jalouser des talents que je ne devois
qu'à la vigilance & aux soins de mon
oncle ; il fallut se jetter sur mes étourderies, & mes ennemis eurent beau jeu.
On me reprocha que j'étois l'auteur d'une
guerre entre le corps des écoliers &
les gredins de la halle ; que j'avois mis
aux prises des cuistres avec des enfants
de famille ; que j'étois à la tête des jeux
du rempart ; que je savois jouer des go-
belets, faire des tours de cartes, & même que j'avois fréquenté la salle d'armes,
& couru au spectacle des baladins & des
danseurs de corde, ce qui étoit le comble de l'enormité.

D'après l'énumération de tant de for-
faits, mon premier régent & le préfet
conclurent à une rigoureuse correction aux
quatre coins de la cour, & a une expul-
sion déshonorante, sans espérance de retour. La sentence fut prononcée par le recteur. Je fus traité d'opiniâtre, de faquin,
de garçon dangereux ; mon oncle même
eut sa part de l'affront : car on le taxa

d'être Janséniste, ce qui étoit d'autant plus vraisemblable, qu'il portoit ordinairement un grand feutre détroussé, un rabbat blanc fort long, & des souliers quarrés.

Le catalogue de la congrégation fut apporté, & mon nom fut ignominieusement biffé, en présence de tous les écoliers. Sur ces entrefaites, arrive un valet vigoureux, muni de verges, & l'on m'ordonne de sortir de ma place, & de subir le châtiment qui m'étoit destiné.

Six écoliers furent commandés pour me contenir pendant l'exécution; mais la rage qui me transportoit, & un coûteau dont j'étois armé, leur ôterent l'envie d'obéir, & je profitai du moment pour m'ouvrir un passage & me sauver à toutes jambes.

J'avois laissé dans la classe mes livres & mon chapeau: tout fut jetté par les fenêtres; mais, quelques heures après, deux ou trois de ceux qui m'étoient le plus attachés, vinrent me les remettre dans ma pension, où je me cachois comme un criminel qui a forcé la géole, & croit toutes les maréchaussées après ses trousses. Ils plaignirent mon sort, & m'assurerent même que mon régent avoit répandu des larmes, en disant au récteur qu'il n'y avoit guere de proportion entre la peine & le crime, & qu'on ne puniroit pas plus sévérement un débauché au premier chef ; mais qu'on lui avoit impofé filence, comme peu difpofé à profiter de fes repréfentations. Ces bons enfánts m'offrirent enfuite quelques deniers de leur bourfe pour fubvenir aux frais de mon retour : car mon intention étoit de partir. Mon hôte s'oppofoit à ce deffein, & prétendoit faire ma paix ; mais je n'entendis à aucune compofition ; le nom de college feul me faifoit frémir ; je le fuppliai de s'épargner cette démarche, &, dès le lendemain, je repris le chemin des Ardennes.

CHAPITRE VI.

Marcel retourne aux Ardennes. Rencontre d'un voleur.

JE marchai feul l'efpace de quatre heures, à travers des bois fort épais, & enfeveli dans les réflexions les plus fombres. L'indignation, les regrets, le découragement fe fuccédoient dans mon cœur, avec la plus grande rapidité. Tantôt je me repréfentois mon oncle irrité de ma conduite, & refufant de me recevoir auffi-tôt que je paroîtrois à fes yeux. Tantôt l'arrogance de ces hommes, au defpotifme dé qui je venois de me souftiaire, tournoit toutes mes idées du côté de la vengeance. Si je fuis mal accueilli de mon oncle, me difois-je, il faudra bien prendre une résolution quelconque ; mais, si l'on me permet de me juftifier, j'aurai affez de moyens pour prouver mon innocence.

La feule chofe à laquelle j'aurois dû m'arrêter, & à quoi je ne penfois pas alors, eft qu'il s'étoit fait en moi quelques changements, qui ne tournoient pas à ma louange. Je m'étois laiffé trop entraîner par l'exemple de mes camarades : j'avois perdu de vue les éléments de ma premiere éducation. Dix-huit mois de college avoient plus détruit que deux ans de leçons n'avoient édifié ; &, quoiqu'en portant à leur jufte valeur les étourderies qui avoient caufé ma difgrace, on ne pût y appercevoir un fond de libertinage & de corruption, néanmoins il étoit sûr que c'étoit un acheminement à des excès auxquels il auroit été peut-être un peu tard d'apporter remede. Mais je n'étois pas alors affez le maître de mes mouvements pour me rendre juftice & paffer condamnation, &, comme il y avoit apparence que mon oncle me croyoit encore tel que j'étois forti de fes mains, j'étois fermement réfolu de ne l'entretenir que de ce qui pouvoit tendre à humilier mes ennemis : fi j'avois été affez puiſſant pour leur nuire, j'avoue de bonne foi que j'aurois uſé de repréſailles ſans aucun remords.

Ame qui vive ne s'étoit encore offert à mon paſſage, quand, tout-à-coup, vers le midi, je crus appercevoir à travers les branches une eſpece de gueux appuyé ſur le tronc d'un arbre, & faiſant mine de m'attendre. Surpris de cette rencontre, ma premiere penſée fut de changer de chemin; mais il me devina, & quittant ſon poſte avec précipitation, il vint à moi d'un air menaçant, & me prit au collet. Je fis un grand cri, mes jambes ſe déroberent ſous moi, je tombai à la renverſe, & je me crus mort. Paſſant, me dit-il, tu demandes en vain du ſecours; je ſuis à ta pourſuite depuis une heure : ſi tu as de l'argent, donne-le moi bien vîte, & va ton chemin. J'avois environ douze francs provenus de mes épargnes & des libéralités de mes camarades. L'aventurier n'attendit pas que je miſſe la main à la bourſe, & me fouillant lui-même, il s'empara de mes pauvres eſpeces, & me laiſſa la liberté de continuer ma route. Je marchai donc en répandant un torrent de larmes; mais jugez de ma ſurpriſe : notre homme revint ſur ſes pas, & me cria de l'attendre. Je voulus me ſauver, mais il m'eut bientôt atteint. Je me ſentis derechef ſaiſi au corps, & dans une agitation qu'il est impossible de se figurer, je me jetai à ses genoux, & le conjurai de ne pas m'ôter la vie : Appaise-toi, me dit-il, mon pauvre ami, tu me fais compassion ; je vais te rendre ta petite fortune, mais il faut que tu m'accompagnes dans la hutte que tu vois au fond de cette côte ; nous y serons seuls, & alors je pourrai te découvrir des choses qui te causeront une grande surprise.

J'avois affaire à un homme vigoureux, & j'obéis en tremblant. Arrivés à la porte de cette espece de caverne, il poussa un buisson qui en fermoit l'entrée, me prit par la main, me fit asseoir sur une pierre, se plaça sur une autre, & me fixant pendant deux ou trois minutes : Avant de nous entretenir, me dit-il, il convient que nous mangions un morceau ; je suis sûr que tu as quelque appétit, & moi je n'en manque point ; ainsi, déjeûnons avant toute chose. Aussi-tôt, il tire du fond d'une espece de carnacière une piece de petit-salé qu'il avoit, disoit-il, pris la veille à un frere quêteur. C'étoit là toute sa provision ; point de boisson, point de pain ; mais l'appétit fit la sauce ; & quand, après les parts faites, je le vis mordre avec avidité dans la sienne, cela me donna quelque assurance, & je l'imitai de mon mieux.

Notre triste repas fini : Me reconnois-tu
bien , me dit-il, mon ami Marcel ? A
cette question je restai tout interdit ; &,
le parcourant des yeux, je crus retrouver
en lui des traits qui m'avoient été autrefois familiers. C'étoit un jeune homme d'une
grande stature , beau de visage , & par-
faitement conformé ; mais une barbe épaisse
& un habit tout en lambeau lui donnoient
un air terrible. Quoi ! dit-il, mon fils , tu ne
peux te rapeller ce Philippe, l'ainé des enfants
de Jean Pierson ? Tu étois bien jeune alors ,
& ton pere vivoit encore. Je quittois les
écoles quand tu perdis tes parents ; &,
depuis que tu es sorti de la paroisse pour
aller en pension, je n'entendis plus parler
de toi. Tu avois environ sept ou huit ans,
& il me souvient , comme d'aujourd'hui ,
que tu m'appelois toujours ton major. A
ce nom , qui débrouilloit toutes mes idées :
Seroit-il possible , lui répondis-je, que je
rencontrerois dans un lieu si sauvage ce
jeune homme si gai , si amusant , que tout
le monde aimoit, dont on disoit tant de
bien ? Mais... hélas ! seriez-vous donc assez
méchant ?... Je ne pus en dire davantage,
tant je me sentois troublé, Non , non ,
mon cher Marcel , poursuivit-il , tu n'as
rien à craindre. Je ne t'eus pas plutôt
enlevé ton argent , que ta physionomie me
frappa ; c'est Marcel , me dis-je à moi-

même ; alors je revins sur mes pas , & ne voulus pas perdre l'occasion de me dé-voiler ; car peut-être ne l'aurois-je trou-vée de long-temps ; mais , de grace, ne me condamne pas avant de m'avoir en-tendu , je t'apprendrai des choses qui t'at-tendriront sur mon sort. A mon silence , mon aventurier jugea bien que j'étois dis-posé à prêter l'oreille à son récit , &, sur le champ il débuta de la sorte :

CHAPITRE VII.

Ce que Philippe raconta à Marcel dans la caverne.

PEUT-ETRE , mon cher ami , as-tu en-tendu parler des engagements qui me lioient à Laurence , fille de Jacques Marsaut. Je fréquentois cette charmante fille par la seule considération de ses belles qualités. Elle étoit sage , & tout le monde disoit que c'étoit l'enfant le plus adroit & l'esprit le mieux fait de la paroisse. Il y avoit entre nous un rapport d'âge & de goût qui se manifestoit à mesure que nous grandis-sions ; toute la différence se rencontroit dans les fortunes. Je n'avois pas deux mille francs à espérer de la maison paternelle,

quoique nous ne fuſſions que deux freres ;
& les parents de Laurence étoient très-à
leur aiſe, & poſſédoient à eux ſeuls plus
de la moitié du territoire du village ; d'ailleurs, elle étoit fille unique ; & , outre
ce qu'elle avoit à eſpérer de ſa famille,
ſon grand-oncle, qui etoit chanoine à
Liege, & chez qui elle avoit été élevée
juſqu'à l'âge de douze ans, devoit la faire
ſa légataire univerſelle. Fondé ſur des prétentions ſi conſidérables, ſon pere la deſ-
tinoit, depuis long-temps, au fils d'un gros
fermier, celui-là même qui, comme tu
l'as peut-être ſu, faiſoit une ſi belle dépenſe aux fêtes ; mais qui, à l'argent près,
n'avoit ni talents, ni eſprit, ni conduite ;
c'étoit un grand benêt qui ne ſavoit ni lire,
ni écrire, qui ſe prenoit fréquemment de
boiſſon, qui n'ouvroit la bouche que pour
dire des ſottiſes, qui, dans pluſieurs entrevûes qu'il eut avec Laurence, la mit ſi
bien au fait de ſon peu de mérite, que,
malgré l'empreſſement & les menaces de
ſes pere & mere, elle ne put, depuis, ſe
réſoudre à recevoir ſes aſſiduités.

Je ne te dirai pas, Marcel, toutes les
contradictions & les traverſes que nous eûmes à eſſuyer à cauſe de cet original,
combien nous prîmes de meſures pour
tromper la vigilance de nos Argus, &
continuer nos petits tête-à-tête qui ne fai-

foient que nous affermir dans la réfolution d'être pour toujours l'un à l'autre.
Nos fentiments fe développerent même à
tel point, que ce qui n'étoit à quinze ans
qu'un pur commerce d'amitié, devint à
dix-neuf ans la paffion la plus violente &
la plus cruelle, puifqu'elle a fait tous mes
malheurs. Les parents de Laurence ne tarderent pas à s'en appercevoir, &, pour
en arrêter les fuites, ou plutôt pour fuivre leur plan d'intérêt, ils prirent le parti
de fixer fon fort, & de la marier au ri-
ché Claude Taillebot, c'étoit le nom du
prétendu. Le jour pris pour les fiançailles,
les deux familles fe raffemblerent : il y
avoit un beau fouper qui devoit fervir de
prélude au fatal contrat, & ce fut pendant
ce fouper que Laurence trouva le moment
de fe dérober de la maifon, & de fe retirer chez une de fes bonnes amies, où
elle me fit appeller. Je m'y rendis à la hâte,
& fi-tôt qu'elle m'apperçut, les larmes
coulerent de fes yeux. » Tout eft perdu,
me dit-elle, je vais ceffer d'être à vous ;
il ne me refte qu'un inftant à vous entretenir. Dites moi s'il y auroit encore moyen
de prévenir un coup qui m'accable. Oui,
fans doute, lui répondis-je ; fuivez-moi
fur le champ, & ne craignez pas de vous
abandonner à ma conduite. Mais une fille
comme moi ; que va-t-on dire dans le vil-

lage ? Encore une fois , point de réflexions , je me charge de tout , & vous
réponds du fuccès «. Il faifoit très-obfcur
cette foirée : nous en profitâmes pour nous
éloigner à grands pas. La bonne amie nous
vit partir en pleurant , & il n'étoit pas
huit heures que nous avions gagné la fo-
rêt , dans laquelle nous nous enfonçâmes,
fans égard à la route que nous devions
tenir. Nous eûmes le courage de marcher
jufqu'au jour , & nous arrivâmes , au lever
du foleil , dans un bourg qui étoit à plus
de fept lieues de diftance de notre village,
où il fallut de néceffité faire halte , & entrer dans la premiere auberge. Mes. facultés fe réduifoient à huit piftoles , pro-
venantes de mes épargnes , que j'avois eu
la précaution de prendre ; Laurence en
avoit à peu près autant ; ce qui nous paroiffoit une fomme affez confidérable pour
gagner la Hollande. Le maître du logis
nous prit pour des pélerins , avec d'autant
plus de fondement que c'étoit le jour de
la fête du patron , & qu'il s'y trouva un
grand concours de perfonnes dévotes de
tous les villages voifins. Perfonne , j'en
fuis sûr , n'avoit obfervé le jeûne fi ftric-
tement que Laurence & moi. Le pélérinage
n'en étoit pas l'objet ; mais nous profitâmes de l'erreur commune pour mieux couvrir notre deffein. Vers les fix heures , m'a-
dreffant

dreſſant ſecrétement à Laurence « » Voici,
lui dis - je , l'occaſion favorable de nous
unir par des liens indiſſolubles : vous ne
connoîtrez la grandeur de mon attachement qu'après avoir exécuté le projet auquel je me ſuis arrêté. Rendons-nous à
l'égliſe au moment de la meſſe , & , auſſi-
tôt que nous verrons arriver le paſteur ,
donnons-nous réciproquement la foi de
mariage aux pieds des autels , & repoſons-
nous des ſuites ſur la providence qui nous
a fait l'un pour l'autre , & qui connoît la
pureté de nos intentions. J'attendis , en
tremblant , ſa réponſe. Cette charmante
fille n'étoit guere en état de former des
doutes ſur la validité d'un pareil mariage ;
je n'étois pas à cet égard plus inſtruit
qu'elle. J'avois ſeulement entendu dire
que cela étoit arrivé ſouvent , & que les
familles avoient été contraintes d'y donner leur conſentement. L'occaſion , l'a-
mour , notre fuite précipitée , l'éclat qu'elle alloit cauſer dans le pays ; tout ſem-
bloit nous dire qu'il n'y avoit pas un inſtant à perdre. Je me levai , Laurence me
ſuivit toute éperdue : nous nous rendîmes
dans le ſanctuaire au ſonde la cloche ; nous
nous mîmes à genoux en préſence d'une
foule de ſpectateurs qui nous conſidéroient
avec ſurpriſe ; & , auſſi-tôt que nous vîmes ſortir le célébrant de la ſacriſtie , je

donnai la main droite à ma compagne, &
me mit à crier fort haut : Monsieur le
curé, c'est à vos pieds & en présence de
tous vos paroissiens que moi, Philippe
Pierson, prends pour femme & épouse,
Laurence Marsaut, ici présente. Je tremblois que ma promise ne fût déconcertée
de ce débat ; mais c'étoit le moment de
rappeller toute sa fermeté, &, sans attendre que je la priasse d'en agir de la
même maniere à mon égard, elle répéta
distinctement la même formule : après
quoi, nous gardâmes le silence au hasard de tout ce qui pouvoit en arriver.
Imagine-toi quelle fut la surprise du pasteur & du troupeau. Le curé protesta
contre cet engagement, les assistants se
regardoient sans ouvrir la bouche ; bientôt un murmure sourd succéda à cette ta-
citurnité, & le bruit alloit toujours en
croissant, quand le célébrant faisant signe
de la main, chacun se tut, & se mit
en devoir de l'entendre : Mes enfants,
nous dit-il, avec un ton de douceur &
de fermeté, j'ignore le motif qui vous
porte à exécuter une résolution si hardie.
Je n'y trouve rien de conforme aux saints
canons & ordonnances ; point de bans,
point de consentement de famille, point
d'attestation, point de fiançailles, point
de domicile : un tel mariage ne peut &

ne doit être ratifié, & je connois trop
les bornes de mon pouvoir pour entreprendre de seconder aujourd'hui sur ce
point vos desirs. Ainsi donc, Messieurs,
poursuivit-il, en s'adressant aux paroissiens, vous êtes témoins que je m'oppose
de toute mon autorité, & que je prends
acte de tout ce qui vient d'être dit &
fait à votre vu & su, & au mien. Cela
dit, il monte à l'autel, & ordonne de
commencer l'office, sans s'embarrasser des
propos du peuple, ni de ce que nous
allions devenir. Mais nous nous étions trop
avancés pour reconnoître publiquement
notre faute, & sans nous soucier beaucoup des propos que nous allions occasionner, nous nous retirâmes au fond
de la nef, ou nous restâmes jusqu'à la
fin dans le plus grand recueillement. Les
habitants parurent touchés de cette candeur apparente, & l'on n'entendit, en
sortant, que des murmures contre le
pasteur, que l'on traitoit d'homme inexorable & sans raison. Les uns nous offrirent leurs services, d'autres nous prirent par la main, & nous conduisirent chez
eux, où ils nous présenterent à boire &
à manger, dont nous avions grand besoin.
La journée se passa à nous interroger : on
voulut connoître jusqu'aux moindres détails
de notre histoire ; on nous plaignit, &

on s'engagea même de nous défendre contre les poursuites de nos ennemis, & à
tenter tous les moyens de leur faire agréer
cette alliance. Nous restâmes avec eux de
la sorte jusques vers le milieu de la semaine, sans que le curé parût, & sans
qu'il nous arrivât de réfléchir sur les suites de notre témérité. Enfin, certain ami
du pere de Laurence, qui, pour commercer des bestiaux séjourna quelque temps,
dans le bourg, ayant appris notre aventure, n'eut rien de plus pressé que de
lui en faire part à son retour. Tout étoit,
en effet, dans la confusion depuis notre
départ; on tenoit à notre sujet les propos les plus outrageants; on avoit mis de
toutes parts en campagne des gens pour
nous joindre & s'assurer de nous. Laurence devoit être enfermée pour sa vie, &
moi, comme ravisseur, condamné au gibet sans miséricorde. Ces bruits ne tarderent pas à parvenir à nos oreilles; mais
notre aveuglement étoit extrême, &,
malgré la vigilance de nos protecteurs,
un beau matin nous nous trouvâmes arrê-
tés par six hommes vigoureux qui nous
lierent, & nous chargerent sur une voiture, faisant si grande diligence, que nous
étions à près d'une demi-lieue du bourg,
avant que nos patrons se fussent mis en
état de nous secourir. Cependant mon pe-

re informé à propos des desseins de la famille de Laurence, avoit engagé plusieurs
de ses amis à monter à cheval, sans mot
dire à personne; ils accoururent, au grand
galop, à notre rencontre, & sommerent
les conducteurs de la voiture de me remettre entre leurs mains. Je vis le moment
d'une attaque sanglante, &, pour la prévenir, je tendis les bras a mes libérateurs,
qui coupèrent les cordes dont j'étois attaché, me mirent sur un cheval de selle,
& s'éloignerent promptement sans s'embarrasser de ce que pouvoit devenir ma
chere épouse.

Quoiqu'il fut très-important pour moi
de m'abandonner à la conduite de mon
pere, je ne pus me séparer de Laurence
sans pousser des sanglots, & m'agiter comme un homme accablé de son infortune.
Mon pere ne fit pas semblant de s'en appercevoir, & aussi-tôt qu'il se vit hors
de risque, il se chargea lui seul de ma
conduite. Nous nous enfonçâmes dans l'é-
paisseur du bois; nous marchâmes pendant deux jours, & nous arrivâmes à
Givet, où je fus remis entre les mains
d'un capitaine, qui me fit signer un engagement.

J'étois si éperdu, que je n'eus pas le
courage de résister; je pris la plume, ou
plutôt on me conduisit la main; l'officier

me fit compter une fomme, & mon pere,
en prenant congé de lui, lui promit de
me remettre au fergent de la compagnie
avant la fin du jour. Nous entrâmes dans
une auberge, mon pere avoit la joie
peinte fur le vifage, fans doute parce
qu'il croyoit m'avoir arraché au plus grand
péril que j'euffe couru de ma vie. Il mangea de bon appétit, me follicita d'en faire
autant, & tandis qu'un domeftique étoit
allé foigner fon cheval, il me mit la main
fur l'épaule & me dit : Mon fils, je ne
m'amuferai pas à te faire des reproches ; tu
les a mérités fans doute par ta conduite,
& cet enlevement fcandaleux va me rendre
la fable du pays : mais il falloit un prompt
remede à un fi grand mal, & je n'en ai
pas trouvé qui pût déconcerter plus infailliblement les mefures des parents de cette
fille inconfidérée, que de t'arracher de leurs
bras & des fiens, & de te donner au roi.
Sois fage dans la fuite : le funefte accident
auquel tu vins d'échapper t'y invite, & par-
deffus toute la tendreffe d'un pere qui t'aime, qui te plaint, & qui ne va s'occuper
qu'à réparer, par tous les moyens poffibles,
le préjudice que tu caufes à ta famille par
un trait de paffion auquel je ne devois
guere m'attendre. En difant ces mots,
mon pere me donna fix louis, me ferra
dans fes bras, & fa fermeté furmontant

le naturel, il fortit de la chambre, monta
à cheval, & partit. Il venoit de fe paffer
tant de chofes à mon égard, & toutes fi
fingulieres, que je me trouvai dans une
efpece d'aliénation. Je ne fus en état de
regagner les cafernes que le foir, où je
me remis entre les mains de mon fergent.
Cet homme avoit l'ame compatiffante : il
me plaignit, m'embraffa, me fit des inftances pour apprendre mes malheurs. Toutes fes follicitations furent vaines jufqu'au
lendemain : la confufion de mes idées, la
perte de cette fille que je me repréfentois
expofée aux reffentiments d'une famille ir-
ritée, le parti que j'avois été forcé de prendre pour me fouftraire à la rigueur des loix;
tout cela me rendoit morne & immobile à
toutes repréfentations. Laiffons-le fe foula-
ger, difoit mon fergent ; fa douleur eft
trop violente pour tenter de le guérir fi-
tôt : peut-être demain fera-t-il plus tranquille ; alors il me contera le fujet de fes
peines, & nous trouverons moyen de les
adoucir.

Je ne foupai pas ce jour-là, & mes camarades parurent s'en foucier fort peu :
nous nous couchâmes à quatre dans un lit
fort dur ; mais affecté comme je l'étois,
je ne m'en apperçus qu'aux douleurs que
je reffentis en me levant le lendemain.
Mon uniforme étoit fur un banc, & il fal-

lut m'en revêtir. Je me mis à genoux pour
faire ma priere, & toute ma chambrée
fit des railleries de ma dévotion. Dans ce
quart-d'heure entra le fergent qui me demanda comment j'avois paffé la nuit :
Fort mal, lui répondis-je, mais il faut fe
faire à tout. Comment donc, dit-il, nous
en ferons le plus bel homme de la troupe.
Suivez - moi, Philippe, j'ai deux mots à
vous dire : je me mis en devoir d'obéir,
& fi-tôt que nous fûmes feuls : Enfin,
dit-il, je fais le fond de votre affaire,
notre capitaine m'en a fait tout le détail ; mais
prenez courage, & vous trouverez en moi
un homme difpofé à adoucir vos amertu-
mes par des ménagements qui vous feront
trouver votre bonheur dans un état où il
eft difficile de le rencontrer. Pour y réuffir, il convient d'abord que je vous pré-
munifle contre les petites mortifications
que vous aurez à effuyer de la part de vos
compagnons. Vous ferez raillé, badiné,
provoqué : tous les refforts feront mis en
œuvre pour découvrir le fond de votre
caractere. Vous n'ouvrirez pas la bouche
une fois fans vous expofer à des plaifan-
teries qui, toutes pitoyables qu'elles feront,
pourroient aboutir à de funeftes conféquences, fi vous y paroiffiez trop fenfible. C'eft
un noviciat dont vous ne pouvez vous défendre ; mais quand vous en aurez furmonté

les dégoûts, tout vous deviendra aifé, & même attrayant dans le métier des armes. Un autre avis, non moins important, eft que vous fachiez qu'au fervice du prince on punit rigoureufement les baffeffes, la négligence & la débauche. Soyez propre, fidele, fage, & exact; que vos armes & votre uniforme foient toujours en état; ne vous laiffez jamais entraîner au libertinage; rendez-vous ponctuellement à l'ordre, & gardez-vous bien de manquer de refpect à vos officiers. L'honneur eft le grand mobile du militaire, en quelque grade qu'il puiffe fe trouver; fi, dans le nombre de ceux qui compofent notre régiment, vous en apperceyez quelques-uns qui s'en écartent, vous en trouverez beaucoup d'autres chez qui il eft en très-grande recommandation. Ils deviendront vos modeles, & vous enfeigneront la voie la plus fûre pour parvenir & vous faire confidérer. Je n'entrerai point dans un plus grand détail fur cet objet, la pratique fera d'un tout autre poids pour vous faire goûter la folidité de ces maximes, qui vous deviendront précieufes, à proportion des marques d'eftime & de bienveillance qu'elles ne manqueront pas de vous attirer.

Je fis à ce brave homme les plus fincères remerciments; & en fortant de fa chambre, je me retirai au quartier, bien

résolu, quoi qu'il pût m'en arriver, de
ne m'écarter en rien du chemin qu'il venoit de me tracer; mais ces heureuses dif-
positions ne purent tenir contre les follicitations de mes camarades, & je m'apperçus bientôt que la plupart n'étoient que
des voluptueux, des blasphémateurs & des
emportés. Les femmes, le vin, la débauche la plus effréné, n'étoient pour eux
que des gentillesses par lesquelles ils prétendoient se faire un nom dans le corps;
querelleurs à l'excès, les sujets les plus lé-
gers les mettoient en fureur; ils se dé-
faisoient de toute honte, & mettoient
leur gloire à se signaler par des étourderies & des impertinences dont je fus enfin
la victime. En un mot, pour abréger cette
histoire, tu sauras qu'ayant eu querelle
avec un jeune volontaire au sujet d'une
basse galanterie qu'il se flattoit sans pudeur
d'avoir mis à fin, & l'ayant inconsidéré-
ment traité comme il le méritoit, cet
étourdi m'apela en duel. La sotte maxime
du service est que cela ne puisse se refuser. Ayant long-temps fréquenté la salle
où je m'étois attiré des éloges sur ma
dextérité, j'acceptai le cartel d'autant plus
volontiers, que j'avois à cœur de défaire
le régiment d'un si mauvais sujet. Nous
nous battîmes long-temps sans pouvoir nous
donner aucun coup dangereux, ce qui me

fit comprendre qu'il étoit plus exercé que
je ne le penfois dans cette forte d'efcrime.
A la fin, quoique la fueur me coulât de
toutes les parties du corps, & que je
fentis diminuer mes forces par des mouvements trop prolongés, je résolus d'en
venir à un dernier effort pour lui faire
lâcher le poignet, & ce fut dans ce moment où j'eus le malheur de le percer au
deffous du fein, & de le renverfer fur la
place. Comme nous avions été vûs, &
que mon ennemi appartenoit à une famille
qui avoit du crédit, je résolus de me fouftraire à la juftice militaire, & je défer-
tai. Depuis ce temps, j'erre de côté &
d'autre, tantôt retiré dans une ferme,
tantôt parcourant les bois, me cachant
fous des rochers, & prenant prefque toujours mon gîte au milieu des gênets & des
bruyeres. Ce n'eft pas que de-temps à autre
il ne fe foit rencontré de bonnes gens à
qui ma deftinée faifoit peine; mais la crainte de s'attirer quelque affaire en donnant
afyle à des gens fans aveu contre les dé-
fenfes du gouvernement, fait que je ne
peux trop les expofer, en m'expofant moi-
même; ce qui me réduit à un tel défefpoir, que, m'attendant tôt ou tard à périr
de faim au milieu de ces déferts, je me
porte, contre mon cœur, à des excès
qui ont déjà fait appréhender ma rencontre

à plus d'un voyageur. Dans cette extrêmité déplorable, le souvenir de Laurence,
que je n'étois pas digne de posséder sans
doute, celui de mon pere accablé de chagrin & ignorant ma retraite, celui de mon
sergent, ce généreux ami dont j'ai si peu
respecté les leçons : que sais-je ? mon évasion, dont on a certainement eu nouvelle
dans ma patrie, & enfin la crainte de
me faire connoître même au voisinage de
ma famille, qui ne pourroit me garantir
de la sévérité des loix si j'avois le malheur
d'être reconnu ; tout cela m'attriste, m'accable, m'effraie au milieu du silence &
de la solitude. Rien n'est à mes yeux plus
affreux que mon sort ; & l'idée qu'il n'y
aura peut-être d'autre terme à mes tour-
-ments qu'une mort occasionée par mes
besoins, me jette quelquefois dans des
accès qui tiennent de la plus dangereuse
frénésie.

En finissant son récit, cet infortuné se
leva de sa place, serra les mains l'une
contre l'autre, se croisa les bras, & poussa
des gémissements si lugubres, que je me
mis à fondre en pleurs & à sanglotter de
toutes mes forces. Je lui promis d'en parler
à mon oncle, & d'aller moi-même prévenir sa famille ; ma sensibilité étoit si extrême, que j'aurois, dans le moment,
entrepris le voyage de Givet où étoit

toujours son régiment ; je me croyois capable de tout ; mais Philippe, qui avoit
au moins sept ans plus que moi, vit bien
que le bon cœur m'emportoit, & qu'un
garçon de mon âge, loin de lui être utile,
risquoit par trop d'empressement d'ajouter
de nouveaux malheurs aux siens qui étoient
déjà assez grands. Il me supplia donc de
garder le secret sur sa retraite, & n'exi-
gea de moi, pour tout service, que d'engager mon oncle à se rendre chez son pere,
& à prendre de concert des mesures si
prudentes pour sa délivrance, qu'il ne put
derechef se voir exposé à de nouveaux
risques. Je le lui promis, & en le quittant,
je lui offris la moitié de mon argent qu'il
refusa, malgré toutes mes instances, de
maniere qu'après nous être embrassés de
la façon la plus cordiale, je sortis de sa hutte, & regagnai mon chemin.

J'étois trop esclave de ma parole pour
oublier si-tôt les assurances que je lui avois
données ; &, comme il y eut peu de
temps après une amnistie générale en France, j'importunai tellement mon oncle, &
lui fis de l'état de ce pauvre déserteur
une peinture si touchante, qu'il en fit
part à ce même gentilhomme qui m'avoit
fait entrer au college, lequel eut assez de
crédit pour faire agréer son rappel. J'appris dans la suite que ses parents avoient

acheté son congé, & que la famille de Laurence s'étant brouillé avec celle de Claude-Taillebot, on avoit fait agir tant de ressorts, que le mariage de Philippe Pierson avoit été réhabilité par une nouvelle célébration; qu'ayant obtenu ensuite une place de directeur dans les ardoisieres de Fumay, il y vivoit dans un état d'aisance honnête avec son épouse, & se concilioit par son esprit & sa probité le cœur de tous ceux avec qui il avoit à traiter d'affaires. Mais il est temps de reprendre mon histoire, & de parler de la réception qu'on me fit chez mon oncle, où je ne pus arriver que le lendemain vers midi.

CHAPITRE VIII.

Comment Marcel fut reçu chez son oncle, & du nouvel état qu'on projetta de lui donner.

L'AVE MARIA sonnoit lorsque j'ouvris la porte de la cuisine; & quoiqu'après avoir déduit mes raisons j'eusse lieu de penser que l'on auroit de l'indulgence pour ma faute, cependant le cœur me battoit avec force, & je n'eus pas le courage de prononcer une parole. La première per-

fonne qui s'offrit à mes yeux fut la pauvre-
Simonette ! Eh! dit-elle, en me récon-
noiffant, Dieu me foit-en aide, c'est Marcel... Monfieur, Monfieur ! voilà votre-
néveu qui arrive. Cela dit, elle me faute
au cou, & me fait cent interrogations,
auxquelles, tout étourdi comme je l'étois,
je ne répondis pas un mot. Arrive mon
oncle, à pas forts lents, & s'appuyant
fur une béquille : Hélas ! mon enfant, dit-
il tout furpris, qu'eft-il donc arrivé, &
pourquoi prévenez-vous le temps des va-
cances ? A fa vue je tombai fur une chaife,
& la préfence d'efprit m'abandonna ; c'eft
alors que Simonette fe mit à demander du
fecours. N'appellez perfonne, dit le bon
vieillard, mais tranfportez-le fur un lit :
ce garçon s'eft tué d'aller de pied ; fi j'avois
prévu qu'il dût revenir avant le temps,
mon cheval feroit parti dès la femaine
dernière. J'entendois tout cela confufé-
ment, & ce ne fut qu'après une demi-
heure que je revins à moi, & que je parus plus tranquille. Mon oncle, avant tout,
me fit fervir à manger. Je pris ma réfection en jeune voyageur de grand appétit ;
car depuis le matin où j'avois couché &
déjeûné dans un mauvais cabaret, il ne
m'étoit arrivé de prendre aucune nourriture. Je fis enfuite un fommeil de deux
heures, & ne me levai qu'à quatre, à la

priere de mon oncle, qui me conduifit
dans fa chambre, m'embraffa à plufieurs
reprifes, & fe mit à m'interroger. La bonté avec laquelle j'étois accueilli, l'attention qu'il fe difpofoit de prêter à mon ré-
c.t, m'infpirerent une grande confiance.
Simonette s'affit derriere moi ; j'effuyai
mes larmes, je parlai pendant une heure,
fans que l'on fît femblant de m'interrompre, & la fincérité avec laquelle je me
donnai tort routes les fois que j'étois con-
damnable, prévint tellement mon oncle en
ma faveur, qu'il ne me fit aucun reproche, & fe contenta de me dire avec fa
douceur ordinaire : Cela eft fâcheux, mon
enfant ; je vois bien que vous euffiez pû
vous mieux comporter ; mais on a pas eu
affez d'égard à votre âge, & la punition
l'emporte fur le crime. Néanmoins ne vous
autorifez pas de ma modération, pour vous
animer à la vengeance contre des hommes
qui, dès là même qu'ils ont été vos maîtres & qu'ils font puiffants, exigent d'être
ménagés. Vous ne retournerez plus au college, à ce que j'ai lieu de penfer ; l'opprobre auquel vous avez été expofé, ne
vous en fera pas naître de fi-tôt l'envie.
Mais enfin, je ne peux me déterminer à
vous laiffer croupir dans une honteufe indolence, & les foins que j'ai pris de votre
avancement feroient des foins fuperflus,

s'ils ne tendoient qu'à fomenter votre horreur pour le travail. Si l'étude n'avoit pour vous dans la fuite aucun attrait, dites - moi donc, avec votre candeur ordinaire, & n'appréhendez - pas de me fâcher, quelle profeffion voudriez-vous embraffer ?

J'étois prêt à répondre, quand Simonette entendit frapper à la porte, & vint, un inftant après, nous annoncer l'arrivée d'un religieux. C'étoit un procureur de l'ordre de Saint Benoît, qu'une affaire de bannalité obligeoit de fe tranfporter fur les lieux. Jamais je ne vis une figure plus heureufe : tout annonçoit dans fa perfonne le contentement & l'opulence. Defcendu de fa caleche, les chevaux furent mis à l'écurie, & mon oncle l'accueillit de maniere à me faire juger qu'on avoit le plus grand intérêt à lui faire une belle réception. On tira du fond de la chaife la moitié d'un faumon & deux groffes truites : Simonette coupa le cou à quelques volailles, &, fecondée du valet de ce moine, elle fe mit en difpofition de nous préparer un fouper honnête. Sa révérence, pendant le temps, s'enferma avec mon oncle pour parler d'affaires, & je me tins au feu de la cuifine, en attendant qu'on fe mît à table. A huit heures on fervit, & comme je n'avois rien pris depuis le diner, &

qu'il y avoit bonne chere, je fis honneur
à tout ce qui me fut préfenté avec un
appétit qui n'étoit furpaffé que par celui
du bénédictin. Ce vénérable, en effet,
foupa de la meilleure grace; &, après
avoir traité pendant une demi-heure la
matiere d'un procès qu'il s'agiffoit d'accom-
moder avec les habitants, la converfation
roula fur ma perfonne, & mon oncle m'engagea de raconter moi-même l'hiftoire de
ma difgrace. J'obéis, & fis même entrer
dans ma narration des détails qui m'avoient
échappé d'abord, & qui tous tournoient
au blâme de mes ennemis & à mon entiere juftification. Le moine m'écoutoit
avec une attention finguliere, & à peine
eus-je mis fin à mon récit, que, s'adref-
fant à mon oncle : A quoi penfiez-vous
donc, Monfieur, lui dit-il, de confier
l'éducation de ce jeune homme à des gens,
qui, quoi qu'on en dife, feront toujours
incapables de donner à leurs éleves un
mérite réel ? Ce n'eft pas que je prétende
décrier cette fociété trop fameufe, qui,
en effet, a produit en plus d'un genre
des favants qui lui font honneur. Mais ne
fait-on pas qu'avec toute leur habileté,
il eft rarement forti de leurs mains des
fujets propres à illuftrer l'églife, la robe
& l'épée, & tant d'autres états où il faut
quelque chofe de plus que du Latin. La

Belle éducation vraiment de faire périr
d'ennui de pauvres enfants, en leur apprenant des langues qu'ils ne parleront jamais, quand ils seront hommes ? On consacre leurs années les plus belles, les plus
précieuses, à une étude stérile de mots,
à une pénible construction de phrases qui
les déconcertent. On y étudie la science
des noms & des verbes dans des ouvrages
élémentaires, souvent barbares & presque
toujours inintelligibles. On y défigure le
langage d'Atticus & de Scipion dans des
compositions ridicules, & l'on y dégrade en
mauvais François ou en mauvais Allemand,
les meilleurs auteurs du siecle d'Auguste. Il
est bien satisfaisant sans doute, en sortant
du college, pour un écolier de réciter vingt
pages de Virgile, & ne pas savoir si Charlemagne a été couronné à Rome, & si
François premier a été fait prisonnier devant
Pavie, de débuter par des fables de Phe-
dre & quelques odes d'Horace, & ignorer
les vers de Boileau, & les sublimes chants
de Milton; de ne connoître ni les loix
principales, ni les intérêts, de sa patrie,
de n'avoir jamais étudié les mœurs des nations, ni l'histoire de leur établissement &
de leur état actuel. Trouvez-moi dans le
nombre un orateur, un philosophe, un ma-
thématicien ? le plus beau temps de la vie
est consacré à un fastidieux entassement de

figures, aux fpécieufes difficultés d'un art de raifonner, qui apprend moins à défendre la vérité, qu'à la contredire. Oui, les principes que donne à fon fils le dernier des artifans, font infiniment plus avantageux; du moins en fait-il un homme utile à fes femblables. Je ne vous parle pas de la doctrine; car, s'il s'agit de raifonner, mille queftions frivoles y tiennent lieu de logique, des difcuffions extravagantes y compofent la métaphyfique; on leur bâtit enfuite un fyftême du monde, où ils adaptent, à tort & à travers, les principes d'Ariftote, de Defcartes & de Newton, & tout cela s'appelle faire fon cours de philofophie. Quant à la théologie, on fait affez dans quel abîme d'erreurs elle a plongé ceux que les Jéfuites ont imbus des maximes de Buzenbaum, d'Efcobar & de Molina, combien leurs controverfiftes fe font éloignés des Paul & des Auguftin, quelles perfécutions ces peres ont fufcités aux apologiftes de la grace, & comment en ont été traités les Pafcal, les Nicole, les Arnauld, & tant d'autres perfonnages célebres par l'étendue de leur érudition, la pureté de leur foi & l'innocence de leurs mœurs. Encore une fois, mon cher curé, votre neveu a pris de lui-même un parti que tout homme raifonnable lui auroit confeillé de prendre; &, s'il vous refte à préfent quelque inquiétude au fujet de l'état qu'il conviendroit de lui faire embrasser, je m'en charge moi-même, en considération de celui à qui il appartient, & en vertu des heureuses dispositions que je découvre dans cet enfant, je m'offre d'en parler à notre pere abbé, aussi-tôt après mon retour, & de solliciter pour lui la place de secrétaire de la procure, ce qui, je vous assure, le conduira promptement à quelque chose de mieux.

Après cette belle harangue : Cela vous conviendra-t-il, mon ami, me dit-il, en se tournant vers moi ? Je jettai les yeux sur mon oncle, & m'appercevant que cette proposition paroissoit le flatter, je répondis au moine que cela ne dépendoit pas de moi ; mais que je me ferois toujours un mérite de me conformer aux intentions de celui qui avoit le droit de me commander. Vous répondez avec tant de modestie, me dit mon oncle, que dès aujourd'hui je donnerois mon consentement à ce choix, si vous étiez un peu versé dans l'art de l'écriture. Et c'est à quoi il faut penser, poursuivit le procureur ; reposez-vous sur moi, la place est assurée à Marcel ; notre prélat n'est point homme à me désapprouver ; je lui donnerai tout le temps nécessaire pour former sa main ; &, avec l'intelligence que je lui trouve, cela ne sera pas si long qu'on le pense.

Il fut donc arrêté que je ferois fecrétaire des moines, & qu'avant la fin de
la femaine mon oncle me donneroit un
maître d'écriture, fous lequel je me pro-
pofois de faire promptement des progrès.
Je fus me coucher en faifant mille réflexions fur cet entretien, & toutes gracieufes. Il eft vrai que j'étois encore trop
novice fur certains points de doctrine pour
m'appercevoir qu'il entroit encore plus de
paffion que de vérité dans les déclamations
du procureur. L'antipathie étonnante de tout
difciple de Janfénius contre les Jéfuites ne
m'étoit pas connue, & les difputes de
Port-Royal avec le parti Molinifte étoient
pour moi de l'Algêbre ; mais, enfin, il
fuffifoit que l'on fût de mon fentiment
fur l'averfion que j'avois pour le college
& les régents, pour donner à celui qui
les condamnoit gain de caufe fur tout le
refte.

Il y avoit, chez le gentilhomme ami
de mon oncle, un arpenteur que ce feigneur avoit fait venir pour dreffer le plan
de fon domaine & autres dépendances du
château, & comme il étoit exact & fort
judicieux, grand nombre de propriétaires
étoient jaloux de le confulter. Cet homme
étoit non-feulement géometre, mais très-
habile écrivain. Mon oncle lui propofa
de m'enfeigner, pendant cinq ou fix mois,

les principes ; & je fis, fous un tel maître, des progrès fi rapides, qu'il fut contraint d'avouer que ma plume égaloit la fienne. Nous nous attendions tous les jours à recevoir des nouvelles du procureur ; mon oncle même voyant qu'il s'étoit écoulé près de fix mois, commençoit à fe défier de fes affurances, quand, tout-à-coup, on vint nous annoncer qu'il arrivoit. Le procès de fes moines avec nos habitants, à l'occafion de la bannalité d'un moulin, étoit encore le fujet de ce voyage, & il employa près d'une femaine pour le terminer à la fatisfaction des parties inté-reffées.

Il fallut enfin me difpofer au départ. Le révérend avoit fait agréer au prélat le choix d'un fécrétaire ; mon écriture avoit plu ; mon oncle, en vertu de plufieurs fervices, étoit fort confidéré dans la mai-fon ; tout, en un mot, parloit en ma faveur, & je n'augurois rien que de favo-rable dans le nouvel emploi dont on m'al-loit pourvoir. Plein de ces idées flatteu-fes, je raffemblai promptement mes har-des, & après avoir reçu de mon oncle des confeils tels qu'en donneroit le pere le plus tendre & le plus chrétien, je l'em-braffai avec tendreffe, & lui demandai fa bénédiction. Simonette ne put me voir par-tir fans verfer beaucoup de larmes, &

cette bonne fille , pour me témoigner
combien elles étoient finceres , tira de fa
poche deux écus de fix livres qu'elle me
força de prendre , malgré la défenfe de
mon oncle , de qui j'en avois reçu, au
moins , trois fois autant. Une feule chofe
me faifoit peine , c'eft qu'on m'ôtoit la
liberté d'aller faire mes adieux à mes connoiffances & à mes amis ; mais on appréhendoit que cette démarche n'apportât obftacle aux vues qu'on avoit fur moi , &
que je ne reçuffe des impreffions qui
auroient pu affoiblir l'idée que je m'étois
formée de mon prochain état. Je montai
donc en caleche, & ayant pris place à
côté de mon bienfaiteur , je m'éloignai,
pour la feconde fois , d'une maifon à qui
je devois , après Dieu , les fentiments &
les connoiffances qui ont été, dans la fuite,
la bafe de ma fortune & de mon bonheur.

CHAPITRE

CHAPITRE IX.

Arrivée de Marcel au monaſtere, &
des choſes étonnantes dont il y fut
témoin pendant trois ans.

Nous fûmes deux jours en route, &
vers le ſoir nous découvrîmes les hauts
clochers de l'abbaye. La magnificence de
cette maiſon me rendit tout interdit. Eſt-
ce donc-là, me diſois-je, le palais d'un
grand prince, ou la retraite de quelques
ſolitaires qui ont renoncé au ſiecle pour
ne s'occuper que des biens du ciel ? Je
n'étois pas aſſez philoſophe pour étendre
plus loin mes réflexions. On m'avoit toujours repréſenté un homme du cloître
comme un prédeſtiné, vivant de la grace, chériſſant le ſilence & la pauvreté,
aſſujetti à une regle dure, & châtiant
ſon corps par les plus étonnantes macé-
rations.

La ſuite me fit aſſez connoître qu'il
falloit adoucir les traits de ce tableau,
& l'uſage de la lecture qui devint le reſte
de mes jours mon goût dominant, me
convainquit qu'il y avoit bien peu de rapport entre l'inſtitution primitive de la vie

cénóbitique & les moines du dix-huitieme
siecle.

La façade du monastere étoit ornée de
quatre colonnes & d'un fronton, dans le
goût Ionique. Elle servoit d'entrée à une
vaste cour environnée de quatre corps de
bâtiments en brique & en pierre de taille ;
quatre-vingt grandes croisées en éclairoient l'intérieur, & entre chaque croisée
s'élevoit un double pilastre surmonté d'une
corniche, ce qui offroit aux yeux quelque
chose d'auguste.

Je suivis mon protecteur jusques dans
le cloître dont l'enceinte étoit en porti-
ques, le pavé de marbre, & le milieu
orné d'un parterre & d'un jet-d'eau qui
s'élevoit à la hauteur de douze pieds. Dans
l'un des angles on apperceyoit un escalier
taillé en limaçon, & garni d'une rampe de
fer, dont tous les ornements étoient en
bronze doré au feu. Cette rampe magnifique servoit de communication à des
dortoirs plancheyés en marqueterie, &
dont toutes les portes étoient revêtues
d'une magnifique menuiserie délicate & très-
proprement vernie. C'est par cette belle
communication que nous parvînmes jusqu'à
l'appartement de M. l'abbé. Le procureur
se fit annoncer, & deux laquais en livrée nous introduisirent dans le cabinet du
prélat.

Je ne vous parlerai point des meubles précieux & des commodités de toute espece dont ses appartements étoient ornés; la vue seule de son heureuse paternité fixa pour lors mon attention.

C'étoit un homme d'environ cinquante ans, de haute stature, & d'un embonpoint prodigieux. Sa physionomie annonçoit l'abondance & l'autorité; le front large, les couleurs fraîches, l'œil fixe, & le ton de voix imposant. Enfoncé dans un grand fauteuil de cannes, il ne paroissoit y avoir d'autre mouvement que celui de la tête, & d'une main potelée qu'il soulevoit de temps à autre pour donner ses ordres & couvrir de sa protection ceux qui avoient l'honneur de lui être présentés. Le procureur lui rendit un compte exact du succès de son voyage, &, après avoir parlé près d'une heure sur cette matiere, il fit part à sa béatitude du choix qu'il avoit fait de ma personne pour le soulager dans le travail de son bureau, ou plutôt il le pria de confirmer mon élection. C'est un éleve des Jésuites, ajouta-t-il malignement, & qui ne s'est attiré la haine de ces peres que parce qu'il étoit plus capable de leur donner des leçons, que d'en recevoir. Quelque mal fondé que fût ce religieux de s'exprimer de la sorte, je m'apperçus que sa révérence en étoit flattée. S'il a de la conduite, répondit-il, nous en ferons quelque chose; & si l'on est content de son travail, il ne sera pas long-temps sans en recevoir des marques d'une singuliere bienveillance. Cela dit, il nous fit une légere inclination, & nous nous retirâmes en le saluant de la maniere la plus respectueuse.

L'heure du souper ne tarda pas à être annoncée au son de la cloche, & tandis que les moines descendoient au réfectoire, le procureur me conduisit dans une salle basse où le couvert étoit mis pour le chef d'office, l'intendant de Monsieur l'abbé, l'organiste & le facteur des bois de la maison. Tout ce qui s'appelloit promprement domestiques, formoit une troisieme table dans une arriere-cuisine assez distante de l'endroit où nous mangions. Je ne pouvois me plaindre de la nourriture; elle étoit abondante & délicieuse; semblable à la table des maîtres, la nôtre étoit servie en plats qui n'avoient jamais été présentés. J'eus aussi un lit & un appartement à part, où je rencontrai tout ce que je pouvois desirer; propreté, meubles commodes, garde-robe, bon feu, nuit tranquille: je me trouvois au comble du repos & de l'abondance.

Le lendemain, je fus appellé à la procure, où l'on me donna cinq ou six copies

à faire pour mon coup d'effai. Ayant rempli cette tâche, on trouva dans mon ouvrage un ordre, une méthode & une net-
teté qui me concilièrent de plus en plus les
bonnes graces du procureur. Je m'occupois
de la forte toutes les matinées, depuis
huit heures jufqu'à midi ; & le refte du
jour j'étois libre de fuivre mon goût & de
faire choix de tout ce qui pouvoit me
diffiper dans cette vafte maifon. Parmi mes
compagnons, les uns aimoient la chaffe,
les autres la pêche, ceux-ci les fleurs,
ceux-là les jeux de communauté. Il étoit
même affez ordinaire de nous trouver avec
les moines aux heures de leurs récréations,
& d'y prendre part fans que le prieur ou
quelque autre officier penfât à le trouver
mauvais.

Mais ce qui, dans le commencement,
fixa le plus fenfiblement mon attention fut
ce tableau mouvant de l'avant-cour, & ce
flux perpétuel de riches particuliers, de
dames & de gentilshommes qui venoient
cultiver l'amitié de Monfieur l'abbé ; tandis que le filence regnoit dans l'intérieur
du monaftere, les équipages, la joie, la
bonne chere, les liqueurs, les cartes &
les jolis entretiens formoient un fpectacle
riant & magnifique dans les pavillons de
l'abbatiale.

Je ne pouvois trop concevoir, il eft

vrai, comment des hommes affujettis par les vœux les plus facrés à une regle fage & auftere, pouvoient s'en écarter au point de devenir auffi voluptueux & auffi-diffipés que les enfants du fiecle; mais cela étoit de la forte, & il eût été périlleux pour moi de cenfurer un fafte auquel je ne pou-vois apporter remede.

Il fallut donc m'en divertir & me ranger de l'avis de mes confieres, &, fur-tout, des domeftiques à qui ces fréquentes vifites procuroient des étrennes qui formoient plus de la moitié de leurs gages. Je donnois avis de tout à mon oncle, qui ne manquoit pas, de me donner des confeils relatifs à la conduite mefurée, que j'avois à tenir. Une chofe fur laquelle il infiftoit fur-tout, étoit l'amour de la lecture. Il connoiffoit mon goût pour les livres, & fur la priere qu'il fit au procureur de m'en accorder quelquefois qui fuffent bons & inftructifs, celui-ci me remit entre les mains de l'archivifte, qui ne fit pas de difficulté de me confier une clef de la bibliotheque.

Repréfentez-vous une-piece de cent pieds de long fur cinquante de large, & garnie d'un bout à l'autre de tablettes chargées de livres de tout genre. Le coup-d'œil d'un fi grand nombre d'ouvrages avoit quelque chofe de raviffant, & auffi-tôt je

me décidai à leur rendre de fréquentes
visites. Lassé même des autres délassemens,
la lecture devint, après le bureau, ma plus
chere occupation. J'étois sûr que personne
ne traverseroit ce penchant ; car , à l'exception de quelques moines assez appliqués, & qui n'ayant jamais brigué les
charges, divisoient leur temps entre l'étude & l'office, l'endroit du monastere le
plus majestueux & le plus utile , étoit toujours le plus désert & le plus oublié. Cela
me causa d'abord quelque surprise ; mais
je ne fus pas long - temps sans m'appercevoir que les plus belles enseignes étoient
quelquefois suspendues aux plus mauvais
cabarets, & qu'une bibliotheque dans une
grande communauté n'étoit que pour annoncer le faste & l'opulence.

Je fus le seul ordonnateur de mon goût,
& , à l'aide du catalogue qui me fut mis en
main, je passai successivement en revue un
grand nombre d'ouvrages de morale, de
politique , d'histoire , de belles-lettres , de
philosophie , de critique , dont nos petits-
maîtres farcis de brochures éphémeres
n'ont peut-être jamais entendu parler. C'est
dans ces sources que je puisai tant de belles
connoissances & tant de principes sur lesquels j'appris à me gouverner & à diriger
les autres.

Un jour que je m'occupois à parcourir

la célebre Diplomatique de Mabillon, un
religieux, vint remettre en place un volume de la théologie dogmatique des peres,
& , après avoir parcouru, tiré & remis
plusieurs tomes, il s'approcha de moi, &
me demanda d'un air assez honnête quel
livre je lisois. Voyez, lui dis-je, mon révérend pere ; cela n'est pas absolument de
mon ressort ; la recherché des monuments
& la discipline ecclésiastique n'ont pas un
grand rapport avec le travail d'un petit
clerc qui n'est employé que pour dresser
des copies & former des calculs. Vous
voulez vous déguiser , me répondit-il, &
l'assiduité avec laquelle vous fréquentez notre *Musæum*, me fait assez connoître que
vous auriez pu devenir un homme savant,
si l'on vous en eût facilité les moyens. Apprenez donc que tout est bon , excepté l'en-
nuyeux , & que dans quelque état que nous
puissions nous trouver , l'amour des livres
ajoute toujours beaucoup à notre recommandation. L'homme le plus obscur qui a
orné son esprit, vaut bien un gentilhomme
qui ne connoît que ses armoiries & ses
chiens, & un homme d'église qui n'a jamais ouvert que son bréviaire , est fort au
dessous d'un artisan qui connoît les éléments de sa profession.

Mais, mon pere , lui dis-je , quand j'aurai bien lu , bien consulté , bien appris ,

quel bien m'en reviendra-t-il pour mon
avancement ? Les livres, répondit-il, éclai-
reront votre efprit, enrichiront votre mémoire, charmeront vos difgraces, vous
préferveront de l'ennui, épureront vos
mœurs, étendront la fphere de vos connoiffances, & vous feront continuellement
entrer en converfation avec vous-même.
Vous faurez donner aux actions des hommes leur jufte valeur, & en vous rappellant les folies, les erreurs, les violences,
les crimes & les traits de vertu qui ont
fignalé tous les fiecles, vous apprendrez à
réformer vos paffions, à plaindre vos femblables, à cultiver la fageffe & à la faire
connoître à tous ceux qui voudront en fui-
-vre les maximes. La recherche des monu-
-ments & l'étude de la favante antiquité vous
développeront l'efprit, les loix, la religion de tous les peuples qui ont exifté.
Vous verrez fur quels fondements les em-
pires fe font établis; quelle forme de gouvernement avoit chacun d'eux; quel bien
il a réfulté pour l'ordre focial d'un grand
nombre d'édits & de conftitutions qui forment encore aujourd'hui le corps de notre
droit civil & eccléfiaftique. Vous y décou-
vrirez, fur-tout, comment la religion dans
les différents états s'eft toujours maintenue
par la fublimité de fa doctrine, comment
l'églife par les réglements les plus fages,

D 5.

la difcipline la plus parfaite, & la fucceffion non interrompue de fes pafteurs, eft
parvenue à maintenir la pureté de la foi,
& impofer un frein aux variations du fchif-
me & de l'héréfie. Tout cela, fans doute,
eft confolant & utile, & quand l'homme,
par la lecture, eft parvenu à réunir ces
avantages, alors il n'eft plus queftion d'examiner fi fon état lui en permet ou lui en
interdit l'exercice.

Je fus enchanté des réflexions de cet
honnête homme, & comme il étoit le feul
depuis mon entrée avec qui j'avois pu difcourir de livres & de fciences, il fut auffi
le premier à qui je demandai de vouloir
quelquefois fouffrir mes vifites. Très-volontiers, me répondit-il, & fi la compagnie
d'un reclus affez oublié avoit pour vous
quelque agrément, & que vous allaffiez
jufqu'à me donner votre confiance, j'ai
lieu de penfer que vous n'aurez pas fujet
de vous en repentir. Je le lui promis, &
nous nous féparâmes fort contents l'un de
l'autre.

CHAPITRE X.

De la visite que rendit Marcel à un religieux de l'ordre, & du jugement de ce pere sur quelques tableaux du monastere.

LE lendemain je me rendis au secrétariat, &, après avoir travaillé jusqu'à midi, je courus prendre ma réfection, & j'allai me présenter à la porte de Dom Sulpice, c'étoit le nom de ce moine. Je le trouvai tout environné de couleurs & de pinceaux. Il étoit sur le point de finir un tableau représentant Samson penché sur les genoux de Dalila, & cette Philistine se disposant à lui couper les cheveux. L'ordonnance de cette piéce étoit bien entendue, le coloris éclatant, le dessin correct & le caractere merveilleusement exprimé. En fait de peinture, il est certain point sur lequel l'homme le plus rustre peut hasarder son jugement avec autant d'infaillibilité que ceux qui possedent les principes de l'art. Je ressentois, en voyant cette piece, des impressions très - agréables : néanmoins s'il m'eût fallu rendre raison de mon goût, je me serois trouvé fort em-

barraffé. J'admirois cette repréfentation
parce qu'elle me paroiffoit vraie ; mais
pourquoi me paroiffoit-elle vraie ? c'étoit-
là où toutes mes idées étoient en défaut.
Voilà, me dit le religieux, la reffource la
plus attrayante, & le préfervatif le plus sûr
contre les déplaifances d'une longue folitude. Dès mes premieres années, je me
fentis un penchant & des difpofitions pour
ce bel art, & la vie retirée à laquelle mes
vœux me condamnent, me le rend tellement néceffaire, que fi j'étois contraint d'y
renoncer, le poids de ma fituation me paroîtroit accablant. Mais, lui répondis-je,
quel ufage faites-vous de vos tableaux : car,
comme je le vois, vous en avez déjà travaillé un grand nombre ?

Vous a-t-on fait voir, me dit-il, les
grands appartements ? mon travail en a
meublé une partie, & fi l'on avoit été de
mon avis, l'on fe feroit épargné bien des
dépenfes qui n'ont abouti qu'à faire connoître le mauvais goût & la prévention de
nos fupérieurs. Je le priai de m'en procurer le fpectacle, & il me conduifit, fur le
champ, dans le fallon de compagnie. Il ne
m'étoit pas encore arrivé d'y entrer : je le
trouvai décoré d'un grand nombre de tableaux dont les bordures en or bruni, jet-
toient un éclat merveilleux. Ne vous laiffez pas féduire, me dit Dom Sulpice, par

ce vain accompagnement qui fait presque tout le mérite des ouvrages que l'on vient admirer ici. Commençons par cette première : c'est la bataille où Saül perdit la vie. Notre pere abbé l'acheta d'un marchand Juif, qui assuroit la tenir directement de la galerie du palais de Munick. Elle a coûté cinq cents pistoles, & les prétendus connoisseurs confessent qu'elle en valoit le double, parce que toutes les peintures des ducs de Baviere sont des originaux ; mais comme je ne sais faire ma cour à personne, & que mes yeux ne jugent jamais du mérite d'un tableau par le prix qu'il a coûté, ni l'endroit d'où on l'a tiré, je vous avouerai franchement que je la trouve fort au dessous de son prix. En effet, le coloris en est trop sombre, & le costume mal observé. Presque toutes les figures y sont habillées à la Romaine, quoique l'habillement des Hébreux dans le temps des premiers rois de cette nation différât beaucoup de celui des Italiens sous les consuls & les dictateurs. Les visages paroissent avoir été faits dans le même moule & animés par la même passion ; le vainqueur & le vaincu ne sont distingués que par la seule attitude. Il faut convenir néanmoins qu'entre celui qui succombe & celui qui triomphe, il peut se rencontrer dans les traits quelque chose d'assez différent. La multi-

plicité des personnages empêche de diftinguer les chefs d'avec le fimple foldat, &
s'il vous prend envie de fixer le roi des
Juifs fe précipitant fur fon épée, il vous
paroîtra fe coucher fur un lit de rofes. En
voici un fecond, venu de Rome, & qu'on
prétend avoir appartenu au cardinal Co-
lonna ; c'eft le couronnement de Charlemagne dans cette capitale du monde chrétien. Toute la cérémonie fe paffe fous le dô-
me de l'églife de Saint-Pierre, quoique cette
coupole n'ait été élevée que dans le temps
de Sixte-quint. Le pape eft couvert d'un
bonnet à trois couronnes, quoique la thiare,
telle que nous l'avons aujourd'hui, date
d'un temps poftérieur. Vous lui trouvez
l'air d'un jeune homme, quoiqu'il ne fût
point d'ufage d'élever des enfants fur le
trône apoftolique, ainfi qu'on le vit dans
le temps des Marofie & des Théodora. Le
peintre a donné au roi des François le vifage d'un prince qui eft, au plus, dans
fa trentieme année, & il en avoit alors
foixante-trois. A fes côtés paroiffent des
des cardinaux en manteaux rouges, des
clercs en furplis & des guerriers en caf-
que, & il ne faut qu'avoir une légere teinture de l'hiftoire, pour favoir que la pour-
pre ne devînt l'habit des curés de Rome
que dans le douzieme fiecle ; que le furplis tel que nous le portons, & qu'il eft

figuré dans ce tableau., est un habit de-
choeur d'une forme moderne., & que les
armures complettes ne datent que du siècle
de la chevalerie. Arrêtez encore un moment
vos regards sur ce troisieme tableau ; c'est,
prétend-on, l'entrée de Cortez dans la ville
de Mexico.

Mille personnes ont fait compliment à
notre pere abbé de cette emplette, & c'est
entre la bonne chere & le grand vin qu'il
a été souvent ici décidé que tout l'or dont
cette piece seroit couverte n'en payeroit
pas la valeur. Il est vrai que la carnation
des Mexicains, aussi fraîche que celle des
Anglois, leur taille aussi bien prise que
celle de nos meilleurs cavaliers, offrent
quelque chose de plus flatteur qu'un vilain
teint olivâtre, & des figures trapues, telles
que des relations certaines donnent aux
peuples de ce grand empire. N'admirez-
vous pas ce visage délicat de la maîtresse
de Cortez ; cette coeffure à la Parisienne ;
à qui il ne manque que des mouches & du
rouge pour figurer avec une actrice de la comédie Françoise : sans doute que le peintre
étoit persuadé qu'au quinzieme siecle les filles de Tabasco égaloient nos Européennes
pour la blancheur & la taille ; ce qu'on ne
voit plus aujourd'hui sous ce climat, tant
les modes sont bizarres & changeantes.

Il seroit inutile, Monsieur, de porter

plus loin l'examen. La prévention feule a
fait la dépenfe de cette collection, & tout
ce qui eft forti de mes mains n'ayant pas
le mérite d'avoir appartenu à quelque prince,
n'a été deftiné qu'à remplir des encoignures,
meubler le-réfectoire, & fervir d'impoftes
à toutes les entrées. Vous n'y trouverez pas
ces, ingénieufes fictions & cette multitude
de perfonnages qui laiffent à peine un vuide
de deux pouces fur la toile. Toutes mes
figures font prefque ifolées ; le fpectateur
les faifit au premier coup-d'œil ; les drape-
ries, l'attitude, le caractere, font analogues
au fujet que j'avois deffein de traiter, mais
les premiers morceaux qui fortent, dit-on,
de l'attelier des Rubens, des Correge, des
Van-Dick, quoique ces grands artiftes euffent rougi de les avoir faits, pafferont toujours pour des monuments rares ; & les
effais d'un moine, affez oublié dans fon ordre, pour des tableaux de foire, à fix francs
la pièce, y compris la bordure.

La critique du bon père me parut affez
judicieufe, & la liberté que j'eus fouvent
dans la fuite de vifiter l'intérieur du monaftere, me fournit le moyen de revenir fur
fes idée, & de prononcer, d'après lui, que
la manie des tableaux reffembloit à celle
des coquilles & des fleurs, plus propre à
annoncer l'opulence & la folie des amateurs,
qu'à caractérifer leur bon goût.

Je quittai Dom Sulpice, en l'affurant que j'irois lui faire vifite deux ou trois fois la femaine; &, à la fin, mes affiduités devinrent fi fréquentes, que je gagnai abfolument fa confiance, & qu'il ne feignit pas de m'ouvrir fon cœur, & de me faire part des intérêts les plus délicats & des myfteres les plus profonds du gouvernement monaftique.

CHAPITRE XI.

Des chofes fingulieres que dit Dom Sulpice à Marcel touchant l'origine des moines & le gouvernement monaftique.

Il y avoit près de fix mois que nous vivions dans la plus étroite liaifon, lorfqu'un jour que les moines étoient en promenade, & Monfieur l'abbé, occupé à recevoir une nombreufe compagnie qui étoit venue ce jour-là lui demander à dîner, Dom Sulpice, qu'une légere bleffure au pied retenoit au couvent, m'appella dans fa cellule, & me propofa un verre de liqueur. Je lui trouvois un air plus affectueux & plus ouvert qu'il n'avoit coutume de l'avoir, & je pris fur moi de lui en demander la

raifon. Après m'avoir quelque temps regardé en filence : Peut - être, me dit - il,
ignorez-vous qu'on a des vues fûr vous ;
vous êtes dans les bonnes graces du prélat,
& sûrement qu'il ne tardera pas à vous
propofer d'entrer en religion. Moi ! lui répondis-je avec furprife, eh ! mon pere,
ne voyez-vous pas que j'ai fait fort peu
d'études, & que mon oncle n'eſt pas aſſez
riche pour fubvenir aux fraix de ma profeſ-
fion ? D'ailleurs, ne faut-il pas être appellé
de Dieu pour.... C'eſt là où je vous attendois, reprit Dom Sulpice ; voilà précifément votre meilleure défaite. Vous avez
aſſez de Latin pour lire les bons auteurs ;
le défaut de naiſſance & d'argent ne forme
point obſtacle chez nous, & je vous avouerai
même que, parmi ce que nous appellons
religieux de nouvelle création, tels que
les dominicains, les cordeliers & bien d'autres, il fe trouve plus de fils de famille,
plus de gens de qualité que chez les moines
proprement dit, quoique plus anciens. Les
grandes richeſſes de nos maiſons font en
partie caufe qu'on n'y a point introduit
l'ufage de donner une groſſe dot pour faire
vœu de pauvreté ; & il ne nous manque
plus que cet abus pour nous rendre abfolument odieux. Le point délicat qui vous
arrête eſt donc le défaut de vocation. Si
j'étois moins votre ami, je vous dirois de

vous éprouver pendant quelques mois, de consulter Dieu, de choisir un directeur éclairé; car voilà par où nos supérieurs débutent quand il s'agit de fonder un jeune homme qui peut leur convenir. Attendez-vous donc à des propositions de la part du prieur, à qui le prélat a donné commission de vous en parler. Vous voyez les attentions que l'on a pour vous depuis quelque temps & la grande liberté dont on vous laisse jouir. Tout cela n'est pas sans intérêt : on veut vous enfroquer; c'est un appât auquel vous pourriez vous laisser prendre; & comme chacun a sa façon de penser, je vous avouerai sans détour que vous n'êtes nullement propre à entrer dans un cloître. Comment donc, lui répondis-je, vous avez donc bien mauvaise idée de moi, ou de votre ordre, car cela est équivoque? Vous ne m'entendez pas, dit-il, je vous aime trop, & ne veux pas vous rendre malheureux. La profession religieuse, telle qu'un homme sans prévention devroit l'envisager, est peut-être de tous les états le plus parfait & le plus agréable à Dieu. Quiconque même connoît l'esprit de l'évangile ne peut guere douter qu'elle ne soit d'institution divine, puisqu'elle consiste à pratiquer principalement deux conseils du Sauveur, la continence & la pauvreté. Cela se voit dans le siecle des Pacôme, des

Antoine & de tous ceux qui imiterent ces illuſtres patriarches, qui devroient ſervir d'exemple à tout réformateur jaloux du bien de ſon ordre. Que remarque-t-on, en effet, dans l'hiſtoire de ces premiers moines ? La ſolitude, le travail des mains, le jeûne & la priere; ils habitoient des déſerts, logeoient ſous des roches, ou des cabannes de roſeaux, faiſoient des nattes, des corbeilles, des cordes & de la toile, cultivoient des terreins que perſonne ne venoit leur diſputer. Le pain & l'eau étoient leur nourriture; ils chantoient des pſeaumes & liſoient l'écriture. Une corne de bœuf leur tenoit lieu de cloche pour appeller à la priere, & les étoiles étoient leur horloge.

L'Orient fut le berceau de ce genre de vie dont les peres de l'égliſe ont fait de ſi grands éloges, &, en 530, St. Benoît l'établit en Occident. Cependant il uſa de condeſcendance en n'exigéant pas de ſes moines des choſes trop au deſſus des forces humaines ; mais depuis ce patriarche, la regle a ſouffert bien des interprétations. Dès le 9. ſiecle, la couleur & la figure des habits, la qualité de la nourriture furent des prétextes dont on ſe ſervit pour autoriſer les relâchements les plus ſcandaleux. Vinrent enſuite les richeſſes & la multiplication des prieres vocales. Le mé-

rite des fameux inftituteurs de Cluny, de
Cîteaux & de tant d'autres grandes mai-
fons, leur attira l'eftime & l'affection des
feigneurs & des fouverains qui les com-
blerent de bienfaits. Dès le temps de St.
Odon, le nombre en fut fi grand, qu'il
en refte jufqu'à 188 chartes. Fiers de leurs
biens, & voulant en profiter pour rendre
leur folitude plus fupportable, les moines
commencerent par faire la meilleure chere
qu'ils pouvoient en maigre, & à s'habiller
des étoffes du plus grand prix. On ne
voyoit que des abbés marcher à grand train,
fuivis de quantité de chevaux, & faifant
montre par-tout des équipages les plus
pompeux. On bâtit des monafteres & des
églifes magnifiques, & on les orna fuper-
bement. Cette fomptuofité augmenta à tel
point qu'il n'en eft pas aujourd'hui, fi vous
exceptez les cathédrales, qui foient plus
majeftueufes & plus riches que les églifes
des moines; vous trouverez dans notre facriftie pour plus de mille marcs d'argent
& plus de dix marcs d'or, les ornements
font tellement chargés de broderies & de
galons, que leur poids les rend fort in-
commodes; le marbre eft prodigué par-
tout, &, dans la multitude & le goût
des décorations, on ne fait qui l'emporte
du fculpteur, du doreur ou du peintre.
On a prétendu par-là que l'état monacal

devenoit plus respectable, & que Dieu
en étoit plus honoré. Cependant, qui remplissoit le mieux le but & l'esprit de l'é-
vangile, de l'abbé Didier, qui pour bâtir
l'églife du Mont-Caffin, faisoit venir de
Rome des colonnes de porphyre & des
ouvriers de Conftantinople, ou de St. Ba-
zile, fous des huttes de chaume, aux pieds
d'un autel de pierres brutes, vivant de
légumes, priant & formant l'intérieur de
fes folitaires. La longue pfalmodie qu'on
introduifit dégoûta du travail des mains.
St. Benoît nous ordonnoit fept heures de
travail manuel, & nous les convertîmes
en fept heures d'office. St. Bernard voulut
faire revivre cette premiere regle ; mais
la diftinction des moines de chœur & des
freres lais qu'on introduifit de fon temps,
& le grand nombre de prêtres qu'on ordonna parmi nous, nous dégoûta peu-à-peu
de la culture de la terre & des occupations
qui rendoient les premiers moines fi humbles & fi laborieux. Le mépris que l'on
fit de ces pauvres freres, qui, la plupart
ne favoient ni lire ni écrire, porta ceux
qui leur commandoient à fe regarder comme des feigneurs; & c'eft ce que fignifie
ce titre de *Dom*, qui, en Efpagne & en
Italie, eft une qualification de noblefle,
& que nous ne rougîmes pas de prendre.
Ayant de la forte abandonné le travail des

mains, nous nous occupâmes de vaines
difputes, de belles-lettres, de médecine
& de jurifprudence. Nous établîmes des
écoles théologiques, qui devinrent la fource d'une infinité de conteftations & de fub-
tilités. On trouva dans nos cloîtres des
dialecticiens, des chymiftes & des empy-
riques. Nous plaidâmes nos caufes en plein
barreau, nous compilâmes le droit civil
& eccléfiaftique ; nous féduisîmes les riches
par des efpérances ridicules, & pour leur
acquérir de plus grands tréfors dans le
ciel, nous leur perfuadâmes de nous abandonner les tréfors de la terre. La folie
des Croifades les engagea pour la plupart
à nous faire les dépofitaires de leurs grands
biens, & comme tous, ou prefque tous
périrent dans cette expédition, nous nous
mîmes en poffeffion de leurs fiefs & de
leurs privileges : nous eûmes des vaffaux
& des ferfs, nous fûmes en état de lever
des troupes & de faire trembler nos voifins : la juftice s'exerça en notre nom,
toutes les mains travaillerent pour notre
commodité, & les fouverains mêmes ne
dédaignerent pas d'en élever plufieurs d'entre nous aux premieres dignités de l'état.
Les monafteres, il eft vrai, fervirent long-
temps d'afyles à la doctrine & à la piété,
tandis que l'ignorance & la diffolution
étoient le partage du clergé féculier. C'é-

toit dans nos bibliotheques que se trouvoient les anciens livres & les manuscrits;
& l'une des occupations de nos moines
étoit d'en multiplier les exemplaires. Les
paroisses étoient alors mal gouvernées &
les peuples peu instruits ; c'est ce qui fit
qu'on eut recours à nous pour la conduite
des ames ; le sacerdoce néanmoins eut
honte de son extrême abatardissement, &
lorsqu'il fut en état de pouvoir remplir
son premier objet, & de reprendre les
fonctions du ministere, dont il s'étoit rendu indigne par son incapacité, nous nous
retirâmes dans nos cloîtres avec les dix-
mes dont nous avions joui en qualité de
pasteurs. Notre avidité sur ce point ou
plutôt l'indulgence & l'aveuglement des
princes, fut telle, que, depuis ce temps,
la moitié des revenus ecclésiastiques nous
est dévolue. Nous nous emparons des of-
frandes des fideles & du patrimoine du
sanctuaire, quoique nous ne soyions d'aucune utilité pour la conduite des paroisses,
tandis qu'un prêtre qui enseigne, qui ad-
ministre, qui fait l'aumône, qui essuie
tous les rebuts de son état, se croit encore trop heureux de toucher entre nos
mains trois cents livres de portion con-
grue, qui sont absolument tout le revenu
sur lequel il faut trouver sa subsistance &
celle des autres; mais ce n'est pas encore
tout ;

tout ; car, en nous affranchiffant des embarras du miniftere nous en avons envahi
tous les droits, toutes les prérogatives &
tous les honneurs. Nos communautés s'ar-
rogent le titre de curés primitifs, & ne
laiffent à leurs fubftituts que celui de vicaires. Nous allons célébrer dans leurs
églifes aux fêtes principales, nous parta-
geons les oblations ; nous avons le pas
avant eux dans toutes les proceffions fo-
lemnelles ; nous les contraignons d'affifter
dans nos églifes en certains jours, & à
peine ofent-ils fonner leurs cloches fans
avoir obtenu notre agrément. Jaloux de
ces diftinctions qui ne refpirent que l'orgueil
le plus indécent ; s'il arrive à un pauvre
pafteur de campagne de vouloir fecouer cette déshonorante fervitude, nous le plaidons,
& le ruinons fans retour avec des poignées
d'or dont nous fommes prodigues, quand
il s'agit de nous maintenir en fupériorité.
Ce n'eft pas que dans le fiecle où nous
fommes il ne fe foit élevé de toutes parts des
cris contre nos richeffes & notre ambition.
Mille plumes fe font exercées à nous peindre tels que nous avons le malheur d'être.
La haine contre tout ce qui s'appelle *Moine*
a gagné tous les efprits. On nous traite de
pareffeux, de vermine dangereufe : on nous
reproche les vols pieux qui nous ont en-
richis ; notre adreffe à envahir toutes les

propriétés, les faux titres dont nous nous
sommes prévalus pour dépouiller des familles. La vérité même sur ce point est
confondüe avec le mensonge; car, à force
d'outrer les choses, on nous a supposé des
crimes que nous n'avions pas commis, &
des injustices dont nous n'étions pas coupables. Le résultat de toutes ces clameurs
& de tous les écrits mis au jour contre
l'état religieux, est donc d'engager les
puissances à s'emparer de nos biens, & à
nous laisser le seul nécessaire, à dépeupler
nos maisons par des édits qui en ferment
l'entrée aux aspirants; en un mot, à nous
imposer des bornes si étroites, qu'en moins
d'un siecle des institutions qui ont tant fait
d'honneur à l'église, soient absolument
anéanties; mais notre adresse à conjurer
l'orage qui nous menace, & l'argent, dont
nous sommes si prodigues quand il s'agit
de nous maintenir, rend souvent inutiles
les efforts de nos ennemis. Toujours assu-
rés de cette ressource pour prévenir une
disgrace, nous continuons à vivre dans la
splendeur. Nos abbés & nos officiers se
signalent par des dépenses & un luxe qu'il
seroit quelquefois impossible aux gens du
monde de contrefaire; l'argent, les cry-
staux, les meubles les plus précieux déco-
rent nos appartements; nos remises sont
pleines d'équipages; nos celliers sont rem-

plis de vins délicieux ; nos greniers sem-
blent s'affaisser sous le poids du grain de
nos terres ; un ardent bûcher est allumé
dans nos cuisines pour apprêter les mets
exquis dont nos tables sont couvertes ; nos
écuries sont remplies de chevaux de grand
prix ; nous avons des domestiques en livrée ; des artisans & des ouvriers uniquement occupés à nous vêtir & à nous meubler ; la pêche abondante de deux étangs
fort vastes fournit notre réservoir de poissons de toute espece ; nous dépouillons les
marchés d'œufs, de beurre & de volailles;
dix chasseurs parcourent continuellement
nos bois & nos guérets pour fournir à
notre sensualité. La dépense de la table
abbatiale est incroyable. Si , d'une autre
part, vous jettez les yeux sur nos jardins,
nos avenues, nos bosquets, il vous sera
facile de convenir qu'il est peu de seigneurs, quelques opulents qu'ils soient,
pour nous surpasser dans ce genre de luxe.
Les titres dont la noblesse se décore, nous
nous les attribuons avec vanité ; nous pos-
sédons des baronies , des comtés & des
marquisats. Nos assemblées de moines ,
nous les appellons une diete, comme s'il
s'agissoit du corps Germanique , où des
grands États de la Pologne. Nous avons
des présidents , des chanceliers, des con-
servateurs , des procureurs-généraux : que

fais-je, enfin ; car l'orgueil ne peut jamais..... Dans cet endroit, la cloche de
l'office du soir se fit entendre, & Dom
Sulpice ne se croyant pas assez incommodé
pour se dispenser de paroître à l'église,
me quitta, bien déterminé de reprendre
dans quelque temps la même matiere, &
moi, bien résolu de l'entendre.

CHAPITRE XII.

Proposition faite à Marcel d'entrer en
religion. Comment il sut l'éluder.
Suite des remarques de Dom Sulpice
sur le gouvernement monastique. Vi-
site nocturne rendue à un prison-
nier de l'ordre, & comment il sut
délivré de ses fers.

IL étoit bien vrai qu'ayant quelquefois
entendu mal parler des moines, & que,
prenant goût à la lecture, je commençois
à me former une idée plus juste de ces
institutions fameuses, si édifiantes dans leur
origine, & si relâchées à mesure qu'elles
s'éloignoient de leur source ; mais le tableau que m'en avoit tracé Dom Sulpice
me parut encore bien supérieur aux impressions que j'avois reçues, & le dessein

que l'on avoit de m'aggréger à l'ordre, étoit un point sur lequel je ne revenois pas de ma surprise. Je dormis peu, je réfléchis beaucoup, & le résultat de toutes mes pensées fut de me prémunir contre les sollicitations qu'on ne tarderoit pas de me faire. Quel motif peut donc, me disois-je, engager notre prélat à former un pareil dessein ? Ce n'est pas certainement mon amour pour l'étude, ni l'espérance de trouver dans la suite en moi un homme fort érudit. La religion même ne paroît pas y entrer pour quelque chose ; car les plus éclairés & les plus réguliers de ce monastere sont ceux-là même qu'on a soin d'écarter des emplois & des honneurs, &, à l'exception de Dom Procureur, tous les officiers de cette maison sont bien moins des théologiens & des dévots, que des politiques & des adulateurs ; encore ce dernier ne doit-il la place qu'il exerce qu'à une sagacité étonnante pour tous les objets de l'économie claustrale. Après avoir long-temps réfléchi de la sorte, présumé, conjecturé, je crus avoir enfin deviné l'encloueure. Je m'étois rendu assez habile dans le travail du secrétariat ; on me trouvoit pour les affaires certain discernement ; je possédois la partie des calculs, & dressois une piece d'écriture avec tant d'ordre, qu'il étoit arrivé plusieurs fois aux

officiers de m'en témoigner leur étonnement, & d'en parler avec éloge. Mais
comme je pouvois encore me tromper
dans mes préfomptions, je différai quelques
jours d'en faire part à mon ami, qui, certainement, en favoit plus que moi, & qui
s'étoit trop avance pour me laiffer en fi
beau chemin.

Je continuai donc à me rendre au bureau, felon mon ordinaire, quand un fa-
medi j'entendis frapper à ma porte au moment où je venois d'achever mes prieres
du matin. J'ouvre, & j'apperçois un domeftique qui me prie de le fuivre dans la
chambre de Monfieur le prieur. J'obéis
auffi-tôt, & me rendis chez fa révérence.
Il étoit accompagné du fous-prieur, du
procureur & de quelques religieux. Les
portes furent fermées fur nous, &, après
m'avoir complimenté fur mes talents, on
me propofe d'entrer au noviciat. J'avois
ma réponfe prête : défaut de confentement
de mon oncle, trop peu de Latin, nul goût
pour la clôture, pen ou prefque point de
vocation. Mais on vouloit m'avoir, & j'aurois allégué des raifons encore plus puif-
fantes, fi toutefois il pouvoit s'en trouver,
qu'elles n'auroient point détourné mes fol-
liciteurs du projet de former ma conquête.
Il fut réfolu qu'on me conduiroit à Monfieur l'abbé dont l'air impofant fubjugueroit

infailliblement ma résistance. Dans cette conjoncture délicate, je demandai au moins la semaine avant de lui être présenté. On voulut bien m'accorder ce délai, mais à peine étois-je échappé de leurs griffes, qu'au lieu de travailler sérieusement à me fonder moi même, je courus dès le même jour chez Dom Sulpice, & m'enfermai avec lui pour en conférer dans le plus grand secret.

Il étoit informé de tout ; car, quoique sur certains objets d'administration, les chefs se gardassent d'en faire part aux simples religieux, néanmoins, lorsqu'il s'agissoit d'admettre un aspirant, la regle vouloit que tout le corps des moines entrât en délibération. Hé bien, me dit-il, ne suis-je pas bon prophete ! dites-moi donc tout naturellement ; serez-vous des nôtres ? Je vous aimerai toujours, lui répondis-je, mais aucune autorité ne me contraindra d'embrasser votre institut. N'allez pas croire que notre dernier entretien m'en ait seul dégoûté ; si vos confreres s'en étoient ouverts, il y a deux mois, ils m'auroient trouvé aussi inflexible que je le suis aujourd'hui. Je ne serai jamais moine, je vous en assure, & dussai je par ma résistance m'attirer chez vous des disgraces, la résolution en est prise, & je n'en reviendrai jamais. Peut-être serez-vous sur-

pris de ma fermeté ; mais j'ai bien plus lieu
de m'étonner de votre conduite à mon
égard, & vous êtes peut-être ici le seul
qui préférez mon bonheur & ma tranquillité, à l'intérêt de votre maison. Je vous ai
fait juge de mes raisons, répondit Dom
Sulpice, & puisque l'occasion se présente
d'elle-même de reprendre mes observations sur le gouvernement monastique,
pour peu que vous voudrez m'entendre
jusqu'au bout, vous ajouterez encore aux
motifs qui vous ont fait rejetter avec tant
de fermeté les offres de mes confrères. Je
lui témoignai qu'il me feroit plaisir, & il
poursuivit en ces termes : Vous avez vu
avec quel acharnement notre siecle se dé-
chaîne contre l'état religieux : dans cette
foule de déclamateurs & d'écrivains, il
regne un esprit de fureur qui ne tend à
rien moins qu'à nous représenter comme
les plus orgueilleux, les plus fourbes &
les plus corrompus de tous les hommes ;
mais il ne faut pas être bien pénétrant pour
deviner les motifs qui font agir nos ennemis. C'est au fond du christianisme même qu'on en veut, & parce que des so-
litaires consacrés par des vœux à suivre
l'évangile dans sa plus haute perfection,
s'en sont trop écartés, les esprits forts en
ont conclu qu'il falloit détruire la religion
& tous les abus qu'ils ont eu le front de

rejetter sur elle. Néanmoins, comme je
vous l'ai déjà dit, les moines ont autrefois servi l'état par d'immenses défriche-
ments, & fécondé des terres que le gouvernement féodal & les guerres inteſtines
rendoient ſtériles. C'eſt entre nos mains
que ſe ſont conſervés les manuſcrits & les
archives qu'il a fallu ſouvent conſulter pour
le bien des évêques & des ſouverains. On
veut ſe faire une idée générale d'un religieux comme d'un homme ignorant, ſu-
perſtitieux, oiſif, avide & hypocrite; ſans
obſerver les temps & les différentes faces
qu'a pris chàque inſtitut depuis ſa naiſſance.
A peine à préſent le mot de *Moine* peut-
il ſe prononcer ſans rire ou ſans indignation. Cependant les Grégoire, les Baſyle,
les Chryſoſtome avoient pratiqué la vie
monaſtique; les plus grandes lumieres de
l'égliſe étoient ſorties de Cîteaux & de
Cluny pendant plus de deux cents ans; &
dans les derniers jours, un Mabillon, un
Lami, un Ruinart, un Martene, un Mont-
faucon, un Cellier, ſe ſont acquis dans
tous les genres d'étude une réputation ſi
vaſte, qu'ils ont été également conſultés
& par les princes, & par les pontifes, &
par les académies, & par les théologiens.
Il eſt vrai que cette célébrité pour les
ſciences ſemble toucher au point de ſa
décadence; mais n'en cherchons pas d'au-

E 5

tre cause que l'introduction du luxe & des plaisirs dans les cloîtres & le relâchement de la discipline qu'ils ont occasionné. J'oserois encore y ajouter avec assez de fondement toutes ces brouilleries dogmatiques qui, depuis le concile de Trente, se sont élevés dans différents états de l'Europe chrétienne, & sur-tout en France. Partisans des opinions de Louvain, nous nous sommes enfoncés dans des querelles qui ont interrompu le goût de la bonne érudition, & en nous déclarant les défenseurs de Baïus, de Janſénius, de Quesnel, nous nous sommes attirés à dos le corps épiscopal. La chaire nous étant interdite, nous avons cessé d'avoir des orateurs, nos écoles se trouvant fermées, toute notre théologie s'eſt réduite à suggérer nos sentiments aux disciples que nous ne formions que pour nous-mêmes. Elevés dans les maximes de la haine la plus implacable contre tout ce qu'il nous plaît appeller Molinisme, notre étude principale se tourne sur les matieres épineuses de la grace & de la liberté ; & cet abyme de principes abstraits, où les plus entendus n'ont qu'un fil pour se conduire, nous croyons l'avoir fondé mieux que tous les évêques & les conciles ensemble. Aussi tous les emplois ne se donnent-ils chez nous qu'aux partisans des nouvelles opinions. Pour briguer la place de prieur, il ne s'agit que de fronder les jugements de l'églife & de parler mal d'un *formulaire* & d'une *bulle*; ce feroit le plus ignare & le plus imbécille des moines , s'il a le talent de clabauder contre le parti Jéfuitique , il eft affuré de faire fon chemin.

Ne vous étonnez plus alors , Marcel , de me voir fi ifolé , fi oublié , j'oferois dire fi méprifé parmi mes confrères. Ayant toujours refufé d'adhérer aux fentiments de ceux qui croyent entendre St. Auguftin mieux que St. Auguftin lui-même , comme auffi de me ranger avec d'autres qui ont perfécuté les premiers avec le plus violent acharnement , tenant dans toutes ces cabales théologiques un milieu raifonnable , me foumettant aux décifions du corps des pafteurs plus qu'à une troupe de Loyoliftes en bonnets-quarrés , de Sorboniftes en fourrures & de Port-Royaliftes en fouliers à couroies , je vis affez tranquille entre mes livres & mes pinceaux : je n'influe dans les chapitres que pour les délibérations qui doivent paffer à la pluralité des voix ; je ne cabale contre perfonne , je gémis des abus , & fuis affez fage pour me taire , ne pouvant les réformer. Vous êtes certainement le feul à qui il me foit arrivé de faire un aveu fi fincere , & il m'a fallu bien du temps & des mefures pour fonder votre caractere & vous donner une fi gran-

de preuve de confiance : fans doute que
je n'aurai pas fujet de m'en repentir , &
que vous ferez affez vertueux pour ne jamais compromettre un homme qui ne s'ouvre à vous que parce qu'il vous aime , &
appréhende de vous rendre malheureux.

Je ferrai la main à Dom Sulpice , & lui
donnai des affurances fi fortes de mon dé-
vouement & de ma difcrétion , qu'il en
parut extrêmement fatisfait. Mais, lui dis-
je , fi j'étois affez ingrat & affez méchant
pour trahir votre fecret, quels rifques au-
riez-vous à courir ? votre régularité vous
fera toujours eftimer de vos confreres,
peut-être vous regarderont-ils comme un
homme amer & infociable ; mais n'étant
pas affez puiffant pour leur nuire, on vous
laiffera fronder à votre aife , fans qu'il
prenne envie à perfonne d'en tirer vengeance. Voilà , me répondit - il , ce qui
vous abufe : fi vous connoiffiez à quels excès fe portent les moines , quand l'intérêt
ou les paffions les animent, les cheveux
vous en drefferoient à la tête. Vous ne
faifiez que d'entrer dans cette maifon ,
quand un de nos religieux en fit la cruëlle
expérience. Admis dans l'ordre fans vocation, haï de fa famille , & forcé de fe
dérober à la brutalité d'un beau-pere, qui
le traitoit en efclave, la regle devint fon
fupplice. Il n'eut pas plutôt prononcé fes

vœux, qu'il voulut les enfreindre, & avifer aux moyens de s'enfuir. Son extrême
diffimulation trompa la vigilance des fupérieurs : il s'évada à l'aide d'un déguifement, & fit à ceux qui voulurent l'entendre le portrait le plus odieux de la vie
clauftrale. Nous eûmes affez de crédit pour
le faire arrêter ; pendant près d'un mois
il fut gardé à vue, les récréations lui furent interdites, & il ne pouvoit faire un
pas hors de fa cellule fans avoir à fes côtés un guide, conftitué pour examiner toutes fes actions. Il fouffrit d'abord affez
patiemment cette contrainte, mais bientôt,
rompant toutes mefures, il fe jetta avec
fureur fur l'efpion de fes démarches, &
l'auroit étranglé, fi la communauté n'étoit
accourue au bruit. La juftice des cloîtres
eft en pareils cas fans miféricorde ; dès le
même jour l'aréopage le condamna à une
prifon perpétuelle. Depuis ce temps cet
infortuné gémit dans un cachot, au pain &
à l'eau, fans qu'il prenne envie à fes juges
d'adoucir fa fituation. Je ne vous cacherai
rien, mon ami, & puifque j'ai fait les
premiers pas, il n'eft plus queftion de vous
laiffer ignorer le refte. Vous faurez donc
qu'après avoir effayé mes clefs fur la porte
de Dom Placide (c'eft le nom de ce religieux) j'eus le bonheur d'en trouver une
qui pur m'en faciliter l'entrée. Avec cette

reſſource, il eſt peu de jours que je ne
lui faſſe viſite, & que je ne confere avec
lui ſur les moyens de lui faciliter une
ſeconde évaſion ; mais l'eſpérance qu'un
ſi cruel traitement prendra bientôt fin,
& plus encore un gros anneau de fer
qui lui embraſſe le pied, & tient fortement à une chaîne dont le bout eſt ſcellé
dans le mur , m'empêche de pourſuivre
mon entrepriſe.

Frappé du diſcours de Dom Sulpice, je
le priai de me conduire au caveau. Il ré-
ſiſta d'abord, car le moindre ſoupçon nous
auroit perdu tous les deux. Mais, preſſé
par mes vives ſollicitations , il me donna
rendez-vous dans ſa cellule , entre onze
heures & minuit , temps où toute la maiſon étoit plongée dans le ſommeil. Je fus
fidele à l'heure , & nous étant munis d'une
lanterne ſourde , nous nous rendîmes à
pas de voleur, vers le cachot fatal. Il étoit
dans l'enfoncement d'une remiſe au voiſinage de la baſſe-cour , & on ne pouvoit
y communiquer que par l'intérieur du monaſtere. Dom Sulpice ayant eſſayé ſes clefs,
fit ſortir la pate de deux gros verrouils
de leurs ſerrures, & la porte fut ouverte.
Eſt-ce vous , D. Sulpice , nous dit le pri-
ſonnier, d'un ton ſépulcral ? perſonne ne
vous a-t-il apperçu ? & me voyant entrer :
Mon Dieu ! s'écria-t-il , nous ſommes per-

dus. Mon ami calma sa frayeur, en lui apprenant qui j'étois, & l'assurance qu'il lui donna, de ma discrétion lui fit peu-à-peu reprendre un air plus tranquille. Il étoit couché sur un mauvais grabat, où il avoit coutume de prendre son repos. Un bréviaire, une chaise de bois & un pot de nuit, composoient avec ce misérable lit tout son ameublement. La place étoit un caveau d'environ dix pieds en quarré, dont les murs suintoient l'eau de toute part. Ses habits, sa couverture, & une longue barbe dont il avoit le menton couvert, tout étoit plein de taches de moisissures, son visage étoit livide, ses membres décharnés, & sa contenance celle d'un homme accablé du poids de sa situation.

Ce spectacle me saisit de douleur. Cher ami, dis-je à Dom Sulpice, voilà le moment d'exercer notre commisération & d'affranchir un malheureux de ses peines. J'y ai pensé bien avant vous, me répondit-il ; mais voyez donc cette chaîne ? Hé bien, poursuivis-je, cette chaîne peut être rompue, si vous voulez y donner les mains. J'ai dans ma chambre un marteau taillant qu'un maçon laissa par oubli, lorsqu'il vint, il y a huit jours, faire à la cheminée quelques réparations. Nous nous rendrons ici demain vers la même heure, &, à l'aide de cet instrument, je vous réponds du succès. Vous n'en viendrez pas à bout, me dit Dom Placide ; & , d'ailleurs, en m'échappant pour la seconde fois, je ferois naître des soupçons , les soupçons occasionneroient des recherches , & peut-être ferois-je la cause de la perte de cet honnête homme, ajouta-t-il , en montrant Dom Sulpice. Encore une fois , répondis-je , avec une fermeté qui ne m'étoit pas ordinaire, calmez vos appréhensions , & abandonnez-vous à ma conduite.

A la bonne heure, dit Dom Sulpice, en soupirant ; mais retirons-nous , il en est temps. La porte fut refermée fur Dom Placide ; que je ne pus quitter fans m'attendrir jusqu'aux larmes. A peine étions-nous rentrés dans nos chambres, que la creffelle fe fit entendre dans les dortoirs, & que les moines fe rendirent à matines. Malgré mon ardeur à conduire cette affaire à bon terme , je ne pouvois m'empêcher de réfléchir que nous nous expofions beaucoup; que mon projet pouvoit fort bien ne pas réuffir ; que nous courions les rifques d'être guettés, & que fi nous étions furpris, il en réfulteroit des difgraces cuifantes pour les libérateurs & un furcroît d'affliction pour le prifonnier. Mais toutes ces confidérations ne tinrent pas contre l'extrême defir de porter fecours à l'huma-

mité souffrante, & , dès la nuit suivante,
nous nous rendîmes à la porte du cachot,
munis de ferrements & bien résolus de
mettre comme il falloit les heures à profit.
Il s'étoit élevé le soir un vent très - ora-
geux, & le bruit des girouettes se trouvant confondu avec celui des coups de
marteau que je donnois au mur, nous fit
espérer que nous ne serions point entendus.
Je redoublai d'efforts, & emportai de la
pierre des éclats considérables. Enfin, l'anneau s'ébranla, & nous le vîmes tomber à
notre grande satisfaction. Cependant la
chaîne, qui pesoit plus de trente livres, &
qui étoit fort longue, pendoit au pied de
Dom Placide. Dom Sulpice avoit essayé de
la couper avec une lime; mais cela devenoit si long, & le temps étoit si précieux,
que je crus devoir encore m'aider du marteau pour la briser, s'il étoit possible. Comme elle posoit sur une pierre fort dure,
& un peu exhaussée, je levai les bras de
toutes mes forces, & en déchargeai du
tranchant un si prodigeux coup, que le fer
ne put y tenir, & que le cadenat avec la
charniere, qui embrassoit la jambe du prisonnier, se trouverent absolument rompus.
Le contre-coup lui fit pousser un cri : nous
crûmes lui avoir causé quelque fracture ;
mais heureusement il en fut quitte pour la
peur. Mon ami tira de sa poche un flacon,

d'eau-de-vie dont il lui fit prendre deux
ou trois gorgées , & lorsque nous apper-
çumes qu'il avoit assez de forces pour nous
suivre , nous quittâmes ce souterrein , remontâmes dans les dortoirs , & , après les
avoir traversés avec la plus grande précaution , nous arrivâmes à la porte du jardin ,
qui n'étoit fermée que par un simple ver-
rou. Il restoit encore à franchir un mur de
dix pieds de hauteur ; cet inconvénient
nous avoit échappé , & nous n'avions pas
d'échelle. D. Sulpice vouloit se rendre à
la basse-cour ; mais il falloit ouvrir de nouvelles portes , & peut-être l'auroit-on vainement tenté. Dans ce fâcheux moment,
je jette les yeux de toutes parts : Attendez , lui dis-je , il me semble appercevoir
un tas de perches à houblon qui suppléé-
ront à toute autre ressource ; dressons-en
trois ou quatre ; & soulévons Placide sur
nos épaules. L'expédient réussit , & le prisonnier se cramponant de son mieux , at-
teignit le haut de la muraille , & ne fit
qu'un saut de l'autre côté. Nous l'entendîmes tomber sur des ronces : Je suis égrati-
gné , dit-il , mais cela ne m'empêchera pas de
poursuivre. Adieu , chers amis ; le temps
ne me permet pas de vous témoigner toute
ma reconnoissance : il n'y a pas loin jusqu'au bois ; vous aurez bientôt de mes nouvelles ; mais l'heure s'avance , & vous ne

pouvez trop tôt penfer à vôtre fûreté. A ces mots, il s'éloigna à grande hâte ; & nous, après avoir replacé les perches, nous regagnâmes la pôrte du jardin , & nous nous retirâmes de nouveau dans nos cellules. Le fignal du réveil avoit déjà été donné au dortoir, & l'on avoit fonné deux coups à l'office ; trois minutes plus tard, nous avions à dos toute la communauté. Jugez de ma fatisfaction ; elle fut fi grande, que, fans m'arrêter aux fuites de l'entreprife la plus hardie poffible , je me jettai dans mon lit , & dormis d'un profond fommeil juf-qu'à fept heures du matin.

CHAPITRE XIII.

Des fuites qu'eut la délivrance de Dom-Placide.

IL y avoit, ce jour-là, beaucoup à tra-vailler au fécrétariat , & le procureur qui devoit partir le lendemain pour un voyage de cinq femaines , m'avoit averti de dref-fer certaines pieces dont il avoit befoin, avec toute la diligence poffible. Le plaifir d'avoir fait une bonne œuvre, la crainte des bruits qu'elle alloit occafionner, me donnoient un air de diftraction dont mon patron crut s'appercevoir. Qu'avez-vous, Marcel, me dit-il? fans doute que les propofitions de notre prieur vous occupent un peu trop férieufement ; mais vous aurez le temps de vous décider ; & nous attendrons que cela vienne de vous-même. C'eft ainfi que ce religieux prit le change, ce qui ne me fit préfumer qu'on ignoroit encore l'évafion de Dom Placide. Ce ne fût, en effet, que vers les onze heures que les premiers propos commencerent à tranfpirer. Les domeftiques fe le difoient à l'oreille, comme s'il eût été dangereux d'en parler ouvertement. Quant à moi, loin d'interroger & de témoigner quelque curiofité, j'affeɛtois une indifférence & une bonhommie qui éloignoient toute fufpicion. Je rallentis mes vifites chez Dom Sulpice, & nous nous tînmes fi bien fur nos gardes, que perfonne dans le monaftere n'eut même la volonté de nous faire part de cet incident. Après le départ du procureur, j'eus commiffion de me rendre avec le titrier à une ferme diftante de trois lieues pour y former un état de quelques réparations indifpenfables, &, pendant que le religieux, fuivi de quelques ouvriers, s'étoit écarté jufqu'à un moulin dont il s'agiffoit de rétablir les vannes, je m'occupois dans la cuifine à tirer de mon porte-manteau des plumes & du papier. Ce

fut dans ce moment que la fermiere me
prit à part, & que, se trouvant sans témoins, elle me remit une lettre a l'adresse de Dom Sulpice, en me priant, en
qualité de son ami, de la lui rendre dans
le plus grand secret. Je suis sûre, me dit-
elle, que la commission est en bonnes
mains, & vous me saurez d'autant plus
de gré de vous témoigner ici ma confiance,
que je suis très-proche parente de celui à
qui vous avez rendu la liberté. Surpris de
cette rencontre, je me mis en devoir de
lui faire des interrogations. *Motus*, me
répondit-elle, on pourroit ici nous entendre; la seule chose que je puisse vous
dire, est que D. Placide est en sûreté;
la lettre vous apprendra le reste. Cela dit,
elle me fit rentrer à la cuisine, où je ne
fus pas long-temps sans être appellé pour
le commencement des opérations. Je serrai
soigneusement la lettre, & ne parus plus
occupé que de l'objet qui nous avoit amenés dans cette métairie.

Vers les quatre heures nous remontâmes à cheval, & il étoit fort tard, lorsque nous entrâmes à l'abbaye. Le prieur
néanmoins nous attendoit, & à peine eû-
mes-nous soupé, qu'il nous demanda communication du plan des ouvrages & du
devis estimatif. Ce fut pour cette fois que
sa révérence se récria plus haut encore

fur l'exactitude de mon travail, &, après m'avoir comblé d'éloges, il se rabbatit à m'interroger de nouveau sur ma vocation. Sans doute, me dit-il, que vous ne tarderez pas à nous faire part de vos résolutions ; vous nous avez demandé la semaine, & nous vous avons accordé le mois tout entier. Si ce terme est encore trop court, la communauté vous permettra de le doubler & de le tripler ; car un jeune homme éclairé comme vous, ne doit point s'engager sans une mûre délibération. Mon pere, lui répondis-je, cela m'a paru, en effet, si délicat, que j'ai cru devoir y apporter beaucoup de temps ; & comme ce n'est point le desir de trouver plus d'aise & de tranquillité fous l'habit de religion qui doit me décider ; mais le motif de devenir utile à l'ordre, & de me sanctifier ; faites-moi la grace de me laisser encore continuer mes épreuves, vous ne m'en trouverez que plus docile à seconder vos vues, & à déférer aux sentiments d'un supérieur aussi prévenant & aussi respectable. Cette défaite hypocrite plut beaucoup au prieur, &, comme il aimoit les loüanges, il fut la dupe de ma politesse. Très-volontiers, Marcel, me dit-il, & même s'il vous arrive d'en donner avis à Monsieur votre oncle, nous le croyons trop de nos amis pour présumer qu'il vou-

lût en cela vous priver de son suffrage. A
ces mots, il me conduisit jusqu'au bord
du grand escalier, & me donna le bon
soir de l'air le plus gracieux.

Il étoit trop tard pour me rendre chez
D. Sulpice, mais, le lendemain, je le
joignis au sortir du réfectoire, & nous nous
enfermâmes pour lire la lettre de D. Placide que voici :

» La main de Dieu, mes chers amis,
nous disoit-il, semble m'avoir conduit depuis l'instant, où, par votre secours, je
recouvrai ma liberté. Je fis la nuit de ma
fuite plus de cinq lieues dans les bois, &
j'arrivai avant l'aurore chez une espece de
gentilhomme qui me prit pour un hermite,
& me fit présent d'une mauvaise casaque
& d'une paire de souliers, dont j'avois
grand besoin. Intéressé à l'entretenir dans
son erreur, je le quittai après les plus
humbles remerciments de sa générosité. Je
parvins de la sorte jusqu'à Cambray ; mais
en entrant dans cette ville, un factionnaire
des portes m'arrêta vis-à-vis du corps de
garde, & il fallut me laisser conduire chez
Monsieur le lieutenant de roi. Cet officier
me demanda mes passeports. Jugez de mon
embarras ; on alloit me conduire en prison,
quand il me vint à l'esprit de lui répondre
que j'avois l'honneur d'être connu de Monseigneur l'archevêque, & que, s'il vouloit

me permettre de lui être préfenté, il auroit, touchant ma perfonne, des renfei-
gnements que quelques raifons m'obligeoient
à lui voiler pour le moment actuel. Au
nom de l'archevêque, je fus auffi-tôt conduit chez ce prélat, à qui je demandai une
audience particuliere. Elle me fut accordée,
&, pouvant alors décharger mon cœur
fans témoins, je fis à fon excellence un
narré fidele de ma déplorable aventure.
L'archevêque, qui étoit la douceur même,
fut fi perfuadé de la fincérité de mon récit,
qu'il donna fes ordres pour renvoyer le
foldat à fon commandant, en le chargeant
de lui dire qu'en effet je lui étois fort
connu, & qu'il le prioit de n'avoir aucune
inquiétude à mon fujet.

Enfuite s'étant remis dans fon fauteuil,
après avoir rêvé l'efpace d'un demi-quart
d'heure, il me regarda fixement & m'adreffa
ces paroles pleines de bonté : Je crois en-
trevoir dans le tableau que vous m'avez
fait de vos malheurs, un fonds de franchife qui mérite que je partage vos peines,
& que je m'éfforce d'y apporter un prompt
remede. Il paroît d'abord que vous n'avez
pas eu une intention libre de vous engager,
que le temps de réflechir fur l'importance
de ce facrifice ne vous a pas été accordé,
que la crainte de votre famille, & l'efpece
de violence qu'elle vouloit vous faire, vous

ont

ont traîné au pied de l'autel ; en un mot,
que depuis quatre ans que vous êtes en
religion, vous n'avez ceffé de réclamer contre vos vœux, & que vous les avez toujours regardés comme nuls, parce que la
crainte vous les a faits former. Ainfi donc
le pouvoir de vous en difpenfer étant ré-
fervé à la cour de Rome, je vais m'occuper à les faire commuer, ou déclarer non-
valablement énoncés ; mais il faut pour cela
que vous conferviez l'habit de votre ordre,
& que vous ne vous éloigniez point de mon
diocefe. En achèvant ces mots, Monfeigneur appella fon aumônier, & le chargea
de me conduire dans fon féminaire. C'eft-
là, où, dans l'efpérance de voir bientôt
finir mes maux, je vis inconnu à tout autre
qu'à fon Excellence, n'ayant communication avec perfonne, mettant en défaut les
recherches de ma famille & de mon cloître ;
& me confiant qu'avant peu j'obtiendrai
l'affranchiffement d'un joug qui n'auroit fervi
qu'à mon éternelle damnation. C'eft dans
cette circonftance où tout paroît favorifer
mon attente que j'ai fupplié l'aumônier de
Monfeigneur de faire parvenir cette lettre
fous-enveloppe, à ma parente à qui j'ai
donné connoiffance de ma fituation & de
la part que vous avez eu à mon élargiffe-
ment. Cette femme a l'honneur en recommandation, & l'amitié qu'elle m'a vouée

m'eſt garant de la fidélité avec laquelle
elle vous remettra la préſente. Adieu,
chers amis, quand il ſera queſtion de la
diſſolution de mes vœux, perſonne n'en
ſera plutôt informé que vous, à qui j'ai
des obligations ſi eſſentielles, & dont le
ſouvenir ſera auſſi long que ma vie. Mon
intérêt & le vôtre exige qu'après avoir lu
ma lettre, vous la jettiez dans le feu «.

Elle s'accordoit trop bien avec nos deſirs
cette lettre, pour ne pas en reſſentir une
joie mutuelle, & notre ſatisfaction fût à
ſon comble, quand, quatre mois après,
nous apprîmes, par une ſeconde, la diſſolution des vœux de D. Placide, & le
parti qu'il avoit pris d'entrer dans l'état
eccléſiaſtique. Le prélat, qui avoit été ſon
protecteur, ne fut pas long-temps ſans lui
procurer un bénéfice honnête dont il continua de faire l'uſage le plus noble & le
plus conforme à l'eſprit de l'égliſe.

Le ſujet de mon étonnement dans cette
ſinguliere hiſtoire étoit de n'en entendre
point parler dans notre monaſtere. Néanmoins, me diſoit Dom Sulpice, elle a fait
une prodigieuſe ſenſation parmi nos officiers; &, ſans que perſonne s'en ſoit apperçu, il y a eu des gens gagés pour ſe
mettre en quête du fugitif, & découvrir,
à quelque prix que ce fut, les auteurs de
ſon évaſion. Leurs recherches ont été in-

fructueufes, & nous avons eu le bonheur de ne laiſſer après nous aucune trace de notre entreprise. Il n'en ſera donc plus queſtion dans la ſuite ; car, telle eſt la politique du cloître, de dérober au public ces grands éclats qui n'aboutiroient qu'à aiguillonner l'attention de la magiſtrature, & à mettre au jour des procédés dont on ne tarderoit pas à réprimer l'audace.

CHAPITRE XIV.

Marcel, apprend la mort de ſon oncle. Il quitte le monaſtere pour entrer chez M. le baron de Veſting en qualité de précepteur de ſes enfants.

CEPENDANT il s'étoit écoulé près de trois ans avant que j'apperçuſſe quelque changement dans mon état, & les ſollicitations du prieur n'ayant pas eu leur effet, on perdit de vue le projet de me préſenter à Monſieur l'abbé, qui me laiſſa la liberté de ſuivre mon goût & de continuer mes exercices. Les fréquentes converſations que je continuai d'avoir avec Dom Sulpice m'avoient mis aſſez au fait des mœurs monaſtiques pour uſer de prudence & de circonſpection. Nullement ſoupçonné d'ar-

F 2

tifice & d'intrigue, toujours guidé par la
vue de mon devoir, je me rendois utile,
fans affecter d'être important. Tous les
matins, à la procure, & les après-dînées,
à la bibliotheque, ou chez mon religieux;
les journées s'écouloient avec une telle
rapidité, que j'avois lieu de me croire
heureux, puifque je n'éprouvois aucun ennui; mais une lettre que je reçus de la
part d'un curé voifin de mon oncle, &
qui étoit fon ami, vint troubler mon bonheur, & me caufer la plus cruelle peine
que j'euffe reffentie jufqu'alors. Ce digne
pafteur avoit enfin terminé fa carriere au
milieu de fon troupeau, qu'il avoit édifié
jufqu'au dernier foupir. Sa maladie, qui
n'avoit été qu'une défaillance, l'avoit emporté en vingt-quatre heures, & à peine
avoit-on eu le temps de lui adminiftrer
les fecours de l'églife.

A cette nouvelle, je fus faifi d'une fi
vive douleur, que la plume me tomba des
mains, & qu'il fallut me tranfporter dans
ma chambre. J'y demeurai trois jours à me
lamenter & à pouffer des cris fi pitoyables,
que tous les affiftants en étoient attendris;
mes yeux étoient devenus deux fontaines
de larmes qui ne pouvoient tarir. La douleur avoit flétri mon cœur, & le fommeil
fuyoit loin de mes yeux; toute nourriture
m'étoit amere, mes amis me parloient en

vain, & à tout ce qu'on pouvoit me dire de plus touchant je ne répondois que par des gémissements & des sanglots. Je passois des heures entieres sans prononcer aucune parole; & ce long silence n'étoit interrompu que par le nom de mon oncle que je prononçois à plusieurs reprises & avec tous les signes de regret & du plus grand accablement. A la fin, cette situation violente fit place à une tristesse morne & à une insensibilité que les seules représentations de mon bon ami D. Sulpice furent capables d'adoucir. Cet excellent homme, plus affecté que ne le sont ordinairement les moines, me m'abandonna point dans cette cruelle déplaisance, & tandis que tout ce qu'il y avoit dans le monastere commençoit à se rebuter de mon opiniâtre mélancolie, je le vis employer, tour-à-tour, pour me consoler, les motifs de la raison & de la foi, motifs si efficaces dans la bouche d'un chrétien qui en étoit pénétré, que s'ils ne purent me guérir entiérement, du moins contribuerent-ils à rendre mon affliction plus raisonnable, & à me résigner sincérement aux volontés du ciel. La semaine révolue, je demandai au prieur la permission de me rendre dans mon village, & mon ami obtint celle de m'y accompagner. Les chemins étoient mauvais, & nous n'arrivâmes que le quatrieme jour au soir. Nous

F 3

defcendîmes au presbytere : Simonette vint
nous ouvrir, & à peine m'eut-elle reconnu,
qu'elle se mit à crier : Ah ! Marcel, mon
enfant ! pourquoi tardiez-vous-tant à venir ?
mais voyez donc quelle perte nous avons
faite ! Auffi-tôt elle me faute au cou, &
fa voix expire fur mes levres. Nos fanglots
attirerent les voifins, qui en poufferent d'auffi vifs & d'auffi finceres ; mais un fpectacle,
dont je fus témoin le lendemain, acheva
de m'accabler. Je courois fur le tombeau
de mon oncle pour y prier & y verfer
des larmes ; la foffe étoit environnée de
femmes, de vieillards & d'enfants qui tous
baifoient à deux genoux la terre qui couvroit ce précieux dépôt : leurs gémiffements
étoient fourds, leurs paroles entrecoupées,
& il y avoit dans toutes leurs attitudes
quelque chofe de lugubre & de noir qui
auroit infpiré du découragement & de la
compaffion aux plus endurcis. Depuis le jour
de l'inhumation, on ne pouvoit en arracher ces pauvres gens ; il fembloit que chaque
famille eût perdu fon chef ; jamais on ne vit
un deuil plus long & plus touchant. Le confrere de mon oncle, de concert avec Dom
Sulpice, fe chargerent des fervices qui furent
célébrés pendant quinze jours pour le repos
du défunt, & auxquels affiftoient non-feulement les bourgeois, mais un grand nombre d'eccléfiaftiques & de particuliers des

villages voifins. A la fin, le même confrere qui avoit été nommé exécuteur des dernieres volontés de mon oncle, fe difpofa à en faire la lecture en préfence de toute la paroiffe. Mais hélas ! quel teftament ! Ce digné prêtre ne connoiffoit point d'autres héritiers que les pauvres : il leur avoit diftribué une partie de fes facultés pendant fa vie, & il les mettoit en poffeffion du refte après fa mort. Tout ce qui étoit purement de fon bénéfice retournoit à fes ouailles ; les grains furent diftribués aux plus indigents ; une partie de l'argent fervit à payer les dettes de plufieurs familles embarraffées ; une autre, à faire inftruire des enfants, & le refte, à décorer l'églife, dont les revenus étoient fort médiocres ; Simonette eut le mobilier, & moi, les livres & le fonds patrimonial. J'étois affez inftruit de l'efprit de l'églife dans la deftination des revenus de l'autel, pour ne pas défapprouver une conduite fi louable, & il ne nous refta qu'à bénir la mémoire d'un homme qui ayant vécu comme un faint, méritoit, après fon décès, les éloges & les honneurs qu'on ne rend qu'aux faints.

Ce fut dans ces entrefaites que l'exécuteur teftamentaire de mon oncle me prit à part pour me demander fi j'étois content de mon fort, & fi j'avois deffein de me fixer abfolument chez les moines. Je ne

fus d'abord quelle réponse faire , & comme Dom Sulpice étoit de tous mes secrets,
je priai cet ecclésiastique de vouloir bien
me parler en sa présence. Je serois au désespoir, poursuivit-il , de vous inspirer des
dégoûts pour un état qui peut vous plaire , quoique, jusqu'à présent, il ne vous
ait conduit à rien ; mais s'il vous est égal
de rester, ou d'embrasser un autre parti ,
j'ai l'honneur de connoître un gentilhomme
à quelques lieues de Douay à qui il manque un précepteur pour ses enfants , &
comme il m'a fait la grace de me consulter
sur cet objet , je suis sûr qu'il m'auroit obligation de lui procurer un sujet de votre
mérite. Que pensez-vous de ma proposition ? Je regardai Dom Sulpice & , à mon
grand étonnement , je le trouvai de l'avis
de l'ecclésiastique. Je ne prétends pas , me
dit ce religieux , vous contraindre à sou-
scrire à mes opinions , lesquelles , après
tout , ne sont que des opinions ; mais don-
nez-vous le temps de les apprécier. Vous
êtes jeune ; l'emploi que vous avez dans
notre maison n'est point stable , & si vous
avez à vous louer de notre procureur actuel , il n'est pas sûr que vous trouviez le
même agrément sous un second & un troisieme. La proposition qui vous a été faite
d'embrasser la regle ne vous a point plu.
Vous n'êtes pas né pour le cloître, & pour

vous y maintenir en qualité de féculier ; il vous faudroit adopter des principes, & vous condamner à une circonfpection qui n'entre pas abfolument dans votre caractère. Le vrai moyen de parvenir chez nous eût été d'entrer au noviciat ; les faveurs de notre abbé ne s'étendent pas jufqu'à ceux qui ne s'attachent à notre cloître que dans la vue de toucher quelques appointements ; au lieu que la place que Monfieur le curé fe charge de vous faire obtenir eft un acheminement à quelque emploi plus lucratif, plus folide & plus diftingué. Ce n'eft pas tout, interrompit l'ami de mon oncle, car ce pofte a été demandé depuis trois mois par un grand nombre de perfonnes qui fe croient affez de talents & de monde pour fe charger des enfants de Monfieur le baron de Vefting, c'eft le nom de ce feigneur, mais en qui on n'a reconnu que des qualités fuperficielles & un air de pédanterie fi contraires aux maximes de la bonne éducation, qu'il n'a pas tardé à leur donner l'exclufion. J'érois, il y a quelque temps, chez ce gentilhomme ; &, d'après le defir qu'il me fit paroître de trouver un jeune homme vertueux & éclairé, fur lequel il pût fe repofer du foin de fa famille, il me vint à l'efprit de vous propofer, comme le fujet le plus propre à remplacer celui qui

F 5.

exerçoit cette fonction, & dont il a été si satisfait, qu'il lui a fait avoir à Bruges une direction dans les vivres. Vous le voyez donc, mon cher Marcel, il s'agit ici de vous introduire dans une maison riche & puissante, qui ne tardera pas à reconnoître vos talents & à vous frayer le chemin d'une fortune honnête.

Je me retranchai sur des excuses, j'alléguai mon peu d'expérience & ma grande timidité; mais Dom Sulpice dissipa ces prétextes, & me fit observer, dans cette conjoncture, une perspective si flatteuse, que je ne balançai pas à me décider. Il fut donc arrêté que l'ami de mon oncle écriroit incessamment à Monsieur de Vesting; &, après lui avoir fait les remerciments les plus sinceres, & terminé quelques arrangements au sujet de la succession qui venoit de m'écheoir, nous retournâmes à l'abbaye pour y attendre des nouvelles certaines sur la fixation future de mon sort.

J'appréhendois d'abord d'y éprouver bien des obstacles, &, par conséquent, de sortir mal de cette maison, mais il y avoit quelque chose de si solide dans les offres qui m'étoient faites, que le procureur, le prieur, & l'abbé lui-même en comprirent l'avantage, & ne tarderent pas à m'accorder leur agrément. Je fus admis pour la derniere fois à l'audience du prélat, qui me félicita de bonne grace sur ma prétendue fortune, & me fit présent de sa main d'une fort belle montre & de plusieurs ouvrages classiques, qu'il m'engagea de recevoir, comme une marque de son estime & de sa bienveillance. Nos adieux avec mon cher Dom Sulpice furent des plus affectueux, & je ne m'en séparai qu'après lui avoir promis d'entretenir avec lui une correspondance qui l'instruiroit pour toute la suite de mes intérêts les plus chers.

C'est ainsi que je quittai ce monastere fameux, où j'avois eu tout le loisir d'étudier l'esprit, les sentiments & les ressorts du gouvernement religieux, où j'avois puisé des connoissances si utiles, trouvé des ressources si gracieuses, acquis des lumieres, si supérieures à mon âge, où pour quelques modeles de vertus, j'avois rencontré tant d'exemples de jalousie, de dissimulation, de hauteur & de faste, de politique & de dureté.

CHAPITRE XV.

Arrivée de Marcel chez-le baron de Vesting. De l'éducation que ce seigneur vouloit donner à ses enfants.

Arrivé pour la seconde fois chez Simonette, je n'y restai que le temps nécessaire pour régler les intérêts de cette bonne fille, qui se retira dans une maison de Clairiftes, où elle servit le reste de ses jours en qualité de touriere. L'ami de mon oncle m'attendoit avec impatience, parce qu'il appréhendoit que les sollicitations des moines ne traversaffent les mesures qu'il avoit prises pour me faire entrer chez Monsieur de Vesting. Il s'écoula quinze jours avant d'avoir réponse, & mon protecteur employa ce temps à me donner une idée juste de la maison de ce gentilhomme. J'ai, me disoit-il, deffervi la chapelle de son château pendant six ans, & c'est à sa sollicitation que j'ai obtenu mon bénéfice. Le gouverneur de ses enfants étoit mon cousin; sa bonne conduite lui a valu la place qu'il occupe, & qui est fort lucrative; ce n'est pas qu'il n'y ait éprouvé quelques dégoûts, parce que les deux fils de Monsieur de

Vesting, qui sont fort jeûnes, n'étoient guere en état de profiter de ses instructions. Les déférences qu'il falloit avoir en même temps pour le maître & la dame, lui paroissoient gênantes; mais il est difficile de s'en affranchir avec la noblesse; & du caractere dont je vous connois, ces petites attentions vous coûteront peu, parce qu'on n'en a jamais exigé de déraisonnables; mon parent étoit sur ce point trop rude & trop sec, c'est le seul défaut que je puisse lui reprocher.

Enfin, arriva un domestique de Monsieur le baron avec deux chevaux, & une lettre qu'il remit à mon curé. Nous la trouvâmes pleine de prévenances & d'honnêtetés. On le félicitoit du choix sans m'avoir vu; on lui en faisoit par avance les remerciements les plus sinceres, & on le prioit instamment de faire hâter mon départ. Il fallut donc empaqueter promptement mes petits effets, & me mettre en marche. Le voyage fut de six jours, & le soleil alloit se coucher lorsque nous entrâmes dans la cour du château de Cromcells, résidence de Monsieur de Vesting, dont l'apparence avoit quelque chose d'agréable & de majestueux. Je m'étois représenté ce seigneur comme un homme entre deux âges, & je fus bien surpris de trouver un vieillard de soixante - trois ans. Il

étoit de petite stature , d'une complexion
seche, & avoit un air valétudinaire , comme un homme qui releveroit de grande
maladie. Il parloit fort peu, & toujours,
pour se plaindre de quelque incommodité ,
ce qui me fit juger d'abord, qu'ayant servi
long-temps , il se ressentoit de ses campagnes ; mais j'eus bientôt lieu de me convaincre que ses infirmités n'étoient qu'idéa-
les , & qu'il étoit très - ordinaire chez les
riches de se plaindre avec grace d'un mal
qu'on n'avoit pas , d'avoir des migraines &
des vapeurs à mourir, & par-là de dépen-
ser autant en médecins & en remedes, qu'u-
ne famille honnête feroit en nourriture &
en entretien. Ce gentilhomme me fit un
accueil flatteur , se leva de son fauteuil en
toussant , vint quelques pas à ma rencontre , & m'ayant un moment fixé : Ah! ah !
dit-il , il est jeune : vraiment je comptois
donner à mes enfants un gouverneur de
trente ans au moins. Puis se remettant à sa
place , & me faisant asseoir à ses côtés :
On m'a parlé de vous , poursuivit-il , d'une
maniere si avantageuse , que je n'ai pas
balancé à vous confier la conduite de ma
petite famille ; mais nous parlerons de tout
cela dans la suite ; qu'on avertisse Madame
de l'arrivée de Monsieur le précepteur.
Une demi-heure après , en effet , je fus
conduit chez Madame de Vesting , & au-

tant j'avois été surpris de la décrépitude
du mari, autant fus-je frappé de la jeuneſſe
& de la beauté majeſtueuſe de la femme.
Elle avoit tout au plus trente ans, ſa taille
grande & bien priſe, la régularité de ſes
traits, la douceur de ſon maintien me
cauſerent un étonnement dont elle ne voulut pas profiter pour augmenter ma timidité
naturelle. Elle me fit les plus grandes po-
liteſſes, m'interrogea avec un empreſſe-
mēnt rempli de bonté, affecta de donner
un certain prix à mes réponſes, & mit
dans tous ſes procédés tant de franchiſe
& de vérité qu'elle parvint à diſſiper ma
mauvaiſe honte, & à me mettre tout-à-
coup à mon aiſe. Comme on vint lui annoncer qu'on avoit ſervi, elle me fit une
profonde révérence, & me pria de la précéder dans la ſalle, où on avoit mis le
couvert. C'eſt là où m'attendoient les deux
enfants.

Qu'on ſe repréſente deux magots de
la Chine, ou deux de ces joujoux d'alba-
tre, dont la folie du ſiecle a meublé pendant un temps les corniches de nos che-
minées, tels étoient les deux individus
qui s'offrirent à mes yeux. Il leur fut ordonné de me faire la révérence, & de
me demander la permiſſion de m'embraffer; ils s'en acquitterent de ſi mauvaiſe
grace, que j'en fus déconcerté moi-mê-

me : mais loin de m'en faire un crime, mon embarras fut regardé comme un commencement de bienveillance & de familiarité dont il parut que l'on tiroit un heureux augure. La conversation du souper ne roula que sur mon emploi chez les moines, dont j'eus l'adresse de voiler quelques circonstances qui pouvoient affoiblir la bonne opinion que l'on avoit de moi. Quoique M. de Vesting fut petit parleur, & qu'il n'avalât pas un morceau sans inquiétude, & sans s'être bien assuré qu'il ne lui feroit aucun tort, néanmoins je le trouvai ce soir de très-bonne humeur. Madame avoit pour lui des égards étonnants ; toutes les fois qu'elle lui adressoit la parole, ce n'étoit que pour le traiter de *mon bon ami, mon cher cœur.* De son côté, notre gentilhomme lui rendoit assez la pareille, & les termes de *ma chere amie, mon cœur,* & telles autres fadeurs n'étoient pas épargnées. Quatre grands laquais, plantés sur leurs pieds, attendoient en silence qu'on leur fît signe de changer les affiettes, ou de verser à boire. Il y avoit très-bonne chere, quoique nous ne fussions que huit personnes à table ; savoir : les deux maîtres, les deux enfants, le chapelain, le médecin de Monsieur, & un officier retiré, à qui on avoit donné retraite dans ce château. Le médecin, aux décisions de qui M. de Vesting souscrivoit aveuglément, touchoit des honoraires considérables pour venir trois fois la semaine examiner les déjections de son malade, & dicter ses ordonnances. Pendant tout le repas, je ne le vis occupé qu'à disserter sur la qualité des mets. Celui-ci lui paroissoit farineux, & par conséquent indigeste, celui-là trop compact, & sujet à causer des borborygmes dangereux. Les viandes noires produisoient des humeurs, le porc frais étoit huileux, la patisserie un manger mortel, & quoiqu'il fut d'étiquette de servir souvent des entrées de pareille espece, on ne devoit en présenter qu'aux convives, qui, sans doute, avoient l'estomac trop bourgeois pour en ressentir les pernicieux effets. La compagnie mangeoit de bonnes choses, & le médecin lui-même ne faisoit grâce à aucun plat, pendant que le pauvre gentilhomme, esclave de son Esculape, se bornoit à quelques légumes, quelques crêmes, & des pommes cuites. Il en étoit de même pour la boisson ; les laquais nous servoient le vin le plus pur, & ne présentoient à leur maitre que des ptisanes & autres breuvages prétendus pectoraux. Comme j'avois l'air d'être fatigué de la route, Madame avôit eu l'attention d'ordonner à son laquais de me tenir une chambre prête pour m'y retirer aussi-tôt que je pa-

roîtrois le defirer. Je dormis très-profon-
dément, & ne m'éveillai que vers les fix
heures du matin. Le filence qui regnoit
dans le château, me fit croire d'abord que
l'ufage étoit de s'y lever fort tard ; néanmoins, j'étois peut-être le feul dans mon
lit : car les domeftiques étoient à la chaffe,
& tous les autres commenfaux avoient coutume de garder la chambre jufques vers
les onze heures. Je m'habillai donc dans
la confiance que quelqu'un paroîtroit enfin
de la part de Monfieur ou de Madame,
& ce fut dans ce paifible intervalle que je
me livrai à toutes mes réflexions. Enfin,
me difois-je, me voilà dans une nouvelle
occupation ; mais comment faudra-t-il me
gouverner pour m'y maintenir ? quel doit
être mon début envers mes deux difciples ?
Me laiffera-t-on la liberté de les former
felon mon goût & mes connoiffances, ou
me fixera-t-on la conduite que je dois tenir à leur égard ? Ne fera-t-il queftion que
de leur donner des manieres, de la politeffe & des fentiments dignes de leur naiffance, ou ferai-je dans le cas de plier leur
efprit à différents objets de connoiffances ?
De quels perfonnages, d'ailleurs, vais-je
me charger ? Si je dois en croire aux apparences, il n'y a pas grande reffource dans
ces deux petites têtes, & fi les qualités ré-
pondent à l'extérieur, combien de peines

pour parvenir à mon but ? Je ne sortois pas d'étonnement à l'aspect de la figure commune, & des manieres empruntées de ces mêmes enfants en qui rien n'annonçoit une naissance distinguée, une physionomie basse, une bouche prodigieusement fendue, un nez camard, des yeux enfoncés, un teint olivâtre, une taille courte & épaisse, des membres prodigieusement gros, & des pieds d'une longueur & d'une forme tout-à-fait ridicule. Il est vrai qu'à en juger par les traits actuels du pere, il étoit facile de s'appercevoir qu'il n'avoit jamais été un bel homme ; mais ses enfants renchérissoient encore sur sa laideur, & ne tenoient en rien de Madame la baronne qui, en effet, étoit une très-belle femme. Je réfléchissois ensuite sur l'extrême disproportion d'âge entre ce gentilhomme & son épouse. Comment donc étoit-il possible, me disois-je, qu'une aussi charmante personne ait pu se déterminer à donner la main à un septuagénaire mélancolique, & si disgracié de la nature ? Sans doute qu'il avoit pour lui ses richesses & sa naissance ; & de-là je concluois que Madame n'étoit point de famille à aller de pair avec celle de son mari, que l'intérêt & l'appât des distinctions l'avoient tentée, & qu'elle avoit préféré les honneurs & l'argent au plaisir de vivre avec un époux jeune & aimable. J'eus lieu, dans la suite, de m'appercevoir qu'une partie de ces présomptions étoit vraies, & aussi-tôt que j'eus fait que'ques pas dans la société, j'appris que ces sortes de mariages sont aujourd'hui fort communs dans le monde, & sur-tout dans le grand monde, où, après avoir gardé le célibat pour des raisons qu'il est facile d'appercevoir, on ne songe guere à s'engager sous les loix de l'hymen avant sa cinquantieme, ou sa soixantieme année. Cependant, je m'étois trompé au sujet de Madame de Vesting ; elle étoit d'une des premieres familles d'Ostende, & très-considérée dans les Pays - Bas Autrichiens, quoiqu'inférieure pour l'ancienneté à celle de Monsieur le baron, dont l'état actuel n'étoit point l'effet de la débauche, mais des fatigues d'un long service, de l'âge, & plus encore de son tour d'esprit.

C'est de la sorte que je donnois carrière à mon imagination, quand un laquais, heurtant à ma porte, me demanda à quelle heure je pourrois me rendre chez Madame. Dans un quart-d'heure au plus tard, lui répondis-je, & aussi-tôt je descends de mon lit, & cherche précipitamment mes habits. Monsieur, ajouta-t-il, vous aurez la bonté de ne point vous faire annoncer chez Monsieur avant que j'aie eu l'honneur de vous prévenir, car il a passé une fort mau-

vaife nuit , & on vient de lui donner un
remede. Je promis tout ce qu'on voulut,
& à dix heures on vint de nouveau me
prier d'entrer chez Madame. Je fus introduit à fa toilette, & après le début & les
queſtions ordinaires dans leſquelles elle
mit, felon fa coutume, toute l'honnêteté
poſſible, nous entrâmes dans une converfation très-férieuſe au fujet de ſes enfants.
Monfieur, me dit-elle, je ne vous parle
pas des témoignages flatteurs qui nous ont
été rendus de vous il y a plus de fix mois.
Je doute fi peu de vos bonnes qualités &
de vos talents, que je me félicite d'avance de l'heureux choix que nous a fait faire
votre ami & le nôtre. Une feule chofe,
néanmoins, me caufe de l'inquiétude, ce
feroit de favoir comment vous vous y
prendrez pour donner contentement au
pere & à la mere; car je dois vous prévenir que les goûts de l'un & de l'autre font
bien différents. Votre prédéceſſeur, en déférant trop aux idées de mon mari, ne
rempliſſoit pas, felon moi, la fin que des
parents devroient toujours ſe propofer. Je
n'ignore pas qu'un peu de belles-lettres &
de latinité ne doive entrer dans le plan d'u-
ne éducation bien étendue; mais à quoi
tendent toutes ces connoiſſances fans la
vertu, & à quoi bon la vertu quand la
religion n'en eſt pas le principe? Et voilà

ce donc Monsieur le baron, quoique honnête homme, & même bon chrétien, ne
s'occupe pas assez. Je n'en dirai pas davantage sur ce point ; vous l'entendrez lui-même, & dans la suite vous aurez tout le loisir de juger auxquels de ses sentiments ou
des miens il conviendra de donner la préférence : qu'on appélle mes enfants.

Un moment après je les vis entrer avec
un air riant & gêné, tel que de jeunes
disciples ont coutume de l'avoir quand ils
passent sous un nouveau maître. Nous reprîmes la conversation avec beaucoup d'intérêt, & nous l'eussions prolongée jusqu'à
midi, si l'on ne fut venu m'avertir que
Monsieur me demandoit. Il étoit, à son
ordinaire, étendu dans un vaste fauteuil,
se plaignant de sa tête, toussant avec affectation, demandant tantôt un mouchoir,
tantôt un verre d'eau, & se faisant tâter
le pouls, pour ainsi dire à chaque minute.
Quoiqu'occupé principalement de sa situation, ce gentilhomme me reçut avec douceur & civilité. Avant toute chose, Monsieur, dit-il, faites-moi la grace de me
dire comment vous vous y prendrez pour
former mes enfants. Ma réponse étoit prête;
Monsieur, lui répondis-je, c'est une commission délicate, sur laquelle chacun rai-
sonne & procede à sa maniere. Les uns
sont pour les langues anciennes ou moder-

mes, les autres pour l'hiftoire : ceux-ci débutent par quelques notions géographiques, ceux-là par l'étude du monde. Il en eft qui tiennent pour les arts libéraux, & d'autres pour les exercices gymnaftiques. Quant à moi, mon avis feroit de former le cœur, de cultiver l'efprit, & d'orner avant tout la mémoire de vos enfants, & de parvenir ainfi par progreffion jufqu'au temps où il conviendroit d'étendre leurs connoiffances & de ménager leur dextérité. Ce fyftême étoit trop étranger aux vues de Monfieur de Vefting pour mériter abfolument fon approbation, & me regardant avec inquiétude : On voit bien, dit-il, Monfieur, que, n'ayant pas pour vous la pratique, vous vous êtes imaginé que le même habit convenoit à toutes les tailles ; mais l'expérience vous apprendra bientôt qu'il eft une certaine différence entre l'éducation générale, & la façon d'élever des enfants de qualité : fi vous me permettez fur ce point de vous faire part de mes intentions, les voici, fauf meilleur avis, attachez-vous d'abord à copier la nature ; & n'ajoutez pas aux leçons qu'elle nous dicte une quantité de préceptes & d'éléments qui ne feroient que la défigurer & la contraindre. Si vous voulez occuper mes enfants d'une maniere convenable à leur état, parlez-leur fouvent de leur naiffance

& du bonheur d'appartenir à un pere qui a l'honneur de pouvoir prouver soixante-quatre quartiers. Vous aurez communication de mes titres & des marques de distinctions singulieres qu'il a plu à nos souverains de conférer à mes ancêtres. J'y joindrai un traité des armoiries qu'il est à propos de faire étudier à mes enfants : car le blazon est la science propre d'un gentilhomme, & tout seigneur qui néglige cet objet, se rend indigne de son origine & de son rang. Il faut donc que vos éleves sachent ce que c'est que chef, pal, bande, barre, fasce, croix, sautoir, chevron, bordure & orle ; car tous ces ornemens sont aussi anciens que la noblesse, le chef représentant le casque ou la couronne qui couvre la tête d'un vainqueur ; le pal, sa pique, ou sa lance ; la bande ou la barre, son baudrier ; la fasce, son écharpe ; la croix & le sautoir, son épée ; le chevron, ses bottes & ses éperons ; la bordure & l'orle, sa cotte de mailles. Tout cela, comme vous le voyez, est extrêmement intéressant. Il est encore essentiel qu'ils connoissent l'étendue des honneurs qui sont dus à tout seigneur de paroisse, & jusqu'où se portent les droits qu'ils seront dans le cas d'exiger. Vous aurez sous les yeux un recueil d'arrêts des parlements de France, & des conseils supérieurs de sa Majesté impériale

impériale qui vous apprendront que l'encens, le pas aux proceſſions & à l'offrande, la recommandation au prône, le privilege de ſépulture & de caveau ſous le ſanctuaire, ſont des diſtinctions qu'un gentilhomme ne doit jamais perdre de vue. Vous les mettez au fait des foi & hommage qu'ils ſeront un jour dans le cas d'exiger de leurs vaſſaux. Ils connoîtront ce que c'eſt que redevance, ſurcens, terrage, fief & arriere-fief, mouvance, droit de quint & de relief, retrait féodal, droit d'aubaine & de batardiſe, bannalité, lods & ventes, corvées & pontonnage. Monſieur, lui répondis je, tout cela eſt bien ſec pour de jeunes gens à qui il ne faudroit que des notions d'autant plus attrayantes, qu'elles ſeroient analogues à leur âge, & en me conformant à vos volontés, ne pourrois-je pas en même temps leur donner des leçons relatives au ton de la bonne ſociété...... Oh, je vous entends, interrompit-il ; oui, je veux que mes enfants apprennent des fables, des épigrammes & des parodies chantantes ; j'ai même retenu pour eux, outre un maître à danſer & un maître d'armes, un très-habile muſicien chargé de former leur voix ſur la guittare & le violon.

D'après le plan que venoit de me tracer Monſieur de Veſting, je vis bien qu'il étoit inutile de revenir ſur mes idées, &

de corriger-les fiennes. Je me repofai donc
fur Madame, bien perfuadé qu'en adop-
tant fes principes de préférence à ceux de
fon mari, & en prenant certaines mefures
pour ne pas trop le contrarier, je rem-
plirois plus fûrement mon objet, & ferois
de bons fujets de fes enfants. J'acceptai
néanmoins de bonne grace les livres & les
papiers dont il me fit dépofitaire, &
que j'allai fur le champ configner dans-le
cabinet de Madame. Elle rit beaucoup
des fentiments bizárres de fon mari, &
me recommanda fur ce chapitre la plus
fcrupuleufe difcrétion. Je prends tout fur
moi, me dit-elle, pourvu que mes enfants foient inftruits dans les fciences &
dans la religion, le refte viendra toujours
affez tôt.

CHAPITRE XVI.

Marcel s'applique à l'éducation de ses éleves. Accident arrivé à une fille de basse-cour, & quelles en furent les suites.

Dès le lendemain, Monsieur le vicomte & Monsieur le chevalier me furent amenés, &, sur le champ, je me mis en devoir de remplir mon ministere. Je cherchai d'abord à gagner leur confiance, persuadé que si j'y parvenois, il me seroit aisé de les rendre souples & dociles. Les matinées se passoient à apprendre un peu de Latin, & à rectifier la prononciation Françoise qui étoit très-défectueuse chez eux ; les après-midi étoient destinés à l'étude de l'histoire, du catéchisme & de la géographie. J'eus attention de ne point fatiguer leur mémoire par des leçons trop-longues, ni leur application par des thêmes difficiles qui auroient pu leur donner du découragement. En leur répétant souvent les mêmes choses, je les accoutumai à penser avec justesse ; en les assujettissant à des exercices de piété, je formai leur cœur à la reconnoissance en-

vers Dieu , & je parvins à leur infpirer
la plus grande vénération pour tout ce qui
eſt relatif à l'extérieur du culte qui doit
toujours être reſpecté. Leur ame s'ouvrit
à la ſageſſe , avant même d'avoir ſu ce que
c'étoit que ſageſſe. Réprouvant la ridicule
méthode des colleges , qui conſiſte à faire
beaucoup écrire & beaucoup apprendre
par cœur , je leur ſubſtituai des entretiens
familiers ſi propres à ſe concilier la bienveillance de ſes éleves & à captiver leur
attention. Je leur citois des traits de l'hiſtoire ancienne & moderne qu'ils écou-
toient avec une avidité ſinguliere , parce
que me bornant aux ſeuls faits , j'avois ſoin
d'en écarter la ſéchereſſe des obſervations
politiques qu'un homme d'eſprit n'eſt en
état de faire que dans un âge plus avancé.
S'agiſſoit-il , par exemple , de leur donner
une teinture de l'origine de la nation Fran-
çoiſe & des événements qui avoient ſignalé le regne de pluſieurs de ſes rois ? je
leur repréſentois l'invaſion de Clovis dans
les Gaules , ſon adreſſe à fonder un nouvel empire ſur les débris de celui des Romains : de-là je paſſois à la défaite des Sar-
raſins par Charles-Martel , puis à l'uſurpa-
tion de Pépin , au couronnement de Charlemagne , & à la guerre des Saxons ; venoit enſuite la pénitence de Louis le foible , l'irruption des Normands , l'excom-

munication de Robert, l'expédition des
croisades, les démêlés de Philippe-le-Bel
avec Boniface VIII; la prison du roi Jean;
la méchanceté de Louis XI; les malheurs
de François I; les vertus & les exploits du
chevalier Bayard; la journée de la St. Bar-
thelemi; les grandes actions de Henri IV
& son assassinat; le ridicule de la Fronde;
les conquêtes de Louis XIV, & tout ce
qu'il fit pour sa gloire & non pour le bonheur de son peuple. Il en étoit de même
pour l'histoire des autres nations : toujours des faits, des grands événements,
sans m'attacher aux causes compliquées qui les
avoient fait éclore, sans parler des
traités d'alliance, des loix & des motifs de
cabinet qui avoient donné le branle à toutes ces révolutions. Ce n'est pas que je les
jugeasse inutiles pour acquérir une vraie
connoissance de l'histoire ; j'étois même
très-convaincu que l'on ne la peut bien
connoître si l'on n'a soin de faire marcher
d'un pas égal les réflexions & les faits ;
mais il faut commencer par présenter ceux-
ci. L'enfance étant avide de traits saillants,
& ne s'embarrassant guere des ressorts secrets qui font agir les hommes, je jugeai
que tout cela devoit se différer pour le
temps où le goût de la lecture seroit formé, & où la lecture conduiroit à des observations plus profondément méditées.

C'étoit le même fystême pour la géographie : tout en leur parlant de villes & de provinces, je leur peignois les différents peuples qui couvrent ce globe, les pratiques & les usages de chacun d'eux, le temps & les circonstances de la découverte qu'on en avoit faite, les productions de chaque climat, les animaux & les raretés qu'on y avoit trouvées, le commerce & la religion de chaque empire : toutes choses que je croyois bien supérieures à des divisions de pays, à des listes de gouvernements, d'évêchés, de jurisdictions, dont la mémoire se trouve surchargée, sans en retirer autre fruit que de la déplaisance & du dégoût. Mon oncle n'avoit point débuté avec moi par des principes, & je savois parler le Grec & le Latin bien avant que de connoître par quelle regle un substantif s'accordoit avec son adjectif, en genre, en nombre & en cas. J'avois d'abord conçu une idée désavantageuse de mes éleves : leur figure, leur air emprunté m'avoient prévenu contre eux ; néanmoins, je fus agréablement surpris de leur trouver un fond de docilité & de pénétration, qui, en moins de deux ans, les transforma d'automates en hommes. J'attribuai ces heureux progrès à la conduite pleine de modération que j'avois tenue avec eux dès le commencement. J'étois bien plus leur ami que leur maître ; tout leur étoit préfenté fous un afpeêt riant, & fans paroître travailler beaucoup, ni les affujettir à des exercices trop longs & trop multipliés, je m'apperçus qu'ils faififfoient mes leçons avec le même attrait qu'ils auroient eu pour les amufements de leur âge. La fouche étoit bonne, & les branches n'avoient pas dégénéré.

Il falloit cependant fuivre en quelque forte les idées de Monfieur le baron ; & quoiqu'il fût ridicule de prétendre que toute la fcience d'un gentilhomme dût fe borner à la connoiffance des armoiries & des droits feigneuriaux, je crus, pour ménager le foible de ce feigneur, qu'il convenoit de donner à fes enfants quelque teinture du blazon. Les vues de Madame étoient d'une bien autre importance ; car, elle entendoit que mes éleves euffent de l'efprit & de la piété. Elle avoir elle-même des connoiffances, aimoit les livres, & fans affecter l'érudition, elle étudioit l'hiftoire & cultivoit les lettres. Elle étoit outre cela fort pieufe, mais de cette piété qui n'exclut point les égards, les ufages & les devoirs du rang & de la naiffance, & qui, fans trop accorder au monde, en fait affez pour ne s'attirer aucun reproche d'affectation & de vanité. Mais, par une bizarrerie inconcevable, elle étoit fuperftitieufe

G 4

à l'excès ; de telle forte qu'avec un efprit folide & orné, & une religion bien entendue, elle s'abaiffoit à des pratiques puériles, & à des obfervances qu'on auroit pardonné tout au plus à des femmelettes du plus petit étage, qui voient par-tout des fantômes, des fées & des loups-garous ; comme on le verra par le trait fuivant.

Il y avoit depuis quelques années dans le château une jeune villageoife, nommée Barbe, d'une figure très-aimable, & d'environ dix-fept ans, que fes parents avoient mis chez M. de Vefting pour le fervice de la baffe-cour. On vint un jour annoncer à Madame que cette fille fe trouvoit fort mal, fans qu'on pût autrement faire entendre de quel genre de maladie elle étoit attaquée. Seulement on remarquoit en elle des agitations qui ne paroiffoient pas naturelles. Son ventre fe gonfloit & s'affaiffoit fucceffivement, fes membres fe tordoient, & fon vifage étoit quelquefois fi défiguré, qu'à des traits très-réguliers fuccédoient une laideur & une difformité frappantes. Tout cela étoit accompagné de cris, de marques d'effroi, de fauts involontaires & réitérés, au point qu'on étoit tenté de croire qu'elle étoit poffédée. Sur le portrait qu'on en fit à Madame, il ne lui refta pas le moindre doute que cette fille ne fût tout au moins enforcellée. Et ce qui la confirma dans cette opinion, c'est qu'on lui raconta l'hiftoire de certains démêlés des parents de la malade avec une vieille voifine de la paroiffe, qui, au dire commun, n'avoit pas un bon renom, & qui même les avoit menacés. Il étoit fimple qu'une maladie à laquelle tous s'accordoient de trouver du merveilleux, fut un tour de la prétendue forciere. Madame de Vefting, auffi crédule que fes payfannes, donna fur le champ dans cette extravagante préfomption, & fe tranfporta chez cette fille pour s'affurer du fait par fes yeux. On étoit en trop beau chemin pour en refter là, & il n'en coûtoit pas davantage d'affirmer que cette pauvre créature avoit eu des vifions, qu'à minuit elle avoit entendu plufieurs fois marcher & fe plaindre. On fit plus encore, car on affura qu'une efpece de lutin lui avoit apparu fous la forme d'un bouc (il doit toujours y avoir du bouc dans une pareille conjoncture). On n'oublioit pas fes cornes, fes griffes & fa longue queue, ce qui néanmoins n'a pas tout-à-fait l'air d'un bouc. On ajoutoit qu'on l'avoit vu monter fur le lit par les pieds, s'accroupir fur l'eftomac de la malade, & marmotter, en grimaçant, certains termes qu'on ne pouvoit trop fe rappeller. On ne parloit dans toute la maifon que de conjurations &

d'exorcifmes. Le chapelain du château, le curé de la paroiffe même donnoient dans cette pitoyable abfurdité, & le dernier avoit porté la complaifance jufqu'à fe munir d'un furplis, d'une étole, & du rituel, dont il avoit récité plufieurs formules, qu'il ne paroiffoit pas beaucoup entendre. Il fuffifoit bien que deux prêtres, & une perfonne du rang de Madame de Vefting fuffent du nombre des fpectateurs, pour donner un grand relief à la croyance vulgaire. Auffi la nouvelle du foi-difant enforcellement fut-elle accréditée au point que des voifines, fans reproche, qui favoient au mieux leur chapelet, & qui ne mentoient jamais, proteftoient fur leur ame avoir vu la nécromancienne préparer des breuvages avec certaines herbes, & prononcer certains mots, en les compofant. Cette miférable étoit taxée d'avoir mis des mouches cantarides fous le corporal avec lequel on devoit célébrer la meffe, d'avoir formé des caracteres avec du fang fous le feuil de la porte de la chambre de cette fille, de l'avoir touchée fous le menton, & d'avoir coupé une piece de fa robe. Il étoit très-certain qu'elle avoit le pouvoir d'envoyer des rats dans les greniers, des chenilles dans les vergers, & des taupes dans les jardins. Il ne l'étoit pas moins qu'elle avoit empêché les gens de manger,

en mettant sous leurs assiettes une aiguille
qui avoit servi à ensevelir les morts,
qu'elle avoit trempé des balais pour faire
pleuvoir, qu'elle avoit formé en certain temps des figures de cire, & qu'elle
les avoit piquées & fondues au feu pour
faire mourir ses ennemis. La bouviere du
village juroit lui avoir vu griller le foie
d'une vieille jument pour faire périr les
chevaux, en l'enterrant sous leurs pieds.
Elle ajoutoit encore qu'elle l'avoit deux
ou trois fois empêchée de dormir, en mettant dans son lit un nid d'hirondelle, &
qu'elle rodoit presque toutes les nuits dans
les cimetieres, au clair de la lune, pour
y amasser des ossements, y cueillir des
plantes, & y déterrer des morts, dont elle
prenoit la graisse pour ses onguents. La
femme du berger rencheríssoit sur la bouviere : car elle s'offroit de donner preuve
qu'elle avoit vu Marie Fagot (c'étoit le
nom de la forciere) se graisser les jointu-
res des bras & des jambes avec une com-
position préparée par le diable, se mettre
aussitôt à cheval sur un manche à balai, &
& dans le moment être transportée dans
les airs pour aller au sabbat.

On envoie tous les jours aux petites-
maisons des insensés moins malades que
ne l'étoient ces bonnes gens, & c'étoit sur
leurs dépositions que l'on jugeoit, que l'on

differtoit , & que l'on tiroit des conféquences. Auffi, bien àvant qu'il ne prît fantaifie au pafteur de faire fes conjurations,
avoit-on pris des mefures pour faire retourner le fort fur celle qui l'avoit donné.
Un favant d'un hameau voifin , qui fe connoiffoit beaucoup aux urines , avoit confeillé de piquer avec des cloux le cœur
d'un belier qu'on avoit fait mourir fans
l'avoir faigné, de brûler du foufre pour
faire éternuer le diable , d'aller à minuit
l'appeller entre quatre chemins en tenant
une poule noire , de prendre trois onces
de fyrop violat , & en faifant tenir la malade à l'oppofite du foleil avant qu'il fût
levé, lui faire prononcer fon nom & celui
de fa mere , nommer trois fois le jour les
anges de gloire qui font dans le fixieme
degré , & enfin, écrire fur la terre le nom
de ces anges , après l'avoir exorcifée avec
l'épée de Judas Machabée.

Il étoit étonnant que des expédients fi
raifonnables , des remedes fi merveilleux
n'opéraffent point leur effet. Barbe conti-
nuoit de crier & de fauter , le revenant
rendoit toujours fes vifires ; & la forciere
que la force des conjurations devoit faire
venir , n'avoit point quitté le coin de fon
feu.

M. de Vefting , inftruit de cette belle &
véritable hiftoire, ne manqua pas d'envoyer

son médecin, qui fit sur l'état de la malade une differtation très-favante, à laquelle perfonne ne comprit rien, pas même Monfieur le curé, quoique grand partifan des poffeffions & des forts ; mais il fuffifoit qu'il s'entendit lui-même, du moins il l'affura à M. le baron, qui fut on ne peut pas plus content de fon rapport.

Les chofes en étoient à ce point quand il prit envie au vieux officier, penfionnaire du château, de me demander fi je ferois d'avis de l'accompagner chez cette infortunée. Je n'héfitai pas de l'accepter ; & nous nous y rendîmes au moment que Madame la baronne venoit d'en fortir avec fon chapelain & quelques domeftiques ; en forte qu'il ne reftoit auprès du lit que le pafteur & le fyndic de la paroiffe. Monfieur de Saint-Albin (c'étoit le nom de notre militaire) mit à profit tous les inftants de cette vifite. Sans trop s'arrêter aux contes que lui faifoient ces deux perfonnes, il fe mit à interroger la jeune Barbe, & lui demander des détails fur le commencement & les progrès de fa maladie. Cette fille étoit naive, & n'avoit aucune part aux extravagances & aux fottifes de ceux qui la foignoient. Jugeant donc par fes réponfes qu'elle étoit bien plus affectée des propos que l'on ne ceffoit de bourdonner à fes oreilles, que de fes quef-

tions, il se tourna vers moi, & me dit
entre haut & bas : En vérité, je m'apperçois qu'à force d'avoir parlé de diables &
d'enchantements à cette pauvre enfant, on
l'a réduite au point de ne savoir plus qu'en
penser. Encore deux ou trois jours d'un
pareil langage, & vous verrez que la tête
lui tournera comme elle a tourné à tous
les assistants. Comment, Monsieur, répondit le pasteur un peu échauffé, comment osez-vous avancer ici que la tête
nous tourne, après ce que nous avons vu.
Venez donc vous-même jetter les yeux
sur ce pot de nuit ; examinez s'il est naturel de rendre des grenouilles & des chenilles. Saint-Albin s'avança, & ayant assez attentivement contemplé les déjections :
Ma foi, dit-il, mon curé, vous avez oublié vos lunettes ; car moi qui ai la vue
fort bonne, j'ose bien vous assurer qu'il n'est
ici ni chenilles, ni grenouilles, mais bien
des grumeaux de sang & de glaires qui
désignent une oppilation complette. Mais,
repliqua le pasteur, voilà des pattes bien
formées. Eh ! fi donc, dit Saint-Albin, ce
sont des filandres différemment configu-
rées, & toutes les agitations de cette pauvre fille ne viennent que de son entrée
dans un nouvel âge dont elle n'a pas encore ressenti les infirmités. Mais, reprit le
curé, il n'est âge qui tienne, & cette vi-

laine bête, qui, toutes les nuits, vient la
suffoquer par son poids, suffit bien pour
vous faire comprendre que mes paroissiens
ne m'en ont pas imposé. Ils vous ont
trompé, reprit vivement le militaire, &
il est étonnant qu'un homme de votre état
puisse donner dans de pareilles rêveries ;
& vous, ma fille, ajouta-t-il, en se tournant vers le lit, dites-moi naturellement
quelle étoit cette bête, & si ses cornes, sa
barbe, ses griffes & sa longue queue vous
ont fait grand peur ? Je n'ai jamais parlé
de bête, répondit - elle timidement, &
comme si elle eût appréhendé de dire la
vérité ; mais demandez-le à Catin Cloquet
& à Thérese Potron, sa voisine, qui ont
dit à ma mere toute ma maladie, quoique
pourtant.... mais.... je ne sais.... & si
Monsieur le curé vouloit bien m'aider...?
Ici la crainte lui ferma la bouche ; je vous
entends, dit Saint-Albin ; si Monsieur le
curé vouloit bien vous permettre de répéter tous ce qu'on a dit, & ce que vous
n'avez ni vu ni senti. Hé bien morbleu !
sortilege, posséssion, bouc & tout ce qu'il
vous plaira, laissez paroître le revenant ;
j'ai là mon épée & ma canne, & si sa grandeur infernale veut bien nous honorer de
sa visite, & recommencer le tapage, j'ai
de quoi rosser son étui.

Cependant la nuit s'approche, & le

militaire fe mit en devoir de faire fenti-
nelle dans la chambre de Barbe. On s'attend bien que pour cette fois le diable eut
la prudence de ne point fe frotter à un
homme qui avoit quarante ans de fervice,
& qui n'auroit pas plus ménagé les griffons,
les boucs, & tous les fantômes, que les
ennemis de l'état. Nous nous retirâmes donc
quelques heures avant le jour, fans avoir
eu cette confolation, & dès le lendemain
mon vieux guerrier fit un mémoire en forme de lettre à un de fes amis, chirurgien-
major à Douay. Cet homme, qui étoit très-
favant, arriva quelque temps après à Cromcells, rendit vifite à la jeune fille, lui fit
prendre quelque exercice, ordonna l'ufage
des eaux minérales, des pillules de limaille
de fer, des vins de rhue, de marrube blanc
& d'ellébore noir, & par ce traitement &
fes attentions, calma tellement fa malade,
qu'en moins de dix jours fes infirmités fe
diffiperent, & avec elles les lutins, les
grenouilles, les chenilles, & tous les revenants imaginables. Ce ne fut pas tout encore, car l'enthoufiafme de la crédulité
commençant à diminuer, la vieille Marie
Fagot parut un peu moins forciere, fes ac-
cufateurs moins affurés de leur fait, & le
conte du Cochemar moins probable. On
commença par jetter quelques doutes fur
les rapports; perfonne ne voulut s'ingérer

de soutenir ce qu'il avoit d'abord affirmé avec assurance, la mort des bestiaux fut bientôt attribuée à des causes naturelles, les nids d'hirondelle n'empêcherent plus de dormir ceux qui avoient fait une bonne digestion, ni les aiguilles de manger ceux qui avoient faim. Les villageois cesserent d'aller consulter le diable avec une poule noire, & l'on fut même assez indécis sur le lieu où se tenoit l'assemblée des sorciers. Notre chirurgien auroit bien voulu couronner l'œuvre, en déracinant ces ridicules opinions; mais il vit bientôt que son art échoueroit dans une telle entreprise, & il passa toujours pour constant, malgré le dénouement heureux de cette comédie, qu'il pouvoit y avoir des forts, des phyltres, des évocations & des négromanciens. Il faut bien du temps, après tout, avant de sévrer le vulgaire du pain grossier dont il se nourrit depuis qu'il y a des villages, des sots, des charlatans & des frippons qui ont intérêt de les empêcher de raisonner.

CHAPITRE XVII.

Des suites qu'entraîne l'ignorance. Su-
perstition de Madame de Vesting.

J'AI souvent entendu demander s'il étoit
beau & honnête d'entretenir le peuple dans
la superstition. J'ai quelquefois entendu répondre que plus le vulgaire étoit ignorant
& crédule, plus il étoit docile. Mais ces
gens-là ne connoissoient les campagnes que
comme ceux qui voudroient parler de guerre d'après le tableau de la bataille d'Arbel-
les du fameux le Brun. Quant à moi, j'ai
toujours cru que, dans une religion pure
& sainte, la superstition est non-seulement
toujours inutile, mais très-souvent dangereuse.

Que depuis le dixieme jusqu'au quinzieme siecle les hommes aient été livrés aux
plus inconcevables abus en matiere de religion ; la chose n'a rien d'étonnant, car à
peine y avoit-il deux seigneurs qui sussent
lire ; on repaissoit le peuple de contes,
d'apparitions & de sorcelleries ; on lui faisoit entendre que les éclipses & les come-
tes étoient des signes de la colere céleste;
les constellations paroissoient influer sur

toutes les destinées humaines ; les fausses
reliques remplaçoient les véritables, &
celui-là étoit le plus grand saint qui avoit
opéré le plus de miracles. Mais quels miracles ! Un saint Christophe portant l'enfant
Jesus, traversant les lacs & les fleuves, un
chêne à la main ; un saint Jacques qui ex-
termine, du haut des airs, une armée de
Maures ; un saint François qui se fait suivre
par des arbres & par des oiseaux. Toutes
les légendes n'étoient que des rapsodies de
contes absurdes. On ne parloit que du saint
Nombril, du lait de la Vierge, de la Chandelle d'Arras. Toutes les statues avoient
parlé ; tous les Christs avoient sué du sang,
& toutes les nonnes avoient eu des révélations. Pour un monument avéré, il en étoit
mille que l'on révéroit avec les signes de la
plus extraordinaire dévotion. La rouille de
tant de superstition disparut enfin de nos
villes au dix-huitieme siecle, parce que les
hommes voulurent s'instruire, & examiner
tout par eux-mêmes. Le goût de la lecture
fit naître celui de la critique, & la critique
réforma les vieilles erreurs. Sans passer pour
hérétique, il fut permis de douter si le trou
de saint Patrice étoit vraiment une bouche
du purgatoire ; si des anges avoient transporté de Nazareth dans la Marche d'Ancon-
ne une chambre de briques ; si les corps des
trois Rois reposoient à Cologne ; si sainte

Urſule avoit eu onze mille compagnes de ſon martyre, & ſi l'Oriflamme, la ſainte Ampoule, l'Etole de ſaint Hubert avoient été apportées du ciel par un ange. Mais ſi les hommes d'un certain rang voulurent s'éclairer, & y réuſſirent, pourquoi le peuple reſta-t-il dans l'ignorance ? pourquoi les évêques & curés ne travaillerent-ils pas à réduire en poudre ce vil ſimulacre ? pourquoi retrouvons-nous encore dans les campagnes beaucoup plus de goût pour les pélerinages, les viſions, les neuvaines & les prodiges, que pour les cérémonies anciennes autoriſées de l'égliſe, & le fond même de la religion ? C'eſt que le payſan ne ſait ſouvent ni lire, ni écrire ; que l'intérêt engage certains paſteurs à laiſſer ſubſiſter une multitude de pratiques cagotes qui les enrichiſſent ; que le particulier même qui auroit le goût de la lecture n'a pas, pour l'ordinaire, la faculté de ſe procurer des livres, & qu'il eſt ainſi réduit aux hiſtoriettes, aux cantiques, & aux prétendues indulgences que des cuiſtres viennent lui débiter aux foires, moyennant la piece de deux ſous. On ne ſauroit croire combien ces meubles de piété ſont en vénération dans les villages, & j'en jugeai par l'empreſſement qu'on eut de garnir tout le lit de la pauvre Barbe de couronnes, de ſcapulaires & de taffetas bénis. Cette fille devoit ſa guériſon au chi-

rurgien de M. de Saint-Albin; mais la per-
fuafion générale fut que fans les conjurations, les reliquaires, les petites notre-da-
mes, les fuaires, les cloux d'encens, &
les mots retournés de certains verfets des
pfeaumes, il lui auroit été impoffible de re-
couvrer la fanté. Madame de Vefting pen-
choit affez à le croire, & quoique le traitement ordonné par le chirurgien-major eut
obtenu fon fuffrage, il s'en falloit bien
qu'elle envifageât cet habile homme comme l'unique auteur du rétabliffement de
cette pauvre fille.

Quel dommage, me difoit quelque
temps après Monfieur de St. Albin, qu'une
perfonne auffi refpectable par fa vertu,
qu'elle eft édifiante par fa piété, n'ait pu
jufqu'ici s'affranchir de cette honteufe foibleffe ! mais ce feroit inutilement qu'on ten-
teroit de la défabufer ; tant qu'elle fera
fous la direction de fon curé, qui entre
nous, eft bien moins inftruit & auffi fuperftitieux, il ne fera jamais poffible d'y
réuffir. Monfieur le baron, lui répondis-
je, pour qui elle a tant de déférences, n'o-
feroit-il effayer de la guérir de cette miférable prévention. Cela n'eft pas aifé, me
dit-il, car fi Madame a fes idées, & fi
elle croit aux forciers & aux fantomes,
Monfieur, dans un autre genre, a pareillement les fiennes fur lefquelles il feroit

auſſi peu traitable. Il y a dix ans qu'auſſi-
bien portant que vous & moi, il ſe mit en
tête qu'il étoit malade. Auſſi-tôt le voilà
confiné dans un appartement, vêtu de
fourrures, & environné de confections, de
ſyrops & d'apozemes; un ignorant braillard
en qualité de médecin acquiert, moyennant
cent écus d'appointements & la table, le
privilege de détruire par un régime très-
gênant, la bonté de ſa conſtitution; eſclave de ce mépriſable charlatan, dont
tous les talents ſe bornent à diſſerter ſur
les maux qu'on ne reſſent pas, & à trouver dans les meilleurs aliments des qualités
mal-faiſantes; il éloigne de lui les gens
inſtruits dans l'art par l'obſervation & l'expérience, ou, s'il lui arrive de prêter
quelquefois l'oreille à leurs obſervations,
il change bientôt d'avis, s'il prend fantaiſie
à ſon docteur de les mettre mal dans ſon
eſprit. Auſſi vous appercevez-vous de l'aſ-
cendant que cet ignorant prend ſur ſon
malade, quelle mauvaiſe cheré il lui fait
faire à ſa table, & comment il eſt parvenu
à faire du cabinet de ſon prétendu malade une pharmacie complette. C'eſt au
fond le plus honnête-homme du monde
que Monſieur de Veſting; j'ajoute même
qu'il s'acquitte noblement de ſes devoirs;
mais il a péu de lecture, &, à l'exception
de ſes parchemins, vous ne trouverez pas

chez lui les reſſources qui rendent le
commerce de Madame ſi délicieux. J'ai,
comme vous le voyez, des meſures à
prendre avec des perſonnes qui me pro-
curent une ſi belle retraite. Ayant quitté
le ſervice de France avec une croix de
St. Louis, & une penſion fort modique,
que ſerois-je devenu ſi cet aſyle ne m'eût
pas été offert ? Il eſt donc de mon intérêt de me conduire envers eux avec tant
de prudence, que je ne paroiſſe pas trop
déſapprouver l'humeur hypocondriaque de
l'un & les vaines obſervances de l'autre.
Entêté de ſa nobleſſe, cent fois j'entends
dire à Monſieur le baron que la ſouche de
ſa famille eſt en Ecoſſe ; que le ſang des
Mongomeri & des Drummond coule encore dans ſes veines, qu'il eſt peu de maiſons auſſi anciennes & auſſi irréprochablés.
Vous conviendrez qu'en cela il eſt difficile
d'être toujours de ſon ſentiment, & que
bien des généalogiſtes trouveroient du louche dans cette ſuite d'aïeux ſi reculés. Mais
que cela ſoit ou non, il n'en eſt pas moins
vrai que ſes revenus ſont conſidérables,
& ſa table ſplendidement ſervie. Peut-être
que Madame, dans le fond de l'ame, éprouve quelque ſentiment de pitié, lorſqu'elle
l'entend ainſi prôner les hauts faits de ſes
ancêtres ; mais comme il lui fait grace de
ſes ſuperſtitions, elle a pour lui la même

indulgence, & ne le contrarie point fur
fes titres & fes vapeurs. Cela étant de la
forte, dis-je à Monfieur de St. Albin, il
n'eft pas moins important pour moi que
pour vous d'ufer de réferve & de circonfpection. Cependant oferois-je vous demander quelques détails au fujet des vaines
pratiques de Madame de Vefting ? Ma mémoire, répondit-il, ne pourroit fuffire
à retracer tout ce qui a frappé mes yeux
& mes oreilles depuis que je fuis entré
dans ce château : contentez-vous donc des
traits les plus faillants. Croiriez-vous, par
exemple, que Madame en fortant de chez
elle, & ayant pour premiere rencontre
un religieux ou un prêtre, retourne auffi-
tôt fur fes pas, & croit la journée perdue?
Je l'ai vu un foir profondément affecté du
cri d'une chouette, & s'écrier avec frayeur
qu'il y auroit avant peu un mort dans fa
maifon. Il eft vrai que deux mois après,
l'un des plus beaux chevaux de fon écurie
s'étrangla, par la négligence du cocher.
Elle entra derniérement chez un de fes
fermiers, & s'appercevant qu'il jettoit au
feu les morceaux d'un vieux joug rompu,
elle les retira elle-même avec précipitation,
en difant : Malheureux ! qu'alliez-vous faire ? Eft-ce que le bœuf n'a pas affifté à la
naiffance de notre feigneur, & tout ce
qui fert à fon ufage n'eft-il pas facré?

Comme

Comme elle est fort charitable, on vint
un jour la prévenir qu'une pauvre femme étoit très-mal. Elle se rendit dans sa
cabane, & voyant le lit mal tourné, elle
ordonna qu'il fût placé de maniere que les
solives ne lui parussent pas de travers ;
sans quoi, disoit-elle, l'agonie dureroit
plus long-temps. Il arriva un autre jour
qu'elle s'informoit si ses gens se disposoient
à lessiver son linge : une servante vint im-
prudemment lui dire : Madame, la lessive
bout. Oh ! répondit-elle, mon linge sera
gâté. Et pourquoi, Madame ? Parce qu'on
ne dit pas la lessive bout, mais la lessive
joue. Une saliere renversée sur la table lui
donne des convulsions, deux fourchettes
qui se croisent suffisent pour lui causer de
l'humeur jusqu'au dessert. Ses gens sont
prévenus de ne jamais mettre sur la table
treize couverts. Un tintement d'oreilles lui
annonce que ses amis ou ses ennemis s'en-
tretiennent d'elle. Une chandelle qui pé-
tille lui prédit l'arrivée d'une compagnie.
Le jour de pâque, Madame a pour son
déjeûner deux œufs pondus le vendredi
saint, qui doivent la préserver de la fievre, &, le même jour, elle s'abstient
de viandes, parce qu'elle appréhende d'a-
voir mal aux dents. La veille de noël,
vous trouverez sur le feu une souche énorme dont on a ordre de lui conserver le

Tome I.   H

bout pour le placer fous fon lit : ce préfervatif eft efficace contre le tonnere. Sur
toutes les portes des greniers vous lirez
des formules abfurdes & incompréhenfi-
bles qui ont la vertu de chaffer les fouris
& les rats. Aucun cheval de fes écuries
ne fera jamais attaqué de bêtes féroces,
parce que fes palefreniers difent fouvent
l'oraifon du loup. Je ne vous parle pas
des fonges dont elle tire un grand nombre d'augures, ni d'une infinité d'autres
folies qui influent tellement fur fon caractere, que cette pauvre Dame ne reffemble
jamais à elle - même d'un jour à l'autre.

CHAPITRE XVIII.

*Monfieur de Vefting reçoit des nouvel-
les de fon frere. Voyage à Bruxelles. Réflexions politiques de M. de
Saint-Albin.*

Mon militaire étoit en humeur de pourfuivre quand on vint nous prévenir que
Monfieur le baron avoit reçu des lettres
qu'il étoit bien aifé de nous communiquer.
Elles étoient du marquis de Vefting, fon
frere, colonel d'un régiment de cavale-
rie Autrichienne, nouvellement arrivé à

Bruxelles à la suite de la cour de Lorraine.
Ce seigneur témoignoit au baron l'empressement qu'il auroit de se rendre à Crom-
eells, si son service ne l'obligeoit pas à sé-
journer dans cette ville, au moins trois
mois. Il le supplioit d'entreprendre lui-
même ce voyage, & d'amener avec lui ses
enfants ; il s'offroit de venir à dix lieues
à sa rencontre ; en un mot, on ne pouvoit être plus pressant & mettre dans une
lettre plus de bon cœur & d'honêteté.

Monsieur le baron ne savoit à quoi se
résoudre ; car enfin quitter son médecin,
s'interdire les potions & les lavements,
être secoué pendant une longue route,
tout cela lui paroissoit dangereux & même
impraticable. D'un autre côté, Madame
devenoit pour lui une compagnie si nécessaire ; il trouvoit un si grand soulagement à lui rendre compte de ses nuits, de
ses digestions, & de l'effet de ses remedes,
qu'il se seroit crû mort, si elle eût même
témoigné quelque envie de le quitter d'un
jour. Néanmoins il falloit se décider, car
un frere qu'on n'avoit pas vu depuis dix
ans, méritoit bien qu'on eût égard à ses
sollicitations. La semaine se passa à déli-
bérer, & enfin il fut arrêté que je ferois ce
voyage avec mes deux éleves & Monsieur
de Saint-Albin. Madame me chargea d'une
réponse pleine d'excuses sur l'impossibilité

H 2

de quitter son mari, dont elle dépeignoit la situation de maniere à s'y méprendre. Elle étoit charmée que ses enfants qui n'étoient jamais sortis de chez eux commençassent à voyager. Je reçus mille instructions à leur sujet, & comme elle paroissoit se reposer beaucoup sur moi, elle les vit partir avec l'espérance que cette petite absence tourneroit à l'avantage de leur éducation. De son côté Monsieur de Vesting m'engagea à faire à son frere les plus grandes instances pour le déterminer à venir le voir à Cromcells aussi-tôt que sa présence ne seroit plus nécessaire à Bruxelles. On équipa une bonne berline, on nous fournit d'argent; le baron même voulut qu'on emballât des confections, des électuaires, des opiates, des poudres & des eaux distillées en cas de besoin. Nous crevions de santé cependant, & il n'y avoit guere apparence que nous eussions recours à cette petite pharmacie; mais il ne falloit pas heurter ses opinions, & nous convînmes' politiquement que cette précaution devenoit indispensable.

Il ne nous arriva rien de particulier la premiere journée; mais Monsieur de Saint-Albin n'en eut pas pour cela sa langue à sa poche. C'étoit, comme je l'ai dit plus haut, un militaire de quarante ans de service, & qui n'ayant au château

d'autre occupation que de lire, s'occupoit
tout entier de gazettes, de journaux &
autres ouvrages périodiques. De la maniere dont il s'étoit gouverné à l'égard de la
fille de basse-cour, & d'après les réflexions que je lui avois entendu faire sur
les fantaisies atrabilaires du baron, & les
vaines observances de son épouse, j'avois
jugé qu'il étoit homme d'esprit, & qu'il
avoit des lumieres ; mais son goût se
tournoit absolument du côté des maximes
de gouvernement, & en fait de politique,
il se croyoit en droit de le disputer à un
ministre & à un général d'armée. Selon
le foible des personnes de son état, il ne
cessoit de parler de guerres & de campagnes. Il avoit eu part à toutes les grandes affaires ; il s'étoit trouvé à dix batail-
les, & plus de trente sieges. Toutes ses
cicatrices étoient des preuves parlantes
de son courage & de son intrépidité. Il
avoit fait des prodiges de valeur au combat de Mont-Cassel contre le prince Eugene : il avoit été de l'embarquement de
Monsieur de Seignelai, au bombardement
de Genes : il s'étoit trouvé à la prise de
Philipsbourg & à l'incendie du Palatinat.
Il étoit de l'armée d'Espagne sous Monsieur de Vendôme, & n'avoit pas peu
contribué au gain de la journée de Villa-
Viciosa. Monsieur de Villars devoit en par-

tie à ses conseils les lauriers qu'il avoit
cueillis à Dénain, & les plénipotentiaires
d'Utrecht lui étoient redevables de quelques observations délicates qui avoient
hâté le dernier traité de paix de Louis XIV.

Il falloit que cet officier eût une poitrine de bronze; car, n'ayant pas le temps
de dire un mot & le laissant toujours parler, je le trouvois aussi frais, après six heures de déclamation, que s'il n'eût pas des-
serré les dents. Nous entrâmes, vers les
sept heures du soir, dans un village où
notre conducteur eut soin de demander la
meilleure auberge. Je me croyois quitte
dés hauts faits & dés prouesses de Monsieur de Saint-Albin; mais le temps du
souper fut précisément celui qu'il choisit
pour se développer avec le plus grand
feu. Nous mangeâmes beaucoup, & notre
officier qui ne vivoit que d'exploits, de réformes, d'établissemens, de syssêmes,
nous laissa contenter notre appétit, sans en
montrer beaucoup lui-même. Si je ne crai-
gnois, me disoit-il, d'abuser de votre
complaisance, je vous ferois part d'un projet infaillible dans son exécution, qui seul
pourroit tranquiliser l'Europe, & assurer le
bonheur des souverains & des peuples, &
la-dessus, sans se munir de mon consentement, le voici, dit-il, tel que je l'ai
conçu & arrangé depuis deux ans, avec

le plus d'ordre & de précision. Premiérement, il est de toute évidence que l'Espagne s'épuise par ses émigrations, au lieu
d'aller fouiller les mines du Mexique &
du Pérou, elle seroit bien plus opulente
si elle fouilloit son propre sol, pour en
tirer par l'agriculture des trésors bien supérieurs à ceux du nouveau-monde. Cette
monarchie a besoin de nos étoffes, &
nous profitons bien plus qu'elle de l'or &
de l'argent qui ne fait que passer par ses
mains. Il faudroit donc pour la rendre flo-
rissante, y établir des manufactures, y
cultiver la terre, y former une marine
propre à faire respecter ses côtes, abolir
l'inquisition qui est la terreur des conscien-
ces, multiplier les bras utiles, & se délivrer de cette prodigieuse quantité de moines & de récluses qui composent presque
un huitieme de la nation. Le luxe est trop
grand en France, & la noblesse trop amol-
lie par les plaisirs : tout s'y acquiert à prix
d'argent, & rien n'y est accordé au mérite. Un imbécille y achete le droit de juger du sort des citoyens, moyennant soixante mille livres, & un fat à talons rouges
y obtient, par la médiation d'une dame,
le grade de lieutenant-général, sans avoir
jamais connu l'alphabet de la science des
armes. L'Italie est toute livrée à la superstition, & le clergé y regne sur les esprits,

ainfi que fur les bourfes. Sous le climat le plus fortuné, ce peuple est misérable, parce qu'il ne s'occupe que de proceffions & d'indulgences. Dieu y est logé magnifiquement, & les habitants n'ont pas de quoi se vêtir & se nourrir. Pour donner une autre face à cette belle contrée, il faudroit que ses souverains empêchaffent l'argent d'aller à Rome, dégoûtaffent leurs sujets de ces puérilités qui déshonorent le culte, féchaffent des marais, rétabliffent les ports & appellaffent les étrangers pour les fabriques, & les sciences, comme nous appellons les Italiens pour l'architecture, la musique & les tableaux. L'Allemagne est subdivisée en un trop grand nombre de principautés ; chaque potentat y est un maître inquiet, turbulent, & toujours prêt à envahir les domaines de son voisin, pour peu que celui-ci soit le moins fort. D'ailleurs, c'est une chose extrêmement ridicule d'y voir la croffe & le glaive dans les mêmes mains, des évêques entretenir des troupes, avoir des places fortes & battre monnoie. L'Allemagne feroit heureuse si elle obéiffoit à moins de seigneurs ; si les limites de chaque état y étoient réglées d'une maniere invariable, si la prélature y étoit moins riche, & le peuple plus maître de la terre qu'il cultive.

Que vous dirai-je de l'Angleterre qui

s'enchaîne par sa propre liberté, où tous les corps sont affectés de différents intérêts; où la populace est aussi brutale que les Sauvages les plus intraitables, où on se fait gloire de haïr le reste de l'Europe, où le plus vil savetier s'estime autant que son roi, où la multitude des sectes a tant suscité de querelles ridicules & souvent atroces. Pour remédier à l'extrême fermentation qui regne dans cette isle, il faudroit que le vulgaire fût plus civilisé, la noblesse moins fiere, le parlement plus resserré dans sa puissance, les étrangers mieux accueillis, les droits de la couronne plus respectés; c'est-à-dire, qu'il faudroit que l'Angleterre ne fut plus l'Angleterre. Je ne vous parlerai pas de la Pologne, ce royaume sort à peine de la barbarie; le monarque n'y est précisément qu'un roi de cartes; les grands n'y connoissent que le droit de tyranniser leurs vassaux, & le peuple y gémit dans la même oppression que les Negres dans nos colonies. Aussi cette grande souveraineté est-elle sur le penchant de sa perte, & doit un jour périr par l'esprit de ses loix, qui sont le renversement de la raison. Quelque peu d'étendue qu'aient les états des Provinces-unies, nous voyons que cette petite république saisit tous les moyens d'entretenir notre indolence & de profiter de nos folies. Elle nous épuise de grains, de vins & d'argent, & nous donne en échange de la cannelle, du poivre, & tous ces autres poisons qui abrégent la vie des hommes. Elle nous approvisionne de toiles, de bijoux, de papier, de bois de marine, de pelleteries, de poissons & d'une infinité de marchandises des Indes, qui nous reviendroient à bien meilleur compte si nos vaisseaux se chargeoient de les amener dans nos ports, & si nous donnions à nos fabriques le point de perfection que les Hollandois ont trouvé, & que nous trouverons peut-être un jour à leur préjudice. Je ne vous engagerai pas à jetter un coup-d'œil sur le Danemarck & la Suede : leurs lacs glacés & leurs neiges éternelles m'en dégoûtent ; mais la Russie est pour moi de toute autre importance : c'est le plus grand empire de l'univers, & comme il est situé sous tous les climats, lui seul feroit l'objet d'une très-longue dissertation. Voyez comme la face en est changée depuis le Czar Pierre I. Tous les savants y sont appellés, les villes s'embellissent, le commerce y est florissant, la marine respectable. Les campagnes sont défrichées, les déserts fertilisés, les forêts abbatues, les communications des provinces entretenues, & l'art militaire amené à un grand point de perfection ; de sorte que si l'Europe entiere ne se ligue pas pour prescrire des bornes à cette nouvelle puissance , & si elle parvient à déranger le système si sage de l'équilibre , nous nous épuiserons pour l'enrichir , & nous servirons de trophée à sa gloire , avant qu'un siecle se soit écoulé.

A toutes ces observations , plus singulieres sans doute que raisonnables , je répondois par des oui & des non , jusqu'à ce que le sommeil me gagnant , ainsi que mes deux disciples , nous le laissâmes parler seul , sans nous inquiéter beaucoup de toutes les conséquences qu'il prétendoit en tirer. L'hôtesse vint nous avertir que nos lits étoient prêts ; & , comme nous étions très-fatigués , je donnai le bonsoir à Monsieur de Saint-Albin , qui ne mit fin à sa dissertation politique que dans l'espérance de la reprendre le lendemain , & de nous épargner aussi peu que la veille.

CHAPITRE XIX.

Mission dans un village. Histoire du Curé faite par l'hôte. Abus de la multiplication des images de piété.

JE ne fus pas trompé dans mon attente , & notre faiseur de projets sut tellement me subjuguer , que je devins la victime de

H 6

ma complaisance le reste du voyage. Croiriez-vous, me dit-il, que depuis deux ans je travaille à un code de loix militaires qui, s'il étoit adopté, l'emporteroit sur tout ce qui a été présenté à la cour de France depuis le nouveau regne ? D'après les connoissances que j'ai acquises, & les réflexions que j'ai faites sur ce bel art pendant une partie de ma vie, & qui toutes ont pour garant l'expérience, il ne seroit pas étonnant que je trouvasse à me faire jour à travers une multitude de courtisans, qui jamais n'ont battu l'ennemi qu'à coups de plume, & que mon nom se trouvât placé à côté de celui des d'Ossat, des Vauban, des du Quêne & des Villars, & si le conseil faisoit tant que d'adopter mes recherches profondes sur les finances, la guerre & le commerce, que deviendroit le système destructif de Law, la pesante & gothique armure de nos troupes, & le crédit de la compagnie des Indes ! Monsieur de Saint-Albin alloit continuer à m'assommer de ses remarques, quand le cocher nous avertit qu'il croyoit appercevoir de loin un grand nombre de personnes qui sortoient d'une église, & se répandoient avec beaucoup d'ordre dans la campagne. Nous regardâmes par la portiere ; & nous découvrîmes en effet quelque chose qui ressembloit assez à une procession. A mefure que nous approchions, il nous étoit plus facile de difcerner les objets, qui tous nous cauferent une finguliere furprife. La marche commençoit par plufieurs croix & bannieres, fuivies d'un grand nombre de bâtons ornés de rubans, & au bout defquels étoient perchées plufieurs figures de bois doré, repréfentant des anges & des faints. Paroiffoit enfuite une troupe de jeunes filles, toutes en blanc & conduites fur deux lignes par un Jéfuite, qui avoit une corde au cou & une clochette à la main. Les garçons fuivoient dans le même ordre, après lefquels on voyoit quatre hommes vigoureux, fans bas & fans fouliers, & chargés d'une croix de dix-huit pieds de longueur, à côté de laquelle fe renoit un autre Jéfuite pareillement la corde au cou, & pouffant de profonds gémiffements. Venoit enfin le curé de la paroiffe en furplis & en étole, accompagné de fon clergé. La proceffion étoit terminée par un peuple prodigieux, car tous les villages voifins étoient defcendus pour cette cérémonie. Vous euffiez vu & entendu les uns répandre des larmes, les autres fanglotter, ceux-ci chanter des cantiques, ceux-là fe profterner & baifer la terre à chaque pas. Nous defcendîmes de voiture par refpect, & lorfque tout ce grand cortege eut paffé, nous continuâmes notre route, & fîmes

encore une lieue & demie avant d'arriver
au gîte.

L'aubergiste nous donna à ce sujet tous
les éclairciffements que nous lui demandâmes. C'étoit un homme verd, cauftique
& un peu hardi dans fa maniere de penfer.
Il s'agit ici, nous dit-il, du couronnement
d'une miffion : le pafteur, nommé depuis
peu, qui eft François, & qui a été formé
au féminaire de Saint-Sulpice, s'eft imaginé
que tout étoit défordre & corruption dans
fa nouvelle paroiffe. Allarmé de la feule
apparence du crime, fes premiers foins ont
été d'interdire aux jeunes gens les violons,
la danfe & le jeu, & pour leur donner
des preuves parlantes de fon zele & de fa
fermeté, il y a environ trois mois qu'il
s'avifa d'arracher à un pauvre racleur un
mauvais fabot qu'il brifa contre la premiere
pierre. C'étoit le jour de la fête ; jugez
combien on lui donna de bénédictions. Les
cabarets ne furent pas plus épargnés, &
foûvent il lui eft arrivé d'aller faifir les
buveurs au collet pour les remettre entre
les mains de leurs femmes, qui ne lui en
favoient guere bon gré ; car, enfin, c'eft
le temps qu'elles choififfent pour s'amufer
elles-mêmes avec quelques voifines à de
petites friandifes qui n'exigent pas la préfence d'un mari. D'ailleurs, une femme fe
réferve toujours affez le droit de gour-

mander fon mari, fans qu'il foit néceffaire
de demander confeil au curé du lieu. Les
attentions de cet eccléfiaftique s'étendent
encore fur les cartes, & quiconque fe flat-
teroit de connoître mieux les rois & les as
que fon catéchifme, doit s'attendre à être
apoftrophé en chaire ou en pleine rue.
Scandalifé de tout, févere dans fon abord, &
n'ayant à faire à fes habitants que des reproches, on le fuit, on le hait, & on va même
jufqu'à l'infulter. Lent dans toutes fes fonctions, inflexible au tribunal, prôneur en-
nuyeux, il fatigue, il affomme, parce
qu'il fait tout de mauvaife grace. On n'affifte point à la meffe paroiffiale, parce qu'en
y entrant à neuf heures on n'eft point affuré d'en fortir à midi. On va fe confeffer
ailleurs, parce que, quelque bien difpofé
qu'on foit, il fait toujours trouver affez
de raifons pour donner de la planchette
à fes pénitents ; il en eft même qui ont
abfolument oublié le chemin de l'églife,
& quand on leur en fait des reproches,
ils favent fort bien répondre qu'il y faut
trop de cérémonie pour faire fon falut ;
& que, damnés pour damnés, ils ne veulent point d'une religion qui promet le
ciel à un fur mille, & envoie tout le refte
aux enfers. Enfin, défefpéré de voir fon
peuple tomber peu-à-peu dans un fi grand
oubli de fon devoir, & ne pouvant plus

y apporter feul les remedes convenables, le pafteur a eu recours à une miffion. Vous favez que les R. P. Jéfuites font en poffeffion de ce miniftere, qui leur gagne les efprits, & leur donne la réputation de grands convertiffeurs.

Il y a trois femaines qu'il arriva chez lui une efcouade de ces religieux qui débuterent par fe mettre en poffeffion de la maifon presbytérale, où ils ont un pourvoyeur & un cuifinier. Le curé commença par leur communiquer une note des prétendus excès qu'il falloit réformer. Chaque particulier s'y trouvoit peint avec des couleurs un peu fortes. On ouvrit la quinzaine fainte par des fermons d'une heure & demie, auxquels on n'entendoit pas grand chofe, parce qu'ils n'avoient été faits que pour les villes ; mais les conférences du foir furent du goût de toute la paroiffe : on s'étouffa pour y affifter ; tous les villages voifins s'y rendirent avec empreffement. Quand il auroit été queftion d'une réjouiffance publique, ou d'un fpectacle de théatre, il n'y auroit pas eu un plus grand concours. C'étoit, en effet, quelque chofe d'extrêmement amufant que ces controverfes : la jeuneffe, fur-tout, y profitoit beaucoup, car le miffionnaire qui faifoit le rôle d'un homme du monde, plaifantoit avec une grace &

une légéreté qui lui attiroit tous les suf-
frages. On y apprenoit le mal qu'on ne
favoit pas, & les femmes les plus babillardes & les plus médifantes étoient for-
cées d'avouër que le prédicateur en favoit
encore plus long qu'elles. Le gazouillement
des commeres, les propos des halles, les
entretiens de tables, les gros mots de
cabarets, tout étoit relevé, tout étoit con-
trefait d'une maniere fi naturelle, avec un
ton de voix fi comique, qu'on n'entendoit
que des éclats de rire, & que les controverfiftes étoient fouvent interrompus.
Auffi les fruits de ces pieux exercices ne
tarderent-ils pas à fe manifefter, & l'on
jugea que ces hommes apoftoliques qui
furfaifoient fi peu dans la chaire, devoient
auffi donner à bon marché dans le tribunal.
Le pafteur qui, pendant tout ce temps,
n'étoit que le vice-vicaire de fon églife,
avoit beau fe préfenter, les pénitents fe
rappelloient fes manieres rebutantes, fa
morale pleine d'humeur, & l'excès de fa
rigidité. Perfonne ne voulut encourir les
hafards, & toute la confiance fut pour les
bons peres.

Ces grands ouvriers mirent en œuvre
tout ce qui dépendoit d'eux pour échauffer
le cœur de ces brebis égarées. Des grandes feuilles d'*éternité* furent diftribuées
dans toutes les familles, des cantiques

fpirituels furent chantés à deux chœurs, les filles d'un côté, & les garçons de d'autre. On fit, au fon de la clochette, les exercices de la plantation de la croix ; les rôles furent diftribués avec tant de difcernement, qu'aucun des acteurs ne pouvoit s'y méprendre. Voilà tout l'appareil dont j'ai été témoin, vous avez vu le refte, & ma femme & mes enfants qui ont aujourd'hui leur tour, & ne tarderont pas à revenir, donneront à mon hiftoire le dernier coup de pinceau.

Quoique cet homme, qui avoit de l'efprit, me parut hafardeux dans fes fentiments, j'y découvrois néanmoins un fond de vérité propre à me perfuader que ces grands coups du miniftere ne produifoient dans les paroiffes qu'un changement fort équivoque, & qu'une trop violente chaleur de dévotion eft prefque toujours l'avant-coureur d'un relâchement plus éclatant & plus fcandaleux. Je ne pouvois, fur-tout, m'empêcher d'obferver qu'il étoit peut-être indécent, & périlleux d'expofer de la forte fur les chemins ce qui ne devroit être révéré que dans les églifes : car une voiture publique & un embarras d'équipages peuvent aifément renverfer une croix, des ivrognes peuvent l'infulter, fans favoir même quel excès ils commettent, & ce feroit une tyrannie d'exiger que des voyageurs à qui il arrivera de rencontrer vingt crucifix, fussent tenus de venir, le chapeau à la main, faire leur prière aux pieds de chacun d'eux. Il en est de même de ces images assez mal sculptées de la Vierge & de l'enfant Jesus, que le vulgaire expose dans des niches à tous les coins des rues, & qu'il ne prend guere envie aux passants de saluer. Il y avoit des croix & des images avant le second concile de Nicée, mais elles étoient placées dans les fonts baptismaux & aux côtés de l'autel. Si les iconoclastes s'éleverent avec tant de véhémence contre le culte révérentiel qu'on leur rendoit, qu'eussent-ils dit de nos jours où le plus vil artisan veut avoir sur l'entrée de sa boutique la représentation du patron de son corps? Otez aux églises les simulacres & les tableaux, vous dépouillez la religion de cette magnificence utile qui excite la sensibilité du cœur par l'organe de la vue : multipliez-les-avec excès, vous rendez la dévotion matérielle, & provoquez les idiots à l'idolâtrie.

Monsieur de St. Albin auroit été de mon avis, & peut-être qu'ayant mon tour avec lui, nous seroit-il arrivé de nous en entretenir long-temps avec cette liberté qui ne nous avoit pas encore compromis ; mais nôtre hôte qui étoit en humeur de parler, & qui avoit servi lui-même, jettant les yeux fur la croix de Monfieur de St. Albin, s'avifa tout-à-coup de lui demander dans quel corps il étoit officier. C'étoit prendre mon compagnon par fon foible, & le chapitre des campagnes & des exploits militaires fut remis fur le tapis avec le plus grand feu. L'aubergifte auffi babillard au moins, perdit abfolument de vue fa marmitte & fes ragoûts. En une heure de temps nos champions pafferent en revue tous les événements de la derniere guerre, battirent, alternativement, & firent triompher les Anglois, les Hollandois, & les Autrichiens, engagerent dix combats navals, bombarderent plus de cinquante places, fignerent vingt traités de paix, & fi, excédé moi-même de cette prodigieufe manie dè guerroyer en toute rencontre, je n'eus pas pris le foin de donner mes ordres à la cuifine, nous ne nous fuffions pas mis à table avant minuit. A la fin, mes inftances devinrent fi vives que le cabaretier quitta prife, & vint nous fervir. Nous mangeâmes de bon appétit, nous dormîmes comme des marmottes, &, le lendemain, nous montâmes en voiture avant le lever du foleil.

CHAPITRE XX.

Réception que fit à ses neveux Mon-
sieur le marquis de Vesting. Diver-
-tissement à Bruxelles. Combats d'a-
nimaux. Processions ridicules.

Il y avoit encore douze lieues de-là jusqu'à Bruxelles : mon militaire en employa
six à se répéter, & me fit grace du reste
pour disposer mes éleves à la visite qu'ils
alloient faire à Monsieur leur oncle. Nous
entrâmes dans cette grande ville avant la
fin du jour, & nous descendions chez Monsieur le marquis comme huit heures sonnoient. Ce seigneur, qui avoit son logement chez un riche négociant, nous reçut avec les démonstrations de la plus grande
joie, & n'ayant pas vu ses neveux depuis
leur premiere enfance, il les carressa très-
affectueusement, & ne cessa de les interroger pendant une heure. Je lui remis la
lettre de Madame de Vesting ; &, après
qu'il l'eût parcourue, il nous fit cent ques-
tions sur l'état actuel de son frere & de sa
belle-sœur. Nous lui répondîmes avec cette
circonspection qu'exigeoit le rang de ceux
à qui nous étions attachés ; mais c'étoit un

homme fin, curieux, & qui n'étoit pas ac-
coutumé à être dupe. Ne me déguisez-
vous rien, me dit-il, & la maladie de mon
frere ne vous a-t-elle pas quelquefois ap-
prêté à rire ? Madame de Vefting eft-elle
toujours efclave de fes illufions, &, vous
a-t-on fouvent entretenu de l'ancienneté
de notre famille ? Il étoit difficile de fatisfaire à toutes ces demandes fans manquer
aux égards dûs à des perfonnes d'ailleurs fi
refpectables. Le colonel comprit notre embarras, &, pour nous en tirer : Je vous
difpenfe, pourfuivit-il, d'un plus grand détail fur cette matiere ; allons-nous mettre
à table. Monfieur le marquis avoit au moins
dix ans moins que fon frere, & ce n'étoit
pas la feule différence qui fe trouvoit entre
eux. Une taille majeftueufe, un corps par-
faitement conformé, des traits pleins de
nobleffe & d'agrément ; une chevelure
longue & fort blanche, une démarche remplie de graces & fans affectation ; tel étoit
le portrait de cet officier ; & il falloit être
bien fûr qu'il tenoit de fi près à Monfieur
le baron pour fe perfuader qu'ils étoient
deux freres.

Pendant les huit premiers jours il ne fut
queftion que de promenades & de plaifirs.
Nous parcourûmes les différents quartiers
de Bruxelles ; nous fûmes introduits dans
des fociétés d'autant plus brillantes, que

le séjour de la maison de Lorraine sembloit
y avoir concentré tous les genres d'amusements. Il y eut spectacle Allemand & François : je conduisis mes disciples à ce dernier.
Les décorations & la musique leur plurent
beaucoup ; mais ils n'étoient pas en âge de
s'attacher au fond des pieces qui furent données à ce théatre. Les acteurs représenterent successivement les *Ménechmes*, & le
Joueur de Regnard, le *Misantrope* de
Moliere, & le *Cinna* de Corneille. Il y
eut des pantomimes & des ballets : mais les
acteurs étoient mal choisis ; c'étoit des Flamands épais, dont la prononciation étoit
désagréable, & la contenance des plus empruntées ; de telle sorte que ces beaux dra-
mes étoient absolument défigurés dans leur
bouche.

La semaine suivante on annonça par toute
la ville un combat d'animaux, à son de
trompettes, & je m'apperçus que les citoyens
se disposoient à cette espece de divertissement avec bien plus d'intérêt qu'il n'en
avoient pris au théatre. Je ne sais néanmoins
comment on peut appeller *divertissement*
un spectacle qui glace d'effroi : les anciens
Romains, dont on a trop vanté les vertus
& trop pallié les vices, pouvoient en re-
paître leurs regards de sang froid ; les peuples modernes (si l'on en excepte les Anglois) ont l'ame trop sensible pour voir de

tels fpectacles fans horreur. Quoi qu'il en
foit, on lâcha d'abord fur l'arene un taureau des plus vigoureux, & fix dogues de
forte race. On les anima de la voix, &
en moins de deux minutes nous vîmes ces
derniers attaquer leur ennemi avec un acharnement inconcevable. Deux de ces chiens
furent foulés aux pieds de l'animal furieux,
deux autres furent éventrés de fes cornes,
& les deux derniers ne vinrent à bout de
le terraffer que parce que dans differentes
attaques il avoit reçu plufieuis coups de
dents très-meurtriéres, & qu'il perdoit tout
fon fang. Un autre taureau au moins auffi
fort, & auffi grand que le premier, fut
deftiné aux attaques d'un léopard, que le
fon dës trompettes joint aux cris du peuple,
irritèrent à tel point qu'il fe jetta fur fon
adverfaire, & avec fes griffes fe cramponna
tellement fur fon dos, qu'ils ne paroiffoient
former qu'un corps. Il s'en détacha bientôt
avec une agilité incroyable, & pendant que
le taureau pouffoit des mugiffements affreux,
le léopard fe cacha, fe courba pour le fur-
prendre de nouveau, s'élança fur fa proie,
la faifit à la gorge, l'étrangla, fe faoula
de fon fang, lui déchira les fanons, & lui
mangea le cœur & le foie, avant de quitter
prife. Un homme vint enfuite bien doucement auprès de lui, le flatta, lui jetta des
morceaux de chair, qu'il dédaigna d'approcher,

cher, & voyant que sa fureur se calmoit, il étendit la main, lui mit des lunettes qui lui couvroient les yeux, l'enchaîna & le fit sauter d'un seul bond dans une espece de charette destinée à le conduire.

Il faut que je confesse que ces sortes de combats me parurent peu dignes des regards des honnêtes gens. Mes disciples en furent aussi touchés que moi-même, & j'en tirai un bon augure pour les qualités futures de leur cœur. Tous les assistants n'étoient pas animés du même esprit, & un Portugais qui étoit à mes côtés, en pensoit bien différemment. Après tout, me disoit-il, on ne doit pas examiner à la rigueur ces sortes de spectacles, plus atroces encore dans ma patrie ; car, ce sont des hommes même qui combattent contre les bêtes les plus féroces & les plus dangereuses. Trop de philosophie nous rend pusillanimes. Il est même certain degré de barbarie nécessaire à la nature humaine ; & s'il est important qu'il soit renfermé dans de justes bornes, il ne faut pas le proscrire entiérement ; car, ce feroit le moyen de perdre cette fermeté qui caractérise l'homme courageux. Les combats d'animaux sont précisément dans le degré que je demande, & ils n'ont rien d'assez cruel en eux-mêmes, pour que l'on doive s'en interdire l'usage ; ils retracent les exploits de l'ancienne chevalerie ;

Tome I. I

ils excitent l'ame des spectateurs aux grandes & belles actions ; ils peuvent produire
tous les bons effets des combats en champs-
clos, sans l'horreur qui les accompagnoit,
& sans l'effusion du sang humain dont la
lyce étoit abreuvée. Ce spectacle est encore plus intéressant & plus utile à Lisbonne,
où les hommes entrent en lice contre les
bêtes, car il leur apprend à mépriser le
danger, & leur fait connoître que la meilleure voie de le surmonter sans effroi,
est d'aller au devant, & de le voir venir
avec intrépidité. Les plus braves y apprennent à donner un prompt secours à ceux
qui s'y exposent, & à payer courageuse-
ment de leur personne pour les mettre à
l'abri du péril. En un mot, quoique cette
fête ne soit point absolument conforme aux
loix de la nature, on peut dire néanmoins
qu'elle exige dans ceux de notre nation,
qui veulent encourir les hasards, des qualités dont ils peuvent se faire honneur dans
bien des rencontres, & sur-tout dans le
métier des armes.

Ces réflexions, dans un homme qui avoit
quelquefois vu brûler des Juifs en chantant
leurs cantiques d'actions de graces, me
parurent excusables. Néanmoins, j'aurois
été bien fâché que mes jeunes éleves
eussent été en âge de les comprendre &
de les adopter. Une cérémonie d'une toute autre espece les dédommagea, quel-

que temps après, bien amplement des mauvais quarts-d'heure qu'ils eurent à souffrir, ainsi que moi, dans l'amphithéatre de Bruxelles. Je veux parler de la fête de St. Guidon, patron de la principale églife d'Andeerlécht, fauxbourg de cette ville. Nous fûmes placés de maniere que, fans rifquer d'être accablés par la foule, nous pouvions obferver tout ce qui fé paffoit à la plus ridicule proceffion (1) que j'euffe vue de mes jours C'étoit le lendemain de la pentecôre. La marche commença par une troupe innombrable de payfans accourus de tous les villages voifins, qui s'y étoient rendus à caufe de la célébrité du pélerinage. Ils étoient tous à cheval, fuivis du clergé de la ville, &, à l'inftant que midi fonna, ils commencerent une courfe autour de l'églife, &, au troifieme tour, celui qui arriva le premier devant le portail, y fut introduit fur fa monture & le chapeau fur la tête, par le doyen précédé de tout fon chapitre. Arrivés au milieu du chœur, il reçut un chapeau bordé d'argent; &, avec les mêmes cérémonies qu'à fon entrée, il fut reconduit proceffionnellement jufqu'au parvis, par le clergé. On nous dit que les défordres inféparables d'une auffi folle dé-

(1) Si Marcel eût vu la proceffion de la Fête-Dieu à Aix, il en eût bien dit davantage.

votion, & les accidents qu'elle occasion-
noit dans certaines années obligeroient M.
l'archevêque de Malines de la supprimer.
Il en sera de même d'une autre proceffion peut-être plus finguliere & plus ridicule encore, qui se fait tous les ans
à Louvain le jour de St. Michel : on y
porte l'image de cet archange depuis la
paroisse, dédiée fous fon invocation, jufqu'aux remparts de la ville, & à chaque
paufe on tourne l'image de tous les côtés,
& les affiftants, prefque tous payfans des
environs, crient à haute voix : *Saint*
Michel, jettez un regard favorable fur
mes navets. Le curé qui gouverne cette
paroisse, fut fur le point d'être précipité
du rempart dans le fossé par ces fanatiques
pour avoir blâmé cette facrilege boufon-
nerie. Les confreres de St. Michel, après
la procession, fe rendent en cérémonie
dans un fameux cabaret, où ils s'enivrent
de bierre forte, & la journée fe termine
ordinairement par des querelles plus qu'in-
décentes. Un jour que les confreres ne
trouvoient point affez d'argent pour payer
l'écot, l'aubergifte voulut retenir en gage
les étendards & les bâtons dont les payfans
fe fervent pour accompagner la procession.
Il en coûta du fang pour arrêter ce débat, & on eut bien de la peine d'empêcher le traiteur de faire refter St. Michel au cabaret pour tenir lieu de caution

à ses dévots serviteurs. Une seconde procession s'y fait le jour de St. Pierre, patron de la collégiale, qu'on peut appeller à juste titre la procession des ivrognes. Ceux qui portent la statue de cet apôtre sur des treteaux, ont coutume de s'arrêter devant les meilleurs cabarets de la ville, & se faisant apporter de la bierre forte, ils se présentent devant l'image, en disant : *A vous St. Pierre*. Le métropolitain prend, depuis quelque temps, des mesures pour extirper toutes ces dévotions scandaleuses. Mais il lui faudra bien des ménagements ; car l'homme superstitieux croit toujours que c'est à la religion qu'on en veut, & il agit conséquemment.

CHAPITRE XXI.

Conversation de Marcel avec un Hollandois.

VOILA, me dit un riche Hollandois, qui étoit de notre compagnie, homme éclairé & qui avoit parcouru l'Europe & l'Asie ; voilà ce qui attire à la religion Romaine les reproches de mes compatriotes. Que de mesures ne fallut-il pas prendre dans plusieurs villes de la Navarre, pour abolir une cérémonie dans le même genre, & dont le dénouement étoit encore plus impie. Lorsqu'une trop longue sécheres-se menaçoit les moissons : pour la faire cesser & obtenir de la pluie, le peuple avoit recours à St. Pierre, qui étoit pro-prement le dieu tutélaire de la province, comme St. Nicolas l'est de la Moscovie. On conduisoit en procession l'image de cet apôtre sur le bord de la riviere, & là, d'un ton presque menaçant, on crioit : *St. Pierre, secourez-nous. St. Pierre, une fois, deux fois, trois fois, secou-rez-nous.* Vous vous imaginez bien que la statue ne donnoit aucun signe qui laissât croire qu'elle octroyoit cette demande. Alors les assistants entroient en colere, & redoubloient leurs cris, en disant : *Qu'on plonge St. Pierre dans la riviere.* A cette proposition le clergé représentoit au peuple que St. Pierre avoit toujours été leur bon patron ; que souvent il leur avoit accordé les graces qu'ils lui avoient déman-dé, & que sans doute, dans cette cala-mité, il ne tarderoit pas à faire pleuvoir. Le peuple, peu satisfait de ces représen-tations, exigeoit des cautions ; après quoi, on retournoit processionnellement à la ville, & s'il venoit à pleuvoir, on faisoit au saint mille excuses. Il n'y a pas plus de cent ans qu'on abolit à Marseille une autre impertinence, connue sous le nom de *Course du cheval de St. Victor.* On nommoit un gentilhomme qui devoit représenter le saint. Il partoit sur un superbe coursier, tenant en main l'étendard du patron, environné de douze flambeaux, & de la principale noblesse divisée en plusieurs quadrilles. On s'arrêtoit sous les fenêtres des dames, pour leur adresser quelques compliments de galanterie. La ville étoit illuminée & jonchée de fleurs. Arrivé au monastere de Saint-Victor, son représentant y communioit des mains de l'abbé, qui le reconduisoit, à la tête de ses moines, en chappes, & portant la châsse du bienheureux martyr, & tout cela au son des cloches & au bruit de l'artillerie. La fête finissoit par un grand repas donné au capitaine de l'étendard & aux principales personnes de la cavalcade.

Mais, Monsieur, lui répondis-je, notre église a toujours désapprouvé ces extravagances; vous ne trouverez nulle part aucun décret apostolique, ni aucun canon des conciles qui les aient autorisées, & puisque la vigilance des pasteurs est venue à bout de les extirper dans plusieurs provinces, qui vous a dit qu'on ne parviendra pas enfin à les abolir dans toute l'étendue de la catholicité? Je le présume comme vous, dit le Hollandois; mais ce

I 4

la est si lent, qu'il semble que ce n'est
qu'à regret qu'on veuille réformer ces abus.
Un pontife, aussi respectable que l'archevêque de Malines, prendra des mesures assez prudentes pour détruire les superstitions ; mais combien d'autres prélats s'en
tiennent aux revenus de leurs évêchés,
sans se donner la peine de descendre dans
ces détails ? Avez-vous entendu parler d'u-
ne mascarade religieuse qui se fait ici près
dans la ville de Tirlemont, à trois lieues
de Louvain, le dimanche des rameaux ?
Elle commence par les douze apôtres vêtus
en scaramouches, la tête chargée d'une
énorme perruque noire, le visage barbouil-
lé de suie, & le menton garni d'une barbe de bouc. Le traître Judas seul porte
une chevelure rousse ; suit une statue du
Sauveur, montée sur une âne, tenant à
la main une branche de palmier chargée
de figues, de raisins & d'oublies, que les
enfants s'efforcent d'arracher pendant la
marche. Le clergé y précede le saint Sa-
crement, & se rend dans un jardin que
l'on suppose être celui des Oliviers, où
l'on chante des hymnes Gothiques, & où
chaque personnage ne manque pas de figurer, d'une maniere risible, quelques traits
de ce qui s'y passa avant la passion de Jesus-
Christ. Vous trouverez à Bruges la même
cérémonie, & plus surchargée encore qu'à

Tirlemont, car on y fait paroître toutes
les figures de la paffion, des anges, des
foldats, le fabre à la main, traînant de
groffes chaînes après lefquelles pendent des
boulets de feize livres. Chaque corps de dévots y porte fa croix de bois. Cinquante
cavaliers en juppes, & mafqués divertiffent
les fpectateurs par des geftes & des poftu-
res dignes des théatres des boulevards de
Paris. Viennent enfuite tous les ordres religieux, & enfin le clergé qui accompagne
le faint-Sacrement, lequel eft entouré de
mafques portant des torches allumées. Les
capucins font en poffeffion de louer les habits de cette mafcarade, & cette feule
journée vaut à leur couvent plus de fix cent
florins.

Sans doute, Monfieur lui dis-je, qu'on
n'en refte pas en fi beau chemin, & que
les myftéres de cette grande femaine font
auffi pieufement joués. N'en doutez pas,
répondit-il, mais cela n'approche pas, à
beaucoup près, des grands fpectacles que
l'Efpagne & l'Italie donnent au peuple dans
ces faints jours. Je fus témoin de la proceffion qui fe fait à Venife tous les ans le
jeudi faint; elle mérite bien que je vous
en dife quelques particularités. Repréfentez-vous quatre cent hommes armés chacun
d'un flambeau de cire blanche, du poids
de quinze livres, fuivis de quatre cent

porteurs de lanternes, tous vêtus de ferge blanche, avec un capuchon de deux pieds. Au milieu de ces lanternes toutes colorées & de figures différentes, marche un crucifix de quatre pieds, couvert de deux crêpes, & ayant fous les pieds un bouquet fait des fleurs les plus rares. Une troupe de pénitents, les épaules découvertes & marchant à reculons, fe flagellent en regardant la croix. Incontinent paroiffent un grand nombre de châffes de faints toutes chargées de cierges & portées fur des brancards, puis un clergé nombreux, & enfin le peuple dont l'affluence eft étonnante, & qui va faire des ftations dans plufieurs églifes. La proceffion qui fe fait à Madrid, le jour du vendredi faint, préfénte quelque chofe de plus lugubre encore. Des muficiens couverts de facs, & des tambours enveloppés de crêpes, commencent la cérémonie. Immédiatement après fuit une autre efpece de flagellants chargés de chaînes & de croix. Au bout d'une corde à nœuds pendent des balles de plomb & des morceaux de verre pointu. C'eft avec cet inftrument qu'ils fe frappent en cadence ; & lorfqu'ils approchent les fenêtres de leurs maîtreffes, ils s'en donnent des coups avec fi peu de ménagement, qu'ils font ruiffeler le fang de toutes parts, ce qui leur caufe un grand plaifir. Ces

épaules déchirées font pour elles un fpectacle flatteur, & elles ne manquent pas de
leur en tenir compte. De retour à la maifon, ces pieux libertins fe font frotter
avec une éponge trempée dans du vinaigre
& du fel, fans faire aucune grimace, &
quand leurs plaies ont été bien panfées,
ils fe mettent à table, boivent à leurs
belles, & ne fe quittent pas qu'ils n'aient
chanté quelques romances en leur honneur, & pris du vin jufqu'à l'ivreffe.

La ville de Courtray, fans doute, tient
encore des Efpagnols, fes anciens maîtres,
l'ufage de fe fignaler en ce jour par un
genre d'extravagance à peu près femblable.
On y donne vingt-cinq livres à un pauvre
homme pour y repréfenter les fouffrances
du Sauveur. La proceffion s'affemble dans
l'églife paroiffiale; on fait entrer le repréfentant dans la facriftie; on lui met une
robe violette; on le ceint d'une groffe
corde; on le couronne d'épines, & on
le fait marcher nuds pieds, chargé d'une
efpece de bât, lié fur le cou. On attache
à chaque côté du bât fix cordes de la grof-
feur de celles qui fervent de traits aux
chevaux : après quoi, on impofe fur les
épaules de ce volontaire une pefante croix
avec laquelle on le promene par toute la
ville. Six capucins le tirent à droite, & fix
récollets à gauche; & cela avec tant de

I 6

violence, que le patient succombe sous
le fardeau, & se meurtrit tout le corps.
Arrive à point nommé, un faux Simon
Cyrénéen, qui l'aide à porter cette croix ;
mais avant qu'il soit de retour à l'église,
il reçoit tant d'outrages de la part du peuple, représentant les Juifs, qu'on est quelquefois contraint, après la cérémonie, de
le transporter dans son lit, & de le faire
médicamenter. Heureusement qu'un fou,
qui a passé par cette rude épreuve est
toujours assuré de son salut ; l'espoir d'être
regardé le reste de sa vie pour un prédestiné, l'engage à ne pousser aucun cri.
Voilà, Monsieur, les scenes religieuses,
dont j'ai été témoin ; voilà ce que vous
ayez pu lire vous-même dans l'histoire de
notre Europe ; & voilà ce qui inspire un
si grand éloignement à ceux de ma communion pour ce que vous appellez l'église
Romaine. Je sais que les deux tiers de la
France ont fait depuis un siecle des efforts
heureux pour secouer le joug de cette indigne stupidité, & néanmoins vous en re-
trouvez encore des vestiges sans nombre
dans le Languedoc, la Provence, la Flandre. L'Allemagne catholique donne aussi
de ces spectacles pitoyables, malgré les
railleries du protestantisme, il est peu
de provinces, que dis-je ? peu de villes
où les papistes ne soient en possession de

jouer deux ou trois fois l'année les myſteres de l'évangile à la plus grande gloire
de Dieu & à l'édification des fideles.

Loin d'être piqué de cette façon maligne
de préſenter les choſes, je gémis avec
vous, lui répondis-je, de toutes ces farces
ſcandaleuſes ; mais vous n'ignorez pas que
les abus ne furent jamais la doctrine, &
ſi je me rappelle bien l'hiſtoire du chriſtia-
niſme, je n'y ai jamais lu que le corps
épiſcopal réuni ou diſperſé, en ait recommandé l'uſage. Ceci n'eſt point une
ſanction de l'égliſe, mais un pervertiſſe-
ment des cérémonies que le vulgaire ignorant a voulu perſonifier ſelon ſes idées groſſieres. Le culte de la communion Romaine
en repréſentant juſqu'à un certain point les
myſteres qui conſtituent la religion chrétienne, n'a rien que d'édifiant & de reſ-
pectable, & vos compatriotes même qui
ont voyagé à Rome dans le temps de la
ſemaine ſainte, ont été forcés de convenir
qu'il y avoit quelque choſe d'auguſte & de
touchant dans l'appareil des cérémonies de
l'égliſe ; mais le vulgaire livré à lui-même
prit les ſymboles pour la réalité, & le relâchement de la diſcipline eccléſiaſtique n'a
pas peu contribué à le corrompre par les
mauvais exemples, & c'eſt ce qui a révolté
les nouvelles réformes. Mais le zele des
vrais paſteurs s'eſt éveillé enfin, & le culte

dépouillé peu à peu de ce fatras indigne,
qui l'a souillé pendant six siecles, commence par leurs soins à devenir respectable. Si donc les chefs de l'églife travaillent avec le plus grand fuccès à le prof-
crire, pourquoi voudroit-on rejetter fur
tout un corps ce qui n'eſt que l'effet de
la matérialité du peuple, & un reſte de
l'ancienne barbarie ? Voyez le chriſtianif-
me juſqu'à Charlemagne; il étoit exempt
de ces turlupinades groſſieres. Encore un
ſiecle, & vous verrez l'extérieur de la religion ſe dépouiller peu à peu de cette
méprisable écorce, & redevenir auſſi ſig-
nificatif, auſſi noble & auſſi pur qu'il étoit
ſous les Chryſoſtôme, les Léon & les
Grégoire.

Je le prévois ainſi que vous, me répondit-il, & je ne ſuis pas aſſez eſclave
des préjugés de ma nation pour voir tout
par ſes yeux, & cenſurer avec autant de
mauvaiſe foi que nos miniſtres l'appareil
du rit Latin. Avec notre culte décharné,
nous avons cru l'entendre, & en réfor-
mant là pompe des cérémonies Romaines,
ſous prétexte de donner au peuple une
religion plus pure & un pain plus ſubſtan-
tiel, nous nous ſommes inſenſiblement
rapprochés de ces philoſophes modernes,
ennemis de toute pratique & contents de
la religion du cœur. Le vulgaire des pa-

piftes tient à la lettre encore plus qu'à l'efprit de fa doctrine, ce qui eft certainement un grand mal ; & la claffe diftinguée
de nos réformateurs en retranchant la lettre pour s'en tenir au fond, s'eft tellement
érigée en juge de fa croyance, & en a
interprêté les obfcurités d'une façon fi
commode, que la religion des Etats-géné-
raux fe féduit au pur moral, ce qui eft
peut-être un plus grand mal.

J'écoutois avec plaifir les réflexions de
cet honnête homme, quand on vint me
prévenir que M. le marquis commençoit à
s'inquiéter fur fes neveux. Il fallut donc
le quitter ; mais ce ne fut pas fans nous
promettre de nous revoir, pendant la femaine, au Cours de Bruxelles, où il m'aura
attendu inutilement, car le lendemain tout
fut ordonné pour le départ, & Monfieur
de Vefting, qui avoit un congé de deux
mois, vouloit employer ce temps à voir
fon frere & fa fœur au château de Cromcells. Trois jours après, nous nous mîmes
en route & reprîmes le même chemin qui
nous avoit mené de Cromcells à Bruxelles.

CHAPITRE XXII.

Aventure comique d'un Frere quêteur.

NOTRE premier gîte fut encore chez cet aubergiste babillard qui nous avoit si long-temps entretenus de missions & de faits d'armes. Le train de Monsieur le marquis lui en imposa d'abord, & il se mit sur le champ en devoir de lui préparer le plus bel appartement de la maison. C'étoit un joli salon de faïence, où il le précéda avec deux chandelles à la main, & après avoir reçu ses ordres pour le souper, il le salua fort respectueusement, & rentra dans sa cuisine, où je le trouvai fort occupé de ses ragoûts. J'étois néanmoins dans l'erreur, car l'envie m'ayant pris de sortir pour un quart-d'heure, je le trouvai les bras croisés, & riant à pleine gorge aux propos que lui débitoit un frere capucin, à qui il versoit de la biere forte à plein verre. Que je suis enchanté, Monsieur, dit il, de vous voir arriver chez moi dans un quart-d'heure aussi plaisant : il y a quelques minutes que nous environnons ce bon frere pour écouter ses aventures, &, sur ma parole, elles divertiroient beaucoup Mon-

feigneur, s'il vouloit, lui faire la grace de
de lui accorder une place de fa table. M.
de Vefting aimoit trop à s'amufer pour re-
fufer une telle propofition. Qu'il entre,
dit-il, je ferai vraiment charmé de l'entendre, & je vous recommande de nous
faire faire bonne chere. Entendez-vous
bien ce que dit Monfeigneur ? dit l'hôte
affez haut (car le pauvre homme étoit
fourd) allons, frere Hiacynthe, vous fou-
perez ce foir en bonne compagnie ; mais
c'eft aux conditions que vous vous rémet-
trez fur le chapitre de vos fredaines. Le
religieux frappé du grand air de M. le marquis & du nombre de laquais qu'il avoit à
fa fuite, voulut d'abord s'en excufer ;
mais notre colonel qui étoit la prévenance
même, eut la bonté de l'engager, & le
fit de fi bonne grace, que le quêteur fe
défit de fa timidité, & fe laiffa conduire
au fallon fans beaucoup de réfiftance. Après
avoir bu, mangé, avec l'appétit d'un garçon de vingt ans, quoiqu'il parût en avoir
au moins foixante, il nous demanda fans
façon la permiffion de commencer, & le
fit en ces termes :

Il faut d'abord, dit-il, Meffieurs, que
vous fachiez que je n'avois pas encore quatorze ans lorfque j'entrai en religion. Je for-
tois tout fraichement des écoles, où je
n'avois guere profité, & tout le monde di-

soit que je ne ferois jamais qu'un étourdi &
un libertin. Jugez combien on fut furpris
de me voir, à cet âge, prendre l'habit de
St. François. Il n'y reftera pas, difoit-on ;
vous allez voir qu'il fera quelques coups de
fa tête, & que les bons peres le mettront
à la porte. Cependant j'y fuis refté, malgré
ces beaux pronoftics ; mais, pour avoir
changé d'habit, je ne changeai pas fi-tôt de
caractere. Un jour que le couvent avoit befoin de mettre en campagne un certain nombre de quêteurs pour l'approvifionnement,
notre gardien s'avifa de me lâcher pendant
quelques jours pour mon coup d'effai. Nous
étions quatre à peu près du même âge, &
quoique mes trois compagnons étudiaffent
pour entrer dans les ordres, je vous affure
qu'ils ne paroiffoient guere plus compofés
que moi, qui ne m'attendois qu'à refter
frere lai. Nous fîmes environ trois lieues la
premiere journée, &, fur toute la route,
nous donnâmes des preuves d'une légéreté
& d'une folie fi extrêmes, que nous indif-
pofâmes contre nous tous ceux à qui nous
demandions l'aumône. Nous infultions les
voyageurs, nous renverfions des voitures ;.
nous jettions des pierres fur les coqs des
clochers, nous grimpions fur les arbres
pour en piller les fruits, nous jettions des
bâtons fur les oies, les poules, les ca-
nards, &c, &c.

Arrivés, le foir, au fommet d'une col-
line, nous découvrimes au bas une Char-
treufe, & à nos pieds, un troupeau de cochons. Notre premiere idée fut de leur jetter des pierres, & de rouler fur eux des
éclats de roche qui en eftropierent plufieurs.
Vous euffiez alors entendu ces animaux pouffer des grognements, &, felon la louable
coutume de leur efpece, fe jetter avec fureur fur les bleffés pour les mordre & les
étrangler. Au bruit d'une pareille mufique
accoururent cinq ou fix hommes d'une ferme voifine, lefquels voyant pleurer le gar-
deur de la troupe, s'enquirent du fujet de
fes lamentations, &, fur le champ, fe mirent à nos trouffes armés de pêles, de fourches & de fléaux. Nous n'avions que le
monaftere pour nous mettre à l'abri d'un
pareil orage. Tandis que nos ennemis fe dif-
pofoient à nous attaquer fur la droite, nous
defcendîmes précipiramment par la gauche,
& nous cramponant après le marteau de la
porte, nous en donnâmes plufieurs coups
qui éveillerent le portier. Entrés fous le
veftibule, nous repouffâmes violemment la
même porte, en priant ce religieux de ne
pas ouvrir. Un moment après, arriverent
les payfans, lefquels, à travers le trou de
la ferrure, fupplierent notre libérateur de
lui livrér cette bande de diablotins, à qui
ils prétendoient faire payer cher la perte de

leurs cochons. Le portier connoiffant alors
qu'il s'agiffoit d'une affaire délicate, & qui
pouvoit avoir de fâcheufes conféquences,
fe mit à les arraifonner par le guichet, leur
promettant qu'il prendroit fur lui le dommage, & qu'ils pouvoient fe retirer fur fa parole. A cette propofition, la colere de nos
rûftres parût un peu calmée, & bientôt
nous les entendîmes qui s'éloignoient en mur-
murant ; ce qui nous laiffa la liberté de
conter au plus jufte notre accident. A quoi
penfiez-vous donc, nous dit le frere ? quel
renom donnerez-vous à votre couvent, &
que diroit Dom prieur fi j'allois l'inftruire de
votre étourderie ? Condamnés par notre
propre aveu, nous nous jettâmes tous quatre à fes pieds, en le conjurant de ne point
nous perdre. Nous lui demandâmes pardon
de nos folies ; nous lui promîmes, avec ferment, que nous ferions plus fages, & que
ce trait fuffifoit bien pour nous faire tenir
fur nos gardes. Il parut perfuadé de notre
repentir. Néanmoins, dit-il, ne parlons pas
fi haut ; tous nos religieux font couchés, &
s'il arrivoit à quelqu'un de vous entendre,
il ne me feroit guère poffible de tenir la
chofe fecréte. Auffi-tôt il nous conduifit à
la dépenfe, & nous remit entre les mains
du frere cuifinier qui étoit fur le point de
fe retirer au dortoir. Sûrement, ajouta-t-il,
que vous n'avez pas encore foupé ; mettez

vous à table, & hâtez-vous de prendre votre réfection, car il se fait tard. On nous
servit un plat de légumes & deux tronçons
de carpe que nous dévorâmes en moins d'un
quart-d'heure; & , sans nous donner le
temps de faire la digestion , on nous conduisit dans un petit corridor, au bout du-
quel étoit une chambre assez vaste, meublée
de quatre couchettes. Reposez tranquillement, poursuivit le frere, & demain, dès
la pointe du jour j'aurai soin de vous faire
évader sans bruit, & d'aller, sur le champ,
à la ferme pour y remédier de mon mieux
à vos extravagances. Nous remerciâmes cet
honnête homme; & lui renouvellâmes nos
assurances d'être à l'avenir sages & circons-
pects; après quoi, nous nous mîmes en devoir de faire nos prieres. Ce fut dans cet intervalle que quelques chauves-souris cachées
dans les coins de notre appartement, à la
vue de la chandelle, s'échappèrent, & se
mirent à voler sur nos têtes. A cette vue,
ne pensant plus ni à Dieu, ni à dormir,
nous nous mîmes à les poursuivre à l'envi.
A mesure qu'elles échappoient de nos
mains, nous montions sur les sieges, nous
nous suspendions après des rideaux, nous
culbutions tous les meubles. Nos bâtons
ne furent pas inutiles, & ayant détaché
nos ceintures & nos coules, nous les liâ-
mes fortement à l'extrêmité, nous en ser-

vant comme d'une espece de filet pour arrêter notre proie au vol.

Au bruit que nous ne manquions pas de faire, un vieux ecclésiastique, couché vis-à-vis, s'éveilla en sursaut, & jettant les yeux sur les fenêtres de notre chambre, il crut appercevoir des fantomes qui paroissoient & disparoissoient avec la plus grande rapidité. L'ombre de nos corps, en effet, grandie des trois quarts par la proximité de la lumiere, & les cris que poussoient de temps en temps ces pauvres petites bêtes, donnoient quelque vraisemblance à ces terreurs.

Ce prêtre, d'ailleurs, se croyoit le seul à qui on eût donné pour cette nuit gîte à la Chartreuse. Les religieux entroient à l'office, il s'étoit retiré le dernier, il étoit au moins dix heures & un quart. Toutes ces observations redoublant ses alarmes, il sort en tremblant de sa retraite, & muni du signe de la croix, il traverse la cour à pas mesurés, monte l'escalier, s'enfonce dans le corridor, & prête l'oreille au bruit. Nous ne proférions pas une parole, mais les mouvements de nos habits & les cris des chauve-souris, la culbute des chaises, l'agitation des vergettes, & quelques ris étouffés, le fortifierent dans l'opinion que tout cela n'étoit qu'un tintamare de lutins. Prévenu de cette pensée, le bon homme se mit à crier de toutes ses forces : *Es-prit*, *Moine-bourru*, *Loup-garou*, *Forte-épaule*, ou *Mâle-bête*, dis-moi qui tu es, & que viens-tu faire dans cette solitude ? A cette espece de conjuration à laquelle nous ne nous attendions guere, les armes nous tomberent des mains, & nous restâmes comme pétrifiés. A la fin l'un de nos compagnons plus hardi que les autres, se hasarda d'ouvrir la porte, pour voir avec la chandelle quel étoit celui qui leur adroissoit ce compliment. Il apperçut, en effet, l'ecclésiastique rangé dans un coin & tremblant de tous ses membres. Ne m'approche pas, disoit-il, à notre cama-rade, ou je vais faire vingt signes de croix, qui t'obligeront bien de disparoître de cette maison. Eh ! Monsieur le curé, lui répon-dit notre camarade, nous ne sommes point des esprits, ni des revenants pour tourmen-ter personne, mais de pauvres religieux à qui on vient de donner l'hospitalité. Illu-sions que tout cela, dit le prêtre, car je suis le seul couché dans ce canton : encore une fois, génie malfaisant, retire-toi d'ici, ou je vais appeller Dieu & les saints à mon secours. Surpris de l'incrédulité de cet homme, notre compagnon nous fit un si-gne, & nous parûmes incontinent avec nos robes & nos chapelets. Alors revenant un peu de sa terreur, & nous ayant considé-

rés quelque temps en silence : Si ce que
vous dites est vrai, contez-moi donc par
quelle aventure vous vous êtes introduit
dans ce monastere, sans que je m'en sois
apperçu. Aussi-tôt nous nous mîmes à parler tous ensemble, & comme si nous avions
craint d'en trop peu dire, nous entrâmes
même dans le détail de l'accident qui nous
constituoit pour une nuit prisonniers des
Chartreux. Nous ajoutâmes que la chaleur
étant extrême, & ne pouvant reposer à
cause de quelques souris ailées, que nous
avions vu passer par dessus nos têtes,
nous nous étions réunis pour leur donner
la chasse, & que c'étoit là le sujet du
grand bruit qu'il avoit entendu. Il ne resta
pas à notre ecclésiastique le moindre doute
sur la sincérité de notre récit, & il fut le
premier à rire de ses appréhensions. Cependant, ajouta-t-il, comme cela pourroit
occasionner des suites sérieuses, & comme cette derniere preuve de votre incon-
séquence contribueroit à augmenter les mé-
contentements, si elle étoit divulguée, je
serois d'avis que vous allassiez prendre du
repos, afin de pouvoir sortir d'ici avant le
lever du soleil, & échapper par-là aux
recherches de vos ennemis. Cela dit, il
retourna dans sa chambre, plus rassuré qu'il
n'en étoit sorti. Nous profitâmes sans délai de son conseil, en nous jettant sur nos
grabats,

grabats, où le sommeil ne tarda pas à nous gagner. Trois heures sonnoient lorsque le portier vint nous éveiller, & nous confier à un voiturier qui alloit à la ville, pour y vendre quelques denrées. Il nous souhaita un bon voyage, qu'il eut soin d'accompagner de quelques leçons en termes généraux, & que nous lui promîmes bien de suivre, mais que nous oubliâmes aussi-tôt que nous eûmes perdu de vue le monastere. Nous portâmes même l'imprudence jusqu'à confier nos espiégleries au messager; mais c'étoit un homme mûr, & qui n'étoit rien moins que disposé à nous accorder son suffrage. Vous êtes fort heureux, nous dit-il d'un ton doctorisant, d'en être quitte à si bon marché ; le trait que je vais vous conter suffira pour vous faire connoître que nos Messieurs n'entendent pas raillerie. Il y a quelques années que plusieurs officiers s'étant rassemblés chez un gentilhomme de ce voisinage, & ayant passé tout le jour à boire & à donner le bal à la jeunesse du lieu, s'aviserent d'amener ici leurs musiciens vers minuit, pour donner, disoient-ils, des aubades aux moines. Au son des hautbois & des cors, nos Messieurs mirent la tête aux fenêtres, & s'étant apperçus que le concert s'exécutoit en dehors, Dom prieur, accompagné de deux autres chefs & de quel-

ques domeſtiques , ſe rendirent à la porte ;
& inviterent aſſez civilement la troupe
joyeuſe de leur faire l'honneur d'entrer &
de prendre quelques rafraîchiſſements. Nos
gentilshommes ne ſe le firent pas dire deux
fois , & ayant pouſſé leurs chevaux dans
la cour ; ils vinrent mettre pied à terre à
l'appartement des femmes , où on avoit
préparé la collation : le vin ſeul y manquoit , parce qu'ils étoient tellement ivres,
qu'à peine pouvoient-ils répondre quatre
mots aux queſtions que daigna leur faire
Monſieur notre prieur.

Vous penſez bien d'abord que ces po-
liteſſes n'étoient qu'un artifice ; en effet,
le lendemain de grand matin le prieur,
ſuivi de pluſieurs religieux & de dix de nos
domeſtiques , armés de gros bâtons , entra
dans la chambre où on les avoit mis coucher. Là , s'adreſſant à celui qui paroiſſoit
jouer le rôle principal : J'excuſe , lui dit-il,
Monſieur , pour une premiere fois l'inſulte
que vous nous avez faite cette nuit , &
l'état dans lequel vous êtes entrés chez nous
me fait aſſez préſumer que la boiſſon ſeule
en étoit la cauſe : il ſeroit inouï que des
perſonnes de vôtre rang ſi elles étoient de
ſang froid , euſſent la fantaiſie de venir
troubler le repos de quelques pauvres ſolitaires , de qui elles n'auroient jamais reçu
aucun mécontentement : & comme j'ai

donné ordre que vos chevaux foient tout
prêts, je vous confeille de vous habiller
au plutôt, & partir fans murmurer. Les fu-
mées du vin étant diffipées, nos buveurs fe
trouverent fort furpris de fe voir environ-
nés de moines, & le compliment de Dom
prieur n'étant pas de leur goût, l'un de
ces Meffieurs fe mit à lui donner des bénédictions à la dragonne. Doucement, M.
le chevalier, repliqua notre prieur, vous
faites ici l'enfant, & s'il ne s'agit que de
vous mettre à la raifon, voilà vingt bras
vigoureux qui n'attendent que mon commandement pour s'exercer fur vos épaules:
je ferois au défefpoir de traiter fi ignomi-
nieufement des gens de votre qualité,
mais enfin il dépend de vous de ne pas
m'y contraindre. A la vue de cette brigade
prête à obeir au premier fignal, nos officiers fe radoucirent, & après avoir fait
leurs excufes, ils monterent à cheval, &
gagnerent les champs au grand galop. Pro-
fitez de cet exemple, mes petits capucinots,
& fi vous voulez ne pas vous attirer quelque chagrin de la part de vos fupérieurs,
obfervez-vous davantage dans la fuite, &
traitez le public, qui vous nourrit, avec
plus d'égards; mais vous êtes jeunes, &
cela viendra.

Quoique les avis goguenards de ce faquin de meffager nous dépluffent beau-

coup, nous lui avions trop d'obligation pour lui répondre sur le même ton, & craignant qu'il ne donnât connoissance de notre savoir-faire au pere gardien, nous descendîmes de sa voiture, en lui faisant des remercîments.

CHAPITRE XXIII.

Suite des aventures du frere Hyacinthe.

EN cet endroit, Monsieur le marquis de Vesting, qui prenoit beaucoup de plaisir au récit des aventures du frere Hyacinthe, me fit signe de lui verser à boire. Je lui présentai une rasade, que le bon quêteur avala tout d'un trait, en disant : Monseigneur, il faut faire jambes de vin, & quoiqu'il soit trop tard pour en faire usage aujourd'hui, la route qui me reste à faire demain mérite bien que mes bottes soient graissées d'avance ; mais laissons là la route & les bottes, & revenons à notre histoire : Le pere gardien ne tarda pas à être informé des circonstances de notre premiere sortie, soit que ce maudit bavard de voiturier l'en eût prévenu, soit qu'il en eût reçu quelque avis direct de la Chartreuse. Quoi qu'il en soit, & de quelque endroit

que partît le coup, les effets s'en firent
bientôt fentir. Je fus mis au pain & à l'eau
pendant huit jours, & cette pénitence fut
la monnoie avec laquelle on paya les cochons eſtropiés, ſans qu'il m'en ſoit parvenu une grillade ni un morceau de bou-
din. Cependant il n'y avoit pas là de quoi
crier bien fort ; & notre gardien plus indulgent que ſes religieux, ne tarda pas à
lever l'excommunication & à nous abſou-
dre. Il fit plus encore : car, comme il
m'étudioit depuis long-temps, il crut appercevoir en moi des talents & une adreſſe
ſinguliere à faire le profit de la maiſon ; à
peine eus-je prononcé mes vœux, qu'il mit
mon miniſtere à une feconde épreuve, &
m'envoya quêter dans le temps de la
moiſſon.

J'avois ſignalé ma premiere ſortie par
des inconſéquences qui pouvoient nous
devenir préjudiciables : il n'en fut pas ainſi
à la ſeconde. Sans me défaire de ma gaieté, je compaſſai tellement ma conduite,
que le public ne parla bientôt plus que du
frere Hyacinthe. J'étois à la tête de tous
les coups délicats ; je m'inſinuois dans les
eſprits avec une facilité merveilleuſe ; chacun ſe diſputoit la gloire de me faire du
bien, & s'il arrivoit à quelqu'un de nos
religieux de mécontenter quelqu'un par
des façons rebutantes, ou un zele trop

K 3

outré, je n'avois qu'à paroître, les murmures ceffoient, & ma beface étoit remplie.
Député pour faire les moiffons, j'étois sûr,
en moins de trois femaines, de faire conduire au couvent plus de trente voitures
de grains pour mon lot. Etoit-il queftion
de bâtir, les bois de conftruction, les pierres, l'ardoife, les ouvriers, tout étoit à
mes ordres. Infinuant dans les ménages,
ayant toujours le mot pour rire, prodiguant les chapelets & les images, j'attirois
fans refiftance le lard, le beurre, les œufs,
la vo'aille & les fruits : chaque famille
avoit toujours foin de mettre de côté la
part du frere Hyacinthe. La vendange,
fur-tout, étoit le temps où je déployois
la plus belle humeur, la foupleffe & la
complaifance la plus rafinée. En moins de
trois jours je me trouvois à vingt - cinq
lieues de mon couvent, muni de poin-
çons, de découpures & de compliments ;
j'étois attendu dans les vignobles comme un
homme de bénédiction. J'aidois les vigne-
rons à couper le raifin, je tournois dans
les preffoirs comme le dernier des manœuvres, j'entendois raillerie fans me fâcher, j'étois de tous les à-propos & de
tous les quolibets ; de l'autre, faifant toujours bonne contenance & prodiguant les
offres de fervice, je me voyois à la fin
riche de vingt & quelquefois de trente

pieces de vin bien conditionnées, ce qui faisoit plus que la valeur de notre consommation. Ce n'est pas que de temps en temps je n'éprouvasse des rebuts, des duretés & des mortifications; car tous n'étoient point obligés de me connoître; mais le métier le veut, & l'on ne trouve pas toujours rose & violette quand on ne donne rien, & qu'on veut tout avoir. Je me souviens, entre autres, qu'entrant un beau matin chez une cabaretiere, & commençant à avoir chaud, je demandai, par charité, quelque rafraîchissement, & comme on a coutume de dire, une chemise de capucin. Cette femme n'étoit point courtoise : On ne voit que vous & les chiens, me répondit-elle; si j'ai du vin, je n'en dois rien à personne, & vous n'êtes pas loin de la fontaine. Alors tirant de ma poche une espece de gourde en cuir bouilli Eh ! Madame, lui dis-je, seulement autant qu'il pourroit en tenir dans cette phiole : je me trouve dans un épuisement inexprimable, & vous allez me sauver la vie, car je ne peux pas aller fort loin de la sorte. Le ton plaintif avec lequel je prononçai ces paroles eut son effet. Allons, Jeannette, dit-elle à sa servante, l'objet n'est pas de conséquence; descendez à la cave & emplissez sa bouteille. Jeannette obéit, & comme elle étoit long-temps à

K 4

remonter , la maîtreſſe impatiente lui.de-
manda ſi elle s'amuſoit à boire. Il faut,
lui répondis-je , qu'elle ne trouve pas le
tour d'ouvrir ma calebace , & ſans attendre qu'on m'en donnât la permiſſion , je
me rendis auprès de cette fille qui , depuis
deux minutes , tenoit la bouteille ſous le
robinet , & s'émerveilloit grandement de
ne pas la voir s'emplir. Paſſant & repaſſant
la main ſous la piece , & entendant toujours
le vin couler ; mais , dit - elle , cela eſt
ſingulier qu'il ne s'en perde pas une gou-
te , & que votre outil ne diſe jamais c'eſt
aſſez. Dans le moment elle vient à jetter
les yeux par derriere , & apppercevant entre ſes ſabots un boyau de deux pieds :
Sainte Eliſabeth ! s'écria-t-elle , voilà un
inſtrument qui en tiendra bien dix pots ;
voyez donc comme il s'étend ? C'eſt , lui
répondis-je , que la bouteille eſt à reſſort,
& plus vous reſterez ici , plus elle va s'al-
longer : Hélas ! je ne vous en demandois
que deux verres , mais puiſque la meſure
eſt un peu plus forte , vous n'aurez pas la
cruauté de la revuider dans le tonneau.
Là-deſſus, ſans attendre de réponſe je fer-
mai le robinet , gagnai le haut de l'eſca-
lier , traverſai la cuiſine , & criant à la cabaretiere qui étoit dans une chambre voiſine : Dieu vous le rende , ma bonne Dame ; je continuai mon chemin. Me trou-

yant un autre jour dans une ferme où il n'étoit resté qu'une petite fille, j'ouvris doucement la porte de la cuisine, & demandai s'il y avoit quelqu'un. La pauvre enfant, qui n'avoit jamais vu de capucin, fut s'imaginer que j'étois la bête à crochet dont sa maman lui faisoit grand peur quand elle approchoit du ruisseau ou du puits, & se serrant contre la muraille, toujours les yeux sur moi, elle gagna la cour en tournant, puis ayant tiré un morceau de pain de sa poche, elle me le jetta en disant : Tiens, Loulou, mange du bon toutou, & ne mords pas fanfan. Dans cette intervalle arrive la mere, & m'ayant considéré avec surprise : Dieu me soit en aide, dit-elle, je crois que c'est le bon révérend qui nous a prêché les ames du purgatoire, il y a cinq ou six ans. Vous le connoissez donc bien, la bonne mere, lui répondis je ? Et oui, oui, repliqua-t-elle, & je m'en veux depuis ce temps de ne pas avoir pu vous faire quelque petite honnêteté selon mes moyens. J'avois pour cela mis à part une bonne paire de chapons qu'il a fallu vendre, parce que je ne vous ai pas revu depuis ; mais il y en a d'autres qui valent bien les premiers, si vous voulez bien vous en charger, je vais les prendre au poulailler, & je ne serai qu'un instant. Je me gardai bien de la détourner

K 5

de ce louable deſſein, j'eus une bonne
paire de chapons; la fermiere me fricaſſa
des œufs, je mangeai du meilleur appétit,
& après avoir raſſuré ſon enfant, en lui
donnant une bélle notre - dame de papier
doré, je pris congé de ma bienfaitrice, en
l'accablant de ſouhaits & de remerciements.
Je n'étois pas à cent pas lorſque cette femme courut après moi, en me diſant que je
l'avois trompé, & qu'elle venoit d'apprendre d'une voiſine du hameau que je n'étois
point le pere Vivien qui les avoit prêchés,
mais un coquin d'hermite qui faiſoit enra-
ger toutes les filles; &, après m'avoir dit
force injures, elle me ſomma de lui remettre ſes chapons, ou qu'elle alloit avertir ſon mari de me faire arrêter comme un
pendart & un uſurier. Toute ma réponſe
fut de gagner le large & de lui laiſſer calmer ſa bile. Seulement à travers un déluge
de paroles, j'entendis qu'elle me citoit au
tribunal de Dieu avec ſes chapons, que
nos peres ne laiſſerent pas de trouver délicieux en attendant le jugement.

Mais, Monſeigneur, la plus mémorable
de toutes mes aventures, & dont je me
ſouviendrai juſqu'à la mort, fut qu'un jour
m'étant apperçu que le lard manquoit à la
cuiſine, & que les ragoûts, faute de cette
reſſource, n'avoient ni ſi bon goût, ni ſi
bonne mine, je prévins notre pere gar-

dien de cet accident, & j'en obtins un
congé de sortie pour la huitaine. Aussi-tôt
je m'écarte au loin dans tous les villages,
& partie subtilité, partie gentillesses &
prieres, je garnis si bien mon bissac, qu'à
peine pouvois-je en fermer les courroyes.
Chargé comme une mule, je repris le ché-
min du couvent, en louant Dieu & admi-
rant les ressources de sa providence.

J'en étois encore à une certaine distance,
quand le soleil venant à baisser, je crus ne
pouvoir mieux faire que d'aller demander
un lit à un curé qui étoit grand ami de
nos peres. Du plus loin qu'il m'apperçut,
c'est vous, me dit-il, frere Hyacinthe !
comme diantre vous êtes chargé ! la quête
a été bonne sans doute ? Monsieur, lui
répondis-je, on ne peut jamais plus heureuse : & jambons, & cervelats, & chifons
de lard gros comme la cuisse. C'étoit à qui
auroit l'honneur d'aider à remplir ma be-
sace. Si j'avois voulu écouter ces bonnes
gens, elle n'auroit pas suffi à loger tout ce
qu'on vouloit y mettre. A merveilles, reprit le curé ; allez placer votre fardeau dans
le coin de cette chambre, & d'ici à demain,
vous aurez chez moi de quoi vous remettre
de vos fatigues. Mon hôte étoit un fin matois, & j'étois bien éloigné de prévoir le
tour qu'il se proposoit de me jouer. Tandis
donc que je faisois un tour de jardin pour

K 6

dire mon rofaire, notre fire, aidé de fa fervante, faifoit la revue de mon biffac, & l'ayant abfolument vuidé, il le remplit de coupeaux, de fouliers, de bettes-raves & autres ordures, & remettant le tout en place, il vint me retrouver avec un air de franchife & de cordialité qui écarta de moi tout foupçon. J'en fus la dupe, mais ce fut pour cette feule fois. Je repris le lendemain fort dévotement mon fardeau, & le trouvant à peu près du même poids que la veille, je quittai mon curé plein de reconnoiffance, & me remis en chemin plus gai qu'à mon ordinaire. Arrivé au couvent, je vais frapper à la porte du gardien. Hé bien, dit-il, frere, avez-vous fait bonne récolte ? Des plus copieufes, mon révérend pere, lui répondis-je, & de vos jours il ne vous eft arrivé d'en voir une pareille. Auffi-tôt dans la joie de mon cœur, je me mets à vuider le fac à fes pieds ; la premiere piece qui en fortit fut nn navet de dix livres au moins. Effarouché de cette apparition, j'enfonce de nouveau les bras, & je tire fucceffivement des carottes, des favattes, des linges pourris, des morceaux de guenilles de toutes couleurs. Quelle fut alors la furprife du pere & la mienne ! En vérité, me dit fa révérence, vous aviez raifon d'affurer que jamais quête n'a ref-femblé à la vôtre. Voilà, en effet, le ramas le plus fingulier dont on ait entendu parler, & c'eft porter le badinage un peu loin. Dites plutôt, mon pere, infulte, & tour de frippon, mais rejettez-en toute la faute fur le curé d'Obléville, qui a fi vilainement métamorphofé ma marchandife : oui, cela eft fûr, & très-fûr, & il convient que vous m'accordiez la permiffion d'aller chez lui de nouveau me dédommager par mes mains, & lui rendre la paréille. Enfuite je lui fis le détail de ma lamentable aventure. Que dites-vous donc, dit le gardien ? le curé d'Obléville ! mais vraiment il eft de nos amis, &, s'il prend mal le badinage, nous voilà décrédité & honnis dans tout le doyenné. Encore une fois, lui répondis-je, de la manière dont je viens d'arranger mon projet, il eft impoffible qu'il s'en fâche. A la bonne heure, reprit le gardien, mais ménagez notre réputation. Cela fait, j'allai dans ma cellule fupputer, combiner, & donner à mon deffein le dernier point de perfection. La fête de St. Médard, patron d'Obléville, fut le jour arrêté pour faire éclore cette magnifique invention. On étoit à la meffe lorfque j'entrai chez le pafteur ; il n'y avoit que fa gouvernante Claudine, laquelle s'occupoit d'un grand dîner. Un confrere prêchoit le panegyrique du faint, plufieurs ecclefiaftiques augmentoient le nombre de fes auditeurs ; la table étoit de douze couverts, & les marmites & les fournaux en train. Vous arrivez bien à propos, mon frere, me dit cette commere, pour mettre en perce une piece de vin, & Monſieur ſera charmé de trouver beſogne faite. Cela dit, elle me met en main la cruche & le vilbrequin, & me précede au cellier, la chandelle allumée. Mais elle avoit oublié le robinet ; attendez un moment, pourſuivit-elle, & je vous montrerai le poinçon. Je n'en eûs pas la patience, & dès qu'elle eut le dos tourné, je m'attaquai à la premiere futaille. Ah ! qu'avez-vous fait, me dit-elle en rentrant ? C'eſt de la bierre ; le mal n'eſt pas ſans remede, répondis-je ; mettez-là votre pouce afin que j'aie le temps de percer le tonneau de vin ; mais vous n'avez pas de broche pour aſſurer la bierre ; mettez-y votre autre pouce, & je vais en fabriquer une dans un clin-d'œil. Je ne m'arrêtai pas beaucoup à conſidérer la ſituation riſible de cette fille, laquelle accroupie devant les deux tonneaux, s'efforçoit d'en fermer les ouvertures, &, remontant à la cuiſine, je me mis à décrocher, en deux tours de bras, tout ce qui s'offrit à ma vue. Je portai même l'attention juſqu'à dans les armoires, & ayant trouvé un gigot de bonne mine & deux pieces de gibier toutes prêtes à être miſes en broche, je m'en em-

parai fans fcrupule, & les logeai preftement
dans la beface. Enfin, pour couronner
l'œuvre, je culbutai les pots & cafferoles,
renverfai un feau d'eau fur le feu, répandis les fauces & bouillons, & laiffai partout des marques d'un tel dégat, qu'il fembloit que tous les chats & les chiens du
village fé fuffent réunis pour briffer les
apprêts du pauvre curé d'Obléville. Durant
cette belle équipée, Claudine crioit de
toutes fes forces : Et allons donc, frere
Hyacinthe ! les bras me tombent de fatigue
& la bierre & le vin commencent à fouffler
dans mes manches. Encore un inftant, lui
répondis-je, on ne trouve pas toujours du
bois propre à façonner des broches. Et la
fille de fe plaindre, & moi de lui alléguer
de nouveaux prétextes ; enfin, changeant
de notes & reprenant ma beface : A vous,
Claudine, lui dis-je, & mille compliments
à votre cher maître. Vous ferez chargée
de lui dire de ma part que fin contre fin
ne vaut rien pour doublure, & qu'à trompeur, trompeur & demi. Auffi tôt, fans
m'embarraffer des lamentations de cette
idiote, je tire la porte, & prends la fuite.
Cependant on revient de la meffe, & jugez
quel fpectacle pour des gens qui s'attendent
à un bon dîner. Où eft-tui donc, crioit le
curé ? Hélas, répondoit la gouvernante,
frere Hyacinthe, vous me faites mourir

avec vos longueurs, faut-il tant de myſtères pour faire une miſérable broche ; j'aurois déjà taillé dix faucets, ſi j'avois voulu
m'en mêler : mes jupes ſont à moitié trempées, la bierre & le vin coulent dans ma
chemiſe. Frere Hyacinthe ! pour Dieu,
frere Hyacinthe ! Les triſtes acclamations
de cette fille décelerent toute l'hiſtoire.
Va le chercher, dit le paſteur, ton frere
Hyacinthe ; j'y perds plus que toi, & nous
dînerons comme il plaira à Dieu. Alors,
chacun s'empreſſe à donner ſecours à la
gouvernante, &, après avoir pourvu à la
ſûreté du cellier, on ſe met l'eſprit à la
torture pour trouver de quoi remplacer le
gibier, la viande & la volaille. Le lait &
les œufs furent la ſeule reſſource ; & dans
un jour où on s'attendoit à grande chere,
il fallut ſe contenter d'un repas de quatre-
temps.

Lorſque le quêteur eut terminé ſon hiſtoire. En vérité, frere Hyacinthe, lui dit
M. le marquis, vous poſſédez mieux que
perſonne le talent de déſopiler la rate, &
je ſuis forcé de convenir que voilà l'une
des plus agréables ſoirées qu'il me ſoit arrivé de paſſer depuis long-temps. Mes neveux, pour leur part, vous en auront de
très-grandes obligations, car je ſuis certain
qu'ils n'en perdront pas une parole. Oh,
Monſeigneur, interrompit l'hôte, vous n'êtes

pas au bout, & s'il vous plaisoit d'entendre
le *conte des navets*, & *la gageure des
deux comperes*, ce seroit bien alors que
vous conviendriez qu'en fait de tours d'a-
dresse, le cher frere est le premier capucin
de l'Europe. Il n'est navets, ni comperes
qui tiennent, reprit Monsieur de Vesting;
le pauvre homme n'est point tenu de s'é-
puiser pour nous plaire : buvez, mon cher
voisin, & du meilleur : s'il vous étoit permis d'accepter de l'argent, il n'est aucune
de vos aventures qui ne valût trois florins.
Mais j'ai là deux livres de bon caffé que je
vous destine, comme une preuve encore
bien foible du bo1 gré que vous fait la
compagnie de votre récit ; le présent flatta
beaucoup le quêteur, & après nous avoir
fait ses remercîmens, il se retira, & nous
pensâmes nous-mêmes à aller prendre du
repos.

CHAPITRE XXIV.

De ce qui arriva à la compagnie au sortir de l'auberge. Rencontre d'un berger ; histoire impertinente qu'il raconta. Derniere crédulité de l'Europe sur les sorciers.

COMME il avoit tonné une partie de la nuit, nous appréhendions de nous mettre en route ; mais tout le monde nous assurant que la nuée se dissipoit, & que nous n'aurions pas une goutte de pluie, M. de Vesting se détermina à partir. Et, en effet, le lever du soleil sembloit nous annoncer une belle journée. Cependant le malheur voulut que le temps se couvrit vers les huit heures, & que le vent commençât à se faire sentir avec une grande violence. A la vue de l'orage qui nous menaçoit, le marquis fut d'avis que nous retournassions jusqu'à vers une ferme que nous avions rencontrée sur notre gauche, & le postillon se mettoit déjà en devoir d'obéir, lorsque nous entendîmes sur la droite un berger qui entroit aux champs avec sa troupe, & qui nous crioit que nous en eussions à venir le joindre ; qu'il n'y

avoit aucun risque, & qu'il nous donnoit
sa parole. L'air d'assurance avec lequel cet
homme nous parloit, sembloit devoir nous
déterminer à prendre ce parti. Néanmoins réfléchissant qu'il étoit en plein air,
ainsi que ses brebis, & qu'il n'y avoit à
ses côtés, ni masures, ni buissons qui pussent nous mettre à l'abri, nous fîmes semblant de ne pas le comprendre, & nous
allions retourner lorsque le même personnage redoubla ses instances avec un ton
si persuasif, que sans savoir trop comment
il parviendroit à nous garantir, nous nous
abandonnâmes aveuglément à sa conduite.
A peine l'avions nous joint, que la foudre
se fit entendre, & les coups redoublerent
avec force, jusqu'à ce qu'une grêle affreuse commença à tomber sur une garenne
voisine avec un fracas épouvantable. Un signal que fit à son chien le berger, rassembla
dans un instant tout son troupeau.

C'étoit un spectacle original qu'un carrosse environné de deux mille moutons
serrés les uns contre les autres, & la tête
baissée sur la terre. Vous êtes en sûreté,
Messieurs, nous dit le pasteur, & à plus
de deux cents pas à la ronde il ne tombera pas deux gouttes d'eau dans tout le
canton. Cela se trouva très-vrai; & quoique nous ne découvrissions dans cet événement qu'une singularité que tout homme

un peu inftruit fait attribuer à des caufes
phyfiques, quoiqu'il foit aifé de comprendre pourquoi, dans une même tempête,
tel canton fe trouve ravagé, & tel autre,
qui l'avoifine, ne fouffre aucun dommage,
nous eûmes la curiofité de queftionner cet
homme, & de lui demander avec une feinte
furprife comment il avoit pu opérer ce
prodige. Ah! ah! nous répondit-il, avec le
fouris d'un perfonnage important ; penfer-
vous, Meffieurs, que des gens de notre
profeffion, toujours en plein air, occupés, une partie du temps, à obferver les
fignes du ciel & l'influence des planetes,
ne foient pas plus au fait de prévoir ce qui
doit arriver que des perfonnes comme vous
qui ne fortez pas dix fois de vos appartements? Graces à Dieu, depuis deux cents
ans que nous nous mêlons du métier, de
pere en fils, on peut bien croire que nous
ne fommes pas faits d'hier. Avez-vous lu,
lui répondis-je, le *Grand-Albert* & les
livres de l'*Enchanteur Merlin ?* Que
voulez-vous dire, repliqua-t-il, avec vos
Enchanteurs & vos Merlins? cela eft bon
pour les enfants ; mais mon grand-pere en
favoit plus que tous les Albert qu'il y a eu
depuis que le monde eft monde : à telles
enfeignes qu'il charmoit un fufil, fans qu'il
fût poffible à celui qui vouloit le tirer d'a-
battre ni homme, ni gibier. Perfonne ne

favoit comme lui le fecret de compofer la
poudre blanche qui ne fait aucun bruit,
de prendre à la main le poiffon, fi gros &
en telle quantité qu'il le defiroit, d'arrêter
le plus vigoureux cheval dans fa courfe,
fans même le regarder, ni l'approcher.
Combien de contrebandiers dans le pays
auroit defiré le talent qu'il avoit de faire
danfer & promener les gardes. On venoit
de toutes parts le confulter fur des mala-
dies où tous les chirurgiens & les maré-
chaux experts perdoient leur latin; & quand
il ne pouvoit fe tranfporter fur les lieux,
il fuffifoit qu'on lui apportât du poil de la
bête, coupés avec des cifeaux qui n'euffent
jamais fervi, & il étoit auffi certain de la
garantir, comme je le fuis moi-même de
vous parler. A ce que je vois, dit Monfieur de Saint - Albin, votre grand - pere
étoit un homme célebre dans fon temps,
& il auroit été dangereux de s'en faire un
ennemi. Oh! vertu de moi! je vous en réponds, repliqua le berger; & il en prit
bien mal, un jour, à certaines Madames
qui voulurent le gauffer. Elles alloient d'A-
vefne à Bapaume, & couroient la pofte
dans une belle voiture, ainfi que vous,
Meffieurs. Mon grand-pere, qui les voyoit
aller fi bon train, & qui defiroit les avertir de leur falut, quitta fa troupe, & vint
fe camper au milieu du chemin. Comme il

avoit obſervé , la veille , dans la *croiſée*
de la Pouliniere avec *le chemin de St.*
Jacques & dans la *chûte de la petite*
Ourſe ſur les degrés du Taureau, qu'on
devoit avoir , le lendemain , un orage
épouvantable ; il eut la charité , comme je
viens de le faire , Meſſieurs , de les avertir qu'elles n'euſſent pas à quitter de la
place, ſans quoi il ne répondoit pas de ce
qui pouvoit arriver. Nos dames ſe moque-
rent de ſes prédictions , & , lui riant au
nez , elles ordonnerent à leur cocher de
fouetter au grand trot ; mais vous allez
voir comme il ne faut jamais ſe moquer de
perſonne. Il faiſoit le plus beau ſoleil poſſible , on ne voyoit pas un nuage au ciel,
ce qui confirma les deux voyageuſes que
le bon-homme avoit perdu la tête. Elles
s'imaginoient très-certainement être ſur la
route de Bapaume , le conducteur en avoit
fait cent fois le chemin ; elles devoient entrer dans cette ville avant la nuit , & néanmoins il étoit ſept heures du ſoir qu'elles
n'avoient pas encore fait un quart de lieue.
Toujours allant un train de poſte , &
croyant déjà toucher aux portes , elles ne
ſavoient à quoi attribuer ce retard. Les
chevaux étoient tout en eau , le voiturier
envoyoit les bergers à tous les diables , &
nos belles railleuſes ſe trouverent toutes
ſurpriſes qu'après avoir voyagé tout un jour,

elles étoient précifément à la même place
où mon grand-pere les avoit abordées.
Cette aventure, qui n'étoit pour elles rien
moins que plaifante, les rendit un peu plus
traitables. Elles firent au pafteur mille civili-
tés, le conjurerent de vouloir bien leur pardonner ce manque d'égards, & de venir
les joindre, & tout cela avec des façons
fi honnêtes, qu'il fe détermina derechef à
quitter fes moutons pour aller recevoir
leurs excufes. Je vous en avois affez prévenu, Mefdames, leur dit-il, & cela vous
apprendra, pour la fuite, à ne jamais infulter perfonne. Mais, lui répondirent-
elles, mettez-nous donc fur notre route,
& dites-nous fincérement fi nous pourrons
encore arriver avant qu'on ferme les bar-
rieres. Vous êtes dans une grande erreur,
dit mon grand-pere, car il y a encore
loin d'ici à Bapaume, & s'il vous prenoit
envie de vous remettre en chemin, vous
feriez, avant qu'il foit une heure, percées
jufqu'aux os ; mais le temps eft fi ferein,
reprirent-elles. Serein tant qu'il vous plaira, pourfuivit le berger ; voyez-vous ce
petit nuage blanc qui paroît fortir du haut
de la montagne, voilà ce qui doit produire, dans peu, des tonnerres, & un déluge qui inondera toute la campagne, c'eft
pourquoi tenez-vous à mes côtés, & foyez
sûres que la terre y fera auffi feche que

vous la trouvez maintenant. A-peine eut il
achevé, que le nuage s'étendit, que l'air
se troubla & que le vent commença à
souffler avec la plus grande force ; les
éclairs aveugloient les chevaux & le postillon, les nuages versoient des torrents
d'eau, la tempête arrachoit les arbres, &
la grêle avoit coupé tous les froments.
Pendant ce tintamare, les dames, toutes
tremblantes, ne cessoient de former ces
signes de croix, & mon grand-pere de les
encourager. Hélas ! disoient - elles, quelle
peut donc être la cause d'un si grand dé-
sastre, & quel mal ont fait tant de pauvres laboureurs pour voir, en si peu de
temps, leurs espérances perdues ? Vous allez l'apprendre, leur dit le berger. A l'instant, il se mit à tracer un cercle avec sa
houlette, & s'étant placé dans le milieu,
il se prit à croiser les bras, à cracher au
dessus de sa tête, & à proférer quelques
mots. Aussi-tôt elles virent descendre au
milieu du cercle un petit homme noir comme ébene, d'une figure affreuse, qui, en
se jettant aux genoux de mon grand-pere,
lui demanda ce qu'il vouloit de lui. Que
tu me dises, lui répondit-il, où vous con-
duisez cette nuée, & combien vous êtes.
Sept, répondit le spectre, & nous avons
ordre de la pousser jusques dans le fond
des Ardennes, & de saccager un village
où

où des impies ont insulté la Vierge, &
battu leur curé. Pars donc, poursuivit le
pasteur, & qu'ainsi soit fait ; & , dans le
moment, l'esprit disparut. Voilà, continua-
t-il, comme les puissances de l'air donnent
le branle aux accidents que vous avez sous
les yeux ; mais n'appréhendez pas , mes
bonnes Dames, il est temps de vous remettre en route ; la lune se leve , & que
Dieu vous conduise.

Notre raconteur ayant enfin terminé sa
merveilleuse histoire : Sans doute, dit Monsieur le marquis, que vous avez été spec-
tateur d'un fait si étrange ? Non pas., répondit-il, car mon grand-pere mourut douze
ans avant que je vinsse au monde, mais il
l'a raconté cent fois à ma grand-mere.
Vous le tenez donc de votre grand-mere ,
continua Monsieur de Vesting ? Non pas ,
dit-il, car elle décéda aussi deux ans avant
ma naissance ; mais nos voisins assuroient
bien fort à ma mere que c'étoit un bruit
commun ; & dans mon village vous trouveriez vingt personnes qui vous conduiront
proche le grand chemin de Bapaume, où
l'on montre encore aujourd'hui la pierre
sur laquelle descendit le petit esprit negre,
laquelle est toujours restée noire, & où,
dit-on, l'herbe ne peut jamais pousser.
Moi-même, qui vous parle, j'ai été danser
dessus dans ma jeunesse, & depuis on l'a

toujours appellée le *caillou du Diable*.
Comme notre colonel se faisoit la plus
grande violence pour ne pas éclater de
rire, que l'orage se dissipoit, & que le
soleil commençoit à paroître, nous nous
déterminâmes à partir après avoir remercié
le pâtre du service prétendu qu'il venoit
de nous rendre, & pour lequel il reçut
deux florins & une once de bon tabac.
A la vue d'un présent tel qu'il n'en avoit
peut-être reçu de ses jours, le pauvre sire
ne savoit comment nous témoigner sa reconnoissance, & pour y correspondre de
son mieux, il nous assura, en homme qui
l'entendoit, que notre voyage seroit heureux, & qu'il ne nous arriveroit aucun
accident jusqu'à notre retour : ce qui ne fut
pas tout-à-fait comme il le disoit ; car
deux heures après, Monsieur de Saint-Albin
voulant descendre, donna de la cuisse contre le bandage d'une roue de la voiture, &
cassa le verre de sa montre ; & moi-même,
en tirant quelque temps après mon mouchoir, je perdis un fort beau coûteau que
m'avoit donné Madame de Vesting, à notre départ pour Bruxelles.

Croirez-vous à présent, Messieurs, nous
disoit M. de Vesting durant la route, que
les bergers Brabançons ou Picards soient
des hommes comme les autres ? Il est vrai,
répondit Monsieur de Saint-Albin, que ce

personnage m'a paru vivement persuadé de la vérité des faits étonnants dont il nous a fait part. Mais au demeurant, le grand-pere n'étoit pas plus sorcier que le petit-fils, & celui-ci m'a bien l'air d'une bête coëffée.

Jettez les yeux sur ce vallon, & con-sidérez ce tourbillon de poussiere qu'un coup de vent vient d'y former : il vous prouve qu'il n'y est point tombé de pluie, & que la nuée ne s'étendoit que par rayons. Nous devons donc au pur hasard le bonheur de n'avoir point été mouillés. Il est vrai que ce rustre va s'applaudir du ser-vice qu'il croit nous avoir rendu, & attri-buer le détour de la tempête à sa *Pouli-niere*, à sa *petite Ourse* & à son *Taureau* ; mais enfin, le tabac & l'argent l'ont flatté, & cette galanterie va le confirmer dans l'opinion que c'est par son art que nous avons été préservés de la tempête. Toutes ces absurdités, plus que ridicules, de ber-gers convaincus de sortileges, qui ont oc-cupé les tribunaux de France pendant plus de deux siecles, & la mort de ces insen-sés à qui la torture a fait avouer ce qu'on ne peut croire sans le plus monstrueux renversement de la raison, me reviennent à l'esprit. Il me semble que nous sommes encore dans le temps de ces tigres revê-tus d'une forme humaine, qui éleverent

tant de bûchers , & imaginerent tant de
supplices, pour accabler l'innocence. Une
grande partie des superstitions que ces barbares voulurent proscrire , devoit sûrement son origine à des causes purement
naturelles. Il étoit simple que des animaux
s'accoutumassent à venir au son d'une mu-
sette ou d'un cornet, pour recevoir leur
nourriture : il ne l'étoit pas moins que
l'on composât des breuvages qui pussent
provoquer à l'amour ; qu'un berger revêtu
de la peau du loup qu'il avoit tué, parut
de la sorte dans son hameau. Toutes les
vieilles femmes & les enfants devoient
en être épouvantés , & la réputation du
berger devenu loup, devoit bientôt se
répandre dans tout le canton. Une chûte
ou une maladie formoient des images dans
le cerveau ; un sang trop épaissi rallentissoit
sa circulation : on voyoit alors des fantômes ; on leur trouvoit des traits de res-
semblance avec des personnes cheres &
nouvellement mortes : on sentoit sur la
poitrine un poids incommode, & c'étoit à
coup sûr l'ame du défunt qui demandoit
des prieres. La roquette sauvage & l'es-
sence d'ambre excitent des desirs désor-
donnés, ainsi que les mouches cantarides
prises en breuvage ; mais il falloit prononc-
cer des mots , en présentant ce puissant
philtre à la personne sur qui on vouloit

en faire l'effai ; & c'étoit ces mêmes mots
qui conftituoient l'effence du fortilege. C'é-
toit la même cérémonie pour faire périr
les beftiaux, & il fe trouva vrai que certaines paroles & certaines évocations fuffifoient pour faire mourir un troupeau de
moutons, pourvu qu'on y ajoutât une certaine dofe d'arfenic. Je lifois, l'année derniere, qu'en 1691 plufieurs bergers de la
Brie atteints, mais non convaincus, d'avoir
vendu le vent, battu l'eau, pour faire tomber la grêle, & charmés des fufils, furent
exécutés fans pitié. Il eft vrai que leur
fentence portoit encore qu'ils s'étoient
fervis de malefices pour empoifonner les
chevaux, les brebis & les vaches, &
il falloit bien alléguer ces motifs pour
fauver le ridicule d'une fentence, qui
fans cela auroit été un monument de la
plus inconcevable atrocité. Quelques écrivains ont eu l'imbécillité d'avancer qu'il y
avoit beaucoup de furnaturel dans leur fait,
& la cour, au lieu de déclarer ces miférables victimes coupables de fortilege, auroit beaucoup mieux fait de s'en tenir au
feul chef d'empoifonnement ; ce qui auroit
au moins fauvé en quelque forte l'honneur des juges. Depuis l'arrêt de Louis XIV,
qui défend à tous les tribunaux d'admettre
les fimples accufations de forcellerie, les
juges ne devroient-ils pas ufer de la plus

grande circonspection dans cette espece de procédure ? Qu'on se rappelle l'arrêt du parlement, qui condamna au feu une sorciere qui avoit fait un pacte avec le diable, en faveur de Robert d'Artois ; que l'on se ressouvienne de la maladie du roi Charles VI, attribuée à un sortilege, la fin déplorable de la maréchale d'Ancre, le supplice de Gaufridi & d'Urbain Grandier : ces traits seuls suffiroient pour nous faire rougir de nos ancêtres, & des assassinats que leur stupide cruauté leur a fait commettre sans remords par le glaive de la justice.

CHAPITRE XXV.

Spectacle d'une cérémonie funebre à Hall.

C'EST én discourant de la sorte que nous arrivâmes insensiblement aux portes de Hall, où nous ne manquâmes pas, à notre ordinaire, de demander la meilleure auberge. Il n'y avoit pas une heure que nous y étions descendus, quand il plut à notre hôte de nous régaler d'un spectacle qui n'étoit rien moins qu'un amusement. Il s'agissoit d'un enterrement aux flambeaux. Cette maison que vous avez en face, nous

dit-il, a fervi pendant cinquante ans de
demeure à un ufurier, qui ne doit fa fortune qu'au talent admirable d'avoir ruiné
mille particuliers en leur rendant fervice.
Jamais on ne vit un homme en même temps
fi cruel & fi obligeant. Jouiffant d'abord
d'une fomme de cinq cents piftoles au plus,
il débuta par faire de fon argent marchandife, prêtant au taux du prince, & fe con-
tentant, lorfqu'on lui rembourfoit le principal, de la rente qu'il avoit produit, &
d'un préfent de peu de valeur qu'on étoit
dans l'ufage de lui faire. Cette façon de
commercer, fans acquérir aucuns fonds,
le mettant à l'abri des impôts, lui parut fi
commode, qu'il ne tarda pas à ftipuler de
gros intérêts, qu'il avoit toujours foin de
joindre au gros de l'emprunt dans fes bil-
lets; le befoin qu'on avoit de cet honnête
frippon, faifoit fermer les yeux fur fon
infâme commerce. Je ne vous parlerai pas
des monopoles honteux qu'il a exercé dans
la fuite, & qui affamoient la moitié du
Hainaut, ni de quantité de fils de famille,
qui, pour faire honneur aux dettes du jeu,
entretenir des maîtreffes, fournir à la dépenfe d'une table fplendide, monter un
équipage, venoient tous les jours groffir
le nombre de fes débiteurs, & finiffoient,
faute de s'acquitter au temps dit, par lui
engager leurs pierreries, leurs meubles &

L 4.

leurs terres. Or, cet homme si riche &
si bien famé, mourut, il y a trois jours,
d'apoplexie, & comme il laisse deux neveux au service, qui font les seuls héritiers qu'on lui connoisse, ces militaires
éblouis de la copieuse succession qu'ils vont
recueillir, se sont proposés de lui faire un
enterrement aussi pompeux, que leur oncle
étoit vilain pendant sa vie. A peine a-t-il
eu les yeux fermés, que nos cavaliers se
sont mis en besogne d'inventorier la maison.
Trente complimenteurs de condoléance ne
quittent pas leur table depuis cette heureuse
nouvelle. Les bons vins de six feuilles,
auxquels le ladre se gardoit bien de toucher, coulent à grands flots dans les verres des convives, les liqueurs & les frian-
dises de toute espece ne sont pas plus
épargnées ; & tandis que le défunt se contentoit de gros linge & de vaisselle d'étain,
on a mis au jour l'argenterie & les belles
nappes de Venise. La gaieté qu'inspiroit un
accident si heureux, avoit d'abord déterminé les héritiers à se défaire au plutôt de
ce cadavre ; mais il faut un appareil qui
puisse mettre le public dans la confidence
d'une si grande fortune, & l'on vient
d'achever les préparatifs de cette funebre
cérémonie.

En effet, à peine les étoiles commencerent à paroître, que le son de deux

groffes cloches annonça l'heure du convoi.
Vingt flambeaux de cire blanche furent allumés autour du cercueil qui étoit couvert
d'un drap de velours noir, garni de crépines
& de glands en argent. Une affluence étonnante de peuple embarraffoit les rues, dont
les trois quarts n'étoient attirés que par la
curiofité feule. Quelques minutes après parut un clergé nombreux, à qui on diftribua
des cierges d'une toife. Il regnoit fur tous
les vifages un air de férénité qui faifoit
affez préfumer que les prieres pour le repos
du défunt ne feroient pas très-ferventes.
Les prêtres, qui s'attendoient à être bien
payés, chantoient d'un ton lent & grave.
En un mot, tout ce qui pouvoit donner à
cette marche un air d'opulence & de grandeur, argenterie, luminaires, tentures,
habits de deuil, rien ne fut épargné. A
peine le dernier coup d'afperfoir fut-il donné, que fix hommes, revêtus de grands
manteaux d'étamine, & couverts de crêpes, s'emparerent de la bierre que fuivoient immédiatement fix figures lugubres,
munies d'un vafte mouchoir blanc, pouffant
en cadence de profonds fanglots, & feignant de répandre des larmes, dont la moindre devoit leur valoir au moins vingt fous.
Après ces ridicules pleureurs à gages paroiffent nos deux héritiers fous un attirail
de deuil abfolument outré. La queue de

L. 5.

leurs manteaux couvroit le pavé, & le bout
de leurs crêpes étoit encore dans la chambre lorsqu'on les vit fortir du veftibule. C'é-
toit précifément des fpectres de drap noir,
à la réferve de leur maintien diftrait & de
leur vifage où la joie fe manifeftoi , quelques précautions qu'ils priffent pour la cacher. Enfin , tout ce qu'il y avoit de nota-
ble dans la ville jouoit auffi fon rôle dans
cette férieufe comédie. Jamais on ne vit
des préparatifs plus triftes & des airs plus
cavaliers , des fymboles plus impofants ,
& des diftractions moins équivoques. Le
retour du cimetiere fe fit à pas également
mefurés , & tout finit par un fouper magnifique donné à plus de quatre-vingt perfonnes tant prêtres que laiques. Comme dans le
nombre des traiteurs qui devoient apprêter
ce grand repas, notre aubergifte étoit chargé des defferts, des vins, des liqueurs &
de l'ordonnance de la table , il avoit eu le
loifir d'examiner tout ce qui s'y étoit dit
& fait jufqu'à près de quatre heures du
matin, où les convives fe retirerent à la
lueur des torches qui rendoient notre quartier auffi éclairé qu'en plein midi.

La fucceffion étoit fi abondante, nous
dit-il le lendemain , que nos héritiers ne
favoient à qui le dire , & que tous leurs
foins n'étoient qu'à chercher des félicita-
tions. On crut d'abord qu'il falloit s'affliger

avec eux par bienséance. Que je suis fâchée, disoit une dame au premier, de ..... Que je suis bien aise, lui répondit-il, en prévenant le triste compliment, que je suis bien aise de vous trouver si à propos ! on nous a dit que vous aviez un bel ameublement dont vous vouliez vous défaire. Celui de notre oncle n'est plus de mode, & nous rougirions de nous en servir ; nous nous accommoderons du vôtre, mon frere & moi ; voyez ce que cela peut valoir. Je ne puis vous exprimer, poursuivit un grave magistrat, en s'adressant au second, combien la perte de mon voisin m'est sensible, & je viendrai l'un de ces jours pour vous témoigner..... Nous délogeons demain, interrompit notre étourdi ; la maison est à vendre, nous quittons le service, & nous prenons un logement magnifique à la campagne. Vous connoissez certainement cette terre ; c'est celle que venoit d'acquérir ce riche négociant lorsqu'il fit banqueroute. Ses créanciers m'en accommodent. Un troisieme consolateur vint encore à la charge, &, la larme à l'œil, leur fait à tous les deux, dans un long discours, l'éloge du vieux usurier. Ce que nous estimons le plus dans notre oncle, lui répondirent-ils, c'est qu'il ne nous a laissé aucunes dettes. Si vous saviez l'ordre admirable qu'il a mis dans ses affaires, & les sommes

L. 6.

prodigieufes que nous avons trouvées. Hé
parbleu ! Meffieurs, dit un mifantrope chagrin, il n'eft mort que de cette femaine ;
attendez-donc dans huit jours pour parler
d'affaires. Cependant la compagnie s'engage
infenfiblement dans une converfation indifférente : on parla de guerre & de bruits
de ville : l'enjouement fut bientôt de la
partie ; peu-à-peu on fe mit à fourire , &
enfin à rire tout de bon. Aux grands vins
fuccéderent les liqueurs , & aux liqueurs les
propos de galanterie. Enfin , la chofe fut
pouffée jufqu'à chanter des airs à boire. Mes
deux écoliers prêtoient une attention d'autant plus finguliere au récit de l'aubergifte ,
que cet homme , fort fpirituel pour fon
état , favoir y répandre un certain fel
qui animoit tous fes tableaux. J'en tirai un
bon augure pour la fuite, & j'appris par
expérience que les voyages forment encore
mieux que les livres, & que pour parler
pertinemment de bien des objets de connoiffances utiles & agréables, il faut un peu
fe répandre , voir, & combiner par fes yeux
les viciffitudes de la vie humaine. Tout jeune
homme qui paffe fes premieres années à meubler fa tête de principes, n'aura jamais le
mérite de celui qu'on hafarde quelquefois
de produire fur le théatre du monde , &
l'obfervateur qui a été fur les lieux l'em-
portera toujours fur l'homme de cabinet
que des auteurs infideles peuvent tromper.

CHAPITRE XXVI.

Arrivée du Marquis de Vefting au châ-
teau de Cromcels. Des fêtes qui fu-
rent données pendant le féjour qu'il
y fit. Nôces de Barbe, & événement
fâcheux qui en troubla les divertif-
fements.

L'ARRIVÉE de Monfieur le marquis de
Vefting au château de Cromcells y caufa
la joie la plus grande & la plus fincere.
Comme cet officier s'étoit fait précéder
d'une lettre à fon frere & à fa fœur, la
bourgeoife étoit fous les armes, & l'a-
vant-cour pleine de laquais tous prêts à
obéir au prèmier fignal. Une moufquetade
fort mal exécutée nous annonça, & dans
le moment la voiture fe trouva toute environnée de gens qui nous offroient leurs
épaules, leurs bras & des fieges. Parut
bientôt le vieux baron, foutenu par fon
valet de chambre, & creyant de touffer
à chaque pas. Sa tête étoit couverte d'un
bonnet de nuit fort chaud, & fes épaules
d'une fourrure encore plus chaude. Madame le dévançoit d'un air riant. Les appartements furent ouverts, & l'allégreffe fe

peignit fur tous les vifages. Les deux freres
feuls ne pârurent pas d'abord y prendre
affez de part, & cela par des motifs bien
différents; le colonel ne s'attendoit pas que
l'imagination eût pu caufer tant de ravage
dans la perfonne du baron, & celui-ci
trouvoit, dans la fraîcheur & l'embonpoint
du marquis, un reproche de fon régime
& de fon humeur hypocondriaque. Le fouper fut fervi à plus de trente couverts, &
comme on étoit plein de chofes, les heures s'écouloient avec la plus grande rapidité. Madame ne ceffa de nous interroger,
fes enfants difcoururent avec une liberté
honnête qui lui caufoit la plus agréable furprife; le baron même en parut touché, &
nous le vîmes leur fourire & les embraffer
deux ou trois fois d'affez bonne grace. Le
marquis profita de cette heureufe difpofition
pour lui parler avec franchife : Jufqu'à
quand, mon frere, lui difoit-il, ferez-vous
l'efclave de vos idées ou plutôt d'un homme qui abufe de vos appréhenfions pour
vous condamner à la vie la plus défagréable & la plus malheureufe? Je fais qu'à votre âge il eft rare de conferver un tempé-
ramment vigoureux & robufte, que les
refforts de la machine ne doivent plus
avoir aujourd'hui la même foupleffe, &
que votre eftomac ne fait pas fes fonctions
comme à l'âge de quarante ans : néanmoins,

je vous connois affez pour affurer que vous
étiez un homme très-fort, & que fi cette
folie des drogues, des ptifanes & des lä-
yements ne vous eût pas pris, vous joui-
riez encore d'une fanté auffi parfaite que la
mienne. Convenez que vous n'étiez rien
moins que malade, quand vous avez voulu vous perfuader que vous l'étiez en effet;
& fi vous n'aviez pas été d'une conftitution
auffi folide, il y a long-temps qu'avec le
foin que vous prenez de guérir d'un mal
que vous n'avez pas, vous l'auriez gagné
en effet & auriez abrégé de dix ans votre
carriere. A quel but, dans votre maifon,
ce médecin d'office occupé continuellement
à difcourir de la propriété des plantes &
de l'effet merveilleux de fes préparations
chymiques? Un boucher qui fournit votre
cuifine, un chaffeur qui couvre votre table
de gibier, & un bon pourvoyeur qui remplit vos greniers & vos caves, valent bien
ces Efculapes qui ne parlent que de rectifier le fang, tempérer les entrailles, dé-
gager la tête, déterger les humeurs, adoucir la poitrine, fortifier le cours, & entretenir une douce tranfpiration. Perfuadez-
vous donc enfin que fix cueillerées de bon
jus, deux bouteilles de Bourgogne & un
peu d'exercice font plus en état de vous
corroborer que toutes les pillules & les
élixirs de l'univers; & fi vous vous déter-

minez à suivre mes conseils, mon seul séjour a Cromcells va vous rendre le sommeil, rétablir votre appétit, & vous désafubler de ce vilain habit de malade qui vous donne l'air d'un fantôme. A tout cela Monsieur le baron ne répondoit pas un mot, & le ton de gaieté dont son frere savoit assaisonner ses propos, n'eussent pas manqué de produire un bon effet, si cette manie déplorable étoit susceptible de guérison. Madame, de son côté, tentoit l'impossible pour opérer le même bien & les fêtes qu'elle ordonna deux jours après causerent à son mari des distractions si agréables que si elles n'eurent pas le pouvoir de faire faire main basse sur les opiates & les séringues, du moins elles contribuerent à diminuer le crédit du médecin & à donner quelques défiances de ses traitements & de ses remedes; ce qui étoit toujours beaucoup.

Elles commencerent ces fêtes par un bal villageois, où la jeunesse de Cromcells, & des lieux circonvoisins, parut dans le plus grand appareil. Sous une grande avenue de tilleuls qui aboutissent au parc, se rencontroit une place assez vaste, destinée pour le divertissement. Cinq ou six violons & autant de cornemuses y mirent toute l'après-dîner les filles & les garçons en cadence, & la fin du jour fut terminée

par un souper à trois grandes tables, où
ces paysans burent & mangerent avec un
appétit & un air de contentement dont
nous ressentions un extrême plaisir. Le lendemain fut désigné pour les jeux & les
courses. Deux laquais se mirent en devoir
de tendre une grande corde entre deux
arbres, &, au milieu du parterre, à laquelle étoit suspendue par le cou une oie
qu'il s'agissoit d'abattre à coups de bâton.
L'adresse des paysans est incroyable pour
cet exercice ; il n'en fut pas un seul qui
à près de soixante pas ne brisât tantôt l'aîle,
tantôt les pattes de cet animal, qui fut
de la sorte démembré jusqu'à ce que le
vainqueur eut enfin l'adresse de séparer la
tête d'avec un reste de gorgeron qui se
trouva embarrassé dans le nœud de la corde.
Toute l'assemblée cria victoire : & il reçut
pour prix de la dextérité dix assiettes &
trois plats d'étain ; au jeu de l'oie succeda
celui de la *berlue*. Ce divertissement consistoit à bander les yeux de celui qui se
proposoit d'entrer en lice, lequel, après
avoir tourné six fois sur son talon, devoit
se mettre en quête d'un bon habit de gros
drap, fixé au bout d'une perche à l'extrêmité du jardin, qui devoit lui appartenir
au moment où il lui arriveroit de la toucher. Rien de plus comique que la marche
de cet aveugle, qui, après avoir tracé

cent zigzag, fut se précipiter dans un vivier, où il resta embourbé jusqu'à la ceinture. Un second voulant éviter le même inconvénient, alla donner du pied contre un amphithéatre de pots de fleurs, dont la moitié fut culbutée & brisée. Le troisieme se heurta côntre le pilastre d'un cadran qui en fut renversé, & pensa l'écraser de son poids. Dix autres coururent la même carriere avec les mêmes désagrémens, mais enfin il y en eut un plus adroit ou plus heureux, lequel étant arrivé au pied de la perche, la secoua de telle sorte que l'habit lui tomba sur les épaules, & qu'il s'en revêtit sur le champ, au son des violons & des cris de joie des spectateurs. Vint ensuite l'exercice de la sarbacane; quatre paysans s'étant assis sur des fauteuils mouvants & attachés à un tourniquet qui les faisoit élever & baisser successivement, devoient, en embouchant une canne creuse, souffler de petits traits emplumées, dans un cercle noir que l'on avoit peint au milieu d'une feuille de carton. Celui qui eut l'adresse de donner dans ce cercle, eut pour récompense une belle genisse, dont les cornes étoient ornées de guirlandes de fleurs.

On se disposa, le troisieme jour, à tirer un fort joli feu d'artifice. C'étoit un spectacle frappant & nouveau pour des campagnards ; à peine vit - on partir les premieres fusées, qu'il s'éleva une acclamation de nigauderie dont le baron de Vesting, malgré sa situation, ne put s'empêcher de rire : *Vrament, voësine, disoit l'une, y a queut chose ed magic, dans ste grende conleuve. Commere,* répondoit l'autre, *as-tu bien veue comme ça fringole parmi les étoiles ? Dieu me pardonne, ça jette des feux follets, comme s'y avoit des esprits malins là dedans.* Les gerbes & les soleils les pénétrerent de crainte & d'étonnement, & l'explosion des pérards dont plusieurs coëffures se trouverent endommagées, leur firent pousser des hurlements de frayeur, au point que quelques femmes s'en trouverent mal. Mais Madame ne tarda pas à calmer leurs inquiétudes, en faisant distribuer dans chaque maison des gâteaux & du vin qui leur plûrent davantage que la fumée de la poudre & le bruit des serpenteaux.

L'on reçut la semaine suivante les visites de la noblesse des environs. On donna des concerts tels quels, & l'on s'occupa des préparatifs d'un bal où devoient se trouver plus de deux cents personnes. Je n'avois pas encore vu d'assemblée si brillante. La baronne y parut toute rayonnante de pierreries. Elle dansa avec le marquis son beaufrere, & la noblesse de son maintien char-

ma tous les spectateurs. Presque toutes les
dames avoient du rouge, ce qui me paroissoit bien extraordinaire ; car, outre
que plusieurs d'entre elles jouissoient d'une
fraîcheur qui ne demandoit pas le ministere de l'art, je ne concevois pas trop
qu'une couleur toute dissemblable à celle
de la peau, dût faire un effet agréable
sur le visage. Une autre chose m'etonnoit
encore : Comment, me disois-je, une personne aussi pieuse & aussi réservée que Madame de Vesting peut-elle allier sa grande
régularité à des plaisirs qui, au demeurant,
ont toujours quelque chose de repréhen-
sible ? Il est vrai qu'il entre ici des égards
pour un mari qui aime sa femme, & qui
paroît flatté que dans la circonstance elle
mette en œuvre tout ce qui peut charmer
sa mélancolie.

Mais la vertu, poursuivo's-je, est si
belle par-elle-même, & la nature a tellement avantagé cette jeune dame, que l'artifice me paroît ici superflu. D'ailleurs,
quel exemple pour des enfants, lorsqu'ils
voient une mere se permettre les usages
du monde, aimer les sociétés galantes, &
jouer le rôle d'une nymphe au milieu d'un
bal. Le piege n'est-il pas d'autant plus iné-
vitable, qu'il est dressé par celle-là même
qui devroit perpétuellement se faire un
devoir de les préserver ? Dans ce moment,

je me rappellois, les paroles remarquables
de Monsieur de Buffi-Rabutin : » J'ai toujours crû les bals dangereux, difoit ce
vieux courtifan ; ce n'a pas été feulement
ma raifon qui me l'a fait croire, mais encore mon expérience ; & quoique le témoignage des peres de l'églife foit bien
fort, je tiens que, fur ce chapitre, l'avis
d'un courtifan doit être d'un bien plus grand
poids. Je fais bien qu'il y a des gens qui
courent moins de hafards en ces lieux-là
que d'autres ; cependant les tempéraments
les plus froids s'y échauffent. Ce ne font
d'ordinaire que des jeunes perfonnes qui
compofent ces affemblées, où les objets,
les flambeaux, les violons & l'agitation
de la danfe échaufferoient des anachorètes.
Les vieilles gens qui pourroient aller au
bal, fans intéreffer leur confcience, feroient ridicules d'y aller ; & les jeunes
gens à qui la bienféance le permet, ne le
peuvent guere fans s'expofer à de très-
grands périls. Ainfi je tiens qu'il ne faut
point fe trouver au bal quand on eft chrétien, & je crois que les directeurs feroient
leur devoir, s'ils exigeoient de ceux qu'ils
dirigent, qu'ils n'y allaffent jamais «. Le
refte du temps que Monfieur le marquis fe
propofoit de paffer à Cromcells, fut employé au jeu, à la chaffe, à la promenade
& aux vifites de bienféance. Mais, ce qui

me plut beaucoup, & ce qui caractérifa le bon cœur de Madame de Vefting, fut le mariage de Barbe. Cette pauvré fille, qui, dans l'obfcur emploi où elle avoit été éle-vée, s'étoit conduite de maniere, qu'il n'y avoit perfonne qui ne lui donnât des louanges, étoit alors dans l'âge nubile. L'hiftoire de fon enforcellement qui n'étoit que le développement de fa conftitution, lui avoit fait d'autant moins de tort, qu'elle n'avoit eu aucune part aux propos & aux expédients dont le ridicule ne tomboit que fur quelques vieilles qui n'étoient guere en état de le fentir, à l'exception de Madame & de fon pafteur, qui quoiqu'on en dît, en méritoit une dofe. Barbe étoit jeune, fage & affez belle, & ne pouvoit manquer de plairè. Dans le nombre de ceux qui recher-cherent fes bonnes graces, un garçon de vingt-deux ans fut celui auquel elle s'arrêta. Il étoit bien fait, agréable de figure, doux, laborieux & fort adroit ; c'étoit précifé-ment fon affaire. Si-rôt que le village crut s'appercevoir de cette préférence, la ja-loufie ne tarda pas à s'effayer fur leur compte. C'étoit le befoin & la pauvreté qui alloient s'unir enfemble ; c'étoit une fainte *Nitouche* & un *Niguedouille* qui vouloient tenir menage, & puis cent au-tres propos fur les parents & les parents de leurs parents ; tout fut remué, jufqu'aux os de leurs ancêtres. Il est incroyable combien la canaille, si stupide, si lourde, si pesante en toute autre chose, est ingénieuse à jetter des ridicules sur ceux qu'elle prend en aversion. Ce ne sont, il est vrai, que des railleries burlesques, des grossiéretés dégoûtantes, des calomnies sans vraisemblance. Les personnes sages les prennent toujours pour ce qu'elles valent, mais le vulgaire les adopte, & y donne la plus ferme croyance. Madame la baronne, comme nous l'avons observé plus haut, avoit ses petitesses ; mais elles ne s'étendoient pas jusques à prêter facilement l'oreille aux rapports misérables, & aux rapsodies du hameau en ce genre. Juste, compatissante, & ne croyant le mal que sur de bonnes preuves, il sembla que les persécutions absurdes suscitées à ces jeunes gens fussent pour elle un motif de plus pour hâter leur bonheur. Elle en conféra avec le marquis & son époux, & il fut arrêté que le château feroit les frais de la nôce, & qu'après la mort d'un fermier de leur dépendance, qui étoit sur le bord du tombeau, & ne laissoit point de postérité, Barbe & André seroient mis en possession de la métairie.

Dès que le public fut informé de cet arrangement, la malignité fut désarmée, les éloges reprirent le dessus, & les mê-

mes bouches qui avoient voulu les désho-
norer, recommencerent à en dire tout le
bien possible: tant on doit faire peu de fond
sur des ames viles qui n'ont pour principe
que leurs intérêts, & qui ne louent & ne
condamnent que d'après leurs préjugés!

Le jour pris pour cette belle alliance,
les familles se rendirent à l'église. Il suffi-
soit que le seigneur & la dame fussent à
la tête de cette cérémonie, pour y attirer une foule de curieux. La marche
commença par une quantité de cornemuses, de tambours de basque & de flageo-
lets: suivoient six racleurs & deux vieilles
basses, qui, d'un ton lugubre & glapissant,
exécutoient la marche du prince Eugene.

Immédiatement après paroissoit le corps
de la jeunesse, chacun avec sa chacune,
& enfin les deux futurs au milieu de leurs
parents, tous d'un air si composé, qu'il y
avoit même quelque chose d'imposant dans
ce cortege rustique. Le reste du village
accourut à leur passage, & l'église fut
bientôt remplie. C'est alors qu'il faisoit beau
voir avec quelle curiosité chacun s'exami-
noit, combien de bouches béantes, combien de propos entre haut & bas, combien
de têtes tournées: *Qui est-ce celle-cy?*
Je ne connouas mie stelle-là. D'où
s'qu'est le garçon d'honneur? Qu'est-
ce qu'a coëffé la mariée?

Dan

Dans l'intervalle arrivent les caroffes du château : Madame, accompagnée de fon beau-frere & de fes enfants, traverfe l'affemblée : chacun fe leve par refpect, & le curé étant defcendu fous le Chrift, fait la cérémonie des époufailles. A l'offrande, le plus ancien garçon, en habit d'Efpagnolette, cheveux en boucles, vefte d'indienne, culottes de pane, chemifes fine, jabot découvert, ruban pendu à la boutonniere, commence la marche. Paroît enfuite l'époux, frifé de main de maître, habit de drap, boutonniere garnie d'un bouquet prodigieux, fouliers neufs, chemfe de Hollande, & les gants aux mains. Viennent incontinent les deux peres, les oncles & grands-peres en habits bruns, cheveux mal rangés, longues cravattes & bas roulés. Les filles fortent alors de leurs places, ainfi que les femmes, en juppes de calemande, manteaux de crépon, coëffes en huppes, tablier de tafetas, ceinture de galon, & le livre fous le bras. Pendant le temps que cette chaîne defiloit avec beaucoup de gravité, deux garçons furent prendre la mariée toute chargée de rubans & de fleurs, portant une efpece de robe couleur de rofe, & ayant fur la tête une couronne de brillants. Auffi ôt qu'elle eut donné fon offrande, les Meffieurs de Vefting, Madame & fes enfants fe pré-

senterent, & chacune de ces personnes
eut la précaution de meubler tellement le
bassin, que le casuel de ce jour valut au
pasteur au moins vingt pistoles. A la fin
de la messe, le poële fut tenu par les quatre plus anciens garçons de la paroisse,
tandis que le reste de la jeunesse les en-
vironnoit, tous un grand cierge à la main.
De retour au château, Madame ordonna
à ses laquais d'aller eux-mêmes servir les
tables de la nôce, où je fus invité avec
Monsieur de Saint-Albin. On mangea de
fort bonnes choses, parce qu'elles avoient
été préparées par le cuisinier & le chef
d'office. Sur la fin du repas, la joie devint générale ; & comme les jeunes gens
étoient sur le point de s'assembler pour
la danse, on annonça l'arrivée de Madame
& de son beau-frere, qui se firent un
plaisir de faire le tour des tables, & per-
mirent même aux convives de boire à leur
santé. Ces gracieuses personnes y répon-
dirent par une abondante distribution
de dragées, dont les enfants eurent la
meilleure part. Les violons ne furent pas
oubliés, & quelques pieces d'argent, qu'on
eut ordre de glisser dans leurs instruments,
les rendirent encore plus harmonieux.

Ce fut dans ces entrefaites qu'un laquais
tout troublé prit Madame à l'écart & lui
adressa deux ou trois paroles entrecoupées

que nous ne pûmes entendre. Elle fit signe au marquis ; & nous les vîmes, dans le moment, fortir avec beaucoup de prompti- tude. Nous reftâmes dans le plus grand étonnement ; chacun fe parloit à l'oreille, chacun fe queftionnoit : Qu'y a-t-il donc ? Nous crûmes devoir nous retirer avec Monfieur de Saint-Albin. Mais nous n'é- tions pas fous le veftibule du château que nous entendîmes des cris & des pleurs. Une fille de chambre paroît : Eh ! venez donc, Meffieurs, notre bon maître fe meurt. Nous montons l'efcalier en trem- blant, nous entrons dans l'appartement de Monfieur de Vefting : il étoit entre les bras de fon frere & de fon époufe ; les enfants fe défefpéroient à fes pieds, l'ef- froi fe peignoit fur tous les vifages. Il eft tout ordinaire que dans ces cas inefpérés la tête tourne aux affiftants, & que la chofe qui doit nous occuper le plus foit précifément celle à laquelle on penfe le moins. Le médecin de Monfieur le baron étoit abfent depuis deux jours. On ne favoit à qui recourir ; quand M. de Saint-Albin fe rappella du chirurgien qui avoit fi bien guéri Barbe. Il étoit heureufement à une demi-lieue de Cromcells, chez un gentil- homme qui l'avoit fait venir de Douay pour lui faire l'opération d'une loupe qui l'incommodoit beaucoup. Six poftillons furent dépêchés après ce biave homme, que nous vîmes arriver deux heures après, & qui n'eut pas plutôt examiné l'état de fon malade, qu'il fe mit en devoir de lui donner un prompt foulagement. C'étoit une apoplexie féreufe. Le baron étoit pâle, fans connoif-fance & fans pouls. Le chirurgien com-mença par des lavements & des véficatoi-res : il lui fit avaler un verre d'eau miné-rale émétique, ce qui produifit des fe-couffes & de la fenfibilité. Monfieur de Vefting ouvrit les yeux, regarda long-temps ceux qui l'environnoient, voulut fe lever fur fes pieds ; mais la perclufion de tout le côté gauche s'étoit manifeftée, & loin que les remedes & les mefures les plus prudentes opéraffent un bon effet, le chirurgien crut s'appercevoir que le malade tendoit à fa fin. On profita du temps pour lui faire recevoir les facrements, devoir dont il s'acquitta avec les plus grands fen-timents de religion ; &, vers le quatrieme jour, la paralyfie devenant générale, & l'épaiffiffement de la langue étant augmen-té, on défefpéra d'y apporter remede. Com-me il jouiffoit de toute fa préfence d'ef-prit, il fit approcher fa femme, fon frere & fes enfants, les embraffa, nous fit le dernier adieu d'une voix baffe & embar-raffée, retomba dans une feconde attaque, & mourut deux heures après.

Alors tout se troubla dans le château,
des larmes abondantes furent répandues :
la mere, les enfants, le frere, étoient dans
des angoisses inexprimables ; les domestiques
alloient çà & là, se lamentant & paroissant
si sincérement accablés de cette perte, que
nous en étions tout-à-fait découragés. La
nouvelle s'en porta bientôt dans le village
& dans les environs, & ce fut là où je
sentis de quelle importance il est à tout
seigneur de paroisse d'être paisible & bien-
faisant. J'ai déjà dit que Monsieur de Vesting étoit prodigieusement entêté de sa noblesse, mais cette foiblesse ne ternissoit
aucunement les qualités de son cœur. Naturellement honnête, franc, & d'une probité incorruptible, jamais on ne l'avoit vu
se porter à aucune action de rigueur à l'é-
gard de ses vassaux. Accessible dans tous
les temps, il écoutoit les représentations
des complaignants, & terminoit par la voie
de la conciliation les différends qui s'éle-
voient dans les familles. Jouissant d'un grand
crédit à la cour de Vienne, & même chez
plusieurs grands seigneurs de France, il
n'avoit recours à leurs interventions que
pour l'avancement de ses amis. La noblesse
le regretta, parce qu'il en fut toujours l'or-
nement, par l'élévation de ses sentiments
& la générosité de ses procédés. Les pauvres le regretterent, parce qu'une portion

de fes revenus fut toujours confacrée à
adoucir leur indigence. Les perfonnes indifférentes même, fondées fur la célébrité
de fa réputation, ne purent s'empêcher d'en
faire l'éloge. Tous convinrent que fi ce
gentilhomme étoit plus qu'aucun autre flatté
de fes droits & de fon extraction, jamais
il n'en abufa au point de vexer & de ty-
rannifer ceux qui relevoient de fa feigneurie.
C'étoit en lui une théorie de goût, dont il
n'avoit jamais effayé la pratique, & on
auroit pu lui manquer impunément, fans
s'attirer d'autre reproche que d'être peu
verfé dans le code des diftinctions & des
privileges dont il prétendoit jouir fans nulle
conteftation. Heureux, fi dans fes dernieres
années, il eût pu furmonter l'empire de fes
idées atrabilaires, refpecter la marche tranquille de la nature, bannir de fa préfence
un charlatan qui avoit abrégé fes jours,
& qui, en effet, ne reparut plus, ce qui
fut un grand bien pour Madame & fon
beau-frere, car dans l'état violent où ce
malheur les plongeoit, la premiere penfée
fut d'en rejetter la caufe fur cet homme,
& la feconde de ne pas tarder à l'en faire
repentir.

CHAPITRE XXVII.

*Des changements que la mort de M.
de Vesting apporta dans le château
de Cromcells. Marcel devient intendant de M. l'évêque de Gand.*

Les obseques de M. le baron de Vesting furent magnifiques, si cependant on
peut s'exprimer de la sorte, en parlant de
l'une des plus tristes cérémonies que j'eusse
vue de mes jours. Madame, quoique jeune,
belle, & devenue par la mort de son mari
& la minorité de ses enfants, partie maîtresse & partie économe des grands biens
qu'il laissoit, n'en parut pas plus disposée à
recevoir quelque consolation. Nous regardâmes d'abord sa douleur comme un tribut
que toute honnête femme doit à la mémoire
d'un époux. Mais elle étoit trop ennemie
de la dissimulation pour contrefaire des sentiments qu'elle n'éprouvoit pas, & la con-
tinuité de son affliction convertit tout le
château de Cromcells en une maison de
deuil & de larmes. On y en répandit pendant près de six semaines, & elles ne furent interrompues que par la nécessité où
l'on se trouva de régler les affaires de la

seigneurie, avant le départ du marquis de Vesting pour les Pays-bas.

J'ignorois pendant tout ce temps quel seroit mon sort, & quels arrangements Madame étoit d'avis de prendre au sujet de ses enfants. L'extrême mélancolie à laquelle je la voyois se livrer, me fermoit la bouche, & je ne l'aurois ouverte de long-temps si, un matin, l'on ne fût venu de sa part me prier d'entrer chez elle. Je m'y rendis avec l'inquiétude d'un homme qui s'attendoit à des reproches, quoiqu'il ne fût par où il les auroit mérités. Elle étoit avec son beau-frere & Monsieur de Saint-Albin. On ordonna aux domestiques de fermer les portes, & de prévenir quiconque pourroit se présenter, qu'on étoit en affaires. Je pris place à côté de Monsieur le marquis, qui ne tarda pas à me tendre la main & m'adresser la parole en ces termes : Cher ami, les changements que la mort de mon frere apportent nécessairement dans cette maison, ne sont point un objet dont nous prétendions vous faire un mystere, & la conduite sage & éclairée que vous avez tenue à l'égard des enfants de ma sœur, est pour elle, ainsi que pour moi-même, un motif de reconnoissance si puissant, que nous n'avons rien de plus à cœur, après le sort de mes neveux, que de contribuer de tout notre

pouvoir au bonheur du vôtre. J'emmene
avec moi l'ainé à Bruxelles, où la cour
veut bien, en arrivant, lui conférer une
place de lieutenant dans un corps Autri-
chien; & comme il fera fouvent fous mes
yeux, j'efpere l'entretenir dans les principes
d'honneur & de religion que vous lui avez
fi heúreufement inculqués. Quant au plus
jeune, il eft décidé qu'il fervira dans l'artillerie Françoife, & c'eft pour le former
aux éléments de l'art militaire, que d'ici à
quelques mois ma fœur doit l'envoyer à
Paris, fous un célebre maître de mathéma-
tiques, dont nous nous ferions bien paffé,
fi, aux connoiffances que vous poffédez fi
bien d'ailleurs, vous euffiez joint cette partie qui lui eft néceffaire. Mon frere vous
avoit confié fes enfants dans l'état, pour
ainfi dire, de pure nature; & fi vous euffiez trop facilement déféré à fes vues, je
ne doute pas qu'il ne vous eût été très-
difficile d'en faire des fujets auffi bien élevés qu'ils le font aujourd'hui. Son foible
étoit de croire que toute la fcience d'un
gentilhomme eft renfermée dans la connoiffance de fes parchemins. Paffez lui cette
prévention, c'étoit le plus digne & le plus
tendre des peres. Maintenant donc que,
fortis de vos mains, & affez inftruits pour
paroître dans le monde, nous allons les
éloigner de Cromcells; il nous refte à

M 5

vous-faire quelques propofitions fur lefquelles vous aurez toujours la liberté de
prendre l'alternative ; je m'explique : ma
foeur a befoin d'un homme de confiance
pour l'adminiftration de fes biens, & ne
trouve perfonne à qui elle pourroit mieux
confier cette partie qu'à vous-même. Si
vous vous êtes concilié fon eftime dans la
place de gouverneur de fes enfants, que
ne doit-elle par attendre de vous dans celle
qui vous établiroit le régiffeur général de
fes revenus ? L'autre propofition m'a été
faite de la part de Monfieur l'évêque de
Gand ; qui, depuis bien des années, nous
honore de fon amitié, & qui, fur l'éloge
que je lui ai fait de vos qualités & de vos
lumieres, defireroit vous attacher à fa perfonne en qualité de fon intendant. Ce dernier pofte vous conviendroit d'autant plus,
qu'il ne s'agiroit pas feulement d'avoir l'œil
fur le temporel de fon bénéfice, mais encore de vous charger de la conduite de fa
bibliotheque, qui eft très-riche, de fes
meubles & de fon cabinet de raretés, objets que je crois fi analogues à votre goût,
que je me faurois mauvais gré de vous
en faire un myftere. Quoi qu'il en foit,
confultez-vous fur le choix que vous avez
à faire, & mettant à part les motifs qui
vous lient à la maifon de Vefting, décidez
vous librement, & n'appréhendez pas que

nous défapprouvions le parti que vous jugerez à propos de prendre.

Il y avoit quelque chofe de fi gracieux & de fi naturel dans ce difcours, que je crus devoir y répondre avec le ton de la plus grande fincérité. Il eft vrai, Monfieur, lui répondis-je, qu'en appréciant les détails de ces deux emplacements, tout me paroît fe réduire à une profonde connoiffance des calculs & de l'économie rurale, pour lefquels je ne me fens aucune répugnance ; mais la direction d'une bibliotheque & d'un cabinet de curiofités femble d'abord m'offrir un dédommagement fi flatteur des peines qu'entraîne une régie, que...... Je vous épargne le refte, interrompit Monfieur de Vefting, &, dès ce foir, je vais m'occuper des moyens de vous introduire chez ce prélat. Madame la baronne foufcrivoit à cet arrangement ; mais elle eut en même temps la bonté de me témoigner que ce n'étoit point fans regret, & que la feule vue d'obliger M. l'évêque, la déterminoit à fe priver de moi, malgré le penchant qu'elle avoit à me retenir. Elle ajouta bien des chofes à la louange de cet évêque, & me fit de fon caractere un portrait fi flatteur, que je me confirmai de plus en plus dans la réfolution que j'avois prife de m'attacher à fon fervice. Tout autre auroit cru manquer à

la gratitude ; mais je conno ssois le cœur
de Madame de Vesting, & j'érois sûr que,
de quelque maniere que j'eusse voulu me
décider, elle étoit toujours prête à me
donner son approbation.

Dès le lendemain, Monsieur le marquis
fit partir un exprès pour Gand, & j'eus la
quinzaine pour mettre ordre à mes affaires.
Madame me fit présent de quatre cents pistoles, avec une montre d'Angleterre, &
une tabatiere ornée de brillants ; & M. de
Vesting y joignit une malle pleine de linge
très-propre & très-fin, ainsi que quatre
habits complets, auxquels on ne cessa de
travailler jusqu'à la réception de la lettre
de Monsieur de Gand. Mon départ fut fixé
au lundi de la semaine suivante. Tout ce
que l'on peut sentir des peines en se sé-
parant de ce qu'on respecte & de ce que
l'on aime, je l'éprouvai en quittant la maison de Madame la baronne de Vesting. Les
vertus de cette personne, son esprit, la
docilité de ses enfants, la politesse & l'affabilité de Monsieur le marquis m'aff ête-
rent jusqu'aux larmes, & ils en verserent
eux-mêmes en me réitérant les assurances
d'attachement & d'amitié dont j'avois reçu
pendant mon séjour à Cromcells des preuves si fréquentes & si marquées. C'est à
cette famille à qui je suis redevable des
heureuses conjonctures où je me trouvai

dans la fuite, de l'eftime de tant de perfonnes de poids que j'eus le bonheur de
me-concilier, & de la fortune tranquille
dont je jouis aujourd'hui, après avoir paffé
par un grand nombre de viciffitudes, &
reffenti fi fenfiblement l'influence de la bonne & de la mauvaife fortune.

CHAPITRE XXVIII.

Arrivée de Marcel à Tournay. Il
affifte au fupplice d'un foldat. En-
tretien qu'il eut avec le prêtre qui
l'avoit conduit à la mort.

MONSIEUR de Saint-Albin voulut m'accompagner jufqu'à Tournay, où nous defcendîmes chez le chevalier de Molandis,
fon ami. C'étoit un grand homme fec,
d'environ foixante ans, retiré du fervice
pour fes bleffures, vivant de fes rentes
& d'une penfion que la cour de Vienne
lui avoit accordée depuis dix ans. Il n'é-
toit point marié, mais il avoit avec lui
deux neveux de feze à dix fept ans, qui
le difputerent à leur oncle en careffes &
en prévenances. Il les deftinoit pour le fervice de mer de la Hollande, & devoit
dans peu les faire partir pour Roterdam,

où il vouloit les placer d'abord, afin d'y apprendre les éléments de la navigation.

Comme Monsieur de Molandis aimoit & cultivoit les belles-lettres, nous nous entretînmes toute la soirée d'histoire, d'éloquence & de poésie. Ses neveux, qui avoient beaucoup d'esprit, égaierent la conversation par mille jolies choses. Je ne pouvois me lasser d'admirer les façons, la douceur, les déférences réciproques de ces trois aimables personnes : je me trouvois déjà à mon aise dans une maison où il n'y avoit pas quatre heures que j'étois entré. Il en étoit environ neuf, quand une vieille servante vint nous dire qu'on devoit le lendemain faire une exécution. Ah ! le pauvre malheureux, s'écria M. de Molandis ; j'avois toujours compté qu'il obtiendroit sa grace. Je demandai quel étoit le crime de cet homme. Hélas ! Monsieur, dit l'ainé des neveux, les riches & les personnes en place se tirent des plus mauvais pas, & les loix ne sévissent que contre ceux qui n'ont pas assez de crédit ni de facultés pour se soustraire à leur rigueur ; vous en jugerez par l'histoire de ce pauvre soldat à qui on va ôter la vie. Il avoit pris dans son corps le nom de la Jonquille ; c'étoit de tout le régiment le plus bel homme & le plus rangé. Son capitaine, que l'on nommoit Monsieur Vanderkint, eut d'abord

pour lui une considération peu ordinaire,
à laquelle succéda bientôt l'amitié la plus
tendre. Vous eussiez dit qu'il n'étoit entre
eux aucune distinction de rang & de fortune. Plusieurs des officiers en faisoient à
leur confrere une espece de crime ; car
vous savez que , pour s'attirer des ridicules, il ne s'agit souvent que de faire cas
d'un homme de mérite , quand il est pauvre. D'un autre côté , les camarades de la
Jonquille en disoient tout grossièrement leur
façon de penser. Mais ce jeune homme
avoit l'ame élevée, & il falloit qu'un propos fut extrêmement piquant , pour qu'il
y parut sensible. Il feignit quelque temps
de ne pas s'en appercevoir, & continua
de vivre avec Monsieur Vanderkint dans
la plus grande intimité. Mais l'amitié est
peu constante, quand la vertu n'en a pas
cimenté les liens. La Jonquille étoit sage,
& son capitaine un vrai débauché , qui
avoit des habitudes dans tous les quartiers
de Tournay , & dont son ami , naturellement peu curieux , ne s'apperçut que parce
qu'il prit fantaisie à Vanderkint de lui en
faire confidence. Tout autre que la Jonquille se feroit fait un mérite de servir la
passion d'un homme qui pouvoit procurer
son avancement ; & ce fut cette confidence
même qui fit le malheur du vertueux soldat. Il y avoit près de trois mois que le

capitaine fréquentoit chez un négociant dont la fille étoit aimable. Cette jeune personne avoit été élevée dans des sentimens bien supérieurs à sa naissance ; &, quelques sollicitations que lui fit Vanderkint, jamais il ne put parvenir à la rendre sensible à ses assiduités. Désespéré d'une si longue résistance, il eut recours à la Jonquille, lui fit part de l'ardeur de ses sentimens, & le chargea d'une lettre où la passion se peignoit dans sa plus grande force. Le soldat ne fit pas d'abord grande résistance, mais réfléchissant ensuite sur la délicatesse de sa commission, loin de remettre cette lettre à Lucie (c'étoit le nom de la demoiselle) il attendit le moment qu'elle sortît de la cathédrale, où elle avoit assisté à la messe, pour lui demander un entretien particulier. Lucie eut beaucoup de peine à s'y résoudre ; car elle craignoit jusqu'à l'ombre du mal. L'ayant donc suivi, comme malgré elle, jusques dans le cloître du chapitre, la Jonquille, qui se croyoit seul, lui tint à peu près ce discours: J'ai lieu de présumer, Mademoiselle, que le sujet de mon ambassade allarmera votre vertu. Mon capitaine est épris pour vous de la passion la plus violente, & n'ayant pu jusqu'à présent mériter vos bonnes graces, il m'a chargé de vous présenter cette lettre dans laquelle vous trouverez tout ce qu'on peut dire de plus fort à une personne qu'on idolâtre.

Néanmoins, d'après votre réputation, je vous en épargnerai la lecture, & si vous le trouvez bon même, elle sera déchirée en votre présence. Je vous en saurai bon gré, répondit Lucie, & puisque vous portez jusques-là les égards pour la vertu, faites-moi le plaisir de couronner l'œuvre, en engageant votre officier de cesser ses visites chez mon pere, à qui je n'ai pas eu la hardiesse de confier mes peines, mais que je serai forcée de prévenir avec d'autant plus de fondement, qu'il se croit le seul objet de ses assiduités, & qu'il se plaint même de le voir trop rarement chez lui. Il ne dépendra pas de moi, reprit la Jonquille, de vous donner cette satisfaction ; mais comme il me faudra peut-être employer bien des mesures avant de guérir sa folle passion, je vous demande le plus grand secret sur cette affaire, & même sur l'entretien que nous venons d'avoir ensemble. En achevant ces mots, la Jonquille déchira la lettre, fit un profond salut à Lucie, & fut retrouver son maître ; toute sa réponse fut de lui représenter la fille du marchand comme une personne d'un abord austere, qui, ayant lu les premieres lignes de sa lettre, l'avoit déchirée avec indignation, & le prioit de ne plus remettre les

pieds chez fon pere. Il lui repréfenta enfuite les rifques d'une paffion qui ne pouvoit manquer de lui attirer à dos la maifon
de Lucie, auffi-tôt qu'elle viendroit à la
découvrir. Il infifta fur l'inégalité des conditions, les obftacles du fervice, & la honte de, vouloir entreprendre de triompher
de l'innocence. Pendant plus d'un quart-
d'heure, il parla comme un ami jaloux des
intérêts & de l'honneur de fon ami: mais
la Jonquille avoit affaire à un fourd & à
un libertin dangereux dans fes reffentiments, lequel l'ayant quitté d'affez mauvaife humeur, mit dès le même jour tous
les refforts en jeu pour aborder Lucie, &
obtenir par force ce qu'il ne pouvoit avoir
par fes ménagements. Il rendit de nouveau
vifite au pere, il le queftionna fur fes cor-
refpondances & fon commerce, & ayant
appris qu'il devoit dans peu faire un voyage
à Lille, & que Lucie, pendant fon abfence, devoit fe rendre à la maifon de campagne d'une tante qui demeuroit à trois
lieues de la ville, il forma le deffein de
fe trouver bien accompagné fur fon paffage, de l'enlever, & de lui faire violen-
lence. La paffion ne raifonne pas, car à quoi
ne s'expofoit pas un homme de fon rang
par un pareil attentat? Il en conféra dès
le même foir avec la Jonquille, & lui propofa de l'accompagner; mais il avoit af-

faire à un homme incapable d'une pareille
indignité. Demandez-moi toute autre chofe ; répondit-il , exigez, s'il le faut, le
facrifice de ma propre vie pour le maintien de vos intérêts ; mais lorfqu'il s'agira
d'expofer votre hónneur & votre perfonne
à l'opprobre & au mépris , & moi-même
à quelque chofe de pis encore, difpenfez-
moi de vous obéir. Vanderkint infifta derechef, & mit en œuvre les prieres & les
promeffes les plus féduifantes. A la fin s'appercevant qu'il avoit affaire à un homme
incorruptible , il lui jura dès ce moment
une háine implacable, & chercha dans le-
fuite toutes les occafions de le mortifier. Un
jour donc que l'on avoit commandé l'exercice, & que ce capitaine en l'abfence du
commandant , devoit faire faire les évo-
lutions, il prit à tâche de chercher à la
Jonquille un mauvaife querelle. Il commença, pour cet effet, par la vifite des armes,
& celles du foldat ne lui paroiffant pas en
état, il lui parla avec une dureté extraordinaire, & le menaça de prifon. La Jonquille cru devoir lui répondre avec le ton
de cette familiarité qu'il avoit pris depuis
long-temps , fans que Vanderkint s'en for-
malifât ; mais lés chofes étoient changées,
& cet officier, piqué des excufes ironiques
de fon ancien ami, lui déchargea plufieurs
coups de canne fur les épaules , & l'envoya

au cachot fous la garde de quatre fufiliers.
La Jonquille étoit François, & vous favez quelle horreur ont ceux de cette nation pour un pareil traitement. Cet affront
lui parut plus cruel que la mort, & les railleries de fes camarades, ne faifant qu'augmenter de plus en plus fon indignation, il
jura d'en tirer la vengeance la plus complette.

Sur ces entrefaites Vanderkint obtint
une compagnie dans un régiment de cava-
lerie qui étoit en garnifon à Bruges. La
Jonquille quitta fecrétement Tournay, fans
s'embarraffer du péril auquel il s'expofoit
par cette efpece de défertion ; & , plein
de fa peine, pourfuivit fon ennemi jufqu'à ce qu'il eût lavé dans fon fang l'injure qu'il en avoit reçue. Le capitaine le
rencontra un jour dans une rue de la ville,
& il fut tellement frappé de cette apparition, qu'il partit fur le champ pour Hambourg, où il prétexta qu'il lui étoit fur-
venu des affaires preffantes. La Jonquille
le fut quelques jours après, & n'en devint que plus acharné à exécuter fon deffein. Il le fuivit donc, & en quinze jours
il arriva dans cette derniere ville, où il
fe mit à le chercher dans tous les quartiers.
Vanderkint l'ayant apperçu de nouveau,
fut faifi de frayeur, & dès le lendemain
il entreprit de s'embarquer pour Londres,

perſuadé que dans une capitale auſſi peu-
plée, il lui ſeroit facile de mettre ſon
perſécuteur en défaut. Deux jours après,
le ſoldat trouva placé ſur un vaiſſeau, &
ayant abordé en Angleterre, ſe mit en
quête de Vanderkint, & le joignit dans
le parc de Saint-James, où celui-ci ſe pro-
menoit avec quelques lords qui n'étoient
guere inſtruits de ſon affaire. A l'aſpect
du ſoldat, l'officier ſe ſentit frappé comme
d'un coup de foudre, & quittant la compagnie, il rejoignit au grand pas ſon auberge, où il s'enferma pendant plus de
huit jours, ſans qu'il lui vînt à l'eſprit de
recourir à l'autorité pour arrêter les progrès de cette opiniâtre pourſuite, tant la
terreur eſt incapable de réfléchir. Quelque temps après, un navire Anglois étant
ſur le point de faire voile pour les grandes Indes, Vanderkint ſortit de Londres
pendant la nuit, ſe rendit en diligence à
Plymouth, & ſe fit inſcrire en qualité de
paſſager. Il étoit néanmoins facile à cet officier de prendre des ſûretés contre un
malheureux ſoldat ſans ſuite & ſans aveu,
& au ſein de la grande Bretagne même,
comme aux Pays-Bas & en France, le
gouvernement ne pouvoit ſe refuſer à ſes
repréſentations. La Jonquille le chercha
long-temps dans Londres après ſon évaſion, mais ayant appris enfin, je ne ſais

par quelle voie, son départ du port de
Plymouth, & ne pouvant retourner en
Flandre sans s'exposer aux rigueurs de la
justice militaire, il s'engagea en qualité
de matelot sur un vaisseau qui devoit, avant
peu, faire route pour Madras sur la côte
de Coromandel. L'équipage fut un an a faire
ce trajet; mais enfin on arriva, & à peine
la Jonquille a-t-il abordé dans ce port,
qu'il s'adresse aux peres capucins qui, dans
cette place, ont la direction des catholiques, &, à force d'interrogations, il apprend de ces religieux que Vanderkint,
un mois auparavant, s'étoit retiré dans le
fort Saint-George, où il étoit sous la protection du gouverneur. C'est à ce coup
qu'il se croit au terme de ses desirs. Dix
fois le jour il se présente aux portes de
cette citadelle, & toujours infructueuse-
ment. A la fin il trouve moyen de s'introduire dans le fort, parcourut hardiment
tous les appartements, & personne ne se
trouvant sur son passage, ayant apperçu
un cabinet entr'ouvert; il en pousse la
porte, & voit le capitaine endormi sur une
espece de sopha. Il le prend par le bras,
l'éveille & lui demande une épée pour
se battre. Le capitaine étourdi veut appeller du secours. Vous êtes mort, lui crie
la Jonquille, si vous ouvrez la bouche:
vous m'avez fait en Europe une injure

que je viens venger aux Indes ; je vous
en demande au plutôt la réparation par
la voie des armes. Le capitaine, malgré
cette femonce, fe met à appeller de toutes
fes forces. Alors le foldat, pour échapper au danger qui le menace, s'arme d'une
efpece de coutelas qu'il cachoit fous fon
habit, en donne deux ou trois coups à
Vanderkint, & fe rend enfuite chez le
gouverneur, à qui il confeffe fon crime,
en y ajoutant un précis des raifons qui
l'ont porté à le commettre. Il fembloit
que la clémence devoit l'emporter fur la
févérité à l'égard d'un malheureux qui,
de lui-même, venoit en juftice ; mais cet
officier étoit un homme dur & inflexible
que l'argent feul pouvoit corrompre, &
qui ne trouvant rien à gagner en ufant d'indulgence, le fit embarquer fous bonne
garde pour l'Angleterre, d'où le commandant de Plymouth étoit prié de le faire
paffer à Oftende, & de là à fa garnifon.
Il y a huit jours que ce malheureux eft
arrivé dans cette ville, & avec lui tous
les enfeignements qui conftatent fon attentat. A peine a-t-il été dans les cachots,
qu'il a demandé pour toute grace de pouvoir parler au pere de Lucie en préfence
de cette fille & du major du régiment.
Mais ni la conduite louable qu'il avoit tenue pour fauver l'honneur de cette jeune

demoiſelle, ni la bonne réputation qu'il s'étoit acquiſe dans ſon corps, ni les prieres & les larmes de ce pauvre marchand, ni les démarches de pluſieurs amis qui trouvoient cette affaire ſi graciable, n'ont pu le ſouſtraire à la rigueur du conſeil de guerre, & de la ſentence qui le condamne comme déſerteur & meurtrier, à être demain pendu à la garde montante. Supplice qu'on a encore la bonté de regarder comme un adouciſſement & une preuve de l'indulgence de ſes juges; car il devoit, diſoit-on charitablement, avoir le poing coupé, & être rompu vif.

La curioſité ne connoît quelquefois pas trop les bienſéances. Après le récit que venoit de nous faire le neveux de Monſieur de Molandis, il étoit de la décence que je m'abſtinſſe de paroître à un ſpectacle ſi triſte & ſi attendriſſant; mais je n'avois jamais aſſiſté à ces ſortes d'exécutions, & j'avoue, à ma honte, que j'eus la foibleſſe de m'y trouver le lendemain. Ce fut vers les trois heures que la garniſon ſe mit ſous les armes, & dans le temps que les trompêtes & les tambours faiſoient un tintamarre inſupportable, je vis paroître au milieu d'une quarantaine de fuſiliers le patient, accompagné de ſon confeſſeur. Il étoit revêtu d'une méchante veſte, ſes cheveux flottoient ſur ſes épaules, & il

avoit

avoit aux pieds une paire de vieux fouliers. Son vifage étoit prodigieufement
abattu; & malgré cet extérieur lugubre,
on découvroit encore en lui les traits, la
taille & la démarche d'un très-beau garçon. Je fus faifi de terreur & de compaffion
à cette vue, & ne croyant pouvoir la fup-
porter plus long-temps, je perçai la foule,
& gagnai, tout en tremblant, les portes
de la ville: il étoit temps que mes jambes
me rendiffent ce fervice; car, un moment
après, elles fe déroberent fous moi, &
je tombai entre le pont-levis & la barriere
qui étoit fermée. Je paffai de la forte une
heure dans des tranfes inexprimables, jufqu'à ce qu'enfin fix fufiliers vinrent ouvrir.
Ils étoient fuivis de quatre hommes portant
une bierre, après laquelle marchoit le
prêtre, accompagné d'une troupe d'enfants
& de femmes qui répandoient des pleurs.
Je me joignis moi-même à ce convoi, &
je pleurai comme les autres. Le morne filence des affiftants & les foupirs étouffés
qu'ils pouffoient de temps à autre avoient
quelque chofe de noir & de funefte. Malgré mon faififfement, je fis une priere pour
l'ame du fupplicié qui fut bientôt couvert
de terre, & nous nous retirâmes fans dire
un mot.

Le confeffeur fut le dernier à fortir du
cimetiere, & je le vis, au lieu de . to .r—

her à Tournay, s'éloigner dans une longue avenue d'arbres au bout de laquelle il
s'affit, tenant fa tête entre fes mains, comme un homme enféveli dans la plus profonde mélancolie. Le rapport de nos fituations me fit naître l'envie d'aller le joindre, & l'ayant abordé fans bruit, je le fa-
luai d'un air refpectueux. Il étoit fi occupé de fes réflexions, qu'il ne m'entendit
qu'après que je lui eus adreffé deux ou
trois fois la parole. Alors fortant de fa rê-
verie, il me fixa avec étonnement, & fe
leva pour me rendre le falut. Monfieur,
lui dis-je, vous venez de paffer un fâcheux quart-d'heure, & il faut avoir bien
du zele pour s'acquitter d'une pareille fonction. Monfieur, me répondit-il, je ferois
injufte de me défier des fecours du ciel;
mais fans doute qu'il a fes raifons pour ne
pas m'accorder cette force que plufieurs de
mon état favent fi bien mettre à profit
dans ces défolantes circonftances. La nature,
pourfuivis-je, m'a donné comme à vous
un cœur acceffible à la plus grande fenfibilité, & fi c'eft un préfent qui caracté-
rife les belles ames, j'avoue qu'il eft quelquefois bien embarraffant & bien à charge.
Combien de fois n'ai-je pas defiré cette
indifférence ftoïque avec laquelle certains
hommes envifagent les événemens les
plus fâcheux, & dans le moment même

je me faifois un crime d'avoir cette penſée,
& j'aimois mieux alors partager les maux
d'autrui que d'en détourner les yeux. Hélas!
me dit-il, ſi nous n'étions malheureux que
parce que nous ſommes ingénieux à nous
tourmenter, la lumiere naturelle, ou
plutôt la religion nous auroit bientôt rendus ſupérieurs à nos peines; mais par quelle fatalité la moitié de l'eſpece humaine
eſt-elle deſtinée à tourmenter l'autre? Pourquoi faut-il que ce qui n'eſt établi que pour
reſſerer les liens de la commiſération &
de l'utilité publique ſoit préciſément ce
qui rend les peuples ſi craintifs, ſi eſcla-
ves, & quelquefois ſi farouches & ſi atroces?

Il faut que chez nous le plaiſir de tuer
un citoyen, parce qu'il a troublé l'ordre,
ait quelque choſe de bien attrayant, puiſ-
qu'il eſt ſi commun : comment avec des
mœurs ſi douces, un goût ſi délicat, des
lumieres ſi étendües, le ſiecle a-t-il pu maintenir dans ſa rigueur la loi qni ordonne
d'étrangler ou de caſſer les membres à des
coupables que l'on pourroit encore rendre
utiles & repentants par un traitement moins
rigoureux. A quoi bon ces échaffauds &
ces gibets? les victimes qu'on y attache ont-
elle jamais corrigé un ſeul malfaiteur? le
nombre de frippons a-t-il diminué depuis
qu'il y a eu des ſtatuts qui ont ordonné l'aſ-
faſſinat public d'un malhonnête homme; &

N 2

vingt coups d'arquebufe qui ont fait fauter
la cervelle à un déferteur, ont-ils empêché
la défertion? Non, Monfieur, & j'ofe vous
affurer que plus on multipliera ces maffacres
juridiques, & plus il y aura de brigands;
plus la difcipline militaire fera rigoureufe,
& plus il y aura de foldats qui chercheront
à s'y fouftraire par la fuite. Ne diroit-on
pas que la guerre, la famime, la débauche
foient des fléaux infuffifants pour dépeupler
les états, & faut-il que nous y ajoutions le
goût de tuer nos femblables pour ne pas
avoir tant de monde à nourrir? On compte
en Autriche environ foixante mille défer-
teurs, depuis huit ans au plus. La dixieme
partie s'eft laiffé reprendre, & l'on a cru
que, pour remédier à ce défordre & contenir la multitude, il falloit étouffer avec
une corde, ou percer de trente balles les
infracteurs d'une ordonnance au fon du tam-
bour. Quel changement a produit cette étrange manie? Vous le voyez: le découragement s'eft répandu parmi nos troupes; le
métier des armes a fait horreur. Je deman-
derois donc à ces juges, qui ordonnent
avec tant de fang-froid la mort de leurs
femblables, s'il n'y a pas aujourd'hui des
grands chemins à entretenir, des carrieres
à fouiller, des mines à exploiter, des for-
tereffes à bâtir, des marais à deffécher, des
terreins incultes à défricher, & fi dix mil-

le criminels à qui on ôte la vie, ne feroient
pas plus utiles au gouvernement ; en tra-
vaillant à nous faire de bonnes routes, en
nous procurant de l'ardoife, du fer & du
marbre, en fortifiant des places frontieres,
en prévenant par des canaux l'inondation
d'une province, & nous donnant du blé,
que d'être jetés par tas dans une foffe, ou
fufpendus à des fourches pour infecter &
épouvanter les voyageurs ? Les colonies Françoife, Angloifes, Hollandoifes manquent de
bras, & l'on achete des negres, comme on
feroit des bœufs, pour planter des cannes
de fucre. Au lieu donc de continuer ce commerce, qui eft l'opprobre de la raifon, au
lieu de fouffrir ces émigrations de braves
citoyens qui énervent un royaume, ne con-
viendroit-il pas mieux de les peupler de dé-
linquants, & d'y proportionner leur travail
à la nature du crime qui les a fait condamner ? La difcipline des efclaves qui tirent l'or
& l'argent dans le Mexique & au Pérou,
n'eft pas plus févere pour contenir ceux qu'on
y emploie qu'elle le feroit pour d'autres, que
l'on condamneroit à nous procurer du café
& de l'indigo, & cette difcipline feroit fuffifante. Enfin, Monfieur, je ne crois pas
avancer trop en foutenant que parmi nous
la punition eft prefque toujour fupérieure au
crime, & que fouvent elle devient perni-
cieufe à la patrie, au lieu d'en procurer le

bonheur & la tranquilité. Qui le croiroit, en effet, que les délits les moins condamnables aux yeux de la confcience, foient précifément ceux que les loix de l'Europe traitent avec la plus grande févérité. On punit un laquais pour un écu, & l'on fait une chanfon fur un chevalier d'induftrie qui a efcamoté quatre cent piftoles au jeu. On fait grace à un intendant monopoleur, & on condamne à mort un pauvre affamé qui a pris fur le chemin un fac d'orge pour racheter la vie à fa femme & à fes enfants. Qu'un officier militaire fe rende coupable d'une baffeffe, on le caffe, on le fait fortir du corps; qu'un foldat dérobe une brique de favon, le confeil de guerre le condamne à être déchiré à coups de verges. Nos ancêtres ont brûlé des énergumenes qui admettoient deux principes : quiconque, aujourd'hui, eft affez méchant & affez fou pour effayer de prouver qu'il n'y a point de Dieu, mérite une place parmi les hommes célebres. Celui qui, fous Philippe-Augufte, prononçoit les jurons *tête-bleu, ventre-bleu, fang-bleu,* s'il étoit roturier, étoit condamné à être noyé, & s'il étoit noble, il payoit une amende, tant les temps & la qualité des perfonnes ont toujours influé dans les punitions. Non-feulement nous fommes barbares dans le choix des fupplices, mais jufques dans les formalités de la procédure criminelle. Point d'égards pour l'âge, la nature de la faute, & les motifs qui l'ont fait commettre. Le reſſentiment de ce malheureux que je viens d'accompagner au gibet a quelque choſe d'inconcevable ; mais le conſeil qui l'a condamné a-t-il bien conſulté les raiſons qui l'ont porté à ſe ſouiller d'un pareil attentat ? Un homme ſage qui refuſe ſon miniſtere à une intrigue de débauche, qui a en horreur la violence faite à la pudicité, qui devient la victime de ſon incorruptibilité, qui, plein de ſon injure, veut laver par la voie des armes un affront réputé tel chez toutes les nations, ne doit-il pas être entendu ? & un capitaine aſſez méchant & aſſez brutal pour maltraiter à outrance un homme dont la ſageſſe méritoit les plus grands éloges, ne devoit-il pas être dévoué à l'éxécration de ſon corps ? Il a été puni comme déſerteur, me dira-t-on ; mais de quel œil doit-on regarder l'abſence d'un officier qui, pendant près de deux ans, ne reparoît point à la troupe ? & quel droit avoit cet inexorable gouverneur de Madras de prononcer le premier dans la cauſe d'un étranger, après avoir reçu de ſa bouche l'aveu, ainſi que la juſtification de ſon procédé. Cent hommes de qualité, dans les garniſons, ont donné des preuves de leur incontinence, & l'on n'a fait qu'en rire, tandis qu'un ſoldat, ſurpris avec une fille du peuple, eſt jetté dans un cachot,

& la fille flagellée par les mains de trois bataillons. Rien dans le service ne contribue plus à l'encouragement que l'affabilité & l'indulgence. Trouvez-moi maintenant le moindre des lieutenants qui n'affecte avec le soldat une hauteur & une fierté insupportable? quelle servitude surpasse celle de ce dernier? Semblable à un automate dont on agite les ressorts à son gré, à peine lui laisse-t-on le droit de pousser des soupirs sous le fardeau qui l'accable. Un murmure est puni par le cachot; une résistance, par une grêle de coups de canne, & si, tout étourdi des coups dont on lui charge les épaules, il lui arrive, dans un premier mouvement, de mettre la main sur la garde de son épée, dès le lendemain on le livre au bourreau.

O vous qui êtes proposés pour le maintien de la subordination, faites respecter la discipline militaire, en proportionnant les peines au genre de l'infraction; mais n'allez pas cruellement vous imaginer qu'il faille ôter la vie à un malheureux soldat pour avoir dérobé une poule & coupé un chou. Il est évident que vingt étourdis pleins de santé serviroient l'état par un jugement qui les condamneroit à travailler toute leur vie, & vous aurez encore l'espérance d'en faire des gens de bien. Cet heureux changement vous étonne; mais rien n'est plus naturel. Forcés à un travail continuel, l'occasion du vice leur manque ; ils fe marient, ils font peres de famille , & l'on fait que la ten-dreffe paternelle adoucit les ames les plus féroces, & en fait des hommes. Vous me répondez qu'il eft des cas où la peine doit furpaffer le délit, & que s'il y a de l'excès de condamner à la mort un foldat indifcipliné, il eft d'autres cas dans lefquels il feroit dan-gereux de faire grace : mais quels font donc ces cas ? Le vol ? Eh ne voyez-vous pas qu'un foldat convaincu d'avoir dérobé une chemife, fi vous le faites périr, va par fon fupplice révolter tout un corps qui ne conce-vra pas quelle proportion fe rencontre en-la mort d'un homme & quatre aunes de toile. Livrez jufqu'à un certain point le mal-faiteur à l'opprobre, & par-là vous con-tiendrez tous ceux qui auroient la tentation d'en faire autant. Mais l'affaffinat ! Quoi ? avez-vous jamais entendu dire que l'on maffacrât de fang froid ! on fe venge trop cruellement d'un ennemi injufte ; on pouf-fe trop loin la réparation d'une offenfe, on eft emporté par une faillie de colere qui étouffe la réflexion. Celui qui fe défait d'un brutal impérieux, croit-en cela faire une efpece d'acté de juftice. Pefez donc fes rai-fons ; ayez égard aux motifs qui l'ont déter-miné : citez à votre tribunal la mémoire, les mœurs, la conduite de celui qui a fuc-combé, & alors fi vous prononcez contre le coupable, j'ose assurer que la punition sera toujours adoucie, & qu'il se trouvera mille causes dans lesquelles l'humanité plus forte que la loi, épargnera la vie de ceux que cette loi dévouoit à la mort.

En achevant ces réflexions, je m'apperçus que cet honnête homme tomboit dans une espece d'épuisement, ce qui le mit hors d'état de poursuivre. Peu après il tourna les yeux vers moi, & voyant les miens mouillés de larmes : Je vois bien, dit-il, Monsieur, que vous êtes un étranger ; mais l'attention avec laquelle vous avez bien voulu m'entendre, & l'attendrissement que vous cause la mort de cet infortuné soldat, me font présumer que vous avez l'ame bonne, & que vous penseriez comme moi, si nous étions assez heureux l'un & l'autre pour influer sur l'esprit du gouvernement & la sûreté des citoyens. Cela dit, il s'enveloppa de son manteau, me fit un profond salut & regagna la ville, où je ne fus pas long-temps à rentrer moi-même, fort incertain de ce que mon ami Saint-Albin, ainsi que la maison de Monsieur de Molandis alloit penser de ma longue absence.

CHAPITRE XXIX.

Départ de Tournay. Marcel arrive à Gand. Quelle réception lui fait Mr. l'évêque. Caractère de ce prélat. De quelle commission il chargea son nouvel intendant. Précis des entretiens qu'il eut avec lui sur plusieurs objets, & sur la discipline de son diocèse.

AUTANT ma sortie avoit causé d'inquiétude, autant parut-on surpris des raisons qui m'avoient déterminé à ne pas reparoître depuis le dîner. Monsieur le chevalier, qui étoit la politesse même, ne crut pas devoir m'en faire reproche, & le récit que je lui fis de l'entretien que j'avois eu avec cet ecclésiastique qu'il connoissoit pour un des plus dignes de son état, lui firent penser que s'il y avoit eu de l'imprudence à me trouver à ce spectacle, il en résultoit toutefois la satisfaction d'avoir entendu des réflexions très-sensées, auxquelles son ame généreuse souscrivoit de bon cœur.

Je partis le lendemain vers les neuf heures, après avoir fait mes-adieux à mon ami Saint-Albin, & à toute cette famille, les

remerciements les plus sinceres. Nous fûmes trois jours avant d'arriver à Gand, où
je descendis au palais de l'évêque. Un laquais alla m'annoncer à Monseigneur, &
aussi-tôt vint me prendre pour m'introduire
dans son cabinet. Je le trouvai qui ache-
voit son office ; il me fit signe de m'asseoir,
& il n'eut pas p'utôt fini son bréviaire,
qu'il me tendit la main d'un air riant, &
me dit : Vous êtes ce jeune homme dont
Monsieur le marquis de Vesting m'a rendu
si bon témoignage. Ce seigneur m'a beaucoup vanté votre intelligence & votre
droiture. Vous passez pour avoir le goût
exquis & la mémoire prodigieuse. On vous
donne une lecture immense, & une judi-
ciaire des plus sûres, quand il s'agit de
prononcer sur quelque ouvrage. J'aime
beaucoup les livres, & après la conduite
de mon diocese, il n'est rien qui ait pour
moi p'us d'attrait que l'étude. Aussi osai-je
me flatter d'avoir la plus belle biblioche-
que des Pays-bas. Je serois ravi d'en confier la conduite à une personne de votre
mérite, ainsi que de toutes les raretés de
mon palais, qui sont en grand nombre, &
dont je me fais un plaisir de donner quelquefois le spectacle aux curieux. Il est vrai
que mon premier objet, en vous attirant
à Gand, étoit de me reposer sur vous de
l'administration de mon temporel ; laquelle

demandé un certain détail ; mais cette partie
ne préjudiciera pas à l'autre, & je peux
bien vous assurer qu'il vous restera encore
assez de loisir pour contenter vos inclinations studieuses, & faire regner de l'ordre
où mes occupations trop compliquées ne
me permettent pas d'en apporter autant
que je le desirerois : mais vous êtes fatigué
du voyage, & il est temps de prendre quelque subsistance.

Aussi-tôt on sonna la cloche du souper,
& je vis entrer six ecclesiastiques ; à côté
de qui sa grandeur voulut que je prisse
place. J'eus tout lieu pendant le repas de
considérer la figure de l'évêque. C'étoit un
petit homme d'environ cinq pieds, d'une
constitution séche, fort pâle, & âgé d'environ cinquante ans. A en juger par ses
traits, son abord devoit être affable, & son
humeur fort douce. Je remarquois seulement une certaine prévention qui le portoit
à préférer son sentiment à celui des autres, & à aimer que chacun y déférât sans
observation. D'ailleurs, honnête homme,
& occupé sans relâche de son devoir &
du bien de son troupeau. Le lendemain,
j'eus derechef l'honneur de lui être présenté ; & après avoir donné audience à deux
ecclésiastiques de la campagne, qui venoient
le consulter ; il me pria fort civilement de
le suivre. Nous traversâmes plusieurs appar-

tements meublés avec propreté , mais fans affectation , & entrâmes dans une falle fort vafte , où étoit fa bibliotheque. Voilà , me dit-il , l'un des futurs objets de vos foins, & le fruit de ma plus grande dépenfe. Vous trouverez ici de quoi paffer des quarts-d'heure très-utiles & très-agréables ; mais avant de vous faire part de mes vues au fujet de cette belle collection , il convient que je vous faffe connoître en peu de mots le mérite de chaque ouvrage en particulier. Ces vingt-quatre volumes in-folio , font une bible , avec fon commentaire : malheureufement que l'auteur eft mort depuis trente ans ; car , il l'auroit augmentée du double. Voici maintenant une édition complette des peres Grecs & Latins , en cent-vingt volumes de même format ; celui qui confacreroit fa vie à la lecture de cet ouvrage feroit , à coup-sûr , le plus grand moralifte & le premier théologien de l'églife. Voyez-vous cette fuite de volumes fi bien reliés ; c'eft un corps complet de tous les principes difcutés , conformes à la doctrine qui eft enfeignée à Louvain & dans toutes les univerfités catholiques de l'Allemagne & des états de fa majefté Autrichienne ; production admirable pour le papier , la dorure , le caractere , le choix des matieres , & la maniere dont elles font traitées. Voici un recueil de conferenses

eccléfiaftiques, fur tous les cas de confcience poffibles, en foixante volumes,
redigés d'après les plus fameux cafuiftes de
l'Efpagne & de l'Italie. C'eft un tréfor de
lumiere pour quiconque fe confacre au miniftere délicat de la conduite des ames.
Arrêtez-vous à ce choix, en quarante tomes, de tous les fermons prêchés depuis
le douzieme jufqu'au feizieme fiecle. Ah !
fi nos jolis orateurs puifoient dans de pareilles fources, au lieu de fuivre leur imagination, & s'attacher à ces plans réguliers
qui ne font propres qu'à fatisfaire les oreilles
des gens de lettres & des beaux efprits,
la chaine feroit maintenant auffi fimple qu'elle
l'étoit dans le temps des François, des
Dominique, & des Antoine de Pade. L'ouvrage fuivant eft le corps du droit canon,
de main de maître, auquel vingt écrivains
ont travaillé pendant près de quarante ans.
Obfervez enfuite cette belle hiftoire critique & dogmatique de l'églife, tirée des
fources les plus pures & les plus avérées,
à laquelle tous les favans du clergé Germanique ont mis la main. Le nombre des
volumes a de quoi vous étonner ; néanmoins, vous n'y rencontrerez pas une page
qui n'ait fon utilité particuliere....

Monfeigneur alloit pourfuivre, quand
on vint l'avertir qu'un de fes grands-vicaires defiroit avoir l'honneur de l'entre-

tenir. Je le suivis jusques dans une anti-
chambre, où il me dit de l'attendre. Il
ne tarda pas à revenir, & regagnant son
cabinet : Maintenant, dit-il, que je suis
libre, parlons avant tout de l'emploi
auquel je vous destine. La premiere chose
que j'exige de vous, est de me former
un catalogue raisonné des livres que nous
avons parcourus, ainsi que des autres que
je me propose de vous faire connoître. Je
vous établis ensuite le directeur de mon
cabinet d'histoire naturelle, & de toutes
les raretés que j'ai pris soin d'y rassembler
à grands frais. Enfin, vous aurez l'intendance de mes revenus & de ma maison,
& ce sera sur vous que je me reposerai
désormais du soin de louer, d'affermer,
de traiter & d'administrer mon temporel.
Mes gens vous seront comptables de leur
conduite & de leur emploi ; tout l'argent
passera par vos mains, à l'exception de ce
que je me réserve pour le soulagement de
mon troupeau, qui forme proprement la
caisse des pauvres.

D'après cet exposé, le prélat me remit
les titres, les baux & les registres des
mises & dépenses de son palais. Après
quoi, il se fit ouvrir différentes salles que
nous n'avions pas encore parcourues ; les
meubles étoient fort simples, car il avoit
la délicatesse d'éloigner de chez lui toute

fomptuofité ; mais ce qu'il ne dépenfoit pas
en glaces, tapifferies, marbre & dorures, il l'employoit en livres, manufcrits,
médailles, coquilles, pétrifications, raretés
marines & étrangeres. Sa bibliotheque &
fon cabinet de phyfique avoient coûté plus
de cent mille florins. Un feul rouleau
d'écorce, fur lequel un vieux moine charrier lui avoit affuré que fe trouvoient
deux homélies de Saint Boniface, apôtre
de l'Allemagne, écrites de fa propre main,
lui revenoit à fix cents piftoles.

Le caractere me parut être du douzieme
fiecle, ce qui ne concordoit pas trop avec
l'hiftoire de cet évêque qui mourut dans
le huitieme. Un autre manufcrit en velin,
roulé comme le premier, renfermoit les
lettres originales de Saint Auguftin, qui
avoit porté l'évangile en Angleterre, &
qui étoient adreffées au pape Saint Grégoire ; monument qui me parut d'autant
plus fufpect, que l'écriture tenoit beaucoup de celle du quinzieme fiecle, & que
le parchemin en étoit ébrouffé & blanchi
avec la derniere propreté, talent qui,
comme on peut le voir par divers ouvrages
des bibliotheques de Cambridge & du
Vatican, ne fut connu de nos peres que
fort tard. Monfieur de Gand me développa
fucceffivement une vingtaine de manufcrits
attribués, fans preuve, à des papes, des

évêques, des moines qui avoient terminé leur carriere il y avoit près de fix cent ans; &, à mefure que j'eus le temps de les parcourir dans la fuite, la langue, le ftyle, & même plufieurs citations de dates, de noms d'empereurs & d'héréfies, qui toutes étoient bien poftérieures au temps où ces ouvrages avoient été formés, me les firent regarder comme des pieces contrefaites & abfolument fuppofées.

Les préjugés de Monfeigneur étoient encore les plus grands au fujet de la collection des raretés, foit naturelles, foit artificielles. Une médaille Romaine lui revenoit jufqu'à cinq cents florins, quoiqu'elle ne fut qu'une copie lourdement imitée, & très-vifiblement nouvelle par la fraîcheur de l'empreinte. Une pièce d'or repréfentant le temple de la déeffe Ifis lui paroiffoit hors de prix, parce qu'il ne favoit pas que les anciens n'en fabriquerent jamais d'autres qu'en bronze en l'honneur de cette divinité. Telle coquille, à l'entendre, valoit un millier d'écus, comme provenant des terres auftrales, & ayant été apportée en Europe par Magellan, qui avoit fait le tour du monde. Cette rareté n'avoit pas fa pareille dans les cabinets les plus renommés : & je l'aurois cru avec affez de fondement, fi Magellan n'eut pas fini fa vie chez les Auftraliens, & s'il ne m'étoit

pas paſſé par les mains des conques toutes
ſemblables dans le monaſtere où j'avois
d'abord vécu , qui avoient été trouvées
ſur nos plages. C'étoit le même entêtement ſur les pétrifications ; telle pierre
repréſentoit un rayon de miel , & c'étoit
à coup ſûr un bloc cryſtalliſé , tel que
la nature en forme ſans deſſin dans nos
carrieres. Je vis ſur une dentrité quelque
choſe de reſſemblant à une production vé-
gétale , que Monſeigneur m'aſſura être
l'empreinte d'une feuille d'arbre qui ne
croît que dans les Indes , quoique je ne
conçuſſe pas trop comment la mer avoit
apporté des feuilles des Indes pour les
dépoſer ſur des agathes qu'on ne trouve
qu'en Bohême. Un oiſeau embaumé , &
dont le plumage étoit très-brillant , ſe
nommoit un faiſan du Pégu ; & avec un
peu d'attention , il n'étoit pas difficile de
s'appercevoir que c'étoit proprement un
chapon préparé dont on avoit courbé le
bec, changé les yeux , & fortement coloré
les aîles & la queue. Une maſſe pyramidale
& canelée , d'environ dix pieds de longueur , ſe nommoit une corne de licorne.
Le prélat ignoroit ſans doute que cet
animal étoit auſſi fabuleux que le phénix &
le griffon , & que cette prétendue corne ,
que les anciens naturaliſtes lui avoit plan-
tée au milieu du front , n'étoit autre choſe

que la défenſe d'un poiſſon marin que nous appellons le narwal.

Je n'étois pas aſſez mauvais antiquaire ni philoſophe pour prononcer de la ſorte ſur toutes les pieces que nous paſſâmes en revue, dont les unes me parurent précieuſes & les autres ſuppoſées. Néanmoins, à l'air de complaiſance avec lequel Monſeigneur me les faiſoit parcourir, je vis bien qu'il auroit été délicat de le contredire ; & je tins pour moi le jugement que j'en portai : ce fut la même conduite pour l'examen de ſes livres.

Autant les beaux ouvrages du monaſtere où j'avois vécu ſi long-temps m'avoient plu par leur choix & leur variété, autant les livres de Monſieur de Gand me parurent-ils prolixes, verbieux & ennuyants. Cette longue tirade d'érudition, ce langage ſcholaſtique, cette platte latinité, cette barbarie de ſtyle me cauſerent, dès les premiers jours, un dégoût inſurmontable. Pas un ſeul écrivain célébre par ſon élégance, ſa pureté, ſa conciſion. Je ne voyois que des diſſertateurs faſtidieux, des orateurs inſipides, des théologiens ſuperficiels & diffus, des philoſophes entêtés des rêveries de l'ancienne école ; en un mot, une rapſodie de vieilles erreurs & de quelques vérités, de queſtions futiles, & de quelques principes ſolides, de pitoyables déclama-

rions & de quelques morceaux de bonne
éloquence , de vaines recherches fur des
chofes vaines par des auteurs farcis de
fottifes & de vanité. La vie de fix hommes n'auroit pas fuffi à parcourir tout ce
qui fe trouvoit dans cette bibliotheque
finguliere ; & une perfonne de goût n'auroit ofé entreprendre d'en lire fix pages
fans bâiller & dormir. J'y trouvai un grand
nombre de volumes d'une édition de trente
ans au moins , dont les feuillets tenoient
enfemble , & dont les tranches étoient
auffi luftrées qu'en fortant de la main du
relieur. Tout en étoit beau pour l'afpect ;
couvertures , dorure , papier , caracteres ;
mais il falloit borner là fa curiofité , &
quiconque déçu par l'apparence d'un in-
folio de la preffe d'Elzévir , vouloit fe
mettre au fait de ce qu'il traitoit , devoit
à coup fûr paffer une demi-heure d'angoif-
fe , & remettre le livre fur fa tablette.
Il me fallut néanmoins vaincre mes ré-
pugnances , & commencer le catalogue
raifonné de ce ramas indigefte. Le plan
que je crus d'abord devoir me propofer ,
avoit quelque chofe d'impofant ; car il ne
s'agiffoit rien moins que de marcher fur
les traces des centuriateurs & des diplo-
matiques. Mais réfléchiffant enfuite fur les
bornes de més connoiffances & la mefure du temps qu'il me faudroit employer

pour l'adminiſtration des intérêts de Monſeigneur, je connus bientôt que j'avois trop préſumé de mes forces, & trop embraſſé pour oſer mériter ſon applaudiſſement. J'arrangeai donc tout ſimplement chaque ouvrage ſelon la méthode des bibliothécaires, en y ajoutant le nom de l'auteur, l'année de l'édition, & terminant le tout par une apoſtille de deux lignes qui tenoit lieu de jugement & de critique. Contre mon attente, Monſieur de Gand parut ſatisfait du travail, & il lui arriva même d'en faire quelquefois l'éloge e préſence de ſes eccléſiaſtiques. J'avouerai que cette bienveillance donna quelque atteinte à ma délicateſſe & à ma ſincérité Je me rendis juſqu'à un certain point eſclav de ſes opinions ; & cette déférence m'attir dans ſon palais la conſidération de tou ceux qui ne voyoient que par ſes yeu Je ſuivis le même plan pour le cabine des raretés & des médaillons. J'en forma l'état avec tout le ménagement poſſible diſſertant avec emphaſe ſur l'antiquité de empreintes, la propriété des plantes étran geres, la ſingularité des piérres & d configurations cryſtalliſées, citant les no menclateurs, les antiquaires, & accum lant les autorités pour prouver à d Flamands qu'un caillou du Danube éto une perle orientale ; une tête enfumé la production de Raphaël ; un chetif vase d'argile, une urne sépulcrale ; & un caprice du fondeur, une monnoie de l'empereur Othon. Toutes ces recherches furent extrêmement goûtées, & l'engouement fut poussé à tel point que la ville entiere retentit de mes louanges, & que chacun se fit un mérite de congratuler Monseigneur sur un choix si heureux & si rare. L'intendance du temporel étoit un autre objet sur lequel il m'auroit été difficile de trouver aussi aisément des dupes, & il y alloit de ma réputation de m'en acquitter avec tout le désintéressement & la droiture imaginable. En condescendant aux opinions de sa grandeur sur des matieres scientifiques, je risquois tout au plus de passer parmi les connoisseurs pour un homme superficiel & mal instruit ; mais en régissant mal les revenus de l'évêché, je m'exposois à me faire décrier comme un économe infidelle & un mal-honnête homme ; & voilà, pourquoi je pris tant de mesures pour ne pas donner atteinte à ma probité. Guidé de la sorte par les voies de l'honneur, je ne fus pas long-temps sans m'appercevoir que chacun faisoit son compte aux dépens du maître, & que, pour se rendre nécessaire, on se prévaloit d'un zele outré dont il étoit la victime. Mais il est temps que je parle des entretiens que j'eus avec ce prélat, & qui le dévoilerent tellément à mes yeux, que jamais perfonne ne put fe flatter de le connoître & de le gouverner mieux que moi. Combien de courtifans s'empreffent à gagner la confiance d'un grand qui les paie fouvent en monnoié de finge. Tel fe flatte d'être fort avant dans les amitiés d'un feigneur qui en dit plus à fon valet dans fon petit coucher, qu'à trente de fes admirateurs, qui tous prennent la qualité de fes intimes.

Une déférence politique aux fentiments de l'évêque m'attira cette faveur. Je me connoiffois affez pour n'en pas abufer fitôt, & j'eus toujours pour maxime qu'il faut dire aux grands la vérité fans détour, mais avec refpeft. On fent bien encore une fois qu'il ne s'agit pas ici de livres, de médaillons & de coquilles, article fur lequel je fus fi peu fincere; mais il n'en fut pas de même fur l'objet des fonftions eccléfiaftiques dont il plut à Monfeigneur de m'entretenir un jour feul à feul à fa maifon de campagne. Il avoit coûtume d'y paffer tous les ans trois mois de la belle faifon, & chaque fois il me faifoit l'honneur de m'âmener à fa fuite. Cela vint abfolument de lui, & je l'écoutai avec un air d'intérêt qui ne le rendit que plus difpofé à me faire part de fa conduite & de fes vues dans le gouvernement du diocefe.

Je

Je vous en ferai le-juge, & vous reconnoîtrez que si ce prelat s'ecartoit quelquefois du bon goût, s'il manquoit de justesse & de profondeur, il étoit d'ailleurs très-exemplaire dans ses mœurs, très-attentif à gouverner son troupeau, & très-ardent à operer tout le bien possible. Je suis, me dit-il, originaire de la maison de Samberg, assez connue dans le duché de Limbourg. Lorsque je fus nommé à l'évêché de Gand, je commençai par faire la visite de mon diocese. Ayant ci devant, en qualité de grand-vicaire, accompagné plusieurs fois mon métropolitain dans les courses de son ministere, je fus au fait sur le champ de tout ce qu'il y avoit à réformer, à ordonner & à maintenir dans toutes les paroisses. Mon équipage étoit simple : il consistoit en un laquais & un postillon. Placé dans le fond d'une voiture légere, j'avois à mes côtés l'un de mes grands vicaires & mon promoteur. Loin d'être à charge aux églises, je faisois moi-même ma dépense chez les curés, qui n'étoient tenus que de me donner une chambre & trois lits. J'avois en aversion le titre de grandeur, & je souffrois avec peine que l'on me traitât de Monseigneur, très certain que parmi les apôtres, ni les premiers évêques, il n'y avoit ni éminence, ni excellence, ni sainteté. Je trouvai des églises fort pauvres &

fort mal entretennes ; soit que cela vînt de
la négligence des curés, ou des gros déci-
mateurs, ou enfin de la modicité du revenu des fabriques. Je fis donc rendre les
comptes des marguilliers, dont plusieurs
depuis bien des années détournoient les
deniers à leur avantage. J'ordonnai les réparations & embellissements convenables,
& prétendis que le service de la maison de
Dieu se fît avec ordre & avec dignité. J'é-
rigeai en cures plusieurs vicariats, en assi-
gnant à ceux que je pourvoyois de ces
nouveaux bénéfices, un honnête revenu
pris sur les dîmes des seigneurs, des abbés
& des moines. Je rendis supportable le sort
des jeunes prêtres qui étoient dans le ministere, & j'eus soin de me faire rendre compte de leur conduite pour les placer dans la
suite selon leurs talents, leur travail, &
leurs vertus. J'examinai sérieusement les titres de fondations, & celles qui me parurent ridicules ou douteuses, furent sur le
champ commuées. Je fis des défenses ex-
presses aux pasteurs de m'importuner pour
en établir de nouvelles, persuadé que cela ne fait que troubler l'uniformité de l'office de l'église, & bien sûr que les premiers
fideles qui ne connurent ni confrairies, ni
messes particulieres, étoient aussi fervents
& aussi assidus aux assemblées de religion
que nous le sommes aujourd'hui. Inutile

ment voulut-on m'engager à donner mon approbation à de nouveaux pélérinages, & aux assemblées de filles & de garçons en l'honneur de tel ou tel saint. Je tins toujours pour maxime qu'il vaut mieux gouverner sa maison que d'aller accomplir un vœu souvent téméraire, à dix lieües de son village, & que la premiere de toutes les confédérations est d'entendre la voix de son curé, & de fréquenter les offices de sa paroisse. J'ordonnai à tout clerc de porter la soutanne, comme étant proprement l'habit de notre état, & ne permis l'usage des habits courts que pour les voyages & les mauvais chemins. J'enjoignis aux doyens ruraux de faire exactement leurs visites, & d'en dresser des procès-verbaux en bonne forme. Je fis commandement à tous les curés de résider dans leurs paroisses, d'instruire souvent leurs oüailles, de catéchiser la jeunesse, & de ne point s'amuser à banqueter, ni à jouer comme faisoient la plupart sous le pontificat de mon prédécesseur. La paresse de parler soi-même à son peuple a introduit l'usage d'avoir des religieux mendiants pour les avents & carêmes; mais, outre que ces stationnaires prêchent ordinairement assez mal, cela donne lieu à une quantité d'abus auxquels j'ai cru devoir remédier. Un curé doit être le premier missionnaire de son troûpeau. S'il refuſe d'annoncer la parole de Dieu, ou s'il s'en acquitte mal , c'eſt un mercénaire & un intrus indigne de vivre de l'autel. J'ai trouvé dans pluſieurs égliſes des formules de prieres , & des chants tout-à fait étrangers à mon dioceſe , & j'y ai rétabli, autant que je l'ai pu, l'uniformité, ne voulant point que la rubrique des offices dépendît du caprice d'un prêtre, & des bizarreries du peuple toujours amateur des nouveautés. Cet obſtacle ma paru le plus difficile à vaincre ; car les ignorants s'imaginent toujours qu'en retranchant les abus qu'ils introduiſent , on donne atteinte au fond même de la religion. La réforme du bréviaire a été un autre point ſur lequel j'ai eſſuyé bien des contradictions. Les égliſes manquoient de livres , & il ne nous étoit plus poſſible de les en pourvoir , les anciennes éditions étant épuiſées. Convaincu de l'importance de ces deux objets , je fis choix des hommes les plus éclairés de mon dioceſe , avec leſquels je m'occupois à réformer nôs légendes , faiſant ſuccéder à des antiennes, à des répons mal conçus le langage du St. Eſprit , & ne voulant point qu'il ſe trouvât dans l'office canonial , ou celui de la meſſe , la p'us petite choſe qui ne fût tirée de l'Ecriture ſainte. Tout a réuſſi ſelon mes deſirs ; mais quand il s'eſt agi d'introduire ces productions nouvelles,

& d'interdire les anciennes, j'ai entendu
les murmures s'élever de toute part, &
non-feulement le peuple, mais une partie
de mon clergé même regretter les anciens
livres: taxer cette réforme de dangereuse
nouveauté, & attribuer à un vil intérêt ce
qui n'étoit que l'effet de l'ordre & du befoin. Sur le refus donc que plusieurs églises firent de se conformer à mes intentions, je me trouvai contraint de publier
un mandement instructif, qui, heureusement, a dissipé une partie de la prévention;
mais avant de rendre tout un diocese docile & raisonnable, combien ne faut-il pas
de mesures & d'années ! Mes soins ne se
bornent pas au seul gouvernement des paroisses, j'en confacre encore une partie à la
conduite de mon féminaire, & à maintenir dans la décence le clergé de ma ville
épiscopale. Je me trouve tous les jours le
premier à l'office de ma cathédrale, & s'il
arrive que quelques chanoines s'en dispen-
fent sans motif, j'ai foin de leur en repréfenter les conféquences, & de leur
faire comprendre que la feule omiffion
d'une heure canoniale fuffit pour les obliger à reftitution. S'ils ne font point de la
forte exacts par esprit de religion, ils le
font du moins par politique & par intérêt;
ce qui eft toujours bon pour l'exemple.
Autant je défapprouve la fimplicité de l'ha-

bit clérical, quand cela dégénere en mal-
propreté, autant je m'éleve contre la parure élégante & recherchée des ecclésiastiques. Un prêtre en cheveux gras & en
foutanne poudreufe, n'oferoit fe préfenter
devant moi, & un abbé à double frifure
& en bas de foie me paroît un homme
méprifable qui déshonore fon caractere.
Je n'ai pas été le dernier à jetter des ridicules fur cette efpece d'amphibies, qui;
fous le bénéfice d'une fimple tonfure,
jouent le rôle d'aimables & d'enjoués dans
les toilettes & dans les cercles. Toutes ces
petites têtes à calottes brillantes, ces rab-
bats fins, ces ceintures ouvragées, ces
manteaux d'étamine me font pitié, & je
n'accorde aujourd'hui la tonfure qu'à ceux
qui la regardent comme un acheminement
au faint miniftere, & un premier dévoue-
ment au fervice de l'autel & au falut des
ames. La regle de mon féminaire, fans être
trop rigide, fuffit pour former des fujets
propres à bien remplir mes vues. Outre la
priere & les exercices théologiques, j'ai
foin de former mes candidats à la prédi-
cation, & de leur faire étudier les rubri-
ques de l'églife, & je n'en ordonne aucun
fans m'être auparavant bien affuré qu'il fait
le chant & les cérémonies, & qu'il parle
avec méthode & avec onction. Que vous dirai-je enfin ? j'aime les bons prêtres, & s'il

dépendoit toujours de moi d'en trouver un nombre suffisant pour remplir les grandes vues que j'ai sur ce diocese, j'aurois peut-être la consolation d'en voir renouveller la face avant de mourir.

En cet endroit Monseigneur se tut, parce qu'il étoit tard, & qu'il avoit besoin de sommeil. Je me retirai donc après l'avoir salué, & je rentrai dans ma chambre, où je ne tardai pas de me mettre au lit.

CHAPITRE XXX.

Des liaisons de Marcel avec un grand-vicaire de Gand. Opinion que cet ecclésiastique avoit de son évêque. Portrait qu'il lui fait de deux prélats sous lesquels il avoit d'abord été employé.

CETTE grande confiance avec laquelle Monseigneur me faisoit part de ses vues & des succès de son ministere, avoit de quoi me surprendre. Comment étoit-il possible, qu'étant chez lui depuis si peu de temps, un homme de mon état & de mon âge pût parvenir à être le dépositaire de ses secrets; & comment des grands-vicaires & autres

ecclésiastiques partageant ses fonctions, n'a-
voient-ils encore pu mériter cette marque
nécessaire de confiance & de considération?
Quel étoit, après tout, mon emploi dans
sa maison ? à quel but me faire en quelque sorte influer dans le gouvernement d'un
diocese ? on ne devoit pas s'attendre que
j'embrassasse un jour l'état clérical ; je n'y
avois aucun goût, & quand j'en aurois eu
le dessein, & que le prélat en eût été informé, rien ne l'engageoit à me prendre pour
son conseil & à me communiquer si ouvertement ses intentions. Mais je l'avois pris
par son foible, & le titre de censeur &
de physicien soit-disant, étoit plus que
suffisant pour me donner droit à son amitié.
Il m'avoit trouvé si supérieur à tous ceux
qu'il avoit jusqu'alors chargé de cette besogne, que c'étoit à cela seul que je devois
les égards & les distinctions dont il voulut
m'honorer pour la suite. De la maniere dont
les choses se présentoient, tout autre auroit
abusé de cette indulgence, & n'auroit pas
désespéré de faire un jour des mandements
& des instructions pastorales, de conférer
des bénéfices, & de disposer à son choix
des charges & des dignités. La suite fera
connoître que j'étois bien éloigné de porter jusques là la hardiesse & la présomp-
tion.

Je m'éveillai d'assez bonne heure, & des-

cendis dans le jardin pour goûter la fraîcheur de la promenade. Je n'y fus pas une
demi - heure , que je vis paroître un des
grands-vicaires , qui étoit parti de Gand
avant l'aurore. Un domeſtique alla en prévenir Monſeigneur ; mais comme il avoit
peu repoſé cette nuit , il fit prier Monſieur l'abbé de Merlach (c'étoit le nom de
cet eccléſiaſtique) de vouloir bien attendre
juſqu'à huit heures. Il reçut cet avis en toute
ſoumiſſion , & vint me joindre dans un cabinet de chevrefeuille , où je m'amuſois à
lire. Après les compliments & les politeſ-
ſes d'uſage : Comment trouvez-vous cette
campagne , me dit-il ? Admirable , lui répondis-je , & ſans avoir l'apparence de ces
vaſtes châteaux , qui ne ſont , pour ainſi
dire , élevés que pour l'oſtentation , on a
l'avantage de contempler ici la nature dans
ſa ſimplicité & dans ſes véritables agréments. Je ne doutois pas , pourſuivit l'abbé
de Merlach , que vous ne duſſiez y prendre du plaiſir ; & , ne fût-ce que la préſence de Monſeigneur , un homme de
votre mérite doit toujours en être flatté. Je
ſentis qu'il entroit un grain de jalouſie dans
ces dernieres paroles ; mais je diſſimulai ,
pour mieux connoître le perſonnage , &
comme il parut ne pas ſe défier de ma bon-
homie , & que ſon but étoit de decouvrir
en quels termes j'en étois avec ſon maî-

tre, il pourſuivit ſes queſtions, & me demanda ſi j'étois bien ſatisfait de l'ordre qui
régnoit à préſent dans le dioceſe : Par le
tableau, lui répondis-je, que Monſeigneur
a bien voulu m'en faire, j'ai lieu de croire que ſon clergé eſt l'un des mieux gou-
vernés des Pays-bas ; cela fait bien ſon
éloge, ainſi que des perſonnes qui, comme vous, partagent ſes travaux apoſtoli-
ques. Le grand-vicaire fut très-flatté de
ce petit coup d'encenſoir, & ſe dépouil-
lant alors de toute diffimulation : Je ne vous
en fais pas un myſtere, me dit-il ; Monſeigneur eſt vraiment un homme d'exemple, qui prêche autant par ſa conduite que
par ſes œuvres. Mais s'il avoit toujours
voulu déférer à mes ſentiments, je n'aurois
pas été d'avis qu'il eût été ſi vîte en befogne. Sûrement qu'il a de très-bonnes
intentions ; néanmoins, on le prévient facilement, & c'eſt ce qui eſt la cauſe qu'il
n'apporte pas toujours dans certaines affaires une prudence & des meſures que
je trouve indiſpenſables, pour lui concilier les eſprits & faire bénir ſon gouvernement. Trop abſolu dans ſes volontés,
il ignore les ménagements, & prétend aller à ſon but par la voie la plus courte.
Tenant pour maxime qu'un évêque doit
tout voir par lui-même, il ne s'en rap-
porte qu'à ſes yeux, ce qui ſeroit loua-

ble, s'il lui étoit toujours possible de bien
voir & bien juger. Mais on le trompe ,
& loin de s'en appercevoir, il semble encourager par un excès de confiance, quiconque sous le prétexte du zele , vient
lui faire des rapports désavantageux au sujet
de ses ecclésiastiques. Il veut , dit-il ,
proscrire les dénonciateurs, & il en est
tout environné. Cependant il revient de
son erreur avec autant de facilité qu'il y a.
été induit , & s'il met dans les affaires
une ardeur trop peu réfléchie, il n'est pas
difficile de le faire rentrer dans son caractere ; qui est la candeur & la bienveillance même. Tel qu'il est , cependant ,
je le trouve bien supérieur à quantité d'autres prélats, qui ne prennent la crosse que
pour dominer tyranniquement sur le troupeau, & à un plus grand nombre encore, entre les mains de qui le bâton pas-
toral n'est qu'un signe d'orgueil & de
fierté. Tel que vous me voyez, Monsieur,
voilà le troisieme évêque dont je suis
grand-vicaire, & si celui-ci se gouverne
avec édification , il faut avouer que les
deux premiers négligeoient leur diocesau
point que j'étois accablé du fardeau. Concentrés dans le fond de leur palais, ou
retirés dans leurs maisons de campagne ,
quelquefois sans nécessité à la suite de la
cour, je ne les voyois jamais paroître que

O 6.

dans les temps de l'ordination , & à-peine
avoient ils conféré ce facrement qu'ils dif-
paroiffoient auffi-tôt , & perdoient de vue
toutes les affaires du gouvernement eccléfiaftique. Le dernier , fur-tout , étoit un
homme abfolument livré à la diffipation : le
jeu , la bonne chere , les fociétés bruyantes rempliffoient les trois quarts de fon
temps. Chargé feul de fes fonctions , j'étois
contraint de faire face à tout. Si je n'entrois pas dans les vues de fa grandeur, il
me traitoit avec humeur , & fi je contra-
riois fes deffeins , j'encourois auffi-tôt fon
indignation , & il falloit du temps avant que
de rentrer dans fes bonnes graces. Quoiqu'il
ne voulut pas néanmoins toucher au fardeau du bout du doigt , il n'en étoit pas
plus difpofé à ufer d'indulgence envers fon
clergé. Un prêtre n'ofoit s'abfenter de fon
bénéfice pour quinze jours , fans s'attirer
une forte réprimande. Les vicaires & les
religieux , il les regardoit comme des chenilles , & il auroit tourné le dos à un vénérable ecc'éfiaftique pour aller à la rencontre d'une dame de la plus mince qualité , qui fût venue lui demander à dîner.
Une feule fois, qu'il lui prit fantaifie d'aller donner la confirmation dans un doyenné de fon diocefe , il fe fit annoncer dans
un fi grand appareil , que des curés con-
fommerent une année de leur bénéfice pour

le recevoir, & il ne leur en revint que des
réprimandes & des mortifications, qu'il méritoit lui-même, à-bien plus juste titre ;
mais on n'osoit élever la voix, & l'on se
contentoit de souffrir & de hair. Ses revenus étoient considérables, comme sont
presque tous ceux des évêques d'Allemagne ; mais loin d'en faire part à son peuple, il les employoit à décorer son palais,
& tenir une table aussi splendide qu'un souverain. Ses lumieres étoient extrêmement
bornées, & néanmoins il avoit la fureur de
vouloir passer pour savant. La chaire de sa
cathédrale étoit desservie par des moines
mendiants, que le peuple se soucioit assez
peu d'entendre, & loin d'avoir envie d'y
monter, il ne lui arrivoit jamais d'assister
à aucun sermon. Retiré les deux tiers de
l'année à six lieues de sa métropole, il
laissoit à des substituts le soin de louer
Dieu, & ne croyoit pas qu'il fût de sa dignité de paroître à l'office ailleurs que dans
la chapelle de son château. C'est là où son
aumônier lui disoit tous les dimanches une
messe-basse, car il étoit rare qu'il voulût
la célébrer lui-même. Il n'en étoit pas
ainsi des grandes solemnités. Comme il
y avoit beaucoup à gagner pour son
amour-propre, il paroissoit alors environné de tout ce qui pouvoit flatter
sa vanité & son orgueil. Vingt clercs, &

autant de laquais, fuffifoient à peine à l'habiller. Ses ornements pontificaux étoient
couverts de pierreries, & toute la vaiffelle
deftinée au fervice de l'autel étoit d'or.
Les petites gens devenoient la dupe d'un
fi brillant appareil, mais les perfonnes fen-
fées n'y appercevoient qu'un mêlange indécent de cérémonies refpeetables & de
mondanité choquante. Que vous dirai-je,
enfin, ce prétendu fucceffeur des apôtres
n'avoit aucun des talents & des vertus qui
les caractérifoient, & fon palais étoit de
tout le diocefe le lieu où la difcipline eccléfiaftique étoit le moins obfervée. Il permettoit au peuple l'ufage de la viande dans le
carême, ce qui eft en Allemagne bien plus
commun qu'en France; mais pour renché-
rir fur ce relâchement, il fe faifoit fervir
dans fes feftins vingt fortes de gibier, allé-
guant que le maigre l'incommodoit en tout
temps. Un prêtre qui fe feroit fait la réputation de joueur, étoit fortement argué
par fes ordres, & il y avoit toujours chez
lui plufieurs tables de jeu pour les perfonnes de diftinction. Il défendoit à fon clergé l'ufage du fin linge & des habits de foie,
& un feul des rochets dont il étoit revêtu, coûtoit plus de trois mille florins. Tant
de fafte, de hauteur, de négligence, de
caprices me faifoient gémir & me révol-
toient. Je ne pus m'empêcher d'en parler

en termes trop peu ménagés. Sa grandeur le fut ; mais elle prit le parti de diffimuler, parce qu'elle avoit befoin de moi. Néanmoins, le temps de ma difgrace s'approchoit, & elle prit principalement fa fource dans le trafic indigne de tout ce qui s'expédioit au fecrétariat. Les fommes exhorbitantes que l'on y tiroit de tous ceux qui avoient befoin de lettres de difpenfe, de provifions de bénéfice, excitoient tous les jours ma mauvaife humeur, perfuadé que ce qu'un évêque reçoit gratuitement, il doit le donner gratuitement ; je me mis à déclamer hautement contre l'avidité de ce bureau, & je portai même la fermeté jufqu'à en parler au prélat, en termes affez peu ménagés. Ah ! mon petit homme, me répondit-il avec un mépris mêlé d'aigreur, je vous ai pris pour vous conformer à mes intentions, & non pour me donner des confeils. Souvenez-vous qu'il eft toujours dangereux d'infulter un feigneur de mon rang : remettez-moi vos lettres, & retirez-vous. Cela dit, il me fit figne de la main de fortir, & je vis l'inftant où il alloit me faire éconduire par deux de fes valets-de-chambre. Dès le lendemain, un jeune gentilhomme prit ma place, & comme il étoit fans expérience, il fe comporta avec une telle inconféquence que les murmures commencerent à éclater de toute part. Il fembloit que la tête lui tournoit : les bénéfices ne s'accordoient qu'à la faveur ; les chapitres étoient troublés dans leurs privileges ; on refusoit les graces les plus légeres à tout eccléfiastique qui n'étoit pas noble ; les interdits fe multiplioient tous les jours, & l'évêque endormi au fein de la magnificence & de la volupté, s'applaudiffoit encore d'avoir mis à la tête du troupeau un réformateur hardi fi propre à feconder fes caprices & fon humeur altiere. A la fin, cependant, les douleurs de la goutte l'attaquerent lui-même au milieu des plaifirs. Les médecins lui confeillerent le voyage des eaux de Grand-Varadin, dans le comté de Bihar, en Hongrie. Il partit accompagné d'un nombreux cortege ; & fix femaines après fon arrivée en cette ville, il y termina fa carriere, peu regretté dans fon diocefe, & oublié même affez facilement de ceux qui n'avoient gagné fa confiance qu'en favorifant fes paffions. Le fiege fut incontinent rempli par un feigneur allié à la maifon de Saxe, plus fier encore de fon extraction que fon prédéceffeur ; & ce fut dans cette entrefaite que, dégoûté du faste des prélats Allemands, & me reffouvenant des propofitions gracieufes du cardinal de Polignac, je me déterminai à paffer en France. J'y étois attiré par la decence & les lumieres qui illuftrent le clergé de ce

royaume; je n'ignorois pas que les évêques
y font moins faftueux, plus éclairés & plus
exacts dans les fonctions de leur miniftere.
En un mot, je comptois y trouver en plus
d'un genre des reffources folides & abondantes. Mais Monfieur l'archevêque de
Malines, à qui j'avois obligation d'un
prieuré qu'il m'avoit fait obtenir dans fon
diocefe, me détourna de ce deffein, &
ne voulut pas même que je viffe, comme
j'en avois intention, le célebre cardinal,
à fon paffage pour les conférences de Ger-
truydemberg: & pour croifer plus efficace-
ment mes defirs, il me propofa à Monfieur
de Grand, qui me fit expédier fur le champ
des lettres de vicaire-général. Voilà déjà
bien des années que j'en exerce les fonctions, & autant j'ai effuyé ci-devant d'obftacles, de dégoûts & de hauteurs, autant
j'éprouve aujourd'hui de douceur, de paix
& de confidération, de la part de ce prélat, qui eft l'idole de cette ville, l'ami de
fon clergé, le tuteur des miférables &
l'exemple de l'églife Belgique.

CHAPITRE XXXI.

Marcel affifte à la profeffion d'une religieufe. Des chofes étonnantes qu'une jeune none lui raconta. Portrait du directeur de la communauté.

ON ne fut pas long-temps à prévenir Monfieur de Merlach que Monfeigneur le demandoit : Vous le voyez, dit-il en me quittant, je vous ai ouvert mon cœur, & vous crois trop honnête homme pour abufer de la converfation que nous venons d'avoir enfemble. Il s'agit maintenant, ajouta-t-il, d'une cure que fa grandeur deftine depuis long-temps à un des plus dignes fujets de fon diocefe, & comme le revenu en eft confidérable, il y a lieu de craindre que quelque avide efpion ne prévienne en cour de Rome, comme cela nous eft arrivé plufieurs fois. C'eft un abus que cette maniere d'obtenir des bénéfices au préjudice des collateurs ; mais l'Europe ferme les yeux fur ce petit trait d'autorité, qui n'eft, à la vérité, qu'un foible refte des anciennes prétentions de cette cour. La vacance de cette cure eft d'hier au foir : un exprès eft venu nous en apport

ter la nouvelle pendant la nuit , & , deux
heures après , j'étois en chemin pour arriver ici. La diligence qu'avoit fait le grand-
vicaire fut si agréable au prélat , qu'il voulut aussi-tôt retourner à Gand , & y signer lui-même les provisions de son pro-
tégé. Nous remontâmes dans une voiture ,
& nous rentrâmes à l'évêché vers midi.

Le lendemain , Monsieur de Merlach
m'annonça qu'il devoit prononcer un difcours à la profession d'une religieuse , &
m'invita même cordialement de l'y accompagner. Monseigneur eut la bonté de me
faire la même proposition , car c'étoit lui
qui devoit en faire la cérémonie. Nous
nous rendîmes au monastere vers les dix
heures , le cloître nous fut ouvert , comme formant la suite du prélat , & le peuple toujours avide de ces sortes de spectacles , s'affembla en foule autour des grilles du chœur. La marche commença par
une quarantaine de pensionnaires habillées
avec goût & propreté , fuivoient douze
novices , les yeux baissés , & qui, malgré
leur modestie , offroient quelque chose de
si intéressant , qu'elles attiroient tous les
regards ; enfin parut le corps des dames,
tenant chacune un cierge , & chantant des
pseaumes ; Monseigneur , accompagné de
fon clergé , fermoit la procession. Lorsqu'il
se fut placé dans un siege qui lui avoit

éré préparé près de l'autel, on amena la jeune perſonne qui étoit l'objet de la cérémonie, & on la fit mettre à genoux ſous un Chriſt, où elle reſta pendant tout le ſermon. Monſieur de Merlach monta en chaire, & āprès avoir ſalué le célébrant & l'aſſemblée, il commença par ces paroles : *Sortez du lieu de votre naiſſance; quittez le ſein de vos parents, abandonnez la maiſon de votre pere, & venez dans la terre que je vous montrerai.* Alors il s'étendit ſur les avantages de la vie religieuſe & ſur la facilité d'y travailler à ſon ſalut. Il parla beaucoup des obſtacles qui ſe rencontrent dans le monde, quand on veut y vivre en chrétien. Il rēpréſenta ce monde comme une école de baſſeſſe & de vanité, d'inquiétudes & de paſſions; comme une mer orageuſe (car c'eſt toujours la comparaiſon) où l'on ne jouit que de plaiſirs tumultueux, où l'on entend que des cris de diſſenſions & de querelles, où les paſſions jouent le plus grand rôle, où tout eſt fureur, caprice, diſſimulation, où l'on ne parle que de jeux, de feſtins, de débauches honteuſes, où l'on donne tout aux ſens & rien à la vertu, où l'on ne court qu'après les richeſſes & les hónneurs, où l'on ne voit que des haines implacables, des jalouſies féroces, des cabales & des

frénéfies voluptueufes. Au lieu que dans le
cloître on penfe toujours avec nobleffe &
folidité; on y fait gloire de la vertu, &
on la pratique fans crainte; on y trouve
une charité compatiffante & une innocence fans tâche, une fage politique, une
piété fans hypocrifie, des croix chéries,
& des fouffrances délicieufes. En un mot,
il concluoit par peindre la vie religieufe
comme le port du falut, le centre de
l'union, l'école de la doctrine célefte &
la fource de la perfection la plus héroï-
que. Les jeunes demoifelles étoient trop
diftraites pour comprendre cette morale;
les dames nouvellement cloîtrées avoient
déjà trop d'expérience pour y foufcrire,
& les anciennes étoient trop chagrines
pour en reffentir toute l'onction. Perfonne
ne parut en profiter que la poftulante qui
étoit dans la ferveur de fes épreuves, &
ne connoiffoit le monde que par les por-
traits hideux que la cervelle romanefque
de fes vieilles pédagogues ne ceffoit de
lui faire. Après le fermon, l'évêque s'approcha de l'autel, où l'on avoit placé les
habits, le voile, l'anneau, & la couronne
de la future profeffe. La meffe fut célé-
brée pontificalement; la novice accompagnée de fes parents, le vifage couvert,
entra dans le fanctuaire, & fe préfenta au
célébrant un cierge à la main. Elle y refta

proſternée pendant que le chœur chantoit les litanies, alors l'évêque tenant ſa croſſe de la main gauche, lui donna ſa bénédiction, jetta de l'eau bénite ſur les habits dont elle ſe revêtit auſſi-tôt. Incontinent elle revint ſe mettre à genoux aux pieds du prélat en diſant : *Je ſuis la ſervante du Seigneur.* Après quoi elle reçut le voile & l'anneau par lequel on lui déclara qu'elle épouſoit Jeſus-Chriſt, & la couronne qui étoit le ſymbole de la virginité; puis on prononça anathême contre ceux qui la ſolliciteroient de rompre ſon ſerment.

Après l'offertoire, elle reçut la communion des mains de Monſeigneur, lequel la remit enſuite à l'abbeſſe, en diſant : Ayez ſoin de conſerver ſans tâche cette fille que Dieu s'eſt conſacrée. A la fin de la meſſe, la communauté rentra dans le cloître avec le même ordre, on chanta le *Te Deum*, on ferma les grilles, le peuple ſe retira, & le clergé, ſuivi des parents, ſe rendit à une table de cent couverts, où Monſeigneur admit quelques autres religieux & eccléſiaſtiques qui étoient connus de Madame l'abbeſſe. La jeune profeſſe fut placée à côté de ſa grandeur, & Dieu ſait s'il lui prit envie de lever les yeux, tant elle étoit captivée par l'appareil du ſpectacle qu'elle venoit de don-

ner. Pour ce qui eſt de moi, j'étois placé
de telle ſorte, qu'il m'étoit facile de
conſidérer à loiſir les traits & l'attitude de
cette vierge. Elle avoit le viſage parfaite-
ment beau, & le teint d'une fraîcheur extraordinaire. Sa taille étoit avantageuſe &
bien priſe, & le ſon de ſa voix rempli de
douceur. On lui porta bien des ſantés, &
toutes analogues à la fête du jour, & à
l'état qu'elle venoit d'embraſſer. Le vin
étoit très-delicat, les viandes ſucculentes,
& le deſſert au deſſus de toute expreſſion.
Les graces dites, l'évêque paſſa dans l'appartement de Madame, avec la profeſſe &
les parents, & on permit au reſte de la
communauté de prendre recréation juſqu'au
ſoir. Nous ſortîmes donc au nombre de
quatorze à quinze perſonnes, & comme
on ouvrit ſur le champ les parloirs, au
lieu de retourner à l'évêché, je profitai
de la conjonĉture, & me rendis à la premiere grille où je vis des dames. C'étoit
bien là où il étoit facile d'étudier le ca-
raĉtere de ces recluſes. Jamais aſſemblée
de commeres, quelque nombreuſe qu'elle
ſoit, n'égala leur babil : elles parloient
toutes enſemble & avec une telle volubilité,
qu'il ne m'étoit pas poſſible de leur faire
face, ni d'avoir mon tour.

Vingt fois je me compoſai pour répondre à leurs queſtions, & autant de fois la

parole expira fur mes levres. Elles m'in-
terrogerent fur ma naiffance, ma famille,
mes aventures, & je fatisfis à leurs demandes d'un air fi deconcerté, je me cou-
pai tellement dans mes réponfes, que je
crus fagement devoir m'en tenir à des fa-
luts & à des inclinations qu'elles me rendirent avec ufure. Notre grand-vicaire ne
fût pas oublié ; on s'epuifa fur fon difcours,
le fon de fa voix, fon gefte, fa prononciation, & à la réferve du fujet dont on
n'avoit pas retenu un mot, il paffa pour
un prédicateur célebre & un digne minif-
tre de la parole de Dieu. Ce ne fut pas
tout encore, car chacune de ces nones
obligeantes voulut me faire un préfent. Je
reçus des bourfes de foie, des étuis, des
découpures, des reliquaires fort proprement travaillés. On y joignit des pâtes, des
guimauve, des conferves d'orange & de
fafran, des paftilles & des flacons de fen-
teur. C'étoit une profufion de brillants &
de fucreries, dont il falloit à chaque minute vuider le tout, & à laquelle mes
poches n'auroient pu fuffire, fi une groffe
tourriere, à la priere de ces dames, ne
s'étoit chargée de les porter dans mon appartement. Sûrement que l'abbé de Merlach eut encore une meilleure part aux
libéralités du monaftere, car je n'y étoi
connu qu'en qualité d'intendant de Mon
seigneur

feigneur , & les égards dont il m'honoroit étoient le feul titre qui me donnoit
droit aux careffes de ces dames. A la fin ,
les religieufes quitterent fucceffivement le
parloir fur différents prétextes. Les vieilles commencerent la retraite , & les autres
ne tarderent pas à les fuivre. Il fallût encore effuyer deux ou trois cents révéren-
ces, & y répondre par autant d'inclinations,
tant qu'en un mot je me trouvai vis-à-vis
la derniere qui fe chargea des honneurs de
ma fortie ; mais qu'elle eut foin de retarder fans que j'en devinaffe autrement le
motif. C'étoit une perfonne d'environ vingt-
fix ans , du port le plus majeftueux , &
dans les yeux, de qui brilloit une langueur
mêlée de feu qui caractérifoit une ame
bonne & un efprit folide. Maintenant que
nous fommes feuls , me dit-elle , faites-
moi la grace , Monfieur , de me dire vos
fentiments au fujet de la cérémonie dont
vous avez été fpectateur. Il ne m'appartient
pas , Madame , lui répondis-je , de hafar-
der des réflexions que vous trouveriez
peut-être déplacées , & nous autres, gens
du fiecle , avons des idées fi imparfaites
de la vie monaftique , que tout ce que
j'aurois à vous en dire vous paroîtroit le
langage d'un homme bien novice & bien
peu inftruit. Il y a , reprit-elle , bien du
déguifement dans ce difcours ; & fi , de=

Tome I.   P

puis long-temps, je n'étois pas au fait de
votre façon de prendre les choses, je ne
me serois point hasardé de m'entretenir
avec vous sur cette matiere. Comment
donc, interrompis-je tout étonné, serois-
je connu de vous, & si j'ose me flatter
de cet honneur, comment pourriez-vous
me suspecter d'artifice & de dissimulation?
très-certainement je n'en suis pas capable.
Et oüi, oüi, continua-t-elle, le gouverneur des enfants de M. de Vesting est
toujours ce philosophe qui voit les choses
comme il faut les voir. Là-dessus, sans
paroître s'appercevoir de mon redouble-
ment de surprise, elle ajouta qu'elle avoit
été ci-devant du nombre des personnes
qui composoient quelquefois la société de
Madame la baronne; qu'elle se ressou-
venoit de mon entrée dans le château de
Cromcells, & des espérances qu'on y con-
cevoit alors de moi; qu'il n'étoit pas étonnant que je ne me rapellasse point ses
traits, puisque ce fut précisément dans ce
temps-là qu'elle quitta le monde, & prit le
voile. Mais laissons là, dit-elle, pour aujourd'hui cette histoire, & reprenons la
premiere question que j'ai eu l'honneur de
vous faire: de quel œil regardez-vous la
cérémonie du matin? J'étois si occupé à
débroüiller mes idées, que je ne savois
que dire, ni quelle contenance tenir. Il

ne me reste pas, Madame, lui répondis-je, le plus léger souvenir de vous
avoir vue chez Monsieur de Vesting, &
avant de satisfaire votre curiosité, faites-
moi la grace de contenter la mienne ; je
me sens le plus vif intérêt à vous entendre. Il est un peu tard, reprit-elle, &
j'appréhende qu'en restant ici trop long-
temps après la retraite de nos dames, je
ne donne lieu à quelques propos : de quelle défaite userois-je pour éluder leurs ques-
tions ? mais si vous voulez vous donner la
peine de revenir dans quelques jours, je
vous découvrirai des choses qui vous sur-
prendront, & je vous en parlerai avec
cette sincérité que je crois devoir à un
homme dont le mérite & la discrétion me
sont connus depuis long-temps.

Nous fûmes interrompus, dans le moment, par une vénérable que le directeur
de la communauté demandoit au parloir
voisin. Ma politique religieuse pria, sur
le champ, ce prêtre de passer où nous
étions ; mais il s'en défendit beaucoup
sous prétexte qu'il seroit au désespoir de
nous interrompre. Néanmoins la rusée fit
si bien, qu'il consentit de prendre un ta-
bouret à notre grille, après nous avoir demandé cent fois pardon de sa hardiesse.
C'étoit un homme d'un embonpoint prodigieux & d'un coloris des plus éclatants.

Il avoit les épaules larges, la tête enfoncée, & la poitrine haute. Ses yeux, tantôt baiffés, tantôt agités en maniere de roulement, se portoient souvent vers le ciel. Il étoit sujet à des branlements de tête, & pouffoit, par intervalle, des foupirs qui, sans doute, exprimoient le zele dont il étoit dévoré pour le salut des ames. Un grand chapeau détrouffé, de quatre pieds de circonférence, l'ombrageoit jufqu'à l'eftomac. Sa soutane, fermée de la ceinture aux pieds, étoit d'une groffe étoffe, & d'une forme affez commune. Ses fouliers étoient, noués avec des courroies. Il avoit au col un grand rabat blanc en maniere de fraife, & fur les reins, un affemblage de cordons noirs affez femblable à la ceinture des poftillons & des couriers. Il affectoit un profond recueillement, & il ne lui échappoit pas une parole, qui ne fût jointe à un paffage de l'Ecriture.

Il m'arriva, dans le moment, de confulter la contenance de ma jeune dame, & m'appercevant qu'elle fe faifoit violence pour ne pas rire, je fus fur le point de trahir ma contrainte, & de m'échapper avec la plus grande indécence. Et qui n'auroit pas ri, en effet, d'entendre ce perfonnage joufflu fe plaindre de migraine & de fievre, parler de vapeurs, & de pefanteur de tête comme une femme, & ajouta t

chaque infirmité: c'eſt la volonté de Dieu,
nous ſommes faits pour ſouffrir dans cette
vallée de larmes, & on feroit trop heureux
ſi on n'avoit rien à endurer pour la gloire.
Cette charmante réſignation ne ſatisfit pas
la vieille nonne, qui étoit l'objet de ſa viſite. Toute effrayée de ſa ſituation: Ah!
Monſieur, lui dit-elle, vous me faites frémir, vous ne deviez point haſarder ce fâcheux voyage: quel changement ſur votre
viſage! le cœur me le diſoit aſſez quand
vous êtes parti, & Madame l'abbeſſe même
vouloit vous en détourner. Vous ſavez, en
effet, que les pluies de cette faiſon font
meurtrieres: mille fois, depuis ce temps,
on a demandé de vos nouvelles: mais vous
vouliez nous épargner des peines: eſt-ce
ainſi que doit s'expoſer une perſonne de
votre état? Il ne nous appartient pas, il eſt
vrai, de preſcrire des regles à celui qui ſait
en donner de ſi ſages; néanmoins, vous vous
traitez avec trop de dureté; &, ſans être
ſenſuel, on pourroit ſe permettre certains
ménagements, ſans déroger aux principes
religieux dont vous vous faites un devoir
ſi auſtere.

A tout cela le béat ne répondoit que
par des courbettes reſpectueuſes, & des
ſoupirs qui pénétroient la vieille de com-
paſſion. Pour cette fois, elle ſe crut obligée
de lui ordonner les arrêts au nom de la

communauté, & pour lui rendre fa prifon
plus fupportable, on le menaça d'élixirs,
de fyrops & de cordiaux, dont le faint
homme ne fe défendit que foiblement.

Il n'y avoit rien, fans doute, que de
très-édifiant dans ces petits débats; mais il
étoit certain point fur lequel le *Pater* ne
pouvoit être interrogé que dans un tête-
à-tête; en forte que nos deux perfonnages
étant paffés au parloir attenant, nous nous
trouvâmes feuls, ma religieufe & moi,
comme auparavant. Il paroît, dis-je alors
à Madame de Saint-Amour (c'étoit le
nom de cette aimable inconnue) que ce
révérend fe ménage un grand afcendant
fur vos dames. Révérend ou cagot, répondit-elle avec un peu d'humeur, c'est
l'arc-boutant de l'abbaye : rien ne fe fait
ici que par fes confeils; tous les cas font
décidés à fon tribunal, & la grande idée
que Monfeigneur a de fes vertus nous rend
tellement efclaves de ce gros prédeftiné,
que ce feroit s'expofer beaucoup de le
contrarier en manière quelconque. Outre
le fecret des confciences, dont il ne me
convient pas de juger, il influe puiffam-
ment dans les délibérations capitulaires :
Madame le confulte fur tous les objets du
gouvernement monaftique, & il s'eft tellement attiré la confiance de mes confœurs,
qu'il ne fe confit pas un fruit, qu'il ne fe

compose aucune liqueur sans lui en avoir
présenté l'essai. Au moindre signal d'incommodité, toute la maison s'ébranle, les
calmants, les digestifs pleuvent dans sa
chambre comme dans une infirmerie. La
premiere tête de l'état causeroit moins d'a-
larmes, & ne demanderoit pas tant de ménagements. Il me souvient, à ce sujet,
qu'un jour notre abbesse obtint l'agrément
de faire une promenade à six lieues de
cette ville pour maison de santé. J'eus l'honneur d'être choisie pour l'accompagner
dans ce voyage, & le directeur ne fut
pas oublié. Que de mesures ne prit-on pas
pour dérober cette sortie à la curiosité du
public! On partit de nuit, & dans le plus
grand secret. Nous montâmes dans une
voiture si hermétiquement fermée, qu'à
moins de la briser à coups de hache, il
auroit été impossible aux passants de deviner ce qu'elle contenoit. Une caleche devoit rouler à nos côtés, & elle étoit destinée pour l'homme de Dieu. J'ai peine à
m'empêcher de rire, en me rappellant toutes les précautions que l'on prit afin que
le pieux personnage ne se trouvât point
incommodé de la route. Deux coussins furent placés dans l'enfoncement sous ses
bras & à ses pieds; le coffre fut rempli
de liqueurs & d'eaux spiritueuses; & d'une
heure à l'autre, on avoit ordié de s'arrê-

P. 4.

ter pour donner à sa sainteté le temps de
reprendre haleine. Vingt fois Madame ordonnoit de lui demander comment il se
trouvoit du chemin ; mais il étoit tellement
absorbé dans ses méditations , qu'il n'étoit
occupé qu'à rendre grace à Dieu des bienfaits dont il combloit son serviteur. Nous
arrivâmes à une grosse ferme de la dépendance de l'abbaye , & où se trouvoit un
nombre de chambres assez proprement meu-
blées. A-peine Madame fut-elle descendue
de sa voiture , qu'elle courut avec précipitation à la chaise du rare personnage,
pour l'aider à gagner une chambre haute,
où on le fit asseoir sur un vaste canapé,
en attendant qu'on préparât celle qu'il devoit occuper pendant notre séjour. La fermiere eut ordre de lui présenter un bouillon , & sur ce qu'il lui échappa de dire
qu'il étoit un peu salé , je vis le moment
où notre abbesse la feroit chasser ignominieusement de sa présence, pour la punir de
son peu de précaution ; cependant le directeur
obtint sa grace , en disant qu'il falloit rendre le bien pour le mal. Nous fûmes dans
cette espece de château l'espace de huit
jours , & dans nos plus grandes fêtes je ne
vis jamais meilleure chère au réfectoire
de la communauté. J'admirois l'estomac du
vénérable , qui, chaque journée, faisoit la
digestion de quatre grands repas, dont un

seul eût suffi pour moi. Deux messagers
étoient continuellement en campagne pour
nous apporter l'approvisionnement de la
cuisine & les liqueurs de l'abbaye. Il m'é-
chappa sur ce sujet quelques railleries qui
me firent perdre une partie de la confiance
de Madame. Nous retournâmes à la ville;
&, depuis ce temps, on ne m'admet que
rarement aux entretiens que nos anciennes
ont avec cet ecclésiastique, qui, heureusement, n'a pas encore tiré vengeance de
mes petits propos; mais cela viendra: car
j'entends dire que sa dévotion est un peu
rancuniere.

Ce fut un malheur pour moi que la cloche vint annoncer dans ce moment la fin des
récréations. Il fallut nous quitter; mais ce
ne fut pas sans exiger de Madame de Saint-
Amour des éclaircissements sur son histoire personnelle, & sur les causes qui l'a-
voient déterminée à quitter le siecle, & à
faire dans un cloître le sacrifie de sa liberté.

CHAPITRE XXXII.

Histoire de Mademoiselle Deslandes,
depuis Madame de Saint-Amour.

JE prenois trop d'intérêt à ce que m'avoit
dit d'abord cette dame pour manquer au
rendez-vous indiqué. Dès le quatrieme jour
je me présentai à la grille du parloir, &
demandai, sans cérémonie, à lui parler.
On sortoit alors des vêpres, & comme c'é-
toit un dimanche, les religieuses avoient
jusqu'à l'heure de complies le privilege
d'entretenir tous ceux qui venoient leur
faire visite. J'attendis environ six minutes ;
mais cette charmante personne étoit trop
occupée des motifs de cette seconde en-
trevue pour manquer à sa parole. Je la vis
paroître, & elle me sembla encore plus
belle que la derniere fois. Enfin, me dit-
elle, voici le moment où je pourrai vous
parler sans risque, & vous faire l'aveu de
mes foiblesses, ou plutôt des persécutions
que j'ai essuyées de la part des personnes
qui ont causé mes malheurs. Vous êtes,
jusqu'à présent, le seul à qui j'aie hasardé de faire une telle confidence ; mais
vous devez vous en prendre à vous-même,

& la réputation dont vous jouïssiez chez Monsieur de Vesting, jointe à l'emploi que vous exercez auprès de Monseigneur, & qui me fait espérer l'avantage de vous rencontrer quelquefois en ce lieu, m'a déterminé à vous ouvrir mon cœur & à vous faire part de la situation singulière dans laquelle je me trouve depuis long-temps. J'ignore ce que vous allez penser de cette hardiesse dans une fille, & une fille de mon état ; mais vous m'êtes connu par tant de traits, & tous si flatteurs, que j'ai cru devoir franchir tout cérémonial pour vous faire le dépositaire de mes peines, & alléger de la sorte un fardeau dont je suis accablée, faute d'avoir trouvé un ami qui pût en adoucir le poids & l'amertume.

Je suis, poursuivit-elle, fille du riche Deslandes, fabriquant d'Abbeville, qui, pour acquérir un rang dans la société, avoit fait l'acquisition d'une terre à deux lieues de Cromcells, où il avoit coutume d'aller passer la belle saison. Ce fut là où il fit la connoissance de Monsieur le baron de Vesting, chez qui nous allions réguliérement faire visite deux fois par mois. Il y avoit près de deux ans que nous cultivions l'amitié de cet honnête gentilhomme, lorsque vous arrivâtes chez lui pour vous charger de l'éducation de ses enfants. Les bonnes

P. 6

qualités & les talents que l'on découvrit en vous, & tout le bien qu'en dit depuis à ma famille Monfieur de Saint-Albin, cet ancien officier François, retiré à Cromcells, qui venoit fouvent nous voir, m'avoient fait defirér de vous connoître plus particuliérement. Je me promettois bien de vous étudier & de vous entendre raifonner fur plufieurs objets de fcience qui guillonnoient ma curiofité : mais le fort en difpofa tout autrement. Mon pere, deux mois après votre arrivée chez Monfieur de Vefting, jugea à propos de retourner à Abbeville. Son prétexte étoit de véiller de près à la direction de fon commerce; mais j'eus bientôt lieu de me convaincre que l'objet de fes affaires y avoit bien moins de part qu'une inclination formée pour une veuve de Saint-Valeri qui étoit riche, prétendoit-on, de plus de cinq-cents mille livres. J'avois perdu ma mere depuis douze ans, & je ne comptois guere que Monfieur Déflandes, qui avoit laiffé paffer un fi grand intervalle, & qui n'avoit que moi d'enfant, s'engageroit de nouveau fous les loix de l'hymen. Cependant il en courut les rifques, & époufa cette riche femme, l'année même de la mort de Monfieur de Vefting, & celle de votre départ de Cromcells. Ma belle-mere avoit eu de fon mari défunt une fille qui étoit à peu près de mon âge, & c'eft

à ces deux perſonnes que je dois attribuer
la vie malheureuſe que j'ai menée depuis
trois ans, à laquelle on a enfin mis le
comble en me contraignant de former des
vœux que mon cœur déſapprouve, & qui
ſeront probablement pour moi dans la ſuite une ſource de regrets auſſi cuiſants que
ſuperflus. Incontinent après ſon mariage,
mon pere retourna à ſa campagne, où nous
fûmes élevées, ma belle-ſœur & moi, ſous
les loix d'une femme qui ne tarda pas long-
temps à faire une grande diſtinction entre le
fruit de ſon ſein & la fille de Monſieur
Deslandes. Tous les égards furent pour ma
ſœur, & toutes les duretés pour moi. De
bons amis (car il y en a encore quelques-
uns) en prévinrent mon pere, & il leur
promit d'en parler à ſa femme en termes peu
ménagés. Il le fit ; mais cet avertiſſement
ne ſervit qu'à l'aigrir davantage, & un
jour qu'elle ſe trouva ſeule, elle me tint
à peu près ce diſcours : Il vous appartient bien, ma bonne, de ſemer l'aigreur
& la diviſion dans ma famille ; les propos
que vous tenez à mon ſujet ſeroient plus
que ſuffiſants pour vous faire châtier de
bonne maniere, ſi je ne m'accoutumois,
depuis quelque temps, à mépriſer votre
petit caractere. Apprenez à vous connoître ; ſi votre défunte mere, qui n'étoit
qu'une bourgeoiſe, n'a pas eu le talent de

vous former, il ne s'enfuit pas que je doive en devenir la victime. Mais j'ai bien tort d'entreprendre de vous réformer; car une imbécille de votre âge n'est guere faite pour avoir des sentiments. Ne comprenant pas d'abord le but de ces reproches, je pris la liberté de lui demander en quoi j'avois eu le malheur de l'offenser. Encore une fois, répliqua-t-elle avec colere, vous êtes une impertinente, indigne des attentions que j'ai eu pour vous. Allez, votre présence me fatigue, retirez-vous dans votre chambre. Cela dit, elle me prit par le bras, me poussa dans le vestibule, & me ferma la porte au nez.

Pendant toute cette scene, ma belle-sœur, qui s'occupoit à faire des nœuds à côté de sa mere, ne desserra pas les levres; mais à peine eus-je gagné les degrés de l'escalier, que je les entendis l'une & l'autre faire deux ou trois éclats de rire qui augmenterent ma douleur & ma confusion. Je remontai dans ma chambre qui étoit presque au galetas, & me trouvant sans témoin, je donnai un libre cours à mes larmes. Elles coulerent pendant deux heures, sans qu'il me vint aucune idée de vengeance, mais seulement le desir de m'en ouvrir à mon pere à la plus prochaine occasion. Il étoit à Abbeville depuis

huit jours, & on l'attendoit ce soir. A-
peine étoit-il descendu de cheval, que
cette femme artificieuse vint à sa rencontre
avec sa fille, lui tendit les bras, & l'accabla de caresses. Monsieur Deslandes parut
si flatté de ce bon accueil, qu'à peine lui
échappa-t-il de demander pourquoi je ne
paroissois point. Vous verrez, répondit
ma belle-mere, qu'il faudra le tirer de
sa forteresse ; jamais on n'a vu d'enfant d'un
si petit naturel. A tout cela mon pere ne
repliquoit autre chose, sinon ; cela viendra.
J'entendis tout de ma fenêtre ; & comme
Madame se disposoit à faire sa partie avec
un garde-du-corps qui étoit en semestre
dans sa famille, à une demi-lieue de là,
& de qui elle recevoit fréquemment la
visite, je saisis ce moment pour aborder
mon pere & pour l'embrasser. Vous êtes
bien indifférente, me dit-il ; depuis une
heure que je suis ici, vous ne vous em-
pressez pas beaucoup à me chercher. Je
desirerois bien, Monsieur, lui répondis-
je, vous tirer d'erreur ; mais de la maniere
dont Madame vous prévient contre moi,
peut-être qu'un trop grand empressement
vous paroîtroit un artifice pour diminuer
son crédit. Je ne pus achever ces paroles
sans renouveller mes pleurs. Mon pere
en fut frappé. Quoi donc ? dit-il, pourquoi des larmes ? je trouve ici bien du

myſtere. Il n'y en a pas d'autre, lui ré
pondis je, que la conduite de votre épouſ
à mon égard. Sur quoi j'entrai dans l
détail des mortifications qu'elle me faiſo
eſſuyer depuis quelque temps, & je fini
par lui dire que, n'y ayant aucuneme
donné ſujet, je le conjurois d'y remédie
inceſſamment, ſans quoi je me trouvero
réduite à lui demander une retraite q
pût me ſouſtraire à ſes dédains & à l
hauteurs. Mon pere ayant un inſtant ré
fléchi, me ſerra la main : Va, dit-il
mon enfant, ceſſe de te chagriner ; j'e
parlerai de maniere à me faire obéir.
ces mots, il me quitta, & j'augurai bie
de cette converſation. Il eut, en effet
un entretien fort ſérieux avec ſa femm
à ce ſujet ; mais quel en fut le fruit
Dès la même ſemaine j'éprouvai tout c
que peut une perſonne vindicative & m
priſante. Il y eut pendant ce temps u
dîner d'invitation. Nous nous trouvâm
dix-huit à table. Madame ſervit les conv
ves, & affecta de m'oublier. Tout
monde ſe mit à manger dans le temps q
je croiſois les bras, parce que perſon
n'avoit l'attention de me préſenter
morceau. Comme je n'étois pas à cô
de mon pere, j'avançai la main pour pre
dre un peu de potage : Que ne parle
vous ? me dit ma belle-mere, on eſt

pour vous en donner, sans doute. Incontinent elle prend une grande cuiller,
l'emplit de riz & de bouillon, & jette
l'un & l'autre si brusquement sur mon as-
siette, qu'il en rejaillit la moitié sur la
nappe & sur mes habits. J'eus néanmoins
assez de retenue pour dévorer cette cou-
leuvre & me taire. Le garde-du-corps,
qui ne démarroit pas du logis, égaya la
conversation ; Madame ne lui cédoit point
en bonne humeur ; sa fille jasoit à ne pas
s'entendre ; mon pere même prenoit part
à la joie commune, parce qu'il la croyoit
une suite des avis qu'il avoit donné à sa
femme. C'est ainsi que tout concouroit à
l'aveugler. Je me composai de mon mieux,
& le temps de quitter la table étant venu,
je saluai la compagnie qui, sans doute,
pour se conformer à Madame, reçut avec
assez de froideur cette marque de civilité.
Les jours se passoient de la sorte à essuyer
des mépris & des rebuts. La présence de
mon pere, il est vrai, calmoit un peu
mes soucis, & comme lui seul m'adressoit
la parole dans toute cette maison, ma
grande allarme étoit de le voir s'absenter
fréquemment. Néanmoins la nature de ses
affaires l'exigeoit ; &, pendant les six
derniers mois que je passai à la campagne,
il en employa au moins deux à aller &
revenir d'Abbeville.

Que n'avois-je point à souffrir pendant
ces voyages ! l'heure des repas devenoit
mon supplice ; je tenois le bas de la table,
& n'avois pas le privilege d'y dire une
parole ; ma belle-mere ne m'honoroit jamais d'un regard , & quoiqu'elle eût souvent compagnie , car elle aimoit à l'excès
la dépense & les plaisirs ; elle savoit tellement subjuguer son monde , qu'il n'arrivoit à personne de s'appercevoir que j'étois
l'enfant de son mari. J'étois , en effet, ha-
billée de la maniere la plus simple ; deux
robes d'indienne composoient toute ma
garde-robe , tandis que l'or & la soie
couvroient ma belle-sœur ; sa mere n'épar-
gnoit rien pour la rendre la plus brillante
demoiselle du canton. On faisoit venir de
six lieues les couturieres les plus renom-
mées ; les marchandes de modes s'épui-
soient en recherches pour composer à
son usage , les montures les plus élégan-
tes , & deux coëffeurs , fraîchement arrivés de Paris , passoient deux fois la semaine trois heures à l'entour de sa tête.
La mere donnoit dans les mêmes extravagances, & se faisoit coëffer comme une fille de quinze ans , quoiqu'elle en eût au
moins quarante-cinq. Le blanc , le rouge,
les essences , les pâtes meubloient la toilette de ces deux coquettes qui , dans certains jours , étaloient souvent pour vingt-
cinq mille livres de pierreries.

Quoique mon pere fut l'homme du monde le moins attentif à ces objets de luxe,
il étoit néanmoins porté chez lui à un tel
excès, qu'il ne put s'empêcher d'en témoigner sa surprise. Vous avez, lui dit-il un
jour, bien des attentions pour Eléonor
(c'étoit le nom de ma belle-sœur) sans
doute que ma fille n'a pas le bonheur de
vous plaire également. Qui l'empêche d'aimer la propreté, répondit-elle avec aigreur?
mais Mademoiselle est une philosophe, qui
n'aime que ses livres, & quand on la tire
de sa chambre pour converser avec d'honnêtes gens, il semble qu'on fasse insulte à
ses lumieres : elle a raison ; nous ne sommes pas dignes, en effet, d'être initiées
aux sublimes connoissances qui lui font mépriser la parure & les compagnies : tel est
le caractere des savants, & il n'y a pas
le mot à dire. A toutes ces ironies mon
pere ne savoit que répondre, & il avoit
si peu de fermeté, que, malgré sa tendresse pour moi, il aimoit mieux laisser
les choses sur le ton où il les trouvoit,
que de tenter de nouvelles explications.
J'étois donc forcée de passer les trois quarts
du temps dans ma solitude, lisant de bons
livres, racommodant moi-même mes habits,
& n'osant demander à personne le plus léger service. J'entendois les domestiques aller & venir pour exécuter les ordres de

Mesdames; la magnificence regnoit dans leurs appartements; & m'ont confinée dans une cellule de huit pieds, j'étois contrainte de recourir à mes bras pour balayer mon plancher, refaire mon lit, & dépoudrer mes petits meubles. On attendoit chaque jour que je fusse sortie de table pour faire paroître les liqueurs & le caffé; on tenoit gros jeu les après-dînées entieres, & le soir on montoit en carrosse pour la promenade. Reléguée dans mon donjon, j'observois avec douleur ce flux & reflux de plaisirs qui ne tendoit à rien moins qu'à hâter le délabrement des affaires de mon pere. Mais rien ne me-rebutoit davantage que l'indulgence de cette femme voluptueuse qui ne paroissoit occupée qu'à préparer des occasions de chûte & dresser des pieges à sa fille. J'étois témoin d'une partie de ces extravagances, & l'indifférence que j'affectois contribuant à me rendre moins suspecte, on cessa de garder des mesures, & je m'apperçus bientôt aux propos & aux libertés de ce garde-du-corps, dont je vous ai parlé, qu'il regnoit quelque chose de plus que de l'amitié entre lui & ma belle-sœur. Un soir, entr'autres, qu'une douce fraîcheur invitoit à sortir, j'entendis, entre haut & bas, quelques propositions de rendez vous dans une garenne qui étoit à l'extrêmité du jar-

din. On devoit fur différents prétextes éloigner tous les domeftiques, & comme la
mere étoit arrêtée ce foir, pour écrire
deux ou trois lettres qui devoient partir
le lendemain, on trouva l'occafion favorable, & on ne tarda pas d'en profiter.
J'entendis de mon grenier les deux amants
traverfer le parterre & le potager, & entrer dans un vafte clos, où le feuillage
des arbres les déroba à mes yeux. La penfée me vint fur le champ de defcendre dans
la baffe-cour, d'en ouvrir une petite porte
qui donnoit fur la campagne, & de me
rendre dans le même bois par un chemin
tout bordé de buiffons. J'y arrivai quelques minutes avant Eléonor, tant j'avois
fait diligence, & je m'affis fans bruit fous
une coudraie, au hafard de ce qui pouvoit en arriver. J'entendis bientôt le galant
féparer les branches qui étoient à la droite
d'une allée qui traverfoit la garenne, en
priant fon amante de le fuivre. Quoique
je fuffe heureufement à l'oppofite, je
tremblois néanmoins d'être découverte,
& mon pis aller, s'ils m'euffent apperçu-
çue, étoit de prendre la fuite par le même chemin : mais la nuit étoit fombre,
& elle ne favorifoit que trop malheureufement ma curiofité. Le cœur me bat encore d'indignation, quand je penfe aux difcours indécents, aux propofitions liberti-

nes que cet homme fit à Eléonor, & avec
quelle facilité cette miférable fille les écou-
ta. Qu'il vous fuffife de favoir que je
fus témoin de la honte de la famille, &
que ces infenfés juftifierent dans ce maudit
quart-d'heure l'opinion que j'avois de leur
intelligence fcandaleufe. La prudence alloit
m'abandonner, lorfque j'entendis Madame
Deslandes appeller fa fille à plufieurs reprifes. Le garde-du-corps rentra dans l'a-
venue du bois, & en ayant gagné l'extrêmité, il franchit un ruiffeau, & fe trouva dans la campagne. Quant à ma belle-
fœur, elle alla rejoindre fa mere qui l'attendoit au bout du clos. Je la fuivis dans
le deffein d'apprendre de quel prétexte elle
alloit fe fervir pour juftifier fon retard.
Etes-vous feule, lui dit Madame? Oui
maman, abfolument feule. Mais il me femble avoir entendu quelqu'un. Point du tout;
c'étoit moi-même qui avois laiffé tomber
mon mouchoir, & qui me plaignois de ne
pouvoir le retrouver. Vous êtes une imprudente de vous promener fi tard; la
fraîcheur de la nuit peut vous incommo-
der beaucoup : avez-vous vu fortir Monfieur de Prévilliers? J'en ai fait moi-même
la conduite; il a voulu partir malgré moi,
quoiqu'il fe fit fort tard, & comme vous
êtiez à écrire des lettres, il n'a pas ofé
vous interrompre, mais il m'a promis qu'il

viendroit encore vous demander à fouper
mardi prochain ; cela vous fera-t-il plaifir, ma chere maman ? N'en doutez pas,
ma fille ; ce Prévilliers eft bien élevé, &
je ne connois perfonne pour jouer fi noblement. Avez vous vu tantôt avec quelle
gaieté il a perdu fes trois louis ? Cela fent
bien l'homme de condition ; mais allons
prendre du repos ; car il eft minuit : demain je ferai mettre les chevaux au carrof-
fe pour aller à la rencontre de votre pere. Mais fi ma fœur avoit quelque envie
de nous accompagner ; vous favez que
mon papa vous l'a quelquefois recomman-
dée : cela cependant ne me feroit pas plaifir, & j'aimerois mieux refter à la maifon.

La mére ne put s'empêcher de rire à ce
difcours, & lui promit bien fort qu'elle
m'en feroit bientôt paffer le defir. Mais,
repliqua Eléonor, que penferoit donc mon
papa ? car vous favez ce qu'il vous a dit en
partant. Eh que m'importe à moi, répondit
Madame, la façon de penfer de votre bon
homme de pere ? Il a pour cette vilaine
créature un foible que je ne puis concevoir,
jamais je n'ai vu d'homme d'un goût fi gothique, & lorfqu'il fe met une fois fur le
chapitre de fon originale de fille ; tout le
bien qu'il veut nous en dire n'a pas le fens
commun. Là-deffus mes deux panégyriftes
fe mirent à tailler en plein drap fur mon

compte : je fus peinte avec les couleurs les
plus noires ; mon caractere, ma figure,
mon maintien, ma conversation furent ri-
diculisés, & pendant tout le temps que dura
cette amere critique, il n'est point de termes qui puissent vous rendre l'odieux portrait que l'on fit de toute ma personne. A
la fin elles regagnerent la maison dont les
portes furent incontinent fermées, dé telle
sorte que je me trouvai seule, & assez em-
barrassée de moi-même. Mais comme la
lune commençoit à paroître je pris le parti
de rentrer dans le clos, de traverser le
bois, & de retourner par la basse-cour,
sans que qui que ce fût s'apperçût de mon
évasion. Après ce qui venoit de se passer,
je ne devois guere m'attendre à prendre
du repos le reste de la nuit. Je la passai dans
les plus violentes agitations. La voilà donc,
me disois-je, cette fille à qui l'on veut
donner l'éducation d'une princesse : c'est
donc là cette idole que la flatterie ne se
lasse point d'encenser, voilà où ont abouti
ces parures, ces jolis entretiens, ces myssé-
rieux tête-à-tête, ces ménagemens & ces
attentions d'une mere plus coupable encore
que sa malheureuse enfant. O mon pere!
pere infortuné! si vous m'aimez, si l'honneur
de votre famille vous est toujours cher,
pourquoi tardez-vous d'apporter remede
à de si grands maux ? Des pleurs succé-
doient

doient à ces triftes exclamations. Je me ré-
préfentois alors avec les couleurs les plus
fortes, les excès, le fafte, la profufion
qui régnoient dans cette maifon, le dévoue-
ment & l'ardeur des domeftiques à fervir
la paffion de leurs maîtreffés. Je retournois
enfuite fur le mépris que l'on faifoit de
moi, & même de celui qui m'avoit donné
le jour. Il étoit vifiblement le jouet & la
dupe d'une femme qui travailloit de toutes fes forces à la ruine de fa fortune &
de fa réputation : efclave de fes caprices
& de fes fantaifies, il fembloit que tout
contribuât à l'aveugler. J'envifageai toutes les fuites de cette dangereufe complaifance, & je réfolus de les prévenir le
plus promptement qu'il me feroit poffible:
Six heures fonnoient comme j'entendis
mettre les chevaux à la voiture; mais nos
dames qui s'étoient couchées à minuit &
demi, ne furent prêtes à monter qu'à dix,
& il falloit bien, à la façon des grands,
qu'un équipage fe trouvât prêt de bonne
heure, & qu'un cocher eût le temps de
s'ennuyer. Je n'étois jamais plus à moi-même
que pendant ces promenades, & j'en profitai pour exécuter mon deffein. Une vieille
femme du village, à qui on faifoit quelquefois l'aumône, fut celle dont je fis choix
pour remettre à mon pere une lettre qui
contenoit le détail de mes peines & de

Tome I. Q

l'événement qui y avoit donné lieu. Je paſſai la matinée à l'écrire, & après l'avoir cachetée, j'allai trouver cette femme, & la lui mit en main en diſant : Faites-moi le plaiſir de remettre la préſente à Monſieur Deslandes que l'on attend aujourd'hui, & ſur-tout ayez la précaution d'obſerver qu'il ſoit ſeul. Mais, Mademoiſelle, répondit la villageoiſe, eſt-ce que vous ne pourriez pas la lui donner vous-même? J'ai, pourſuivis-je, mes raiſons pour en agir de la ſorte, & ſi vous avez pour moi quelque amitié, rendez-moi ce ſervice. Je joignis à cette prière une piece d'argent qui la rendit ſi docile, qu'elle s'engagea, ſans repliquer, à tout ce que j'exigeai d'elle. Je retournai à la maiſon, & pour ne donner aucun ſoupçon, je reſtai dans ma chambre le reſte du jour. Mon pere arriva le ſoir, & dès le lendemain ma vieille payſanne prit le temps où il regardoit faucher un pré de ſa dépendance pour lui remettre la lettre. Il l'ouvrit, la parcourut deux ou trois fois, & enfin elle produiſit ſur lui l'effet deſiré. Je l'entendis monter une heure après, & je vis bien qu'il falloit me diſpoſer à répondre à toutes ſes interrogations. Qu'eſt-ce donc, me dit-il en entrant? Pourquoi m'écrivez-vous quand vous pouvez me parler? Helas! lui répondis-je, dans l'agitation où je ſuis,

comment aurois-je pu vous entretenir sans
faire naître des soupçons ! Il étoit encore
plus dangereux, repliqua-t-il, de vous
confier à cette femme qui pourroit nous
trahir ; mais laissons à part cette imprudence, & confirmez-moi de vive voix
cette fatale histoire qui me tue. Il y alloit
de mon intérêt de ne pas lui en imposer,
& après avoir parlé pendant près de trois
quarts-d'heure, je finis par le conjurer
de ne point faire d'éclat & de m'accorder le plutôt possible une retraite qui pût
me dérober au ressentiment prochain de
son épouse. Elle ignorera, me dit mon
pere, par quelle voie je me suis fait instruire. Non, Monsieur, répondis-je ;
comptez qu'elle mettra en jeu tous les
ressorts, & que je serai la seule à qui elle imputera tout ce que vous en savez.
Mais, ma chere enfant, reprit Monsieur
Deslandes, voudriez-vous me quitter dans
l'accablement où je me trouve ? Dieu
m'en préserve, lui répondis-je ; car il
n'est pas ici question de m'enfermer de telle sorte que je perde jusqu'à l'espérance de
vivre désormais avec vous. Néanmoins je
sens que la paix ne peut jamais regner
chez vous, si je tarde de prendre ce parti. L'antipathie de Madame pour moi devient insurmontable, & la suite me pro-
nostique des chagrins encore plus cuisants.

C'eſt votre repos que je conſulte autant
que le mien : oui, mon cher pere, ayez
quelques égards pour une fille dont vous
connoiſſez la droiture & la tendreſſe, &
qui, en ſe banniſſant du ſein de ſa famille,
a bien moins en vue l'intérêt de ſa propre tranquillité que la vôtre. Quoique
Monſieur Deslandes fût d'abord interdit à
cette propoſition, il ne différa pas à entrer dans mes vues, & ſans en communiquer avec perſonne, il me mena chez
Monſieur de Veſting, où je vous vis pour
la premiere fois. L'objet de ce voyage
étoit de faire diverſion à ſa douleur, &
de donner le change à ſon épouſe, qui,
en effet, en parut fort intriguée. Mon pere eut avec Monſieur & Madame de Veſting un entretien fort ſérieux, où, ſans
entrer dans le détail des chagrins que lui
cauſoient ſa femme & ſa fille, il en dit
aſſez pour faire approuver ma retraite à
ces honnêtes gens. Ils lui conſeillerent de
m'amener dans cette maiſon en qualité de
penſionnaire, & le chargerent d'une fort
grande lettre pour Madame l'abbeſſe qui
étoit leur parente. Jugez quel accueil me
fut fait d'après une ſi puiſſante recommandation. Cette ſupérieure avoit toutes les
qualités de Madame de Veſting, dont elle
étoit couſine iſſue de germain, eſprit,
beauté, douceur, dévotion ſolide. Je goû-

rai fous fa direction des agréments qui
m'avoient été inconnus dans le monde.
La paix, la concorde, la variété des exercices, la nature des amufements ; que
fais-je, en un mot, toutes les qualités
du cœur & de l'efprit, tous les plaifirs
purs me femblerent concentrés dans ce
monaftere. Il y avoit quarante Demoifelles
à peu près de mon âge pour qui leurs parents payoient penfion, dans le deffein
fans doute de leur procurer une éducation
plus exempte de préjugés que celle qu'on
a coûtume de donner dans la fociété à
des perfonnes de leur rang. J'appris comme elles, ou plutôt je me perfectionnai
dans l'art de manier l'aiguille ; j'y reçus
des principes de guitare & de clavecin ;
j'appris la mufique vocale, & nous paffions des heures entieres avec mes compagnes à chanter par parties des mottets &
des cantiques affez bien compofés. La lecture avoit toujours pour moi des charmes fupérieurs ; & cette différence que
Madame l'abbeffe trouvoit entre moi &
celles de mon rang, loin de lui paroître
défagréable, la détermina au contraire, à
me faire part d'un grand nombre d'ouvrages utiles & amufants qu'elle lifoit elle-
même, & qu'elle auroit appréhendé de
confier à d'autres. Les jours de la forte
me paroiffoient des heures, & les heures

des minutes, & s'il m'arrivoit de penser à
la maison paternelle, ce n'étoit que pour
déplorer la triste condition du bon Monfieur Deslandes, esclave de deux mé-
chantes femmes à qui je ne voulois pas
plus de bien qu'il ne faut. C'est dans ces
conjonctures que j'appris les malheurs de
sa famille. Une lettre qu'on me remit
de sa part justifia ma conduite, & mit au
jour tous les chefs d'accusation dont j'a-
vois chargé ma belle-sœur. Elle étoit conçue en ces termes :

» Le fait de votre évasion, ma chere
fille, a paru changer pour quelque temps
la face de ma maison. J'ai eu d'abord le
bonheur d'y voir des retranchements de
luxe, que je desirois depuis long-temps;
les compagnies ont été moins nombreu-
ses, les repas moins dispendieux. Mon
épouse même, ce que vous aurez peine à
croire, a paru sensible aux marques de considération que je vous donnois, & a témoigné autant d'estime pour vos vertus
dans l'éloignement, qu'elle en paroissoit
peu touchée, lorsque vous viviez sous mes
yeux. Tout cela n'étoit que le fruit d'un
acte de fermeté auquel on ne s'attendoit
pas, & auquel je me déterminai aussi-tôt
après votre sortie. Mais il étoit important
de ne pas me relâcher sur ce point, &
crédule comme je le suis, j'eus encore le

malheur de me laisser tromper par les apparences. Enfin, j'en suis aujourd'hui la
victime : le libertinage d'Eléonor dont je
commençois à ne plus appréhender les suites, s'est manifesté par des signes non équivoques, & le misérable qui a triomphé de
sa foiblesse, est disparu depuis un mois. J'en-
voyai son amante à dix lieues d'ici, m'efforçant pendant ce fâcheux intervalle de
tromper le public par des histoires con-
trouvées. Cependant, malgré mes mesures, on a parlé, on a fait des nouvelles,
on s'est entretenu de ma famille en termes
peu ménagés. Bientôt sont arrivés ces jours
de deuil où vos avertissements se sont réa-
lisés, les murmures de la ville & de la campagne justifiés, & toute l'espérance de ma
maison évanouie par l'action d'une malheureuse, qu'il m'auroit peut-être été facile, si je vous eusse écouté, de contenir
dans les bornes du devoir & de la retenue.
J'ai chassé de mes domestiques, comme des
lâches coopérateurs des désordres de cette
étourdie; j'accable la mere de reproches,
& l'état violent où je me trouve, m'oblige
de vous rappeller incessamment. Venez
donc consoler un pere accablé de regrets
& d'inquiétudes, & soyez sûre que s'il me
reste encore quelque espoir dans ma déso-
lation, je le fonde absolument sur votre
sagesse & votre bon naturel. J'écris par le

même ordinaire à Madame l'abbesse, à qui
j'allègue des raisons étrangeres à mes peines, mais assez spécieuses ponr la déterminer à vous faire partir aussi-tôt ».

La voiture que mon pere avoit envoyée
pour ce voyage étoit prête, je pris congé
des dames & de mes compagnes, qui
toutes me virent partir à regret, car j'avois
l'avantage d'être estimée dans cette maison.
À combien de réflexions ne m'abandonnai-
je pas durant le chemin. L'accablement de
mon pere me remplissoit d'amertume, je
pris fort peu de nourriture, malgré les
sollicitations de mon conducteur, & j'arrivai chez Monsieur Deslandes dans un état
peu différent du sien. Il étoit au lit depuis
deux jours, attaqué d'une grande fievre.
J'entrai dans sa chambre, je me jettai à
son cou, avec toutes les marques de la
tendresse & de la douleur. Ah, ma fille,
me dit-il d'une voix foible, il est un peu
tard. Mes larmes étoient si abondantes,
& mon saisissement si cruel, que je ne
m'étois pas encore apperçue de la présence de ma belle-mere, qui étoit à ses
côtés, & qui paroissoit aussi consternée que
moi. Deux médecins, & le curé de la
paroisse ne quittoient pas mon pere un
instant. De bons amis du voisinage ayant
été prévenus de sa maladie, étoient accourus pour lui faire visite, & comme il

étoit généralement aimé, tout le village s'inquiétoit sincérement de son état. On me pressa de prendre quelque subsistance, & j'eus beaucoup de peine à m'y déter- miner. Je passois tout le jour à consulter les médecins, & à préparer les remedes qu'ils jugeoient à propos d'ordonner. Ma présence parut un peu calmer la maladie, & les soins de ma belle-mere étoient en apparence si obligeants, que son mari ne pouvoit s'empêcher de lui en témoigner sa sensibilité. Il ne m'échappa pas pendant tout ce temps aucune parole dure envers cette femme, malgré la part qu'elle avoit au malheur dont j'étois accablée; toutes mes attentions se tournoient vers mon pere, & la vive appréhension de le perdre me donnoit un air d'activité dont tous les as- sistants étoient surpris. Le lendemain Mon- sieur Deslandes parut assez tranquille; mais la crise augmenta vers le soir, & d'après le sentiment des médecins, le pasteur crut devoir le prévenir de mettre ordre à sa conscience. Je voyois bien moi-même que le mal triomphoit des remedes; mais dans le trouble qui m'agitoit, il ne m'étoit guere possible de bien prendre une proposition si raisonnable & si chrétienne. Et c'est ici où mon pere rassembla toute sa fermeté, en demandant, ce qu'on ne différoit de lui ac- corder que pour ne pas lui causer de

Q 5

frayeur. Il fut donc adminiſtré le ſoir, & le lendemain qui étoit le ſixieme jour depuis mon arrivée, il rendit l'eſprit en recevant mes derniers embraſſements.

En achevant ces mots, Madame de Saint-Amour parut ſi affectée de ſon récit, & il produiſoit ſur moi-même un tel effet, que je la ſuppliai de l'interrompre, & d'en remettre la ſuite à la premiere viſite que j'aurois l'honneur de lui faire. Nous nous ſaluâmes réciproquement, & je retournai à l'évêché, où l'on paroiſſoit déjà inquiet de ma longue abſence.

CHAPITRE XXXIII.

Suite de l'hiſtoire de Madame de Saint-Amour.

MONSEIGNEUR, comme j'avois lieu de m'y attendre, me queſtionna beaucoup ſur la maniere dont j'avois paſſé la journée; & quoique dans toute ma conduite je n'apperçuſſe rien qui pût donner lieu à une réprimande, je crus qu'il étoit à propos de payer ſa curioſité de défaites, & d'imaginer des raiſons ſi plauſibles, qu'elles l'engageaſſent à ne pas porter plus loin ſes interrogations. Comme il n'étoit nullement

foupçonneux ; la conversation se porta bientôt sur l'objet qui me fixoit dans son palais.
Vous savez, me dit-il, dans quelles vûes
vous êtes entré chez moi ; si j'ai paru si
satisfait de votre discernement au sujet de
la direction de ma bibliothèque & de mon
cabinet de raretés, que ne dois-je pas
attendre à l'égard de l'administration des
revenus de mon bénéfice. Il est certain que
sur cette partie il me seroit assez difficile
d'étendre bien loin mes recherches, à cause
des détails qu'exige la conduite de mon
diocèse, & comme il seroit facile à mes
gens qui me voyent tout occupé de mon
ministere, d'abuser de ma confiance, il
me semble qu'en mettant à leur tête un
homme comme vous, également sage &
désintéressé, je travaille à me tranquilli-
ser & à les contenir dans les bornes de
l'obéissance & de la fidélité. Il n'étoit pas
encore temps de faire toucher au doigt à sa
grandeur les malversations & la mauvaise
foi de ceux qui avoient l'honneur de le
servir, & il me falloit sur ce point certains
éclaircissemens que je croyois nécessaires
pour ne me pas trop avancer.

Malgré mes occupations, je ne perdois
pas de vûe Madame de Saint-Amour ; les
malheurs de cette vertueuse personne m'a-
voient si sensiblement affecté, que deux
jours après j'allai me présenter à l'abbaye,

Q 6

& demandai derechef à lui parler. Il y eut
dans ce troiſieme entretien plus d'aiſance
& de cordialité. „ & ſans m'aſtreindre aux
préliminaires d'une politeſſe minutieuſe, je
la priai de vouloir bien reprendre la ſuite
de ſon hiſtoire : elle le fit en ces termes:

Il ſeroit inutile de vous peindre la douleur dans laquelle me plongea la mort de
mon pere. Elle fut ſi grande que j'en perdis abſolument la raiſon. Je fis des extravagances ſi étonnantes, qu'il fallut, pendant près de ſix ſemaines, me garder à vue.
Je fus ſaignée, médicamentée, & ſi bien
ſecourue par le curé de la paroiſſe, qui,
pour hâter ma guériſon, m'avoit fait tranſ-
pórter chez lui, que ce cruel délire ſe
calma enfin, & que je recouvrai ma
préſence d'eſprit ; mais, hélas ! ce ne fut
que pour voir tout mon malheur. Cet eccléſiaſtique, qui étoit un fort honnête homme, m'apprit qu'il me revenoit peu de choſe de la ſucceſſion de M. Deslandes, que
ſon indigne épouſe s'étoit acquis ſur ſon
eſprit un tel empire, que tout ce qu'il laiſ-
ſoit de biens-fonds paſſoit pour n'avoir été
acquis que pendant le temps de ſon ſecond
mariage ; que le contrat lui étoit extrêmement favorable ; qu'elle avoit converti en
pierreries une partie de l'argent qu'il avoit
eu la foibleſſe de laiſſer en ſa diſpoſition ;
que le douaire étoit ſans retour ; qu'on
avoit repréſenté des obligations de pluſieurs

ſommes aſſez conſidérables, contreſtées par
mon pere, & que lui, curé, regardoit
comme des pieces ſuppoſées pour me faire
tort; qu'enfin, s'il falloit s'en rapporter à
un procureur d'Abbeville, chargé des intérêts de ma famille, mon unique part, pouvoit ſe porter à cinquante-cinq mille livres, franches & quittes de toute redevance & hypotheque. Cinquante-cinq mille
livres ! bon Dieu ! quelle réduction pour
l'héritiere d'un négociant en réputation de
commercer ſur un fonds de cinq cents mille
francs ! Ce fut alors que je conçus juſqu'où
mon pere avoit porté la foibleſſe & l'aveuglement envers cette méchante femme, &
& combien ſon hypocrite attachement l'a-
voit dominé. Dans les premiers tranſports
je vouloiſ aller lui faire les réproches les
plus ſanglans; mais le paſteur m'en détourna, en diſant que n'ayant plus de meſures à garder, elle me traiteroit comme
une étrangere, & que ſa fille étant de retour, ces deux harpies n'épargneroient,
pour me chaſſer de leur préſence, ni injures, ni mauvais traitements; qu'il ſentoit,
autant que moi, combien on me faiſoit
tort; mais qu'il y avoit encore des loix,
& qu'étant majeure, je pouvois de mon
chef avoir action contre ces deux frippo-
nes, & me pourvoir en caſſation de tout
ce qui avoit été fait à mon préjudice de

suivis son conseil; mais toutes les pourſui-
tes que je fis contre ma belle-mere retournerent à ma confuſion. Les gens de plume abſorberent un tiers de ma ſucceſſion;
ma partie fit naître tant d'incidents, employa tant de reſſorts iniques, qu'il fallut
enfin me déſiſter, & me borner à un
offre de trente ſix mille livres, à quoi
ſe réduiſoit ma part; après que la veuve & les praticiens ſe furent emparés de
là leur.

Ce fut alors que, dégoûtée du monde
& n'appercevant de toute part qu'injuſtice
& méchanceté, je réſolus de rentrer dans
le cloître, & d'y paſſer le reſte de mes
jours à déteſter les hommes & à pleurer
mes malheurs. J'allai prendre congé de
Monſieur & de Madame de Veſting, dans
le temps où vous étiez abſent: je leur fis
la peinture de ma ſituation, qui les tou-
cha beaucoup; je leur parlai de l'envie que
j'avois de retourner inceſſamment dans ma
retraite, & Madame, en approuvant ce
parti, me donna des lettres pour ſa parente;
qu'elle eut la bonté de me lire, & qui exprimoient le vif intérêt qu'elle vouloit bien
prendre à ma future tranquillité. Je me remis enſuite ſous la conduite de mon honnête curé, qui m'amena dans ce couvent
huit jours après, & me remit à Madame
l'abbeſſe, avec toute ma fortune. La com-

minauté m'accabla de caresses, soit qu'elle
y fut déterminée par l'appât de l'argent,
& l'espérance de me voir prendre le voile,
soit pour se conformer aux sentiments de
bienveillance que me témoignoit la supérieure, trop vertueuse & trop franche
pour se laisser entraîner par un motif si bas
& si honteux. Que vous dirai-je, enfin,
on sut si bien profiter de la chaleur de
mes premiers mouvements, qu'on me détermina sans peine à prendre l'habit de religion, &, après les épreuves d'un court
noviciat, à me faire prononcer mes vœux.
Tant que vécut la cousine de Madame de
Vesting, je ne sentis pas le poids de mes
engagements ; mais je la perdis trois mois
après avoir renoncé au siècle, & c'est de
cette mort que je date les dégoûts, les
soucis, les regrets & les plaintes inutiles
que je ne cesse de former sur la perte de
ma liberté.

J'ai souvent, dis je, en interrompant
Madame de Saint-Amour entendu parler
de cette vertueuse supérieure dans le temps
que je demeurois au château de Cromcel's ;
mais j'ignorois qu'elle fût décédée. Les personnes d'un mérite si rare devroient être
immortelles. J'ai bien inutilement fait cent
fois les mêmes souhaits, me répondit-elle,
& vous verrez que ce n'étoit pas sans fondement. A peine eut-elle les yeux fermés

que nos dames s'affemblerent pour procé-
der à une nouvelle élection ; mais la cour
de Vienne n'eut aucun égard aux délibérations de notre chapitre ; elle avoit déjà
jetté les yeux fur une fille de qualité, qui,
dans le deffein de briguer cette place,
donnoit depuis quelques années dans une
régularité outrée. A peine fe vit-elle à la
tête de la communauté qu'elle en changea
tout le gouvernement. Les religieufes de
l'ancienne confiance furent écartées ; trois ou
quatre vieilles têtes chagrines & capricieu-
fes, compoferent la cour de la nouvelle abbeffe ; on nous fit un crime des moindres
amufements ; on nous retrancha les parloirs
& une partie des recréations : la bonne
humeur fit place à des grimaces de dévotion ; les moindres faillies parurent des
fautes impardonnables ; toutes les conver-
fations fe tournerent vers la fpiritualité, &
il fallut que toutes nos occupations fe ref-
fentiffent d'un bigotifme fi puérile, que
la religion, loin d'être ma reffource, me
parut un joug défolant & infupportable.
L'efpionnage fut établi ; nous ne favions
plus à qui nous confier : telle me paroiffoit
une amie difcrete & incapable de duplicité,
qui, après avoir été la dépofitaire de mes
fentiments, alloit me déférer, & triompher de ma candeur. Le bon efprit, & la
fupériorité de génie de notre abbeffe dé-

sunte en avoient impolé ; mais, à sa mort, tous les caracteres se démasquerent, & j'ai reconnu trop tard combien ces sortes d'asyles produisent de petitesses, de factions & d'intrigues. Monseigneur, à qui cette surface de régularité plait beaucoup, y est lui-même trompé. Prévenu en faveur de l'abbesse, il la regarde comme une sainte, & ne cesse de nous la proposer comme le modele de toutes les vertus chrétiennes ; mais les éloges qu'il lui prodigue ne sont pas capables de me faire prendre le change ; & j'aime mieux m'en rapporter à mes yeux & à mes oreilles qu'aux applaudissements de sa grandeur, & aux flatteries de mes compagnes. L'indignation, le ressentiment, furent les seuls motifs de ma vocation : je fis mes vœux dans la persuasion trop légere que le monde n'étoit qu'un séjour de corruption & de mauvaise foi. Dans la rapidité des motifs qui m'entraînoient, je me fis du siecle une peinture affreuse, & du cloître une image extraordinairement séduisante ; mais l'illusion des premiers transports a disparu, & je n'ai connu toute l'amertume de la vie monastique que lorsqu'il m'a été impossible d'en secouer le joug. Pénétrée de mon infortune, à charge à moi-même, n'ayant personne à qui je puisse faire part de mes dégoûts, ma solitude me paroît un cachot,

& mes exercices une tyrannie insupportable.
Quelquefois, les yeux tristement fixés sur
ces hautes murailles qui nous séparent de
la société, mon imagination me représente
les douceurs que chacun y goûte dans son
état de liberté : les grandeurs, la profusion,
les amusements délicats, les conversations
pleines d'esprit, le fracas des compagnies,
la circulation perpétuelle de ce grand nombre d'individus qui ne respirent que la joie,
tout cela grossit à mes yeux, me tourmente,
me donne des desirs impuissants, & en-
laidit à l'excès cette prison à laquelle je me
suis volontairement condamnée. A des
journées accablantes par leur uniformité
succedent des nuits plus fâcheuses & plus
lugubres encore; étendue sur ma couche,
& dans le silence des ténebres, je me
transporte en esprit au milieu de cette ville
& dans ces brillantes assemblées où l'esprit,
la beauté, l'enjouement jouent un si beau
rôle; & quoique, dans ma premiere jeunesse, je n'aie goûté qu'un échantillon de
ces plaisirs, mes livres & mes observations
particulieres suffisoient pour m'en donner
une idée juste & véritable. Alors, retournant sur soi-même, & comparant ces murs
blanchis, ces habits simples & incommo-
des, à la magnificence des appartements &
à l'élégance des parures mondaines, j'entre
dans des excès d'angoisse que les grands

motifs de la religion ne font pas capables
de modérer. Enfin, les yeux appefantis
plutôt par l'accablement que par l'effet du
filence, je m'abandonne au fommeil, fi
l'on peut appeller de la forte un état con-
vulfif qui me livre à des fonges importuns,
& me fatigue plus encore que les réflexions
qui l'ont précédées. Bientôt le fon de la
cloche me tire de cette léthargie laborieu-
fe, & m'appelle dans le fanctuaire où nous
louons Dieu dans un langage intelligible, &
où nous nous proffernons aux pieds de fes
autels pour lui renouveller un facrifice
auffi facile à faire dans l'indolence des
premieres années, qu'il devint onéreux
dans la faifon où les paffions commencent à
fe faire entendre.

A ces dernieres paroles, l'expreffion de
la douleur la plus attendriffante fe fit re-
marquer fur le vifage de Madame de Saint-
Amour. Je fus pénétré au point qu'il me
fut impoffible d'ouvrir la bouche & d'imaginer aucun remede à une fituation fi ac-
cablante. Nous reftâmes l'un & l'autre dans
un état de filence & de confternation qui
dura près de demi-heure. A la fin, cependant, me rappellant tout ce que me
purent fuggérer la raifon & le chriftia-
nifme : Le ciel, Madame, lui dis-je,
aura pitié de vos maux, & fi vous n'êtes
pas dans la voie où peut-être il vous avoit

d'abord appellée, j'ai confiance que vo
cœur ne tardera pas à en prendre l'efpri
s'il fe trouve quelque guide affez charit
ble pour adoucir vos préventions, & rel
ver vos efpérances. Le poids dont vo
êtes chargée vous accable ; mais le fe
gneur ne vous a pas entiérement retiré
force & fes lumieres ; & qui fait fi
fein de votre folitude même il ne fufc
tera pas en votre faveur l'inftrument
fes vues miféricordieufes, & le ger
adouciffant de vos déplaifances ? S'il
privoit de cette confiance, répondit-ell
je n'aurois de reffource que le défefpoi
& même je ne veux pas que vous ignori
qu'au milieu de mes cruelles perplexit
j'ai eu le bonheur de me lier d'amitié av
une de nos dames qui avoit éprouvé l
mêmes combats & les mêmes dégoûts,
en qui, contre toute attente, je trou
un fond d'attachement & de fincérité q
ne s'eft point démenti. Peu confidérées
notre abbeffe, toujours en garde cont
un efcadron de flatteufes, dont elle
environnée, nous ne fommes occupées q
faifir le moment de nous rapprocher,
nous entretenir de nos peines mutuelles,
d'avifer aux moyens de les adoucir. Ain
que vous, cette vertueufe fille ne ceffe
me faire entendre que fi la voie que
mort de mon pere & la méchanceté

fon indigne époufe m'ont obligé de fuivre,
n'étoit pas dans les ordres de la providence, une chrétienne pouvoit toujours
être à fa place, quand elle correfpondroit
aux moyens qu'elle lui préfentoit pour fanc-
tifier fes actions. Mon fort lui paroît déplorable ; mais il ne lui femble pas défefpéré, & peut-être qu'à force de compatir
à mes douleurs, parviendra-t-elle à les
calmer ; peut-être que dans la fuite le facrifice de ma liberté me paroîtra moins
dur & moins effrayant. Un feul obftacle
pourroit contrebalancer les charmes d'une
amitié fi pure & fi vertueufe, je veux
parler de la jaloufie & de la curiofité de
nos autres commenfales ; car vous faurez
que ces deux terribles fléaux exercent encore plus odieufement leur defpotifme fous
les grilles que dans le monde.

Votre crainte, Madame, lui dis-je, ne
feroit-elle pas mal fondée ? n'ayant, comme vous me le faites entendre, aucune
part au gouvernement, n'influant en maniere quelconque dans les affaires, le rapport feul des fituations ayant cimenté cette amitié, quelles contrariétés, quel genre
de perfécution pourriez-vous redouter ?

Voilà, interrompit-elle, où je voulois
vous amener : à ce que je vois, la peinture que je vous ai faite de ces vierges
voilées ne vous les a pas fait encore con-

noître felon mes defirs. Repréfentez-vous
donc un effaim de babillardes qui ne s'occupent qu'à recueillir des nouvelles & à
les débiter , fans égard même pour la
vraifemblance , qui ne parlent que pour
parler , & qui dans deux heures de converfation ne produifent pas deux idées:
qui n'ont des doigts que pour manier l'aiguille , & des yeux que pour trouver du
myftérieux & du louche dans les actions
les plus indifférentes. Peut-être allez-vous
croire que fi les plus jeunes fe livrent de
la forte à des fadaifes & à des bagatelles,
les anciennes feront toujours plus difcrétes &
plus raifonnables : hélas ! c'eft précifément le
contraire ; car l'âge les rend facheufes, &
manquant , comme les autres , de lecture
& de génie , elles n'en font que plus in-
commodes & plus importunes. Le moindre propos réjouiffant leur paroît une indécence irrémiffible. Que dis-je ? une faillie , un gefte , un fourire les fcandalifent
& les piquent vivement. On ne parle ici
que de l'amour de Dieu , & l'on y dé-
chire , fans aucun remords , la réputation
du prochain. L'efpoir de faire plus fûrement fon falut nous concentre dans le filence du cloître , & l'on y facrifie une
partie du jour à démêler les intrigues du
fiecle. On y paroît mort à tout , excepté au plaifir d'entendre lire des gazettes,

& d'en faire dans tous les parloirs. La regle nous recommande l'union des cœurs,
& l'on ne s'occupe qu'à se nuire & à se
persécuter. Sous le gouvernement de la
première abbesse, toutes se contraignoient,
& il n'en étoit guere qui ne se revêtissent
du manteau de l'hypocrisie. Le génie élevé
de cette digne personne ne lui permettoit
pas de s'abaisser à des petitesses & à des
minuties : tout étoit tranquille, & s'il n'y
avoit pas plus de mœurs, du moins pa-
roissoit-on en avoir davantage ; mais la
nouvelle supérieure, dépourvue de talents
& de pénétration, aimant les rapports & les
louanges, ne manque pas de trouver des
petites cervelles, occupées de détails pitoyables, faisant de la dévotion un métier
qui a ses principes & ses leçons toutes plus
folles les unes que les autres. Il peut arriver que dans les monasteres d'hommes il
regne autant d'antipathie, de critique,
de brouillerie, d'adulation que parmi nous ;
mais les moines, moins renfermés pour la
plupart ont encore la ressource de la société civile, & le commerce des gens d'é-
tude & d'esprit ; au lieu qu'ici des murs &
des grilles redoutables nous séparent pour
jamais de ceux qu'il nous plaît d'appeller
profanes & pecheurs. Les livres scientifiques sont pour un religieux un préserva-
tif contre l'uniformité des exercices & l'en-

nui ; mais parmi les nones, la bibliotheque
fe borne au bréviaire que nous n'entendons
pas, & à un tas d'œuvres morales faites
pour nous faciliter le chemin du ciel par
des lieux communs, des principes décharnés, & des réglements de conduite frivoles & peu réfléchis. On ne lit ici que
par devoir, & ce devoir paroît toujours
déplaifant, parce que rien n'y nourrit
l'efprit & n'y touche le cœur. Chaque re-
clufe a fur fa table des livres de prieres &
de méditations pour tous les jours de la
femaine, meubles qui l'occupent bien moins
qu'un joli ferin dans une cage, ou quelques vers à foie dont elle fuit fcrupuleu-
fement toutes les métamorphofes. Defti-
nées à la contemplation, elles n'ont du
goût que pour la vie active ; & le grand
cercle de leurs occupations fe réduit à
manier la laine & la foie, brillanter des
boîtes, des images & des cabinets, compofer des liqueurs, chanter des pfeaumes,
& médire de tout le genre humain.

J'écoutois avec une telle attention Madame de Saint-Amour, qu'à peine enten-
dis-je le fignal qui appelloit les nones à
complies. Nous nous féparâmes donc encore, mais ce fut avec promeffe de nous
revoir au moins une fois la femaine, &
le fuccès de ces fréquentes entrevûes pendant tout le temps que je demeurai à Gand
fut

fût tel, que le joug de la religion lui devint enfin supportable, & que sur le portrait que je fis de ses qualités à Monseigneur, elle ne tarda pas à mériter sa bienveillance, & à être élue prieure de sa communauté.

CHAPITRE XXXIV.

Administration de Marcel. Vision extraordinaire, & quelles en furent les suites.

CÉPENDANT je m'occupois toujours sérieusement de l'administration du temporel de Monseigneur. J'avois d'abord débuté par entendre les comptes des fermiers & de tous ceux qui étoient à la tête de la dépense journaliere du palais. J'avois banni des baux ces répétitions odieuses & cette surcharge connue sous le nom de *pot-de-vin*, que d'avides intendants savent imposer à l'insu de leurs maîtres, & qui, joints aux présents qu'ils ne se font aucun scrupule de recevoir, les enrichit de telle sorte, qu'on en a vu surpasser en facultés ceux qui les avoient tirés de l'indigence, & avec l'argent qu'ils avoient diverti par leurs concussions, parvenir à

acquérir la propriété d'un fief ou d'une
feigneurie qui les égaloit aux gens de la
premiere extraction. Le domaine & les
dîmes de l'évêché furent affermés à leur
jufte valeur ; les anciens cultivateurs dont
on étoit content furent continués , & l'on
n'eut aucun égard aux offres de remonte que l'orgueil & l'envie firent faire bien
plus que l'augmentation des terres en rapport & en culture. Il arrivoit de-là que
les paiements fe faifoient avec la plus grande exactitude , & que les locataires ,
jouiffant d'un bénéfice honnête , précé-
doient fouvent les termes pour débourfer
leur argent. L'aifance dans laquelle je les
voyois vivre , loin de me faire croire que
Monfieur l'évêque étoit léfé dans fes intérêts en affermant à bon compte , me con-
duifoit à une réflexion toute fimple ; c'eft
que la richeffe du fermier fait la richeffe
du maître , & que rien ne contribue plus
à l'encouragement de l'agriculture que
l'indulgence des riches envers ceux qui
pourvoient à leur fubfiftance. Lorfque j'allois de la forte dans les métairies de la
dépendance de l'évêché , je voyois le la-
boureur exécuter des projets d'amende-
ment qui , quoique coûreux , ne le rebu-
toient jamais ; parce que la terre le dé-
dommageoit de fes dépenfes & de fes travaux avec ufure. Cette conduite , fi con-

forme au bon cœur de Monſieur l'évêque,
faiſoit naître la ſatisfaction la plus complette dans celui de ces bons campagnards.
Le concierge, le maître-d'hôtel & les
autres officiers du palais en conçurent
ſeuls du déplaiſir. Celui qui m'avoit précédé dans la régie de l'évêché s'étoit enrichi de quarante mille écus aux dépens
de Monſeigneur, & comme ſes malver-
ſations n'avoient été connues qu'après ſa
mort, tous ceux qui ſous lui étoient pré-
poſés à la dépenſe, s'étoient tellement
entendus, qu'il n'en étoit pas un qui ne
fût en état de former un bon établiſſement
dans le cas où on lui eût ôté ſa place.
La vigilance & le déſintéreſſement que je
fis paroître dans l'exercice de ma charge
ne manqua pas de les mécontenter beaucoup ; mais les premiers murmures furent
ſourds, & la faveur dont le prélat m'honoroit les contenoit de telle ſorte, que
je fus bien du temps avant de connoître
que j'étois un objet odieux pour ces honnêtes frippons. Je m'en apperçus à la fin ;
mais il me fallut encore prendre bien des
meſures pour éventer les reſſorts iniques
qu'ils ſe propoſoient de faire jouer pour
me perdre, & que j'eus le bonheur de
mettre en défaut à leur entiere coïfuſion :
voici comme la choſe arriva :

Un matin que je me diſpoſois d'entrer

chez Monseigneur, le chef d'office se présenta dans ma chambre ; & avec une feinte consternation, me dit que le Suisse avoit été fort tourmenté la nuit précédente par l'apparition d'un spectre, & qu'il étoit malade dans son lit. Au lieu donc de me rendre où j'avois dessein d'aller, je descendis avec cet homme chez le Suisse qui, en effet, avoit une grosse fievre. Je ne jugeai pas d'abord qu'il convînt de l'interroger dans l'accès, & je promis de revenir aussitôt qu'il se trouveroit mieux. Je me gardai bien d'en parler à Monseigneur ; &, retournant le soir chez le malade qui étoit seul, je me mis en devoir de le questionner sur les causes de sa situation, & voilà ce qu'il me dit : Hier, avant minuit, tout le monde étant retiré, & moi-même sur le point de me mettre au lit, j'entendis de profonds gémissements dans cette chambre voisine : je crus aussi tôt que c'étoit mon chien qui, en effet, y reposoit sur une chaise à côté de la porte. Dans cette persuasion je me couchai ; mais à peine mes yeux commençoient à s'appesantir, que les plaintes redoublerent avec encore plus de force qu'auparavant. Surpris alors, & ne sachant trop qu'en penser, je me relevai promptement, & prêtai fort attentivement l'oreille. C'est, sûrement, me disois-je, quelque chat enfermé ; & dans cette idée,

j'ouvre la porte de la cour pour le faire
sortir. Je fais beaucoup de bruit, & rien
ne s'échappe; j'entre dans cette chambre,
j'appelle mon chien qui vient auffi-tôt me
careffer; je pénétre en chemife jufques
dans une troifieme piece; mais jugez de ma
frayeur en appercevant, à la faveur de la
lune qui donnoit dans la fenêtre, un fort
grand homme vêtu d'un fuaire blanc, lequel
étendant les bras vers moi, me dit d'un
ton fort trifte que j'euffe à lui donner les
clefs du jardin pour aller faire fa priere aux
pieds de la chapelle. Ma furprife augmenta
en voyant mon chien fe ferrer dans mes jambes, fans pouffer le moindre aboiement.
Tremblant alors, & pouvant me foutenir
à peine, je pris au coin de la cheminée le
paquet des clefs dont on me confie la garde, & après l'avoir pofé fur une table
de la chambre, je me retirai avec précipitation, & allai m'enfoncer dans mon lit
jufques par deffus la tête. Voilà ce que j'ai
vu; & depuis ce facheux moment la fievre
m'a pris avec une telle violence, que fi
le chef d'office ne fut pas entré le matin,
& ne m'eût procuré quelques fecours, je
rifquois de me trouver fort mal le refte de
la journée. Ce pauvre homme ayant parlé
de la forte, mon premier foin fut de m'approcher de la cheminée, où je ne fus
pas médiocrement furpris de trouver les

clefs à la place où on avoit coutume de
les suspendre. Je fus d'abord tenté de trai-
-ter ce récit de vision ridicule ; mais, réflé-
-chissant ensuite sur l'ingénuité du Suisse, &
la situation fâcheuse dans laquelle il avoit
été, & qui me paroissoit un effet de la
terreur, je crus démêler un dessous de
cartes dont il étoit important de fonder
le secret. Dans cette opinion je lui proposai
de céder son lit pour la nuit prochaine
au cocher de Monseigneur ; garçon fort
& robuste, qui n'étoit rien moins que timide, & qui s'empara du gîte de son camarade avec autant de sang froid, que celui ci le quittoit avec plaisir. La nuit arrivée, même apparition, même frayeur. Les
clefs furent demandées & remises à la même place. Le cocher refusa la seconde épreuve ; & comme je m'apperçus que la peur
pourroit le faire jaser, & que l'histoire du
revenant ne tarderoit pas de parvenir aux
oreilles de l'évêque, je le priai ainsi que
tous les officiers de la maison, de garder le silence, jusqu'à ce qu'on eût acquis
les lumieres nécessaires pour juger de la
nature de cet événement. Tous me le promirent avec un air de sincérité si séduis-
ant, qu'un autre que moi y auroit été
bien trompé. J'eus recours pour la troisieme nuit à un jeune homme, qui, depuis un an, travailloit au secrétariat, &

qui étant parent de Monsieur l'abbé de
Merlach, me parut trop bien élevé pour
qu'il regnât entre lui & des domestiques
aucune collusion. Il voulut d'abord se refuser à ma proposition; mais réfléchissant
ensuite qu'il étoit peut-être question de
quelque découverte importante, & n'étant
rien moins qu'ombrageux, il se détermina
tout-à-coup à prendre possession pour ce
soir de la chambre du Suisse. Pour l'encourager, je lui promis de me rendre secrétement à une fenêtre de cette chambre
qui donnoit sur une arriere-cour, & d'y
être auditeur de l'entretien qu'il auroit avec
ce prétendu revenant. Je fus même jusqu'à
lui dicter les interrogations qu'il devoit lui
faire; & tout cela fut ménagé de maniere
que personne ne se douta de notre dessein.
A onze heures sonnantes, je me rendis à
l'endroit indiqué, & ayant frappé doucement, je demandai au jeune homme s'il
avoit entendu quelque chose. Pas encore,
me répondit-il, & si vous vouliez m'en
croire, je serois d'avis que vous passas-
siez dans la chambre, & que vous vinssiez
vous cacher sous les rideaux de la ruel-
le. Car après tout, ajoura-t-il, peut-être
aurai-je besoin d'aide, & deux bras de
plus viennent toujours à point. Cela dit,
il ouvre un pan de la croisée, & me
tend la main. Comme la fenêtre n'étoit

R 4

pas élevée, je la franchis aisément, &
fus selon ses desirs, me blottir au chevet
de-son lit.

Les gens de l'autre monde n'ont certainement pas tous le don de prophétie, car
notre esprit ne soupçonna pas le complot,
& s'enhardissant à mesure qu'il trouvoit
moins de résistance, il traversa pour cette
fois les deux premieres chambres, vint sans
cérémonie se camper aux pieds du secrétaire & demander les clefs. Celui-ci, avant
d'octroyer sa demande, se mit en devoir
de le questionner en ces termes : Pauvre
ame, qui parois être dans la peine, je te
conjure par tout ce qu'il y a de plus
sacré, de me dire qui tu es, & pourquoi tu reviens toutes les nuits dans ce
palais ? Le fantôme fut quelque temps sans
répondre, soit que la voix de l'inter-
rogateur lui parût différente de celle du
Suisse & du cocher, soit que ne s'attendant pas à cette demande, il lui fallut
sur le champ controuver une histoire satis-
faisante. A la fin, rompant le silence : Je
suis, dit-il, en poussant un grand soupir,
le dernier intendant de Monseigneur, qui
ayant été repris au jugement de Dieu, suis
condamné à faire une pénitence de neuf
jours, en priant & en gémissant au lieu
de la station qui m'a été prescrite. Quel
est donc le crime, continua le jeune hom-

me , qui vous oblige à cette espece de pélerinage ? C'est , répondit le faux intendant , pour avoir usé d'indulgence envers les fermiers de mon maître , louant les biens en dessous de leur valeur , & par cette condescendance , causant la dégradation des revenus de l'évêché ; c'est encore pour avoir retranché jusqu'au nécessaire aux officiers de cette maison , sous prétexte d'économie , donnant contre eux de fausses notions , voulant pénétrer & censurer amérement leur conduite , qui néanmoins étoit irréprochable , me rendant par un faux zele , leur dénonciateur , grossissant leurs fautes , les faisant passer pour des dissipateurs , des gens de plaisir qui s'entendoient pour ruiner Monsieur l'évêque , quoiqu'au contraire je susse qu'ils étoient tous aussi fideles qu'exacts & entendus pour la bonne administration. Mais , ajouta le secrétaire , si celui qui vous remplace suit le même esprit ; si les biens s'afferment derechef à un prix modique , s'il s'agit toujours de supprimer les répétitions & de modérer les charges , si tous les gens du palais se trouvent exposés au même examen , & si sa grandeur se prévient de telle sorte en faveur de son nouvel intendant , qu'il seroit dangereux même de lui faire des représentations ; ce dernier s'exposeroit donc aux mêmes risques & à

R 5

la même peine pour laquelle vous faites
pénitence? Il n'y a pas à en douter, répondit l'esprit; & je vous charge même,
vous qui êtes témoin, non-seulement de
cet abus, mais encore de quelques autres
innovations aussi préjudiciables, de prévenir Monseigneur qu'il se garde bien de
donner comme il fait toute sa confiance à
un politique dangereux; un renard rusé
qui ne cherche qu'à se rendre nécessaire
par une vigilance hors de saison, qui veut
bâtir sa réputation sur celle de ses confreres; & qui, sous le prétexte que son
maître a quelquefois besoin de ses lumieres,
est tellement parvenu à lé fasciner, qu'il
ne voit, ne pense, & ne fait rien que
d'après ses conseils. Cela dit, le spectre
s'empare des clefs, ouvre la porte, &
va, selon l'ordinaire dans le jardin, pour
y faire son oraison auprès de la chapelle.
Je savois bien que l'on pouvoit être retenu
après la mort pour avoir fait mauvaise usage
d'un emploi, pour avoir été cruel, inflexible, infidelle; mais j'ignorois encore que
le ciel punît rigoureusement un économe
désintéressé, vigilant & humain. Ce fantôme là m'apprenoit une croyance toute
nouvelle; j'avois, en outre, examiné à
travers la séparation des rideaux, & à la
faveur d'une petite lampe que nous avions
déposé sous la cheminée, cette figure sé=

pulchrale, & j'avois cru m'appercevoir qu'au lieu de deux yeux, il ne paroiſſoit que deux fentes arrondies, que la bouche, en proférant des ſons reſtoit immobile, & que les traits du viſage n'obéiſſoient à aucun mouvement. Enfin, la voix me ſembla ſi conforme à celle du premier cuiſinier, que me levant auſſi-tôt : Il n'y a pas à balancer, dis-je à mon compagnon ; tout ceci n'eſt qu'une farce & un ſtratageme méchamment imaginé pour me perdre. Avez-vous bien conſidéré cette ſinguliere figure ? Je la crois toute d'emprunt, & le vrai perſonnage étoit derriere un maſque que vous avez pris pour un viſage. Un eſprit diſparoît dans un clin-d'œil, & celui-ci ne ſe rend inviſible qu'en s'échappant par une porte. Qué veut dire encore cette pénitence dans un jardin, & cette maniere adroite d'emporter pendant la nuit les clefs de ce palais ? Dans tout cela je découvre une complication de tromperies ſur laquelle il eſt important de ne pas m'en dormir. Mais attendons le retour, & faiſons, le plus qu'il nous ſera poſſible, amas de matériaux propres à détourner l'orage, & à déconcerter l'indigne manœuvre de mes ennemis. Je me tapis donc pour la ſeconde fois ſous les rideaux en attendant l'ame qui, un quart-d'heure après, pouſſa la porte, remit les clefs en place, rentra

dans la chambre voifine, & ne parut plus
de cette nuit. Nous nous levâmes alors,
-& après que le fecrétaire eût repris fes
habits, j'allumai une bougie au feu de la
lampe, & entrai le premier dans les deux
chambres voifines que nous parcourûmes
avec beaucoup de curiofité. Mon étonnement fut de n'y trouver aucune trace de
communication. Il n'y avoit point de cheminée comme dans celle où couchoit le
Suiffe, les croifées étoient fermées en
dedans par des verrouils plats ; point de
trappe, point de fracture, point d'autres
portes que celles qui communiquoient aux
trois autres pieces. Nous allions nous retirer, fort déconcertés de cette recherche,
quand, appliquant par hafard, la main fur
une vieille tapifferie, je crus entendre un
fon creux, comme celui que rendroit une
fimple cloifon de planches. Auffi-tôt je
foulevai un pan de cette tapifferie, & ne
fus pas médiocrement furpris de découvrir
une porte fort étroite qui répondoit à un
petit efcalier, lequel fervoit de communication pour les couvreurs & charpentiers
lorfqu'ils avoient à travailler dans les greniers & fur les toîts du palais. Cette partie
des bâtiments ne m'étoit pas encore con-
nüe ; mais en rapprochant peu à peu les
idées du local, il ne me fut pas difficile
de comprendre comment on pouvoit y pé-

nétrer par les corridors voisins où se trouvoient toutes les chambres des domestiques. L'indignation transportoit le jeune
secrétaire, qui, sans faire attention qu'il
étoit tout au plus une heure après minuit,
vouloit faire éclat. Nous ne sommes, lui
répondis-je, qu'à moitié du chemin, &
le chapitre de la chapelle est encore une
énigme dont il faut pénétrer la profondeur
avant de nous remettre au lit. Aussi-tôt je
détache les clefs, & après avoir traversé
la cour & ouvert la grille qui communi-
quoit au jardin, nous en parcourûmes tous
les détours à la lueur de la lune qui étoit
sur le point de se coucher. Pendant près
d'une demi-heure nos peines furent infruc-
tueuses, mais le secrétaire s'étant enfoncé
dans un berceau qui étoit entre la chapelle
& le mur d'enceinte alla donner du pied
contre un ballot caché sous l'épaisseur des
feuillages. Il vint à moi tout joyeux, &
notre premier soin fut d'en couper les
cordes, & d'en examiner le contenu. Il
renfermoit diverses marchandises, en toile,
en soie & en livres, lesquelles me semblerent toutes prohibées. Contents de cette
trouvaille, & appréhendant que les appro-
ches du jour ne nous surprissent, nous
nous chargeâmes de ce fardeau, & le
transportâmes tout de suite dans ma chambre, présumant toujours de le faire servir

à ma juſtification. Cela fait, le ſecrétaire
ſe rendit à celle du Suiſſe où il paſſa le
reſte de la nuit avec plus de tranquillité
que la veille.

A peine en étoit-il ſorti le matin que
chacun ſe mit à le queſtionner, entre haut
& bàs, & toutes ſes réponſes furent analogues à la terreur contrefaite de ces coquins
qui ne s'attendoient gueré au rôle que nous
allions jouer à leur confuſion. Ce-fut pour
ce coup que je me déterminai le premier
à rompre le ſilence, & en leur préſence,
je m'entretins du ſpectre avec ſi peu de
meſure, & avec un air de franchiſe &
de crédulité ſi bien ménagé, que chacun,
à mon imitation, n'héſita pas d'en parler
hautement comme d'un fait certain, & que
Monſeigneur lui-même l'apprit avant midi.
Incontinent il me fit appeller. Qu'eſt-ce
donc, me dit-il, qu'ai-je entendu? Savez-
vous ce qui ſe paſſe chez moi? Oui,
Monſeigneur, lui répondis-je; mais que
votre grandeur ne ſe laiſſe point gagner
par dés apparences : on veut vous jouer,
me perdre, & faire de votre palais l'en-
trepôt d'un commerce décrié. Ce début
prononcé avec chaleur frappa le prélat :
Expliquez-vous, repliqua-t-il, car je ne
vous entends pas. Auſſi-tôt j'entrai en
matiere, & n'omis aucune circonſtance
qui pût lui laiſſer quelque doute ſur cette

vilaine marote. Monsieur de Gand, comme on l'a vu plus haut, se laissoit aisément prévenir ; mais la vérité trouvoit
accès dans son esprit, & quand on étoit
assez sincere pour lui exposer les choses
sous un vrai aspect, il savoit rendre justice, & prendre son parti avec discernement & fermeté.

Ayant donc rêvé quelque temps, voici
le projet qu'il résolut de mettre à exécution. Ce fut de prévenir un officier de
maréchaussée à qui il donna commission de
se cacher la nuit suivante avec sa brigade
dans une charmille qui étoit à quelques
toises du mur de la chapelle, & d'y attendre l'arrivée du fantôme qu'il lui seroit
facile de saisir au collet, en le menaçant
de le faire pourrir dans un cachot s'il refusoit de répondre aux interrogations qui
lui seroient faites. Monseigneur devoit en
même temps se rendre avec moi à l'extré-
mité d'un grand corridor qui tiroit jour du
côté où cette scene alloit se passer. Tout
cela fut conduit, graces à mes soins, avec
la plus grande circonspection ; ni le maître
d'office, ni le concierge, ni le spectre,
ni personne de la suite du prélat n'en eut
le moindre soupçon. Le secrétaire s'offrit
de bon cœur à coucher chez le Suisse,
s'attendant bien que ce seroit enfin pour
la derniere fois. A l'heure convenue, chacun

prit secrétement possession de son poste,
& le prélat ne fut pas des derniers à aller
occuper le sien. Il y avôit près d'une heure
que nous attendions ; la lune étoit fort brillante , & nous commencions à nous im-
patienter , quand enfin nous entendîmes l'efprit pénitent ouvrir doucement la grille &
s'introduire dans le parterre. Nous le vîmes
ensuite se débarrasser de son suaire, jetter de toutes ses forces une corde par dessus la muraille, & y attendre, les bras croisés, qu'on y attachât ce qu'on vouloit y
mettre. Ce fut dans ce moment où l'officier sortit de son embuscade, lui sauta
sur le corps, le saisit vigoureusement au
pourpoint , & donna le signal à ses cavaliers, dont le coquin fut aussi-tôt environné. Misérable , lui dit-il , dis-moi dans l'instant quel dessein t'amene à pareille heure
dans cet endroit, où je vais te faire pendre
avant qu'il soit vingt-quatre heures. Miséricorde , s'écria le scélérat effrayé, je ne
viens pas ici pour faire tort à personne.
A d'autres, repliqua le prévôt, songe au
plutôt à me satisfaire, sans quoi je vais
éveiller tout le palais, & te mettre les
fers aux mains. La crainte du supplice augmenta prodigieusement les terreurs du chef
de cuisine (car c'étoit lui-même) & il
promit de tout avouer. L'officier le conduisit dans une chambre voisine de la nôtre;

& voici la subſtance de ſes déclarations :

Premiérement , il n'étoit que trop certain que l'extrême confiance qu'avoit en
moi Monſeigneur avoit occaſionné la plus
violente jalouſie parmi ſes gens. L'attention
ſinguliere que j'avois apportée dans l'adminiſtration intérieure de ſa maiſon leur
avoit parû un joug inſupportable. Autant
avoit-on dans mon prédéceſſeur joui de la
liberté de diſpoſer , à ſon gré , de la cave, de l'office & de tout l'approviſionne-
ment , autant falloit-il aujourd'hui ſe re-
trancher & s'obſerver , rien ne ſortant de
l'évêché ſans mon conſentement & ma par-
ticipation. Le frippon confeſſa encore qu'il
y avoit au voiſinage d'honnêtes recéleurs,
qu'il nomma , & chez qui on avoit dé-
poſé grand nombre d'effets en linge , habits , vaiſſelle , & même en argenterie ;
mais que depuis qu'il avoit plu au nouvel
intendant de former un état exact du mobilier de la maiſon , il n'avoit pas été
poſſible de ſéqueſtrer même un fruit ,
même un broc de bierre ſans que je m'en
fuſſe apperçu. Nous apprîmes enſuite que
les fermiers avoient été cruellement vexés
par le régiſſeur défunt qui les accabloit
par des répétitions dont ſon maître n'a-
voit aucune connoiſſance, & en exigeoit,
à ſon profit, des ſervices multipliés dont
on n'oſoit ſe plaindre , dans la crainte

d'être défolés, & de fortir à l'expiration
des baux ; qu'à la réferve du Suiffe
& de deux ou trois ferviteurs connus
par leur intégrité, tous les autres entroient dans le complot, & partageoient,
fans fcrupule, les profits qui leur reve-
noient de cette cruelle exaction ; que fe
voyant actuellement réduits à leurs fimples
gages, n'efpérant plus de préfents, ni aucune gratification, n'ofant s'abfenter d'un
quart-d'heure fans rendre compte de leurs
demarches, bornés à leur fimple réfection,
& ne pouvant même offrir un verre de
vin à un ami, ils s'étoient déterminés à
mettre en commun une fomme, & d'entrer dans la fociété de deux ou trois contrebandiers, dont il faifoient paffer les
marchandifes par deffus les murs du jardin,
d'où ils les tranfportoient chez un particulier qui s'engageoit à les débiter fecrète-
ment, moyennant un bénéfice affez raifonnable : Nous ignorons, ajouta-t-il, quel
fera pour nous le produit d'un tel commerce, qui eft tout nouveau, & pour lequel il avoit été arrêté entre nous que j'u-
ferois d'un ftratageme pour m'emparer des
clefs & en faire prendre l'empreinte à un
ferrurier. Mais, interrompit le prévôt,
où étoit la néceffité de recourir à des
apparitions ? Par ce que vous venez d'entendre, répondit le cuifinier, il ne vous

fera par difficile de deviner quel étoit notre objet : le Suisse est un homme incorruptible, mais timide. Comme, chaque
jour, sa fonction est de fermer les portes
de l'évêché, d'en apporter les clefs dans
sa chambre ; & comme ces clefs nous
étoient nécessaires, nous imaginâmes un
moyen propre à l'effrayer & à le rendre
docile ; & ce moyen fut de jouer le personnage d'un esprit: D'ailleurs, nous avions
envie de perdre le nouvel intendant ; &
la réponse que je fis à celui qui m'a interrogé la nuit derniere, fait assez connoître que nous n'y allions pas à moins
que de le faire ignominieusement chasser de
son poste. Nous nous attendions bien que
Monseigneur seroit, avant peu, prévenu
du merveilleux de cet événement ; & comme il est assez facile à recevoir des impressions, il étoit naturel d'en conclure que
cela donneroit atteinte au crédit de son
favori. Voilà, au plus juste, mon histoire
& celle de mes complices ; & s'il vous
reste encore quelque humanité, prenez
pitié d'un malheureux qui est encore plus
repentant qu'il n'est coupable, & qui s'offre de bon cœur à toutes les satisfactions
que vous exigerez de lui, pourvu que
vous le dérobiez au supplice. C'étoit bien
l'intention du prévôt & la nôtre ; mais il
prit le parti de dissimuler, & le fit gar-

der par ſes gens juſqu'à l'heure où on l'avertit d'entrer chez Monſieur l'évêque. Il n'y avoit pas deux heures que nous étions rentrés, & je crus qu'il étoit de mon intérêt de ne pas paroître juſqu'au moment où je ſerois demandé. Quelle fut la conſternation du criminel, lorſqu'il ſe vit aux pieds de ſon maître, & qu'il fallut y renouveller l'aveu de ſes déportements ! Le réſultat de toutes ces meſures fut qu'on arrêteroit auſſi-tôt les compagnons de ſon infidélité qui étoient encore dans leur lit, & qu'on les feroit paſſer avec les mêmes ménagements dans le cabinet du prélat.

Tout reuſſit ſelon nos deſirs, &, ſans uſer de violence, on les contraignit à confirmer de bouche le récit du chef de cuiſine. Vous euſſiez vu ces infortunés ſe jetter aux genoux de Monſeigneur & implorer ſa clémence en répandant un torrent de larmes. Le bon cœur de l'évêque ne put tenir à ce ſpectacle, & il me fit appeller, comme pour me donner communication d'une choſe que je ſavois auſſi bien que lui. Ma préſence augmenta leurs regrets & leur confuſion, & tous me parurent ſi ſincérement touchés de repentir, que je fus le premier à ſolliciter leur grace & à demander leur élargiſſement. Peut-être, leur dit ce digne prélat, qu'en vous déférant je rendrois ſervice au public, &

mettrois en sûreté ma personne & mes
biens, dont vous avez fait un si mauvais
usage. L'intérêt de tous ceux qui se font
servir, & la réputation de mon intendant
sembleroient exiger de moi cet acte de
sévérité, mais comme il est le premier à
oublier cette lâche trahison ; & que votre
repentir me paroît sincere, je veux bien,
pour une premiere fois, user d'indulgence,
pourvu, toutefois, que vous me promet-
tiez d'être, dans la suite, aussi attachés à
votre devoir que vous avez eu le malheur
de vous en écarter. C'est à ce jeune homme pourfuivit-il, en me montrant, que vous
en êtes principalement redevables, & c'est
en sa préfence que vous devez vous engager par les ferments les plus folemnels
à concourir tellement au bien de ma maifon, qu'elle soit, dans la suite, aussi bien
gouvernée qu'elle l'étoit mal dans le temps
de son prédécesseur. Tous le promirent,
tous me jurerent fidélité & soumission, &
il y eut dans leurs assurances quelque chô-
fe de si touchant & de si persuasif, qu'aussi-tôt que je les vis en liberté, je n'hé-
sitai pas de les embrasser l'un après l'autre,
& de leur rendre toute mon amitié. Ce
procédé plut beaucoup à Monseigneur, lequel, après avoir fait signe à ses domestiques de se retirer secrétement dans leurs
chambres, gratifia de la maniere la plus

honnête le prévôt & ses cavaliers, en exigeant d'eux qu'ils se rendissent, vers le soir, à l'évêché pour aviser aux moyens de recupérer, sans bruit, une partie des vols dont on avoit découvert les détenteûrs.

CHAPITRE XXXV.

Prudence de Monsieur de Gand. Marcel devient gouverneur de son neveu. Voyages des Pays bas à Paris. Voie de fait d'un gentilhomme contre des moines.

Vers les neuf heures, le prévôt se rendit au palais, & après avoir concerté les mesures les plus prudentes pour dérober cette vilaine affaire à la curiosité du public, Monseigneur le chargea de faire avec sa brigade des visites chez tous les particuliers accusés de recélement. Ils s'en acquiterent si adroitement & avec tant de succès, que huit jours après il rentra à l'évêché deux caisses de linge & quarante-quatre couverts d'argent. La crainte d'être traînés dans des cachots, & de subir la punition des malfaiteurs fit sur ces dépositaires infidelles le même effet que sur les

gens du prélat. Ce maître indulgent ne
voulut pas porter plus loin ses recherches,
soit dans la crainte de trop découvrir,
oit pour éviter un éclat qui auroit pu
aire tort à sa modération, & attirer à ses
omestiques quelque affaire plus surieuse,
u'il n'auroit plus été alors en son pouvoir
'arrêter.

A l'égard de la marchandise qui étoit
ux domestiques, elle fut déposée au pa-
ais. Elle consistoit en quatre balles pleines
e dentelles, soies étrangeres, & livres
éfendus. Ces denrées furent vendues sans
ruit & sans perte pour eux ; il n'y eut
ue les seuls livres à qui Monseigneur ne
oulut faire aucune grace ; comme ils trai-
ient presque tous de matieres relatives
u Baïanisme, & au Quiétisme, ils furent
ondamnés au feu, sans que personne fît
ine de s'en plaindre. J'eus même, au
ontraire, depuis cet événement, la satis-
ction de voir régner l'ordre & la paix
ns la maison. Les plus repréhensibles
rent les plus ardents à y faire leur de-
oir, & le prélat fut servi avec un
ele & un attachement où j'eus le loisir
e me convaincre qu'il n'y avoit point de
rd.

Six mois se passerent de la sorte, &
endant cet intervalle, je ne sus de qui
e louer davantage, ou de Monseigneur

qui en redoubla de confidération à moi
égard , ou de ſes gens en qui je remarquois une déférence entiere à mes volontés.

Ce fut dans ces entrefaites que ſa grandeur appella chez lui ſon neveu, jeune
homme d'environ dix-ſept ans, du caractere le plus ſociable & de la figure la
plus revenante. Ses parents l'avoient d'a-
bord envoyé à Louvain, où il avoit fait
ſes études juſqu'à la philoſophie incluſive-
ment. Comme ils ne le deſtinoient pas à
l'état eccléſiaſtique , leur deſſein étoit de
le faire voyager en France, pour y étudier les mœurs de cette aimable nation.
Ils en avoient communiqué depuis quelque temps avec Monſieur de Gand, qui,
loin de déſapprouver leurs vues, enchérit
encore ſur les avantages de ce voyage ,
& me deſtina pour l'accompagner, en qualité de ſon gouverneur & ſon ami. Ce ne
fut qu'un mois après qu'on me fit part de
cet arrangement. J'entrois à mon ordinaire dans ſon cabinet ; il étoit ſeul ,
je voulois lui parler d'une réparation très-
urgente dans l'une de ſes fermes que j'a-
vois viſitée la veille, j'en avois à ma
main le devis & le plan. Mettons cela de
côté juſqu'à demain, me dit-il, & parlons
de choſes plus ſérieuſes. Seriez-vous curieux de voir la France ? Je lui répondis
que

que telle avoit été autrefois mon envie,
mais que l'emploi dont il avoit bien voulu m'honorer, me fixant auprès de sa perfonne, il devoit être le premier à défapprouver le defir que j'aurois de m'en féparer par le feul motif de l'agrément & du
plaifir que.... Il ne s'agit pas ici de fépa-
ration, interrompit-il, mais d'accompagner
mon neveu en qualité de fon gouverneur.
Vainement vous refuferiez-vous à cette propofition; car l'effai que j'ai fait de votre
difcernement & de votre probité, me font
garants de la fageffe de mon choix. Mais,
Monfeigneur, lui répondis-je, fur qui
pourrai-je me décharger des foins de votre maifon? Sur le commis de mon fecrétariat, dit-il, vous lui avez rendu les
témoignages les plus favorables, & vous
n'avez fait en cela que confirmer la bonne
opinion que j'en avois conçue plus de quatre mois auparavant : j'aime ce jeune homme à bien des égards; & s'il n'a pas vos
lumieres pour différens objets de fciences,
il a l'efprit de combinaifon, la confcience délicate, & une douceur dans le caractere qui lui concilie la bienveillance de
mes eccléfiaftiques & de mes gens. Votre
éloignement me fera fenfible; mais j'en
ferai bien dédommagé par les connoiffances utiles & agréables que mon neveu ne
manquera par d'acquérir fous votre direc-

tion. J'avois la bouche ouverte pour faire encore à Monseigneur quelques observations, mais il étoit si avantageusement prévenu sur mon compte, qu'il refusa d'en entendre aucune, & ne voulut pas même me donnner d'avis relatifs à la commission dont il m'alloit charger.

Huit jours suffirent pour les préparatifs de notre voyage, qui devoit être de deux ans au moins; notre équipage étoit fort leste : un domestique, un postillon, trois chevaux, une bonne chaise, deux ou trois habits, du linge, de l'argent pour une dépense honnête; & quelques bons livres pour charmer l'ennui d'une longue route. Je remis à Dubar (c'étoit le nom du jeune homme qui alloit me remplacer) les papiers & états de ma régie, & après avoir pris congé du prélat, nous montâmes en voiture, Monsieur le chevalier de Samberg & moi, & prîmes le chemin de la France par une des plus belles journées du printemps. La promptitude avec laquelle s'étoient faits nos arrangements, & l'extrême confiance qu'avoit en moi Monsieur l'évêque, ne m'empêcherent pas de remplir ce nouvel emploi avec toute la vigilance possible. J'étois trop jaloux de ma réputation pour le tromper sur ce point, & l'on verra dans la suite que le neveu se rendit bien digne de la tendresse de son

oncle & des attentions de son gouverneur.
Le premier coup-d'œil m'en avoit fait
porter le jugement le plus favorable, &
l'habitude de le connoître & de le diriger me fit trouver en lui des ressources
qui m'avoient manqué chez les enfants de
Monsieur de Vésting, parce qu'ils étoient
encore trop jeunes quand je les quittai.

Comme Monsieur de Samberg atteignoit
sa dix-huitieme année, je m'apperçus bientôt qu'il étoit susceptible de plaisir; il ne
s'agissoit donc que d'en bien diriger l'objet.
Il aimoit la lecture, & faisoit ses délices
des conversations savantes; mais il n'y avoit
en lui ni entêtement, ni pédantisme, & le
sentiment le plus sûr & le plus vrai, de
quelque part qu'il vînt, étoit toujours celui
qui lui plaisoit davantage; sans humeur,
sans passions violentes, sans morgue, sans
hauteur, il écoutoit tout, & ne répondoit
jamais qu'à propos. S'accommodant aux
temps & aux lieux, il étoit satisfait de ce
qu'il avoit, & comptoit pour peu de chose
ce qu'il n'avoit pas, quand cela ne pouvoit lui servir à être plus vertueux & plus
content. Ayant à diriger un éleve si aimable, on s'attend bien que je devois me trouver fort satisfait de mon sort, & bien
dédommagé des fatigues inséparables du
voyage.

Comme notre premier dessein étoit,

avant tout, de voir la capitale, nous prîmes le chemin qui conduisoit de Gand à
Cambray, & de là à Noyon & à Senlis. En
entrant dans le premier village, nous vîmes un certain nombre de paysans rassemblés au pied d'un pignon, & entourant un
moine qui leur parloit avec beaucoup de
feu, secouant la tête, & leur montrant le
poing, comme s'il eût été transporté de
colere. Ces bonne gens étoient munis de
pioches, de pelles & de beches, & ne
paroissoient pas fort sensibles aux menaces
du religieux. Nous les vîmes même jetter
quelques éclats de rire, & lui tourner le
dos d'un air moqueur, ce qui redoubla
l'animosité du moine, qui ne tarda pas à
remonter à cheval & à s'éloigner au grand
trot. Nous descendîmes à la premiere auberge, où, pendant que nous étions à table,
un vieillard vint sans cérémonie nous demander qui nous étions, & si nous allions
bien loin. Notre réponse fut telle qu'il nous
plut de la faire, & comme il parut borner
là sa curiosité, nous le priâmes, à notre
tour, de nous dire ce que signifioit cet
attroupement de bourgeois, & dans quel
dessein nous les avions vus insulter ce moine, qui paroissoit si fâché. Insulter ! Messieurs, nous dit-il tout surpris ; allez,
soyez bien sûrs qu'ils n'ont fait que ce qu'on
leur a commandé, & qu'il n'est personne

qui s'avisât de les blâmer. Laissez faire les
gens d'églife, & bientôt tout leur conviendra : s'ils font riches aujourd'hui, c'est
bien aux dépens des butords qui n'ont pas
la force de leur tenir tête ; mais tout cela
ne fait rien à l'affaire, & je vais vous conter un trait qui, heureufement, vient de
tourner à leur honte. La ferme que vous
voyez, pourfuivit-il, au fond de cette
gorge, appartient à des moines, dont le
couvent n'est qu'à une demi-lieue du village. A deux cents pas plus loin coule un
ruiffeau, fur lequel ces Meffieurs avoient
délibéré de bâtir un moulin. La place étoit
sûrement fort commode, car la pente de
l'eau y est fort roide, & les fources voisines
le groffiffent tellement, que de mes jours
je n'ai fouvenance de l'avoir vu à fec. Si
cet établiffement avoit eu lieu, il n'y a
pas à douter que c'étoit un tréfor pour le
monaftere. Une feule chofe embarraffoit
les moines ; c'est que le ruiffeau couloit
fur le terrein du feigneur de cette paroiffe,
& que les deux rives lui appartenoient
jufqu'à fon embouchure dans la Lys qui
paffe à une demi-lieue d'ici : mais quand
des gens de communauté font tant que de
vouloir envahir le bien d'autrui, au diantre
qui peut fe mettre en garde contre leurs
rufes. Voulez-vous fermer les yeux ? vous
les voyez auffi-tôt rogner, s'étendre &

arrondir leur gazon aux dépens de tous
leurs voifins : vous prend-il envie de vous
en plaindre ? ils vous produiront des con-
trats, des tranfactions, des donations & une
foule de titres fi bien contrefaits, qu'à
moins d'être le plus habile titrier poffible,
vous n'en faurez jamais prouver la nullité.
D'ailleurs, une partie des gens de plume
fe rangent de leur avis, parce que fi les
loix leur font contraires, la chicane ne
manque pas de les rendre victorieux. Pour
en revenir donc à mon hiftoire, je vous
dirai qu'il y a environ fix mois que ces
fangfues délibererent dans un grand chapitre que le moulin dont il eft aujourd'hui
queftion, feroit bâti, fait & parfait pour
le printemps. Alors vous auriez vu le grand
nombre d'ouvriers que l'on employa pour
hâter cette befogne. La maçonnerie fut
toute en pierres de taille, & la couverture
en belles & bonnes ardoifes. Un château
n'auroit pas été bâti avec plus de folidité.
Ce n'eft pas que depuis le carême, où l'on
commença à en creufer les fondations, il
ne nous foit fouvent arrivé d'en murmurer
hautement : moi-même, qui connois, à
une perche près, les tenants & abouti(-
fants du terroir, & qui étoit bien fûr
que de pere en fils les deux rivages du
ruiffeau, depuis le coin de cette montagne
à droite, jufqu'à la riviere, avoient tou-

jours fait partie des domaines du feigneur ;
moi-même, dis-je, je ne pouvois m'empêcher d'en parler. Mais vous favez qu'il
y a des payfans (quoiqu'en petit nombre)
qui aimeroient mieux fe laiffer prendre jufqu'à la derniere chemife que de plaider.
J'effayai vingt fois de mettre le feu fous
le ventre à nos bourgeois, & de faire
donner fur les doigts à ces maîtres ufur-
pateurs. Cela ne me regarde pas, difoit
l'un ; c'eft l'affaire de Monfieur le marquis,
& puifque cela fe fait fous fes yeux, pourquoi le fouffre-t-il ? Je ne veux pas donner des lunettes à mes voifins ; j'ai befoin
des moines, répondoit l'autre, & mes enfants travaillent pour eux les deux tiers de
l'année. Laiffez faire Monfieur, ajoutoit un
troifieme ; il fait les longues & les breves,
& s'il vous paroît fi tranquille, ce n'eft que
pour mieux jouer fon jeu. Ce dernier,
comme vous allez voir, ne devinoit pas
trop mal. Cependant l'édifice alloit fon
train, & le lendemain de *Quafimodo* les
meules étoient prêtes à tourner. Les religieux avoient invité leurs amis à la dédi-
cace de ce fuperbe moulin ; il devoit y
avoir des dames & un grand repas. Si la
premiere pierre que le prieur avoit pofée,
fut arrofée de la belle maniere, ce fut
encore bien autre chofe quand on annonça
aux ouvriers que la procureufe fifcale au-

S 4.

roit le plaifir de lever les vannes , & de
faire moudre le premier boiffeau de fro-
ment. Il ne s'agiffoit de rien moins pour
eux que de deux pieces de bierre , &
vingt brocs de vin; mais voilà que dans
une feule nuit quarante manœuvres fe rendent à trois cents pas en-deffus , & font
une tranchée fuffifante pour faire couler le
ruiffeau dans un autre lit, qu'il avoit abandonné depuis ma jeuneffe. Le canal ne
manqua pas de refter à fec , & jugez alors
de la confternation des moines. On alloit
mettre les tables, les amis arrivoient, tous
fe promettoient de bien rire , bien boire
& bien manger ; quand tout-à-coup le procureur jettant les yeux fur le baffin, fe
men à crier qu'il n'y avoit pas une goutte
d'eau. On accourt , on fort du moulin,
on remonte le long des bords , & l'on voit
enfin le décours que Monfieur le marquis
venoit de donner au canal. Les moines
reftent tout interdits , le procureur monte
à cheval, & vient haranguer nos habitans
de la belle maniere. Le malheur veut que
les premiers qu'il apperçoit foient la troupe
de manœuvres fortant du château, & tout
prêts à aller boire le gain de cette befogne , à la fanté des dupes. Il leur demanda
à quoi bon ces outils dont ils font encore armés. Toute leur réponfe eft de lui
rire au nez ; ce qui le met en fureur. Il

leur ordonne d'aller incontinent fermer
cette brêche, & nouvelle moquerie de
leur part. Le moine jure que l'affaire n'en
reſtera pas là; que le ſeigneur va s'attirer
un fâcheux procès, & que tous ceux qui
ont été aſſez oſés pour prêter leur miniſtere à cette belle action, ſeront exem-
plairement punis. A cette menace, nos
journaliers ſe regardent, & ſe mettent à
faire après le procureur une huée ſi forte,
que ſortant enfin de ſon caractere, il leur
dit les dernieres injures. Vous avez vu
avec quelle chaleur il les bruſquoit, &
comment il les a quittés. Néanmoins tant
de mouvements, de paroles & de groſſié-
retés n'aboutiront qu'à voir les moines jetter bas leur moulin. Notre ſeigneur qui eſt
fort tranquille chez lui, s'amuſe beaucoup
de leur petite colere, & ne les craint pas.
Appuyé ſur de bons avis, ſur des titres
très-authentiques, il a cru qu'il convenoit
mieux d'uſer d'un innocent ſtratagême, que
dé les prendre à partie & de les plaider
pendant dix ans. Il a uſé de ſon droit; il a
de l'argent pour le ſoutenir, & comptez
qu'avant la quinzaine il ne manquera pas
de faire ſignifier à ces ruſés capuchons de
tranſporter le bâtiment loin de ſon terrein
qu'ils ont envahi, ou de le démenteler de
telle ſorte qu'il puiſſe, comme auparavant,
y faire paſſer ſa charrue.

S

Le conte du vieux babillard nous parut affez plaifant, & nous en dinâmes de meilleur appétit. Vers les deux heures, nous remontâmes en voiture, & comme nous n'avions aucun intérêt de nous mêler des affaires de feigneur & des moines, nous nous gardâmes bien d'en dire notre fentiment, & nous pourfuivîmes tranquillement notre voyage.

CHAPITRE XXXVI.

Converfation de Marcel & de Monfieur de Samberg. Ce que l'on doit penfer des effets du tonnerre.

LE peu de féjour qu'avoit fait Monfieur de Samberg à Gand ne m'avoit pas permis d'avoir avec ce jeune gentilhomme aucun entretien particulier. Cependant j'érois curieux de favoir quelle étoit la maniere d'enfeigner dans l'univerfité de Louvain, & de quels genres de connoiffances on y meubloit la tête du grand nombre d'écoliers qui s'y rendoient de toutes les contrées des Pays-bas. La néceffité de voyager enfemble me fournit un prétexte de le queftionner, & voici ce qu'il me dit : » Mon oncle, qui eft lui-même un éleve de Louvain, me

fis entrer dans cette univerfité dès l'âge de
douze ans, contre l'avis de ma famille qui
vouloit m'envoyer à Mayence, par la raifon que la doctrine qu'on y enfeignoit étoit
plus orthodoxe que celle des Lovaniftes ;
mais leur crainte étoit d'autant plus mal
fondée, que, depuis la mort de Baïus,
les opinions du temps avoient affez perdu
de leur crédit, que je n'avois pas envie
d'être théologien, & encore moins eccléfiaftique. Les cinq premieres années furent
confacrées à apprendre la langue Latine,
à faire des themes, des verfions, des vers
de toute mefure. A quatorze ans, j'entrai
en réthorique, où je fus toujours le premier de ma claffe, & remportai des prix
de mémoire & de compofition, par égard
pour mon oncle, fans doute ; car parmi
mes compagnons il s'en trouvoit de plus
capables & de plus laborieux que moi,
mais ils appartenoient à de pauvres familles,
& vous favez par quels motifs fe gouver-
nent tous les bonnets quarrés de college.
Mon régent d'éloquence m'accorda des diftinctions qui ne m'étoient pas dues, & le
foin qu'il avoit d'entretenir la bienveillance
de mes parents étoit tel, qu'avec des talents fort ordinaires, je paffois, à l'entendre, pour un fujet prématuré & fort
au deffus de fes autres écoliers. On nous
enfeigna les trois genres d'éloquence, les

S 6

figures, la difpofition, la prononciation :
on nous fit traduire plufieurs morceaux de
Quintilien, & nous expliquâmes l'*Oraifon pour la loi Manilia*, ainfi que l'*Art
poétique d'Horace.* Dans une répétition
générale on nous donna de grands éloges,
& nous paffâmes pour les premiers rhéteurs
de la province. J'ignorois néanmoins à quel
but tant de beaux principes ; car j'avois
quelquefois entendu des plaidoyers & des
fermons qui me plaifoient beaucoup, &
je n'y trouvois rien de conforme à ces
regles & à cette méthode oratoire, à laquelle nous étions affervis. L'année fuivante,
j'entrai en philofophie, & je vous avoue
que cette étude me donna d'abord des dégoûts infurmontables. La façon de n'ofer ni
parler, ni écrire qu'en Latin, & en Latin
le plus plat, me parut également bizarre
& injufte. Cette prodigieufe quantité de
définitions toutes plus obfcures les unes que
les autres, ce *Compendium* de termes
barbares, ces notions ridicules de riens abfurdes me caufoient un ennui que tout le
zele du profeffeur n'étoit pas capable de
me faire furmonter. Souvent je me difois
à moi-même : *Stultum eft difficiles ha-
bere nugas.* N'étoit-ce pas, en effet, traiter de bagatelles, que de demander fi
Adam avoit eu la philofophie infufe,
fi l'on devoit admettre l'*univerfel*, *à parte*

rei , fi tous les objets de nos penfées fe
réduifoient à la *fubftance*, la *quantité*,
la *qualité*, la *relation*, l'*agir*, le *pâtir*,
le *quand*, la *fituation* & l'*avoir* ? Toutes ces niaiferies connues fous le nom de
cathégories d'Ariftote ; toutes ces idées
univerfelles, défignées fous les termes de
genre, d'*efpece*, de *différence*, de *pro-*
pre, d'*accident*, mettroient mon efprit à
la plus cruelle torture.

Ces regles de fyllogifmes complexes &
incomplexes, ces méthodes analytiques,
fynthétiques, me paroiffoient un galimathias
dont j'étois déconcerté. Il faut bien, nous
difoit le régent, que tout cela vous de-
vienne familier : la logique eft vraiment la
porte des fciences ; & quiconque n'eft pas
logicien ne peut être ni métaphyficien, ni
moralifte, ni phyficien. Cela vous rebute ;
mais auffi-tôt que vous aurez furmonté les
premiers obftacles, les tréfors de la fageffe feront ouverts pour vous, & la nature entiere fera un grand livre dont tous
les fecrets vous feront dévoilés. Or, quels
étoient ces tréfors & ces fecrets ? *Que*
nos idées font auffi anciennes que no-
tre ame, qu'il ne répugne pas qu'une
fubftance créée foit éternelle ; qu'il n'eft
pas sûr qu'il exifte des corps ; que la
matiere eft divifible à l'infini, & cent
autres impertinences fur lefquelles on nous

fit foutenir une thefe générale, avec des arguments communiqués. Nous fîmes des prodiges de mémoire, & ne donnâmes pas la moindre preuve de jugement. Néanmoins, nous remportâmes des couronnes, & fûmes accablés d'éloges par les dames & toute la nobleffe flamande, en qualité de *Laureati*. Ayant achevé de la forte mon cours d'études, je retournai dans ma famille, qui me deftinoit au fervice de Sa Majefté Autrichienne ; mais mon oncle qui connoît le mérite des obfervations, & ne prévoyoit pas qu'un écolier tout fraîchement forti du college pût s'attirer une certaine confidération dans le métier des armes, s'il n'avoit auparavant connu les ufages de la fociété, détermina mes parents à me faire voyager en France pour y étudier le goût & les mœurs d'une nation pleine de prévenance & d'urbanité. Je fus donc appellé à Gand, & voilà que, fous votre conduite, je vais commencer une carriere bien différente de celle de mon enfance, & qui, fans doute, me fera plus utile que ces exercices de college, dont je n'ai pas retenu deux principes. Auffi dois-je m'attendre avec tout le fatras de mon érudition, de paroître dans le monde auffi neuf qu'un enfant qui n'auroit jamais quitté le giron de fa nourrice.

Vos craintes font mal fondées, Mon-

fieur, lui répondis-je ; car de la maniere
dont vous favez apprécier les chofes, je
m'apperçois qu'il regne en vous un efprit de
juftefle & une pénétration qui me raffurent
fur le fuccès de cette entreprife. Vos premieres années ont été facrifiées à l'étude
des miférables productions de l'école ; mais
l'ufage de la fociété, les bons livres, la
converfation des vrais favants auront bientôt diffipé cette rouille de prolégomenes
& d'éléments qui n'ont jamais dirigé que
des pédants, & n'ont pu jufqu'à - préfent
former un philofophe ni un orateur. C'eft
dans les vraies fources, Monfieur, qu'il
faut puifer la fcience folide. Les ridicules
querelles des *réaux* & des *nominaux*,
les *agents d'Ariftote*, & les *qualités
occultes*, n'ont pas fait un feul fage ; &
Galilée, Defcartes, Locke & Newton ont
rempli l'univers de lumiere. Tel eft le
caractere de la véritable philofophie, de
s'épurer à mefure qu'elle vieillit. L'éloquence & la poéfie caractériferent les anciens ; nous ne faifons plus que glaner après
eux ; mais la fcience de la nature, qui n'é-
toit encore qu'au berceau, eft devenue
fublime & vraie à mefure que les obfervations s'accumulent. Nos peres ne nous ont
entretenus que de *matiere premiere*, de
cieux cryftallins, *d'atômes* & de *points
zénoniques* ; à préfent nous jugeons des

causes par les effets, nous reculons la sphere des cieux à des distances infinies, nous de-
vouons à l'opprobre les atômes & leur intelligence, & nous donnons au point géomé-
trique, quelque infiniment petit qu'il puisse
être conçu, toutes les dimensions de la
matiere. Pour concevoir le juste mépris
des subtilités scolastiques, il ne s'agit que
de lire Démosthene, & de voir si dans aucune de ses harangues ce grand orateur
employa jamais un seul mot relatif aux
extravagances des Scotistes d'alors; c'est
une preuve bien claire que dans les affaires
sérieuses, les Grecs, eux-mêmes, ne faisoient pas plus de cas de toutes les belles
trouvailles des sophistes que le chancelier
d'Aguesseau n'en a fait des theses du college d'Harcourt. Vous ne trouverez pas un
seul principe de la dialectique d'Athenes
dans la *Nature des dieux*, dans les offices
& les belles oraisons de Ciceron : c'étoit un
jargon de l'école, inventé pour amuser l'oi-
siveté ; c'étoit le charlatanisme de l'esprit.
Comparez maintenant les *Sermons de Maf-
fillon*, les *Oraisons funebres de Bof-
fuet*, les *Plaidoyers de Le Maître* & de
Cochin, avec les turlupinades des *Chate-
niers*, des *Menot*, des *Maillard*, du *pe-
tit-pere André*, & voyez lesquels de ces
hommes ont le plus approché de la perfection.

Il faut l'avouer à la honte du siecle, les

fciences fe font perfectionnées, les académies ont ramené le bon-goût, & les
colleges feuls n'ont pu fe défaire du brutal jargon & des abfurdités fyftématiques
de nos anciens. Au lieu d'y apprendre à
raifonner avec juftefle, & de chercher la
vérité par des voies sûres, on ne s'y occupe qu'à difputer & à pointiller fur tout.
Un régent, loin d'inftruire, met toute fa
gloire à embarraffer fes adverfaires par des
queftions captieufes & des fophifmes mé-
prifables : il chicane fur des mots & fur la
valeur des négations multipliées : il ne
parle qu'en termes de l'art, & ne croit
pas avoir bien fait un argument, s'il ne l'a
nommé fyllogifme en *Celarent* ou en *Ba-*
roco. A quel but propofer à des écoliers
des objections qui ne font ni folides ni
férieufes ? Pourquoi démander fi la logique eft un art ou une fcience ? Eh ! appre-
nez-moi plutôt à m'attacher à des principes évidents, folides, dont je puiffe tirer
des conféquences vraies & utiles. Laiffez-
là vos définitions, vos divifions, qui ne
font que furcharger ma mémoire, fans orner mon efprit.

Je trouve, Monfieur, dans tous ces
pédagogues de college beaucoup de vanité & d'attachement à leurs fyftêmes, &
point d'égards pour de jeunes éleves dont
ils ne farciffent le cerveau que de fuppo-

fitions & d'obfcurités. Chofe sûre, néanmoins, c'eft que ces hommes fi meublés
d'érudition, ont eux-mêmes fort peu lu.
Attachés à quelques miférables rapfodies
manufcrites, ils dédaignent les découvertes des fages, & auroient honte de confulter leurs écrits. Tout ce qui ne leur eft
pas préfenté fous une forme fcholaftique,
n'eft à leurs yeux qu'un jeu d'efprit & ua
trop foible effai de raifon pour mériter
qu'on s'y arrête, & qu'on veuille férieufement s'en occuper. Les titres majeftueux
qu'ils fe font avifés de donner aux doctes
rêveurs, dont ils ont embraffé la doctrine,
font encore un point qui en a impofé à
leurs écoliers. On ne leur a jamais parlé
d'un certain *Albert*, Jacobin de fon métier, fans y ajouter le nom de *Grand;*
d'un *Scot*, autre fou plus inintelligible
encore, qu'en le caractérifant de *Docteur
fubtil*. Les épithetes d'*irréfragable*, de
divin, d'*univerfel*, ont fait croire à de
pauvres idiots que chaque chef de fecte
étoit un oracle, & fes ouvrages une fource
de lumiere & de folidité. Il a fallu, à leur
exemple, tout réduire en forme fcolafti-
que, divifer toutes les fciences par traités, par chapitres, par fections, imaginer
un langage & des termes qui font aujour-
d'hui l'effroi de la jeuneffe, mettre tout
en thefes & en corollaires, en majeure,

mineure & conséquence ; en forte que s'il
arrivoit à un collégiste de traiter la philosophie d'une maniere oratoire , ou dans le
style des dialogues , il ne manqueroit pas
de s'attirer à dos tous les membres de la
faculté doctorisante. Hélas ! est-il donc essentiel aux études sérieuses & utiles d'être
pénibles & désagréables , & ne doit - on
pas convenir enfin , que celui-là a atteint
le but qui a su joindre les graces de l'ex-
pression à la solidité du sujet. C'est ce jargon ridicule qui rebute tant de disciples ,
& leur rend la science odieuse ; c'est ce
qui fait qu'après avoir passé dix ans dans la
poussiere des classes , à apprendre une langue morte , scander des vers , diviser , dé-
finir & argumenter sur des matieres abstraites , on sort aussi stupide des mains de
son régent que de celles d'une gouvernante. Dans ce grand nombre d'universités ,
de colleges , où l'on entretient & où l'on
paie de grosses pensions à des moines ou
à des clercs , pour perfectionner l'éducation nationale , combien trouverez-vous de
Démosthene , de Virgile , de Montaigne &
de Mallebranche ? Vous l'avez bien dit ,
Monsieur ; voilà huit ans que vous avez
passé à apprendre les belles - lettres ,
sans avoir jamais lu les livres de goût ; &
la philosophie , sans savoir avec quelle su-
blimité Locke & Leibnitz ont traité cette

-science ; mais raisonnable comme vous l'ê-
tes, j'ai confiance que l'amour des bons
livres & la société des observateurs profonds, qui ont proscrit les anciennes erreurs, pour ne s'attacher qu'à l'expérience;
j'ai confiance, dis-je, que cette nouvelle
façon de s'instruire aura pour vous autant
de charmes, que le college vous a causé
d'humeur & de dégoût.

Je differrois avec tant de chaleur sur la
pédanterie classique, que je ne m'apper-
cevois pas que l'air s'obscurcissoit, & que
le vent commençoit à souffler avec assez de
violence. Voyez-vous, me dit Monsieur
de Samberg, ce nuage épais qui se forme
du côté du Sud ? Nous aurons certainement
du tonnerre. Il faut faire doubler le pas
aux chevaux, & gagner au plutôt le premier village. Monsieur le chevalier a raison, ajouterent Georges & Bertrand (c'est
ainsi que s'appelloient notre laquais & notre postillon) je mourrois de frayeur, disoit le premier, si la nuée nous surprenoit
en pleine campagne; mes chevaux, répondoit l'autre, appréhendent autant le bruit
du tonnerre que celui du canon; & s'il
leur arrivoit de prendre le mors aux dents,
adieu le conducteur & l'équipage, je ne
réponds plus de ce qui pourroit en arriver.

Comme je m'apperçus que les propos de
ces poltrons affectoient un peu le chevalier;

A la bonne heure, lui dis-je; dépéchons-
nous, le bruit ne m'épouvante pas; mais
il eſt diſgracieux d'attendre un déluge
d'eau, & d'en être percé, peut-être, juſqu'aux os. Comment donc ? répondit-il;
les effets du tonnerre ſont terribles, &
l'on dit que juſqu'à préſent il n'eſt aucun
philoſophe qui ait pu trouver le ſecret de
garantir de ſes coups, ni même en deviner
la cauſe. Je vous accorde, lui dis-je, que
ce phénomene cauſe beaucoup de mal &
jamais de bien; mais il eſt faux que nous
ne puiſſions pas raiſonner de la cauſe qui
le produit juſqu'à un certain point. Le vulgaire croit tout ſimplement que c'eſt Dieu
lui-même qui lance la foudre ; mais un
homme, dépouillé de préjugés, tient pour
certain que Dieu tonne, comme il grêle,
comme il envoie la pluie & le beau temps,
comme il opére tout, comme il fait tout.
Le tonnerre, eſt, comme tout le reſte,
l'effet des loix de la nature, preſcrites par
ſon auteur. Il ſe forme des exhalaiſons
ſulphureuſes, nitreuſes & ſalines qui s'en-
flamment dans quelque nuage. Il éclate,
il tombe également ſur un déſert comme
ſur une ville, & briſe un vieux chêne,
comme il tue des voyageurs & renverſe
des clochers. Il ne m'appartient pas de juger ici des vues de la Providence & de
la juſtice du ciel lorſqu'elle fait ſervir à

l'exécution de ses décrets le ministere des
causes secondes; & il faudroit être aveugle
pour ne pas quelquefois reconnoître la main
d'un vengeur tout-puissant dans les effets
de la contagion, des orages, des guerres
& des miseres publiques. Je ne parle donc
ici qu'en physicien. Nous savons aujourd'hui
qu'on peut électriser le tonnerre, le conduire, le diviser, s'en rendre maître, comme nous augmentons la force dé la poudre
à canon, comme nous en dirigeons la
puissance pour détruire, ou pour nous
amuser. Il est vrai, néanmoins, que si nous
avons étendu jusques là nos expériences,
elles n'ont pu suffire encore à nous rendre
raison d'une infinité d'effets où notre pénétration reste en défaut. J'ai vu moi-même
le tonnerre tomber sur une table de
joueurs, arracher en un clin-d'œil les
cloux qui fixoient le tapis, & les renverser
sur leurs têtes, tout alentour, sans qu'un
seul s'écartât d'une seule ligne de la route
directe. Un homme de lettres m'a conté
qu'en lisant auprès d'une fenêtre ouverte,
le tonnerre étoit tombé sur deux livres,
avoit réduit les feuillets en cendres, sans
endommager les couvertures, ni ses mains.
On l'a entendu descendre par une chéminée,
tourner en vis les pieds d'une douzaine
de chaises aussi proprement que la vis d'un
pressoir, & passer ensuite par un carreau

de vitre, où il n'avoit fait d'autre ouverture que celle qu'il faudroit pour passer un
pois. Je ne vous parlerai point d'épées cal-
cinées, sans que le fourreau en reçut aucun dommage; d'argent fondu dans une
bourse, dont le tissu étoit préservé; de
tonneaux pleins de vin, subitement desse-
chés, sans que la futaille se ressentit de
l'accident; car on a fait sur ce phénomene
des contes prodigieux, comme sur tout le
reste; mais ce que des observateurs intel-
ligents ont vu ou éprouvé, suffit pour nous
faire croire très-possibles un grand nombre
de faits que nous ne connoissons que par
des oui-dire, & dont la physique ne rai-
sonnera peut-être jamais qu'imparfaitement.
Bornons-nous donc à conclure que le tonnerre est dangereux, & que si le sapeur
qui va à la tranchée risque pour ses jours,
le voyageur doit pareillement user de précaution quand il voit le ciel faire, pour
ainsi dire, le siege de la terre, écraser les
troupeaux, embraser les édifices, & réduire des malheureux en poudre au milieu des grands chemins.

CHAPITRE XXXVII.

Aventure d'un Negre. Rencontre d'un homme singulier. Remarques sur l'usage de sonner pour détourner le tonnerre. Idée du gouvernement des freres Moraves, des Quakers & de quelques autres sociétés.

LORAGE grossissoit à mesure que nous approchions du village où nous devions prendre notre gîte ; & nous n'étions pas sous le vestibule du premier cabaret, que le vent, la pluie, les coups de tonnerre nous annoncerent la plus fâcheuse soirée. Néanmoins, vers le coucher du soleil, les nuages se dissiperent, & la nuit parut se préparer assez bien. Comme les torrents d'eau qui avoient inondé la contrée, & pénétré jusques dans les écuries de notre hôte, commençoient à s'écouler, nous entendîmes un survenant dans la cuisine parler avec beaucoup d'action ; ce qui nous obligea d'y entrer, & comme nous lui trouvâmes un air d'étonnement mêlé de gaieté, nous le priâmes de vouloir bien nous en dire le sujet.

Un gentilhomme, nous dit-il en riant,

a pris depuis quelques mois à son service
un petit negre qui avoit appartenu d'abord
à un officier François. C'est ce pauvre enfant qui fait toutes les commissions de son
maître. Il étoit parti ce matin pour aller
à une lieue & demie chez un boucher faire la provision de la semaine. L'orage que
vous venez d'essuyer le talonnoit de près.
Craignant pour ce qu'il portoit & pour
lui-même, comme cela est naturel, il se
prit à courir de toutes ses forces, jusqu'à ce que se trouvant vis-à-vis notre
église, & voyant la porte ouverte, il y
entra sans cérémonie & avec précipitation, parce qu'il étoit un peu effrayé. Le
maître d'école sonnoit alors suivant l'usage ; & comme de ses jours il n'avoit vu
d'homme qui fût d'autre couleur que de
celle de son visage, il alla tout franchement
se mettre en tête que ce pauvre laquais
étoit un diable. Epouvanté de cette apparition, il abandonne la cloche, & s'enfuit vers le fond du chœur. Le negre,
de son côté, s'imaginant que la cause de
la terreur provenoit d'un danger pressant,
le suit avec la même vîtesse. Le premier,
le sentant sur ses pas, se croit à son dernier quant-d'heure. Les jambes lui manquent ;
il tombe sur ses genoux ; & , joignant
les mains, il se tourne vers le negre,
& lui crie de toutes ses forces : Pardon ;

pardon ! Monfieur le diable ! je ne fonnerai plus. Cette fimplicité auroit fait rire l'Africain , s'il n'eût pas été fi affecté de l'orage ; & , fans faire attention à ce rifible propos , il chercha à fe dérober au feu des éclairs , en fe cachant derriere une armoire de la facriftie. Le maître d'école alla pareillement fe blottir fous un autel. Ces deux perfonnages ont paffé de la forte une heure dans les tranfes les plus vives ; le negre , au fujet du tonnere ; & le magifter , au fujet du prétendu diable. Enfin , le bruit commençant à s'appaifer , le laquais fut le premier à fortir de fon trou ; & , fans s'amufer à raffurer le maître d'école , il reprit fon panier & fe remit en marche. C'eft lui-même qui vient de nous conter cette petite aventure.

Elle ne contribua pas peu, en effet, à confoler tous ceux qui étoient préfents aux dégats qu'avoit caufé ce violent orage, & nous étions dans la difpofition d'en rire, quand un étranger , d'un maintien fort grave , s'avifa de nous impofer filence , en commençant une fort longue differtation fur cet ufage fingulier de fonner pour les nuées. Je n'ai jamais approuvé, Meffieurs, nous dit-il, cette coutume de fonner pour écarter les orages. Mais tel eft l'entêment des gens de village , que fi le tonnerre venoit à tomber fur une églife, si la grêle avoit endommagé les moissons on ne tarderoit pas de dire que cela n'est provenu que pour avoir négligé de mettre les cloches en branle ; & un maître d'école qui seroit resté dans son lit au moment où l'air est en feu, & où la violence des vents & l'abondance de la pluie ne permettroient pas aux plus hardis d'ouvrir une porte, seroit à coup sûr exposé à des reproches, des menaces & des injures, sur-tout de la part des femmes ; car, en fait de ces sortes observations, vous les trouvez toujours à la tête. Quel effet néanmoins peuvent produire sur l'athmosphere deux chaudrons discordants de trois à quatre cents livres pesant, & comment une exhalaison maligne, poussée par le volume immense d'un épais nuage, peut-elle se détourner d'un hameau au son lugubre & sourd de quelques timbres fêlés qui ne frappent pas nos oreilles à cent pas ? D'ailleurs, si telle église met ses cloches en mouvement pour écarter le tonnerre, vingt autres aux environs ne manqueront pas de recourir aux mêmes moyens pour se délivrer d'un aussi fâcheux voisinage. Que deviendra donc la foudre ainsi conjurée de toutes parts ? Comment la tirerez-vous du cercle magique où vous avez prétendu l'enfourer ? Il faudra pourtant qu'elle en franchisse la circonféren-

ce, & rarement elle le fera sans fracas ;
ce qui est proprement provoquer le péril
en voulant l'éviter. Quel est le but de ces
bras vigoureux suspendus aux cordes pendant la tempête ? Pas d'autre que de s'en
divertir. J'en dis autant du tintamarre des
cloches au jour de la Toussaint ; ce sont
des parties de plaisir pour des jeunes gens
qui ne s'occupent guere à rechercher quel
rapport ont deux grandes pieces de cui-
vre en mouvement avec les ames du purgatoire. On sonne donc pour sonner, pour
contenter les femmes & s'amuser. De telles gens ne sont pas assez philosophes pour
mesurer la distance, & juger de l'appro-
ximation du tonnerre. Qu'il soit à deux
lieues, ou perpendiculaire à la tour d'une
église ; cela devient fort égal, & l'espérance
d'avoir une gerbe à la moisson est un motif
assez fort pour s'aveugler sur toute obser-
tion, & courir les risques d'être écrasé la
corde à la main ; ce qui est arrivé & arrivera, parce qu'il y aura toujours des
superstitions & de l'idiotisme dans les campagnes. Ce vers d'Horace :

Feriunt summos fulmina montes.

est un avertissement fondé sur l'expérience
des temps, mais dont peu de gens savent
profiter. On ne sonne pas dans les villes,
mais on fait rage dans les champs, où le

vulgaire groffier s'affervit à la coutume,
& fe gouverne par les vieux préjugés.
C'eft un bruit que l'on prétend détruire
par un autre bruit, & c'eft à qui des deux
fera le plus de vacarme. Mais celui du
météore l'emporte fur celui des églifes &
les grands clochers, en fendant la bafe de
la nuée, & s'oppofant au vent, l'arrêtant,
pour ainfi dire, dans fon cours, facilitent
la chûte de l'exhalaifon : le carreau part,
&, femblable à une bombe, brife l'ardoife, coupe les charpentes, creve fur la
tête des fonneurs, les tue, & met tout
l'édifice en flammes. Il eft donc fûr que
fi le fon d'une cloche de cinquante quin-
taux donne à l'air affez d'impulfion pour
écarter, ou détourner un orage qui s'a-
vance, il peut auffi l'attirer plus promptement quand le bruit qui fuit l'éclair
eft proche, puifque la chûte de la foudre
eft auffi prompte que l'éclair. Il n'eft pas
moins fûr que deux breloques de village
ne pourront jamais opérer le même effet,
& que fi le tonnerre fe détourne d'un endroit où l'on fonne, cela provient bien plus
de la direction des côtes, de l'élévation
des montagnes qui divifent la colonne fupérieure, & produifent une heureufe déri-
vation, que du mouvement de quelques
fonnettes difcordantes dont un oifeau même, fut-il perché fur la tour, ne feroit

T 3

point affecté. Qu'importent, après tout, ces inscriptions gravées sur presque toutes les cloches : *Deum laudo, populum voco, fulgura repello*; qu'importent ces formules des rituels que les bénisseurs de cloches ont coutume de réciter, comme pour leur procurer la propriété de détourner les tempêtes. Tout cela est bien plus relatif à la dévotion des chrétiens, avertis par le son de la cloche qu'il faut aller à la prière, qu'à la qualité intrinsèque du métal qui ne peut causer d'ébranlement que par la grosseur de son volume; & alors une pièce de canon, qui n'est point baptisée, peut opérer le même effet, & plus promptement encore; parce que l'explosion de six livres de poudre agira bien autrement la masse de l'air que le bruit roulant d'une coupe de bronze plus propre à fatiguer l'ouïe, qu'à secouer les grands corps. Et, pour le dire en un mot, il est d'observation très-certaine que de trente églises, la foudre tombera sur vingt-quatre où l'on sonne, & épargnera les six autres où l'on ne sonne pas.

D'après ces réflexions, il ne resta pas le moindre doute aux gens de l'auberge que cet étranger ne fût un hérétique; &, à l'exception de Monsieur de Samberg & de moi, tous se retirerent assez mécontents. En mon particulier, l'ayant observé depuis

un quart-d'heure, je crus découvrir dans
sa personne, & même dans son habit quelque chose de singulier. Quoiqu'il parlât
le François avec assez de pureté, néanmoins par son accent, je jugeai qu'il étoit
Allemand, ou Polonois. Je suis très-sûr,
Messieurs, nous dit-il, que mon extérieur
vous a causé quelque surprise, comme il
en a causé à bien d'autres personnes; mais
quoique bien des gens se soient mis en
devoir de m'interroger sur mon état &
sur ma patrie, j'ai cru devoir leur refuser
cette satisfaction, parce qu'elle n'avoit pour
objet que la seule curiosité; si j'en agis
autrement avec vous, vous devez l'attribuer à votre discernement qui me fait
comprendre que vous vous mettez au dessus des préjugés populaires, & que vous
savez donner aux choses leur juste valeur.
Vous ne vous trompez pas en tout, lui
répondis-je; car c'est en qualité d'observateurs que nous voyageons, & comme vous
êtes le premier sage avec lequel nous nous
soyons rencontrés, soyez aussi le premier
à qui nous fassions part de ce que nous
sommes, & des motifs qui nous ont déterminés à quitter pour quelque temps notre
pays. D'après le narré fidelle que nous lui
fîmes de tout ce qui nous concernoit, il
se mit fort gaiement à notre table, & ce
fut à qui payeroit du meilleur appétit;

T 4

puis sans attendre que nous lui fissions une
seconde prière, il se lava, fit le tour de
la chambre, s'assura de toutes les portes,
& reprit sa place.

Maintenant que nous sommes seuls, dit-
il, je vais vous instruire de mon origine,
de mon état & de mes sentiments. Et d'a-
bord il n'est pas que vous ne sachiez que
le fameux comte de Zinzendorf s'associa,
il y a plusieurs années, quelques personnes,
au milieu desquelles il se flatta de vivre
dans les exercices de dévotion qu'il avoit
adoptés, & qu'un charpentier de Moravie
vint le joindre à Bertholsdorf, avec plusieurs familles que ces deux réformateurs
ont soumis à une regle très-sage & très-
humaine. Toute l'Allemagne a eu les yeux
sur cette nouvelle association connue sous
le nom de *Société des freres Moraves;*
mais peu de personnes en ont jamais bien
connu le gouvernement. Cette fameuse société se divise en plusieurs classes; celle
des maris, celle des femmes mariées, celle
des veufs & des veuves, & enfin celle des
filles, des garçons & des enfants. A la tête
de chacune de ces classes il y a des supérieurs, hommes, ou femmes qui doivent
chaque jour en visiter les membres; leur
faire des exhortations, prendre connoissance de l'état actuel de leurs ames, & en
rendre compte aux anciens. Sans entrer dans

le détail des offices de chaque chef, je vous
dirai que la plus grande partie de leur culte
consiste à chanter des cantiques, ce qu'ils
font jour & & nuit, se relayant alternativement. L'esprit intérieur dont chaque membre se croit animé au moment de quelque
bonne action, est le grand mobile de cette
secte. Les mariages s'y font par l'autorité
des anciens qui décident si un homme est
appellé par la Providence à entrer dans cet
état. Une parfaite égalité est établie entre
les freres; leurs biens sont communs, &
leur vie douce & innocente. Or, Messieurs, c'est dans un corps connu depuis si
peu de temps, & si digne de l'être de tout
l'univers, que je me suis fait aggréger: &
comme son fondateur, quoique de la con-
fession d'Augsbourg, témoigna en mourant,
qu'il n'étoit pas besoin de changer de religion pour devenir son disciple, j'ai su jufqu'à présent tellement allier la doctrine de
l'église Romaine, à laquelle je suis attaché,
avec le devoir des freres, que je ne suis
suspect à aucun d'eux. J'ai fait plus encore,
car comme cette société forme maintenant
des établissements en Vétéravie, en Hollande, en Pensylvanie, & jusques chez les
Hottentots, j'ai formé le dessein de visiter
ces différentes peuplades; & là parfaite
union qui regne dans cette singuliere société, la douceur de ses mœurs, son dé-

T 5

ſintéreſſement, la ſageſſe de ſes loix, la
pratique de toutes les vertus qui n'ont pas
encore ſouffert de relâchement ; tout cela
m'a rempli d'admiration, & m'a bien dédommagé des fatigues d'une longue navigation. C'eſt en Penſylvanie ſur-tout, où
j'ai trouvé cette image pure des premiers
ſiecles chez nos bons amis les Quakers,
qui, quoique diviſés des Moraves ſur quelques points, & bien antérieurs à notre inſtitution, nous ont reçus & traités avec une
cordialité qui ne s'eſt pas démentie, & qui,
ſelon les apparences, durera long-temps.
Guillaume Penn, leur inſtituteur, avoit obtenu de l'Angleterre la propriété & la ſou-
veraineté d'un vaſte continent dans l'Amérique, au Sud de Maryland, pour le dédommager de pluſieurs avances que ſon pere
avoit faites dans quelques expéditions ma-
ritimes. C'eſt là où il réſolut d'établir ce
qu'il appelloit la primitive égliſe. Le climat
de cette contrée, le plus doux de l'univers, lui parut fait pour ſes mœurs. Sa
ſecte étoit nommée celle des *Trembleurs,*
dénomination ridicule, mais qu'ils méri-
toient par les tremblements de corps qu'ils
affectoient en prêchant, & par un nazil-
lonnement aſſez ſemblable à celui des capucins. Fatigués des conteſtations éternelles
des gens d'égliſe, prévenus contre tout ce
qui s'appelle évêque, prêtre, miniſtre, paſ-

teur ; n'appercevant qu'orgueil , rapacité ,
haine implacable dans ceux qui devoient
donner l'exemple des vertus contraires ;
perfuadés que tout étoit dégénéré en querelles fcholaftiques , & que le fond de la
doctrine évangélique étoit abfolument per-
verti , ces hommes finguliers prirent le parti
d'abolir le facerdoce , le culte & les tra-
ditions : plus de baptême , plus de hiérar-
chie , plus d'autel. Là charité fut le grand
pivot de cette religion ; les biens devinrent communs ; chacun tint pour maxime
qu'il n'y avoit chez les hommes ni *fainte-
té* , ni *majefté* , ni *éminence* , ni *grandeur* , & qu'on ne devoit flatter perfonne.
Il leur fut défendu de fe courber , de s'a-
genouiller , ni même d'ôter leur chapeau
devant qui que ce fût , de porter des habits de foie , ni d'aucune étoffe trop recherchée. Tous s'engagerent de ne jamais
jouer , ni chaffer , ni affifter à aucun fpectacle. Le jurement leur parut une chofe
abominable , même en juftice , & il fut
arrêté qu'ils ne prononceroient jamais que
le *oui* & le *non*. En un mot , la guerre
leur fit tant d'horreur , qu'il fut établi qu'on
ne réfifteroit jamais à ceux qui nous atta-
quent ; qu'on ne prendroit les armes en maniere quelconque , pas même pour la défenfe de fes poffeffions & de fa vie. Il eft
évident que de pareils ftatuts avoient été

T 6

tracés sur le fond même de l'évangile, &
que tout ce que le Quakerisme admet &
observe, a été recommandé expressément
par Jesus-Christ & ses apôtres. Il n'est
pas moins sûr, que former une pareille société dans les derniers temps, étoit retracer l'image des premiers siecles du christianisme, & que c'est ainsi que Saint Clément,
Tertullien, tous les apologistes de la religion du Messie, nous ont représenté ceux
qui l'avoient embrassée sous les premiers
Césars. Toute l'erreur de ces sages fanatiques consistoit donc à décréditer les faits,
les monuments & les usages, à supprimer
les objets de la foi, les miracles, les sa-
crements, les prophéties, à rejetter toutes les autorités, & à établir sur leurs débris l'illumination intérieure de l'esprit de
Dieu prêt à éclairer tous ceux qui le servent
dans la droiture & la simplicité du cœur.
Cela étoit extravagant, je le sais, & rien
ne caractérisoit plus des hommes ignorants
que de confondre ainsi les abus & la doctrine, de rejetter un culte, parce qu'il a
été profané, une croyance, parce qu'elle
a été combattue, & une religion, parce
qu'il y a eu des rebelles, des superstitieux
& des persécuteurs. Mais enfin ces réformateurs imprudents jouissent de la paix,
tandis que les autres chrétiens se déchirent,
& jamais il ne leur est arrivé de troubler

l'ordre de la société. On les voit répandus dans les villes de l'Angleterre & ailleurs, saluant qui les salue, sans jamais ôter leur chapeau, traitant tout le monde de freres, ne donnant le *vous* à personne, pas même au roi, à qui ils disent : *Sois-tu heureux & juste* ; toujours tranquilles, toujours bienveillants, toujours prêts à obliger jusqu'à leurs plus mortels ennemis. Charles II déclara Penn souverain des bords & territoire de la riviere de la Ware, qui proprement n'appartenoient à personne. Si la grande Betagne n'avoit eu ce pays que par droit de conquête, les Quakers auroient rejetté un tel asyle ; ils ne regardoient le prétendu droit de conquête que comme une violation du droit de la nature & comme une rapine : mais cette contrée n'étoit alors réclamée par personne : les originaires même de ce nouveau monde demeuroient assez éloignés dans l'épaisseur des forêts. En recevant l'acte de cette propriété, le chancelier leur dit : Mes amis, Jupiter un jour ordonna que toutes les bêtes de somme vinssent se faire ferrer. Les ânes représenterent que leur loi ne le leur permettoit pas. Hé bien, dit Jupiter, on ne vous ferrera pas ; mais au premier faux pas que vous ferez, vous aurez cent coups d'étrivieres. Un tel discours dans la bouche d'un magistrat étoit d'une indécence révoltante ; mais Penn s'en confola , en bâtiffant dans fes nouveaux domaines la ville de Philadelphie , qui fignifie *amitié fraternelle*, accordant à chaque colon cinquante acres de terre , & le droit d'avoir en conféquence part à la légiflation , défendant aux avocats & aux procureurs de prendre jamais d'argent , permettant toutes les religions , & établiffant la liberté de confcience. Douze beaux temples ont été bâtis dans cette cité , & un grand nombre dans fept autres villes , & plus de mille bourgades. Le commerce y eft très - floriffant. Du port de la capitale partent tous les ans plus de cent vaiffeaux pour les différents ports de l'univers. La réputation fi bien méritée de cette république eft parvenue jufques dans notre établiffement de la haute Luface : nous avons été charmés qu'il y ait en au monde des hommes qui nous aient précédés dans des maximes, des loix & une réforme fi amies de la paix. Plufieurs d'entre nous fe font déterminés à les aller chercher au Cap de Bonne-Efpérance & dans la Penfylvanie , & la générofité avec laquelle on les a reçus , l'air d'aifance de ces colonies , & la liberté qu'on y refpire en font engagé plufieurs à s'y fixer , & à coopérer par le commerce & l'agriculture au bonheur d'un peuple digne de tous les éloges. Il n'y a pas fix

femaines, Messieurs, que j'ai quitté cette
heureuse terre pour repasser en Europe;
& quoique catholique-Romain d'origine,
quoique-fortement attaché à l'ancienne doctrine qu'il a plu aux Quakers & aux Moraves de rejetter, j'ai conçu tant d'estime
pour ces aimables novateurs, que, depuis
trois ans, je me suis fait aggréger dans le
corps des derniers, dont la morale m'en-
chante. Jamais ces hommes pacifiques n'ont
imposé d'entraves à mes sentiments, en
cela tout-à-fait semblables aux Quakers
pour qui tout individu devient un précieux
citoyen quand il aime le travail, la justice
& la paix.

Nous nous gardâmes bien d'interrompre
cet homme extraordinaire, mais aussi-tôt
qu'il eut fini : Dans quelles vues, lui dis-
je, êtes-vous repassé de Philadelphie en
France, plutôt que d'aller débarquer à
Hambourg, d'où il vous auroit été facile
de remonter l'Elbe jusqu'à Dresde. Le
trajet, me répondit-il, auroit été au moins
aussi long; mais le desir d'abréger mon
voyage n'a pas été le motif qui m'a fait
prendre ce parti. Avant de sortir du port
de Philadelphie, je m'étois lié d'amitié avec
un Auvergnac, que l'envie d'étudier les
mœurs des nations avoit déterminé depuis
cinq ans à parcourir les deux hémisphères.
Rebuté de l'excessif fanatisme de certains

peuples, de l'ignorance, & de la brutale
idolâtrie de quelques autres; il étoit passé
en Pensylvanie, attiré par la réputation de
douceur, & de bienveillance de ses nouveaux colons. L'analogie des sentimens de
ce François avec les miens, les mêmes
vues qui nous faisoient courir les hasards
de la mer, m'en firent bientôt un ami. Dans
un grand nombre d'entretiens que nous
eûmes ensemble, il me fit comprendre que
dans le fond de sa province même se trouvoit une association de laboureurs, ressem-
blante, à bien des égards, aux Quakers,
aux Moraves, & à tout ce qu'on nous ra-
conte des Sauvages du Paraguay; sous la
direction des jésuites. Je me fais honneur,
me dit-il, d'appartenir à ce corps trop peu
connu. Leurs biens & leurs habitations sont
situées dans la baronie de Thiers, où ils
s'occupent uniquement à cultiver leurs propres domaines. Chaque famille forme différentes branches qui habitent une maison
commune. Le nombre des branches est fixé
par une loi qu'eux mêmes se sont imposée.
Un seul fils se marie dans la communauté
pour entretenir la branche qu'il doit représenter après la mort de son pere. Les
autres enfants des deux sexes se marient
au dehors. Quelle que soit la valeur des
biens du pere, la portion de ces derniers,
dans la succession, est fixée pour les Bât-

çons, à cinq cents livres ; & à deux cents
francs, pour les filles ; usage consacré par
l'association ; mais qui n'est certainement
pas dans les regles de l'équité ; & c'est
l'unique abus sur lequel j'ai cru devoir leur
faire faire des observations solides qu'ils
ont reçu avec docilité, & en vertu desquelles je présume qu'ils ne seront pas long-
temps à se corriger. Quoi qu'il en soit,
dans chacune de ces communautés on choisit un chef qu'on appelle maître, & qui a
l'inspection générale des affaires. C'est lui
qui vend, qui achete, & en qui réside la
confiance des associés. Sa femme n'est em-
ployée qu'aux derniers emplois de la maison, tandis que l'épouse de celui qui se
trouve le dernier de la société, a le premier rang entre les femmes, & est appellée maîtresse. C'est elle qui a l'œil sur la
boulangerie, sur la cuisine & sur les ha-
billements. Excepté le maître qui s'occupe
des affaires du dehors, tous les autres associés s'emploient indifferemment à tous
les travaux rustiques. Une femme a soin
de l'éducation des enfants. Elle les conduit
à l'école, à la messe de paroisse & au catéchisme. Tous les huit jours chaque membre de la société reçoit une petite somme
d'argent pour ses menus plaisirs. Ces bons
laboureurs vivent dans l'aisance, & sont
fort charitables.... Il n'en fallut pas tant

à mon Auvergnac, pour me faire naître
l'envie d'ajouter à mes observations une
visite à ces heureux paysans. Nous quittâmes
ensemble l'Amérique, nous arrivâmes
sans infortune, à la Rochelle, d'où nous
nous rendîmes en peu de temps dans la
baronie de Thiers, où je séjournai pendant
quinze jours, qui me semblerent quinze
minutes. A la fin, je me séparai de
mon ami & de ses concitoyens, pénétré
de reconnoissance & d'admiration. Depuis
ce temps j'ai parcouru six provinces, toujours
évitant les villes & les sociétés bruyantes,
faisant sur ma route la dépense d'un
simple pélerin, & aimant mieux promener
de la sorte mon existence solitaire que de
recourir aux messageries & aux voitures
publiques, parce qu'elles ne sont, pour la
plupart, composées que de gens curieux,
babillards, médisans & indiscrets. A présent
que je quitte les frontieres du royaume,
mon dessein est de traverser, toujours
en inconnu, les Pays-Bas Autrichiens,
la Vestphalie, la haute Saxe,
pour me rendre au milieu de mes freres,
où j'ai ma mere, ma femme, & deux
sœurs, qui toutes ont embrassé le hernutisme,
ou la secte des Moraves. Je les avois
quittées dans la vue de visiter les côtes du
nouveau continent d'Amérique qu'occupent
les disciples de Penn & de Fox, &

m'étant convaincu par mes propres yeux
de la vie heureuse de cette respectable nation, de sa tolérance, de l'accueil qu'elle
fait aux étrangers, du goût prédominant
qu'elle a pour ceux de notre secte, & des
moyens qu'elle m'a offert pour y subsister
d'un travail honorable, je me hâte d'en
aller conférer avec elles, & de les engager à me suivre dans cette délicieuse contrée. C'est dans son sein que j'irai finir le
reste de ma carriere; c'est dans la Pensylvanie où je trouverai des campagnes fer-
tiles, des habitants industrieux, des manufactures en honneur. De trois cents mille
habitants qui vivent sur cette côte, il y a
deux cents mille étrangers. On peut, pour
douze guinées, y acquérir cent arpents de
très-bonne terre, & dans ces cent arpents on est véritablement roi : car on est
libre, on est citoyen; vous ne pouvez faire
de mal à personne, & personne ne peut
vous en faire. Vous ne connoissez point
le fardeau des impôts; vous n'avez point
de cour à faire, & vous ne redoutez pas
l'insolence d'un subalterne important.

CHAPITRE XXXVIII.

Remarques sur les nouvelles réformes & sur l'esprit d'une tolérance universelle. Nos voyageurs poursuivent leur route jusqu'à Paris.

NOTRE Allemand dissertoit avec tant de chaleur, qu'il étoit plus de minuit avant que nous pensassions à prendre du repos. A la fin, le sommeil commençant à nous accabler, & s'appercevant lui-même que nous ne prêtions plus à son discours la même attention, il se retint tout-à-coup, prit une des deux chandelles qui nous éclairoient, nous fit un salut aussi singulier que tout le reste de sa personne, & s'enferma dans une petite chambre voisine de la nôtre. Nous ne tardâmes pas à l'imiter, & il étoit bien huit heures du matin que nous n'avions pas encore les yeux ouverts. Le privilege des choses extraordinaires, me dit Monsieur de Samberg en se levant, est de s'imprimer tellement dans notre ame, que leur image nous affecte & nous remue jusques dans le sommeil. J'ai parcouru cette nuit les deux tiers du globe. Je me suis transporté au Cap, à Philadelphie, en

Angleterre & en Saxe ; j'ai confondu tous
les pays, & formé l'alliage le plus bizarre
de commerce , d'agriculture , de loix &
de religion. Voilà bien , en effet , le plus
étrange perſonnage que j'ai vu de mes
jours ; & je ne ſais ce qui doit en lui
me cauſer le plus d'étonnement , ou l'en-
thouſiaſme de la ſecte qu'il a embraſſée ,
ou cet attachement ſincere pour une religion ſi différente de celle de ſes confreres.
Je n'étois moi-même guere moins affecté
que mon diſciple de ce mêlange de jugement & d'extravagance du bon homme
qui allioit ainſi la doctrine catholique aux
ſingularités d'une inſtitution très-louable au
demeurant , ſi elle n'eût pas été fondée
ſur l'autorité que le premier fou ſeroit
toujours en droit de prendre. C'eſt ainſi
que ſe ſont toujours formées ces réformes
prétendues , qui toutes ſe flattoient de
remédier aux abus , & qui , dans le fond ,
n'étoient qu'un acheminement à un plus
grand relâchement , & à la ſubverſion pro-
greſſive de la doctrine ; comme cela eſt
clair par les diviſions qui partagent aujour-
d'hui toutes ces ſectes. Sous le ſpécieux
prétexte de rétablir l'eſprit de l'ancienne
égliſe , elles ſe ſont érigées en autant de
tribunaux ſuprêmes. Elles ſe fondent toutes
ſur l'Ecriture , & penſent y trouver de
quoi fermer la bouche à un parti oppoſé ;

tandis que ce parti, recourant aux mêmes
armes, s'attribue pareillement l'honneur du
triomphe. Toutes ont puisé dans les mêmes
fources ; toutes s'en font tenu à l'interpré-
tation des textes qu'elles vouloient avoir
mieux entendus, & par cet attachement
opiniâtre ont fait naître pour la religion
ce dégoût & cette indifférence qu'on re-
marque dans un fi grand nombre d'hommes. Plus j'arrête mes regards fur ces
fectes qui rempliffent la Pologne, l'Angleterre & l'Allemagne, & plus je fuis touché
des maux que leurs divifions, leurs extravagances & leurs fublimes rêveries ont
caufés. Je ne vois que luthériens, calvinif-
tes, fociniens, anabaptiftes, presbytériens,
épifcopaux fe maudire, fe perfécuter, s'accabler d'anathêmes. Tant de difputes, d'a-
gitation, d'invectives réciproques ont enfin
fait compaffion à ce vertueux puriftes, à
ces trembleurs & à ces Moraves honnêtes,
& les ont portés à croire qu'un Dieu de
paix n'exigeoit point de l'homme un culte
fi compliqué, fur lequel perfonne ne tomboit d'accord. Fondés fur ce principe,
tous en ont conclu que le fervice en efprit
& en vérité étoit de fe retirer du mal, &
de pratiquer le bien. Il ne regarde que le
cœur, difoient-ils, & tout le refte doit
être rejetté comme fuperftitieux, matériel
& abufif. Cependant il étoit vifible que

cette religion simple ne tendoit qu'à affranchir l'homme de toute gêne & de toute
dépendance. S'il arrive un jour à ces paisi-
bles novateurs d'ouvrir les yeux ; quelle
honte n'auront-ils pas d'avoir embrassé une
doctrine qui mene au pur déïsme par le droit
extravagant qu'elle leur donne de changer,
d'altérer, de décider conformément à leur
goût & à leurs caprices?

Mais, me dit Monsieur de Samberg,
les Quakers & les Moraves ont paru bien
moins s'occuper de ces retranchements dans
la doctrine, que d'enseigner & de pratiquer une bonne morale ; & leur tolérance
à l'égard de toutes les sectes prouve bien
la bonté de leur cœur, & l'humanité de
leur gouvernement. J'aime la tolérance ; &
il me semble que tout prince, ami de la
paix, agiroit toujours sagement de l'introduire dans ses états.

C'est ce qui vous induit dans une grande erreur, lui répondis-je, car c'est anéan-
tir tous les cultes que d'adopter ainsi tous
les cultes dans un état. C'est faire marcher
sur la même ligne l'imposture & la vérité,
se jouer de toute religion, & n'en connoître aucune comme venant de Dieu. Il est
essentiel à la véritable, non de persécuter
les autres, mais de ne point s'associer avec
elles. Tout peuple qui, pour le maintien
du commerce & des arts, accueille &

se lie à toutes les sectes, n'a pas grande
idée de sa croyance. Etre tolérant dans
le goût de notre siecle, c'est regarder du
même œil les chrétiens, les idolâtres, les
Turcs, les athées; c'est vivre en société
avec tous les monstres; c'est tolérer toutes les opinions, également celles qui ren-
versent les espérances de la vie future,
comme celles qui en établissent la certitude.
Une nation qui part de ces principes, &
conclut que tout est bon dans l'état, pourvu que les beaux-arts soient encouragés,
le commerce florissant, les citoyens riches,
méconnoît son Dieu, & ce qu'elle doit à
son Dieu. L'extension indéfinie qu'elle donne à la liberté de conscience amene, par
degrés, l'indifférence pour tous les cultes,
& cette indifférence, l'irréligion absolue
& la perte des mœurs : » Les ministres
» protestants, dit J. J. Rousseau, ne savent
» plus ce qu'ils croient, ni ce qu'ils veu-
» lent, ni ce qu'ils disent : On leur deman-
» de si Jesus-Christ est Dieu; ils n'osent
» répondre : On leur demande quels mys-
» teres ils admettent; ils n'osent répondre :
» leur intérêt temporel est la seule chose
» qui décide de leur foi. On ne sait ce
» qu'ils croient ni ce qu'ils ne croient pas;
» on ne sait pas même ce qu'ils font sem-
» blant de croire. « M. Bossuet avoit fait
la même observation dans ses avertissements
aux

aux proteftants & dans l'hiftoire des variations. D'un autre côté, comment un état
peut-il fe promettre une longue tranquillité, quand chacun de fes citoyens eft prêt
à fe révolter pour la défenfe de fes dog-
mes? Rien ne met plus de divifion dans
les efprits que les divifions dans les fentiments religieux, & de toutes les haines
particulieres n'en réfulte-t-il pas une averfion générale qui devient un terrible obftacle au bonheur focial? Si les différentes
religions font des rivales qui ne fe pardonnent rien, chacun de leurs membres, doit
toujours conferver un fond d'animofité qui
l'éloigne abfolument de ceux qui ne pen-
fent pas comme lui : d'où il eft aifé de
conclure que le tolérantifme emporte des
effets de la plus haute conféquence. De
deux chofes l'une ; ou ces réformateurs,
qui ont ainfi prôné l'admiffion de tous les
cultes, ont de la religion eux-mêmes, ou
ils n'en ont pas. Si tout leur eft indifférent,
il ne s'agit donc ici que d'un gouvernement matériel, où les citoyens, fans fe
foucier de la future deftination de leur
âme, n'agiffent & ne travaillent que comme un effaim d'abeilles, pour fe garantir
de l'injure des faifons, propager, & ne
pas mourir de faim. Ce monftrueux mêlange de différentes opinions, toutes inco-
hérentes entre elles, n'empêche pas les

Tome I.   V

Philadelphiens d'être tranquilles, sans doute, parce que cet établissement est encore fort nouveau ; mais le même système en Angleterre a fait égorger la moitié de la nation par les mains de l'autre ; & toutes les églises, après s'être persécutées réciproquement, ont enfin mis le comble à la fureur en faisant, les unes, main basse sur les richesses de l'état, & les autres en renversant le trône, & faisant périr leur souverain par la main d'un bourreau.

Il fallut prudemment m'interrompre en voyant entrer le vénérable Morave dans notre chambre. J'apprehendois qu'il ne lui prît fantaisie de renouer la conversation de la veille qui, toute intéressante qu'elle nous avoit parue, n'auroit pas laissé de retarder notre voyage ; mais la premiere question qu'il nous fit fut de nous demander si nous avions déjeûné. Nous vous attendions, lui répondis-je. Hé bien, repliqua-t-il, mettons-nous à table. Què mangerez vous, lui dis-je ? Vraiment, poursuivit-il, cela ne doit pas vous embarrasser, & si vous êtes aussi peu délicats que moi, un morceau de pain & deux verres d'eau peuvent nous suffire. Cela me parut un peu trop philosophe, & quoiqu'il en dît, nous le contraignîmes à traiter un peu mieux son estomac. Ce ne fut que sur l'article du vin seul que nous le trouvâmes inexorable, & quelque priere que nous lui fiſſions, il n'en voulut prendre qu'un verre. Monſieur de Samberg me diſoit à l'oreille de lui offrir quelque argent, préſumant qu'il fut pauvre ; mais il nous devina ſur le champ, & nous montrant ſa bourſe dans laquelle il y avoit encore vingt guinées & autant de louis d'or : Voila, nous dit-il, le double de ma dépenſe juſqu'en Saxe ; je vous en offre une partie de grand cœur, dans le cas où la vôtre ne vous ſuffiroit pas pour une ſi longue courſe. Nous le remerciâmes de la maniere la plus reconnoiſſante, en ajoutant que celui qui nous avoit envoyé étoit fort en état de pourvoir à tous nos beſoins, quelque temps que nous puſſions mettre à parcourir le royaume. C'eſt ainſi que nous quittâmes ce généreux enthouſiaſte, touchés, comme nous devions l'être, de ſes vertus, mais auſſi emerveillés au moins des principes & des idées creuſes de ſes chers freres les Hernuhes, & de tous les trembleurs d'Amerique & de la grande Bretagne. Il ne nous arriva rien d'extraordinaire juſqu'a Paris, où nous arrivâmes quinze jours après notre départ de Gand.

Fin du premier Volume

TABLE
DES CHAPITRES

Contenus dans ce Volume.

TABLE 463

Fin de la Table du Tome premier.